GLI INSUPERABILI

382

Titolo originale: *Suspicion*

Traduzione dall'inglese di Gabriele Giorgi
Prima edizione in questa collana: marzo 2018

Roma, Casella postale 6214

ISBN 978-88-227-1645-3

www.newtoncompton.com

Realizzazione a cura di Il Paragrafo - www.paragrafo.it
Stampato nel marzo 2018 da Puntoweb s.r.l., Ariccia (Roma)
su carta prodotta con cellulose senza cloro gas provenienti
da foreste controllate, nel rispetto delle normative ambientali vigenti

Joseph Finder

Il sospettato

Newton Compton editori

Per Dan Conaway

PARTE PRIMA

1

A volte la decisione più insignificante può cambiarti la vita per sempre.

La guardia del corpo di Abraham Lincoln decide di rimanere al saloon per un altro drink durante l'intervallo al Ford's Theatre.

L'autista dell'arciduca imbocca la svolta sbagliata a Sarajevo perché si rifiuta di chiedere indicazioni. (Uomini, giusto?)

Finalmente dai ascolto a quel saccente di tuo cognato e fai investire tutto quello che possiedi a un tizio di nome Bernie Madoff. Rendimenti costanti, amico. Una cosa semplicissima.

Qualcuno una volta l'ha definita "la tirannia delle piccole decisioni". Il cancello della storia ruota su piccoli cardini.

L'incubo di Danny Goodman ebbe inizio con una rapida stretta di mano e un sorriso amichevole.

Ogni volta che si recava alla scuola privata di sua figlia, la Lyman Academy, a Danny veniva in mente l'imponente villa Wayne, l'aristocratica residenza fuori Gotham City dove Batman vive come Bruce Wayne. Se solo avesse potuto guidare la Batmobile invece di una Honda Accord del 1997.

La Lyman era la scuola privata femminile più esclusiva di Boston e parecchie delle altre macchine in fila in attesa di riprendere le ragazze erano scintillanti SUV di lusso: Range Rover, Mercedes-Benz o Land Cruiser. Quel giorno, però, Abby non avrebbe dovuto subire l'umiliazione pubblica di essere vista salire su una Accord, perché suo padre era arrivato venti minuti prima dell'orario d'uscita pomeridiano. Aveva un appuntamento con la preside della scuola superiore, Tinsley Thornton, che tutti chiamavano Lally.

Lally. Non c'era da meravigliarsi che quel posto mettesse Danny a disagio.

Posteggiò nel parcheggio laterale, quello degli insegnanti, dove la sua vecchia Honda ammaccata non sarebbe sembrata così fuori posto.

L'ufficio della preside si trovava alla fine di un lungo corridoio, accanto all'ufficio del direttore e a quello delle ammissioni, che tanto valeva fossero rinominate RIFIUTI. Per entrare alla Lyman dovevi conoscere qualcuno – parecchi qualcuno – oppure essere in grado di staccare un assegno tanto consistente da finanziare una nuova biblioteca. Danny era stato fortunato. La fondazione per cui aveva lavorato la sua defunta moglie, Sarah, era sovvenzionata da un tizio che, guarda caso, era anche il presidente del consiglio di amministrazione della Lyman.

Lally Thornton lo accolse nel suo grande ufficio a pannelli di quercia con un'espressione preoccupata, stringendogli la mano con entrambe le sue. I capelli grigio acciaio erano trattenuti da una fascia di velluto nero. Portava un dolcevita nero sotto un doppio filo di perle e aveva un profumo dal forte aroma floreale, tipo deodorante per WC. La sua aria di letale cortesia ricordava a Danny quella preside di una scuola per ragazze dell'alta società che anni prima aveva sparato al dietologo[1].

«A casa va tutto bene con Abby?», chiese la donna in tono di sommessa preoccupazione, accomodandosi su una bassa sedia di broccato mentre Danny prendeva posto sul sofà a destra.

«Oh, sì, sta… reagendo bene». Deglutì.

«Dev'essere molto difficile per lei».

Lui annuì. «Ma sa, Abby è una ragazzina forte».

[1] Jean Harris, preside della Madeira School di McLean, Virginia, che il 10 marzo 1980 sparò al dottor Herman Tarnower, autore di un best seller sulla dieta Scarsdale. (*n.d.t.*)

«Perdere la madre alla sua età. Che cosa terribile».

Danny annuì di nuovo. La preside doveva aver appena riesaminato il fascicolo. «Avrei una rapida domanda sul viaggio in Italia», disse lui.

La donna si illuminò. «È un'esperienza *talmente* profonda», disse. «Vedrà. Le cambia. Tornano come persone diverse: più consapevoli del mondo, più aperte alle altre culture e, be', pare che dissolva tutte quelle combriccole, quelle sciocche tensioni tra le ragazze. La definirei perfino trasfigurante. Abby... Oh, lei ci andrà, vero?»

«Be', vede, è quello il problema».

«Ma deve. *Deve* assolutamente. È un viaggio indimenticabile».

Danny si asciugò i palmi sudati sulle ginocchia dei pantaloni del completo. «Giusto, lo so, ho sentito... Ma Abby... Be', lei sa quanto possono essere idealiste le ragazze a questa età. Si preoccupa che alcune sue compagne possano incontrare delle difficoltà ad affrontare il viaggio».

«Difficoltà?»

«I cinquemila dollari, intendo. Non tutti possono permetterselo e, sa, questo la turba». Danny cercò di sembrare disinvolto. Come se fosse il magnate di un fondo speculativo con una coscienza sociale e non uno scrittore il cui anticipo per il libro successivo si era esaurito mesi prima.

Quello che Lally pareva non sapere era che Danny era in ritardo di oltre un mese con la retta del semestre. Non aveva idea di come riuscire a mettere insieme i soldi per pagarla, figurarsi i cinquemila dollari per un viaggio in Italia. La Lyman godeva delle maggiori sovvenzioni fra tutte le scuole private degli Stati Uniti: era certo che avrebbe tirato avanti ancora un po' senza i suoi miseri sedicimila dollari.

Immaginò la sua risposta: "Ma sì, quella quota di cinquemila dollari è semplicemente un *suggerimento*, una *raccomandazione*. È ovvio che, se costituisce un problema, la famiglia ne è esentata".

Avvertì una pesante goccia di sudore colargli dietro l'orecchio sinistro, poi lungo il lato del collo e sotto il colletto della camicia.

«Non è premuroso da parte sua? Bene, dica a Abby che se qualcuna delle sue amiche non potrà andare in Italia per motivi economici, i genitori dovrebbero scambiare subito due parole con Leah Winokur. Abbiamo delle borse di studio per minoranze meritevoli».

«Ma certo». Era andato lì per cercare di rimediare qualcosa che potesse consentire a Abby di recarsi in Italia. Uno sconto, forse. Un prestito. Qualcosa. Una borsa di studio per minoranze non era esattamente un aiuto. L'unica minoranza della scuola a cui Abby Goodman apparteneva, con i suoi capelli biondi e gli occhi azzurri, era quella delle ragazze i cui genitori non possedevano una casa per le vacanze. «Sa, mi domando se non possa risultare difficoltoso anche per altri genitori: non solo minoranze ma, sa, quelli non così facoltosi. Pagare una cifra simile, oltre a tutto il resto...».

«Dubito che la maggior parte dei genitori della Lyman la consideri una difficoltà. Dopotutto, nessuna ragazza deve andare in Italia *per forza*».

Con un sorriso freddo come quello del titolare di un banco dei pegni, la preside aggiunse: «C'è altro?».

2

I corridoi erano affollati di ragazze adolescenti. Dappertutto risuonavano grida, urletti e risate. Alcune andavano in giro abbracciate o tenendosi sottobraccio. Danny si stupiva spesso per la tenerezza che manifestavano tra loro, in contrasto con i ragazzi della stessa età, che puzzavano di calzini da ginnastica sporchi e creme antiacne ed esprimevano il proprio affetto prendendosi a pugni sulle spalle.

Attese Abby con un profondo senso di terrore.

A sentire lei, non partecipare al viaggio in Italia avrebbe decretato la fine della sua vita sociale. Sarebbe stata un'esclusa. Danny le aveva detto che ci avrebbe pensato. Avrebbe capito il da farsi.

L'incontro con Lally Thornton era stata una mossa disperata, un lancio di palla non andato a buon fine. Non c'era bisogno che Abby sapesse quanto fosse difficile la situazione, come stessero praticamente vivendo con gli spiccioli. Considerate le circostanze, voleva che la sua vita fosse quanto più normale possibile.

Abby se la stava cavando meglio di parecchie ragazze della sua età. Era forte, ma la morte della madre era stata un duro colpo. Per mesi la sua espressione abituale era stata una maschera di rabbia alla Darth Fener. Chi poteva biasimarla?

Danny non aveva la minima voglia di darle quella notizia sull'unica cosa che attendeva con trepidazione.

Dalle sue spalle provenne una voce di basso profondo. «*Oh, Danny boy, the pipes, the pipes*[2]», cantava una guardia giurata, Leon Chisholm. Era un nero sulla sessantina, con capelli bianchi tagliati

[2] *Danny Boy* è una nota ballata popolare irlandese del 1913. (*n.d.t.*)

corti e un volto largo e schietto. Portava occhiali dalla montatura leggera e aveva un buco tra gli incisivi; dava l'impressione di essere per metà professore, per metà pugile professionista. Aveva trascorso vent'anni nella polizia di Boston, perciò probabilmente era in grado di gestire qualche ragazzaccia in fuseaux.

«Agente», disse Danny con un sorriso, poi gli diede una pacca amichevole sulla spalla. Quando la figlia maggiore di Leon, Rebecca – la prima della sua famiglia ad andare all'università –, si era laureata al Bunker Hill Community College, Danny l'aveva aiutata a ottenere un lavoro presso un editore di Boston. A Leon piaceva Danny: era uno dei pochi padri della Lyman a salutarlo e a scambiare quattro chiacchiere con lui. Per molti altri genitori, Leon era invisibile.

Allora Danny vide Abby vicino all'atrio; prima notò la sua sciarpa a frange color argento, poi il suo viso. Sorrideva, cosa che lo lasciò sorpreso. Non riusciva a ricordare l'ultima volta in cui l'aveva vista sorridere. Camminava sottobraccio con la sua nuova migliore amica, Jenna Galvin.

Jenna Galvin pareva l'esatto contrario di Abby. Era minuta, paffutella e con i capelli scuri, mentre Abby era snella, bionda e aggraziata. Jenna aveva un'aria amareggiata, sostenuta, arrogante perfino, mentre Abby era socievole e bonaria. O almeno lo era stata fino a sei mesi prima. Jenna si era appena trasferita alla Lyman come studentessa del terzo anno; era insolito, a semestre così avanzato, e ciò aveva contribuito a farne un'esclusa. Abby, sensibile come sempre e forse anche un po' ribelle, aveva provato pena per la ragazza nuova e se l'era fatta amica. Ora erano inseparabili.

Quando Abby vide suo padre, le si illuminò il volto. Strano. Forse stava sorridendo a qualcun altro? Si fece strada agilmente fra la folla brulicante di ragazze e lo abbracciò.

"Il primo abbraccio non forzato da undici mesi", pensò Danny. "E ho perfino tenuto il conto".

«Oddio, papà, grazie!».

"Per cosa?", voleva chiedere Danny.

Lei lo abbracciò ancora più forte. Danny non si era ancora abituato a quanto era diventata alta. «Grazie grazie grazie. Ho appena visto il mio nome sulla lista del viaggio in Italia. *Sapevo* che mi avresti lasciata andare. Sei così *favoloso*».

«Abby, tesoro…».

Jenna le toccò il braccio. «Mio padre è qui, andiamo». Un uomo snello e con i capelli grigi, vestito con un completo color cammello dall'aspetto costoso, entrò nell'atrio e diede un bacio a Jenna.

«Abby, aspetta… di cosa stai parlando?», disse Danny.

Ma Abby non lo udì. Si era voltata e stava parlando con Jenna. «Lo so, va bene?», disse prima di voltarsi di nuovo verso suo padre. «Papà, posso andare da Jenna?».

Danny provò un guizzo di irritazione. Pareva che Abby non volesse mai trascorrere del tempo a casa. «Be', non so. Preferirei non dover guidare fino a Weston per venirti a prendere».

«La porterà a casa Esteban», disse Jenna.

Esteban era l'autista dei Galvin. Il padre di Jenna era una specie di investitore e aveva un sacco di soldi, perfino per gli standard della Lyman.

«Abby», esordì Danny, ma sentì dei colpetti sulla spalla. Si girò.

Era l'uomo brizzolato, Thomas Galvin.

Pareva sulla quarantina avanzata. I suoi occhi azzurro-grigi erano come acciaio, in contrasto con l'intensa abbronzatura. Portava un completo dal taglio elegante, la camicia azzurro pallido stirata alla perfezione e la cravatta annodata in modo impeccabile. Tutto quanto al suo posto. La giacca sportiva di Danny, comprata al reparto saldi da Men's Wearhouse durante il Black Friday, gli dava il prurito.

«Volevo solo presentarmi», disse l'uomo porgendo la mano. «Tom Galvin».

«Dan Goodman».

Abby era già fuori con Jenna.

«È un piacere incontrare il padre di Abby. È una ragazza magnifica».

«Quasi sempre», replicò Danny con un sogghigno.

«Jenna non potrebbe avere amica migliore».

«Be', il piacere è anche mio».

«Ascolti, grazie per avermi permesso di contribuire per quel viaggio in Italia». Aveva un accento da ragazzo di Southie[3].

«Contribuire?»

«Abby è stata provvidenziale per la nostra Jenna. Lei non se lo immagina».

«Aspetti un secondo. Lei ha pagato per il viaggio in Italia *di Abby*?»

«Per motivi assolutamente egoistici, mi creda». La sua voce assunse un tono basso e confidenziale. «Questa per Jenna è la quarta scuola in tre anni. Stava già supplicandomi di poterla lasciare finché non ha cominciato a frequentare Abby. E non vuole assolutamente andare in Italia con la classe se non andrà anche Abby».

Danny arrossì. Era stupito e imbarazzato. E arrabbiato, anche se di rado lasciava che altri vedessero la sua rabbia.

Quanto aveva detto Abby alla sua amica? Non poteva sapere quanto fosse grave la loro condizione finanziaria, ma doveva averle detto qualcosa. Quella situazione era più che imbarazzante: era umiliante. Quel riccone li stava trattando come un'opera di beneficenza.

«È oltremodo generoso da parte sua», disse, «ma non posso accettare».

«La prego. Lo faccio per mia figlia».

«Mi dispiace. Chiamerò l'economato e metterò in chiaro le cose. Ma apprezzo davvero il gesto». Sorrise, poi si voltò e uscì all'aperto. Il sole lo abbagliò. Una scintillante limousine nera Maybach era parcheggiata lì fuori. Doveva essere quella di Galvin. Un uomo in uniforme – giacca nera, camicia bianca e cravatta nera – si avvicinò a Abby e Jenna con un vassoio di cartone di Starbucks e offrì a ciascuna una tazza. L'autista di Galvin faceva anche da fattorino.

«Grazie, Esteban», disse Abby. Si voltò proprio mentre Danny usciva, guardandolo radiosa e con occhi scintillanti. «Tutto okay, papà?».

Danny le fece cenno di avvicinarsi. «Boogie», esordì piano, con il nomignolo che usava soltanto quando erano soli.

[3] Denominazione colloquiale della zona sud di Boston, abitata in gran parte da famiglie operaie e a basso reddito. (*n.d.t.*)

«Oddio, sono *così* eccitata», lo interruppe lei. Seguì un torrente di parole – tra cui *pasta*, *gelato* e *shopping* – a cui Danny non riuscì a star dietro. Abby gli afferrò entrambi i gomiti. «Andrò in *Italia*!», esclamò quasi cantando.

Erano anni che Danny non la vedeva così felice. Le erano apparse le fossette sulle guance e il suo sorriso era così ampio che il viso pareva sul punto di spaccarsi a metà.

E ora? Come dirle che c'era stato un malinteso?

Una volta Danny aveva commesso l'errore di aprire un link inviatogli da un amico. Era un cosiddetto *crush video*. Mostrava una donna che calpestava un gattino con i suoi tacchi a spillo. Era una delle cose più nauseanti e disgustose che avesse mai visto e desiderava solo poterlo dimenticare.

Dire a Abby che non sarebbe andata in Italia gli avrebbe provocato una sensazione simile.

«Dan», fece Galvin come saluto nell'uscire dalla porta principale, abbassando il suo BlackBerry.

Danny si avvicinò e gli disse a voce bassa: «Posso accettare solo se mi permette di restituirle i soldi».

Galvin sollevò le sopracciglia e annuì con aria solenne. «Se non lo fa, le mando i miei scagnozzi». Rivolse a Danny un sorriso beffardo.

«Senza offesa, ma è una situazione un po' imbarazzante. Non ci conosciamo nemmeno».

«Roba da matti, considerato quanto sono amiche Abby e Jenna, vero? Ascolti, venga a cena domani sera, che ne dice? I ragazzi sono a casa per le vacanze, tutti adorano Abby, e Celina preparerà il suo famoso *arroz con pollo*».

Cosa poteva dire? Quel tipo stava pagando il viaggio in Italia a sua figlia. Cenare con la sua famiglia era il minimo.

Parecchio tempo dopo avrebbe ripensato più e più volte a quel momento.

Protese la mano e sorrise. «Ottima idea», disse. «Grazie mille».

3

Quando Danny aprì la porta dell'appartamento di Marlborough Street, fu accolto dai forti tonfi di una coda che sbatteva contro il pavimento. Rex, il loro labrador artritico color cioccolato, si sforzò di alzarsi dalla sua cuccia vicino alla cucina.

«È tutto a posto, amico: non devi alzarti per me», disse invitando Rex a stendersi di nuovo sul plaid; gli accarezzò il manto ingrigito e gli massaggiò le cosce. Rex aveva tredici anni, parecchi per la sua razza. Il muso era diventato argenteo e gli occhi color ambra si erano annebbiati per l'insorgere della cataratta. Era appartenuto a Sarah, era andato con lei dopo il divorzio, quindi era tornato da lui assieme a Abby. L'animale, prodigo di affetto, era stato fondamentale per aiutare Abby a superare la morte della madre.

La luce rossa sul telefono di Danny lampeggiava.

Otto messaggi in segreteria. Sette da un addetto al recupero crediti particolarmente odioso e insistente di nome Tony Santangelo, della Asset Recovery Solutions; pareva che si fosse diplomato alla scuola serale della riscossione debiti. La sua "soluzione" era "decurtare" il salario di Danny.

Decurtare. Non suonava così male, come parola: assomigliava molto a *decorare*.

E quale salario?

Aveva ripensato più volte a quello strano scambio con Tom Galvin. «Grazie per avermi permesso di contribuire per quel viaggio in Italia». Chi era davvero quel tipo? Nell'era di internet, su ogni cosa dovevano essere disponibili delle informazioni e Danny, se non altro, era un maestro delle ricerche in rete.

Si sedette alla scrivania nella piccola rientranza del soggiorno che adesso era il suo "studio" – il suo ufficio era diventato la camera da letto di Abby – e aprì un browser sul suo vecchio MacBook Pro. Su LinkedIn c'era un lungo elenco di Thomas Galvin. A metà di quella lista c'era un certo Thomas X. Galvin che si era laureato al Boston College, aveva lavorato per la Putnam Investments ed era fondatore, amministratore delegato, responsabile agli investimenti e direttore generale della Galvin Advisers, su Saint James Avenue a Boston.

Bingo.

Rex, che in quel momento era raggomitolato sopra le scarpe di Danny, emise un lungo sospiro espressivo e si accoccolò ancora più vicino.

La Galvin Advisers di Boston, Massachusetts. Il loro sito web non era altro che un portale ad accesso limitato, con una pagina che mostrava un panorama dall'alto del distretto finanziario della città e una casella di login che chiedeva nome utente e password. Lì sopra le parole: *Questo sito web è riservato agli impiegati e agli investitori della Galvin Advisers.*

La ragazza di Danny, Lucy Lindstrom, arrivò con la cena in una borsa di plastica bianca. Cibo *take away* di un locale su Newbury Street: un'insalata per lei e linguine agli scampi per lui. Danny fiutò l'odore di aglio, olio d'oliva caldo, origano e un pungente aroma di aceto.

Lucy si chinò ad accarezzare Rex sul muso, cosa che indusse l'animale a chiudere gli occhi dalla felicità. Poi riservò a Danny un bacio e un abbraccio. I suoi capelli emanavano un lieve odore di sigaretta, un chiaro indizio che aveva trascorso la giornata per strada. Era una psichiatra per il Boston Health Care for the Homeless Program e passava due giorni a settimana per le strade, cercando di convincere con soldi e lusinghe i barboni ad andare a farsi curare.

Indossava un dolcevita grigio pallido sotto una felpa con il collo a V, jeans neri e un vecchio paio di stivali di cuoio nero che a Danny piacevano molto. Portava i suoi pesanti occhiali scuri; Danny era convinto che li usasse per sembrare più ordinaria al lavoro, e perciò meno vulnerabile. Le dava una specie di aria da secchiona seducente.

Uscivano assieme da tre anni, ma si conoscevano fin dal primo anno alla Columbia University. Allora, prima che la vita li separasse, Lucy Lindstrom gli era sembrata irraggiungibile. Per Danny era la ragazza più affascinante del suo corso. I capelli biondi le scendevano fino alle spalle in boccoli ribelli, naso e mento decisi, occhi azzurro-grigi, un sorriso smagliante con teneri denti sporgenti.

Allora era fuori della sua portata. Francamente lo era ancora.

I due decenni dopo l'università le avevano inciso linee tenui attorno alla bocca e rughe verticali tra le sopracciglia pallide. Non erano solo gli anni: erano dovute anche a un primo matrimonio infelice.

Danny sapeva che era molto suscettibile sui segni dell'età, indottrinata come molte donne dalle riviste di moda.

A lui non importava affatto. Pensava che Lucy fosse molto più bella ora che al primo anno di università.

Lucy posò le vaschette di alluminio sul tavolo e tolse i coperchi di cartone.

«Giornata dura?»

«Più che altro ho camminato parecchio. Ho bisogno di una doccia». Lucy non si lamentava mai del suo lavoro. Era una cosa che Danny ammirava.

«Un bicchiere di vino, prima?»

«Certo, perché no?».

Danny stappò una bottiglia di Sancerre appena tolta dal frigo e riempì due bicchieri. Brindarono. Il vino era fresco, con note di agrumi e minerale.

«Turno in strada?».

Lucy annuì. «Oggi c'era questo tizio alla South Station che dormiva su una panca. Pare sulla settantina, ma potrebbe avere dieci anni di meno: sai quanto li invecchi vivere per strada. Be', la polizia ha provato a portarlo a uno dei nostri ricoveri diurni, ma lui si è rifiutato. Si è proprio azzuffato con gli agenti. Perciò ci ho provato io».

Sembrava addolorata, come se stesse rivivendo quel momento, e allo stesso tempo era tenera, piena di entusiasmo. Aveva un'empatia profonda per i senzatetto. Danny li vedeva come vagabondi e straccioni, ma per Lucy erano come figli, li considerava dei protetti, non dei pazienti.

«Gli ho detto che presto farà molto freddo di notte e che dovrebbe dormire al Centro notturno, non all'addiaccio. Ma lui ha risposto che c'era della gente che trafficava con il suo cibo e che se fosse andato a dormire lo avrebbero fregato. Ha cominciato a farneticare ogni genere di assurdità. Frasi senza senso».

Danny annuì. «Schizofrenia paranoica». Trovava il lavoro di Lucy affascinante, ma anche essenzialmente incomprensibile. Come sopportava di prendersi cura di persone che non volevano il suo aiuto?

«Probabilmente. Dobbiamo portarlo a Risperdal, ma prima ho bisogno di farlo parlare. Perciò gli ho chiesto se potevo sedermi con lui e ha risposto di no. Ho detto che volevo soltanto aiutarlo. Lui ha replicato: "Cosa diavolo puoi fare per me?". Così io ho detto: "Be', ho le sigarette". E lui ha detto: "Oh, va bene"». Lucy prese un sorso di vino.

Danny rise. «All'improvviso non sei più riuscita a farlo stare zitto».

«Gli ho dato un buono da cinque dollari di McDonald's, una sigaretta e un paio di calzini da ginnastica bianchi».

«Allora si farà visitare?».

Lucy scosse il capo. «Più avanti, forse. Prima devo fare in modo che si fidi di me. Ma, sai, c'è qualcosa di molto... toccante in questo tipo».

«In che senso?»

«C'è intelligenza dentro di lui. Una mente davvero acuta e interessante rinchiusa in profondità. È straziante».

Squillò il telefono.

"No", pensò Danny. "Fa' che non sia ancora Tony Santangelo della Asset Recovery Solutions".

Stava per lasciar andare la telefonata in segreteria quando controllò chi stava chiamando: prefisso 212 e il nome della sua agenzia letteraria, Levitan Freed Associates.

La sua agente, Mindy Levitan, chiamava solo di rado, tranne quando doveva negoziare un contratto per lui.

Non potevano essere buone notizie.

«Come va la vita nelle miniere di sale?», disse Mindy. Aveva una voce roca dovuta ad anni da fumatrice, vizio che era riuscita a togliersi solo di recente con l'aiuto di un ipnotista russo.

«Alla grande», mentì Danny. «Mi sto dedicando al libro con tutto me stesso». Erano ormai diversi anni che lavorava a una biografia di Jay Gould, uno speculatore del XIX secolo.

«Bene, bene. Proprio quello che volevo sentire», disse lei senza entusiasmo. «Ascolta, Danny. Mi dispiace chiamarti all'ora di cena, ma sono appena arrivata nella mia casa di campagna e ho controllato i messaggi. Ho ricevuto una telefonata da Louisa». Louisa Penniman era l'editore di Danny. Era leggendaria nell'ambito della saggistica "seria". Si era fatta le ossa su libri di politica nazionale e un paio di memoriali di presidenti. Era largamente temuta e ancor più largamente disprezzata.

«Non ti sento bene», disse Danny. «Sto perdendo il segnale».

«Bel tentativo. Siamo entrambi su linea fissa. Ascolta, si tratta di una cosa seria, Danny. Vuole cancellare il libro».

4

A Danny si seccò la bocca. «Vuole cancellarlo perché sono in ritardo di qualche mese?»

«Tanto per cominciare, baby, non è "qualche" mese: sono *quindici* mesi…».

«Okay, ma…».

«Sai che nel settore le cose vanno male. Tutti gli editori sono in agitazione per gli e-book. Stanno cercando qualunque scusa per cancellare contratti, di questi tempi».

«C'è mai stato un periodo in cui le cose *non stessero* andando male, nell'editoria?».

Mindy proruppe in una risata breve e mesta, più simile a un latrato. «Louisa Penniman non dice cazzate».

«Non è soltanto una minaccia? Voglio dire, credi davvero che sia una cosa seria?»

«Come il cancro», disse Mindy. Poi si affrettò ad aggiungere: «Scusa. Pessima scelta di parole».

Mindy Levitan gli aveva procurato un anticipo più sostanzioso di quanto si sarebbe mai aspettato per la biografia di Jay Gould. Il fatto che il primo libro di Danny, *I Kennedy di Boston*, fosse stato tra i finalisti per il premio Pulitzer aveva contribuito, anche se non aveva venduto particolarmente bene. Né aveva vinto il Pulitzer.

Inoltre Danny doveva ammettere che la sua proposta era stata davvero ottima. E Mindy l'aveva pubblicizzata ancora meglio agli editori: «Nessuno sa più chi sia Jay Gould», aveva scritto Mindy nell'e-mail di presentazione. «E nessuno ha mai sentito parlare di un certo velocista olimpico ucciso nella seconda guerra mondiale, ma *Sono ancora un uomo* è stato un best seller internazionale. E nessuno aveva sentito parlare di un serial killer che minacciò Chicago durante l'Esposizione universale, ma questo non ha impedito ai lettori di comprare *La città bianca e il diavolo*: tutto sta nel modo in cui viene raccontata la storia».

E Danny sapeva come raccontare quella storia. Jay Gould era un uomo che aveva speculato sulla ferrovia, un crumiro e una delle persone più ricche del Paese, esperto in *inside trading* e in corruzione, un truffatore e un bugiardo che si vantava di essere "l'uomo più odiato d'America".

Random House, HarperCollins e Simon & Schuster avevano presentato le loro offerte, ma Louisa alla Triangle le aveva superate tutte. Era sembrata una bella cifra all'inizio... finché non toglievi il quindici percento di Mindy e spalmavi i pagamenti sul tempo minimo di tre anni che gli sarebbe servito per scrivere il libro. Inoltre, una grossa fetta del denaro non sarebbe arrivata fino alla pubblicazione del tascabile, ovvero almeno un anno dopo l'edizione rilegata. Non che si stesse lamentando: aveva ottenuto di lavorare su una cosa che amava e, se avesse vissuto in modo frugale e non fosse andato a spassarsela ai Caraibi, avrebbe potuto farcela.

Ma poi era arrivata la telefonata di Sarah.

L'ex moglie aveva appena ricevuto i risultati di una biopsia. Non c'era stato alcun bozzo, non era apparso nulla da una mammografia. Ma un giorno Sarah aveva percepito un senso di calore e notato un rossore su un seno. La pelle sembrava diversa, dura e tirata come un'arancia. I suoi linfonodi erano ingrossati. Il medico le aveva detto che probabilmente si trattava di un morso d'insetto e le aveva prescritto degli antibiotici.

Il medico si sbagliava.

Il tasso di sopravvivenza per cancro infiammatorio al seno non era alto. Sarah era una madre single ed era spaventata.

Danny era impegnato con delle ricerche sul Grande sciopero ferroviario del 1886 e un attimo dopo si era ritrovato a digitare su Google "recettori per estrogeni". Il secondo marito di Sarah aveva accettato un lavoro presso una società a Manhattan e si erano separati in malo modo. Inoltre quel tizio era un coglione, e alla fine se n'era resa conto anche Sarah. Aveva bisogno dell'aiuto di Danny.

E così lui aveva cominciato a consumare parecchi pasti alla caffetteria del centro oncologico Dana-Farber.

Per la prima volta da anni, era sembrato che anche sua figlia avesse bisogno di lui. Le serviva una presenza rassicurante. E le serviva anche qualcuno che la portasse a scuola di danza, alle prove della compagnia teatrale e ai pigiama party. Mentre Danny attendeva nella piccola sala d'aspetto della scuola di danza, faceva ricerche su chemioterapia, radioterapia, ipertermia, semi di albicocca e vitamina B17.

E Jay Gould era finito in secondo piano.

Perché il signor Gould, per quanto affascinante, non era importante quanto la figlia di Danny o la sua ex moglie, che non aveva mai smesso di amare perfino quando lei aveva smesso di amare lui.

«Danny?»

«Che c'è?»

«Ho detto che dobbiamo cercare di capire cosa fare. In quanto tempo puoi mandarmi cento, centocinquanta pagine? Per vedere se posso mantenerli vincolati ai loro impegni e fare in modo che Louisa cambi idea».

«Credi che basterà?»

«Potrebbe. Chi lo sa? È l'unica carta che posso giocare. Allora, lo farai?».

Danny era lontanissimo dall'avere un centinaio di pagine decenti e non le avrebbe avute almeno per un altro mese. Ma se il libro fosse stato cancellato, si sarebbe arrestato il suo intero flusso di reddito.

Danny deglutì forte. «Nessun problema», disse.

5

Lucy lo guardò inarcando le sopracciglia e gli rivolse un sorriso triste. «Brutta situazione?»

«Molto brutta».

Le riferì cosa aveva detto Mindy. E del suo incontro con la preside. E poi del prestito a sorpresa da parte di Thomas Galvin.

«Oh», disse lei. «È davvero generoso». Non pareva entusiasta.

«Lucy».

Lei evitò di guardarlo negli occhi.

«Sentiamo», disse Danny.

«Be', sei proprio certo che sia una buona idea?»

«Perché no?»

«Credo solo che sia bizzarro che un tizio che nemmeno conosci paghi un viaggio a tua figlia».

«È insolito, te lo concedo. Ma ci ha invitato a cena a casa sua domani sera».

«Domani sera lavoro. Voglio dire, sempre che sia stata invitata. Abby lo sa?»

«Non penso».

«Non sottovalutare le adolescenti. Notano tutto. E sanno come manipolare le cose. Credimi, sono stata adolescente anch'io».

«Forse».

«Credo solo che non sia una buona idea prendere in prestito dei soldi da un tizio che conosci a malapena. È solo che… mi dà una brutta sensazione».

«Sai cosa non è una buona idea? Far pagare cinquemila dollari per un dannato viaggio scolastico in Italia. Il modo in cui questa scuola dà per scontato che i genitori possano sborsare una cifra simile».

«L'hai capito solo adesso?»

«No, ma mi irrita comunque. Quello che sta facendo a Abby».

«Perciò quello di cui stiamo parlando davvero è la nuova amica di Abby».

«Abby viene accompagnata a casa dei Galvin da un domestico ispanico con una divisa da chauffeur, okay? C'è qualcosa di sbagliato in questo».

«Io non mi preoccuperei».

«È una ragazzina. Non è la sua vita. È quella di qualcun altro».

«Proprio così. Non è la sua vita e lei lo sa. Quel genere di cose non le farà girare la testa».

«Come no? È come quando qualcuno ti dice: "L'etichetta nel collo della maglietta non ti dà fastidio? Non ti prude?". E tutt'a un tratto... guarda un po'. Prude *davvero*. Quell'etichetta comincia a farti impazzire».

«E il prurito cosa sarebbe? Vivere con un padre che la adora ma che non è un miliardario?».

Udirono il cigolio dei cardini della porta d'ingresso, il tonfo dello zaino di Abby lasciato cadere a terra, lo scodinzolio ritmico di Rex contro il pavimento. Abby stava parlando al cane come se fosse un bambino o un imbecille. «Come hai passato la *giornata*, Rex? Sei stato un *bravo* ragazzo? Oh, perché hai ancora addosso il collare?». Il collare a punte del cane tintinnò. «Chiediamo a papà se si è ricordato di portarti fuori a passeggio».

Quando entrò in cucina, sembrava più una donna e meno una ragazza. Nei due mesi in cui era diventata amica per la pelle di Jenna, aveva cominciato a vestirsi in modo diverso. Invece dei suoi soliti pantaloni da tuta Juicy e della camicia di flanella a quadri foderata di pile non rimboccata, indossava completi a due maglie e fuseaux. Aveva iniziato a truccarsi. Danny voleva dirle di smetterla, di rallentare. Aveva tutta la vita per essere un'adulta. Poteva essere una ragazza solo per pochi anni.

«Per te». Tirò fuori una busta dal mucchio della posta e la lasciò cadere sul tavolo. Danny riconobbe la carta color crema della Lyman Academy. «Sembra un'altra fattura», disse Abby. «Siamo ancora in ritardo con la retta?»

«Siamo a posto», rispose lui. «Non c'è nulla di cui preoccuparsi. Hai già cenato? Restano delle linguine con scampi, se le vuoi. Oppure potrei preparare… non so, maccheroni e formaggio?»

«No, grazie», disse lei in tono più morbido. «Ho mangiato dai Galvin».

«Ottimo», fece Danny cercando di sembrare allegro. Negli ultimi tempi Abby aveva cenato spesso con Jenna e la sua famiglia. Come biasimarla? Quando cenavano loro due, spesso c'era un'atmosfera tesa, sottolineata da lunghi silenzi. Eppure…

«Immagino che li incontrerò domani sera».

Abby annuì. «Lo so. Ti piaceranno un sacco».

«Ehi, Abby», disse Lucy, arrivando da dietro e dandole un bacetto sulla guancia. «Adoro quelle ballerine. Sono di Tory Burch?».

Abby parve a disagio ma allo stesso tempo compiaciuta. «Suppongo di sì».

Danny di solito si preoccupava del rapporto tra sua figlia e la sua ragazza. Ma lei e Lucy parevano essere amiche. Forse era perché Lucy non aveva mai tentato di prendere il posto di Sarah. Forse era perché Abby voleva un'altra figura materna nella sua vita. Forse era perché Sarah aveva sposato un uomo che a Abby non piaceva.

«Sono così carine», disse Lucy.

«Sono nuove?», chiese Danny.

Abby arrossì. Si guardò attorno platealmente e disse: «Dove siamo? Su Style Network? Ehm… ora posso andare a fare i compiti, per favore?»

«Tra un attimo», disse Danny. «Stiamo parlando».

Abby incrociò le braccia e strinse le labbra in una linea, mettendo in chiaro quanta voglia avesse di parlare.

«Ti ho chiesto se sono nuove».

Abby lo fissò negli occhi per un lungo momento, come se stesse decidendo come rispondere. Infine disse: «Sono un regalo dei Galvin, okay?».

«Ma che gentili», fece Lucy cercando di calmare le acque. Andò a tenersi occupata al tavolo da pranzo, su cui erano impilati libri, fogli e posta spazzatura. Era abbastanza sveglia da non lasciarsi coinvolgere ulteriormente.

«Un regalo? Per quale occasione?»

«Occasione?». Abby sgranò gli occhi. «Per essere stata lì come una scema a guardare Jenna comprarsi della roba al Natick Mall questo pomeriggio, perché non ho una carta di credito o soldi, e probabilmente le ho fatto pena».

«Le hai fatto *pena*?»

«Lei ha la propria American Express Platinum e io non ho nemmeno... diciamo... una carta di debito».

«Ma è terribile. Come fa una ragazza a farsi vedere in giro se non ha una carta AmEx Platinum?».

Abby ribollì in silenzio.

«Se volevi comprare qualcosa, avresti potuto chiamarmi. Lo sai».

«E tu avresti detto di no».

«Forse sì, forse no. Ma avresti almeno dovuto chiederlo».

«Ma sì, certo, già me lo immagino. "Ehi, papà, ho appena visto delle ballerine Tory Burch davvero carine e Jenna ne ha appena comprato un paio. Posso avere duecento dollari per comprarle anch'io?". Come se tu avresti detto di sì. Perché almeno non sei sincero con *te stesso*?».

«Duecento dollari?», disse Danny. «Hai dannatamente ragione: certo che avrei detto di no».

«Vedi?».

Era ovvio che sua figlia non aveva problemi a ricevere la carità dai Galvin. «Avete trascorso il pomeriggio in un centro commerciale? E i compiti?»

«Non avevo con me il portatile».

«Perché no?»

«Stai parlando di quel MacBook che pesa cosa? Una tonnellata? Non credo proprio».

«L'hai portato in giro tutto l'anno scorso e non ti importava».

«E l'anno prima, e quello prima ancora, e quello prima ancora. È un dinosauro. Dovrebbero valutarlo all'*Antiques Roadshow*[4] o che so io».

Danny cercò di non ridere. «Se ti serve un nuovo portatile, possiamo parlarne», disse. «Fino ad allora, perché non inviti Jenna qui a cena, qualche volta? Forse potrete davvero riuscire a fare un po' di compiti».

Abby lo fissò incredula. «Stai scherzando?»

«Se ti preoccupi della privacy, posso uscire e andare a lavorare da qualche parte mentre voi ragazze siete qui. A uno Starbucks o un posto del genere».

«Non capisci, vero?»

«Cos'è che non capisco?»

«Credi che voglia farle vedere questa… questa *stia per polli* in cui viviamo?».

Danny non riuscì a trattenersi e scoppiò a ridere.

«Non è divertente!», protestò lei.

«Certo che no, tesoro», disse Danny. Quando sua madre stava bene, prima che il secondo matrimonio andasse a rotoli, Abby aveva vissuto a Chestnut Hill in una vecchia villa vittoriana con sei camere da letto di proprietà del suo patrigno, che era socio di un grosso studio legale di Boston. Ora non aveva più un patrigno – non che le importasse – ma non aveva più neanche una villa e una madre.

Danny le si avvicinò e cercò di cingerla con le braccia, ma Abby si ritrasse. «Voglio solo assicurarmi che tu dedichi abbastanza tempo allo studio. Questo è un anno davvero importante. Lo sai. Quest'autunno farai domanda di iscrizione all'università e…».

«Ma davvero?», disse lei irrigidendosi. «Ma davvero?». Poi urlò. «Io non *credo*!».

[4] Programma televisivo britannico in cui un antiquario viaggia attraverso varie regioni del Paese per valutare gli oggetti di antiquariato comprati dalla gente. (*n.d.t.*)

Girò i tacchi, corse in camera sua e sbatté la porta.

Lucy alzò lo sguardo dal tavolo da pranzo e gli rivolse un sorriso mesto. Non c'era bisogno che dicesse nulla. Si sentiva male per entrambi, padre e figlia: capiva la complessità della situazione. Il suo matrimonio con un architetto era fallito, anche se si erano lasciati in modo amichevole; suo figlio Kyle frequentava il secondo anno alla Bowdoin. Aveva già vissuto quelle situazioni.

Fece scorrere le dita tra i capelli di Danny. «Nessuno ha mai detto che gli adolescenti fossero facili», mormorò.

6

Lucy si svegliò presto e preparò il caffè per tutti e due prima di andare al lavoro. Danny riuscì a scrivere per un'ora intera prima di sentire la musica che proveniva dalla stanza di Abby.

Bassi tanto potenti da far vibrare il pavimento: qualche tipo di hip hop. Non era passato molto tempo da quando Abby si svegliava con delle ballate sdolcinate di Taylor Swift o di una dei suoi cloni. Ora quello che ascoltava sembrava tutto uguale: trucchi vocali ottenuti con programmi per computer e sproloqui riguardo l'essere "sulla pista" o "in disco".

Venti minuti dopo, Danny era seduto al tavolo da pranzo a leggere il «Boston Globe» e a sorseggiare caffè da una tazza bianca troppo grande con la scritta "I ♥ My Daddy" a caratteri allungati di un bambino di cinque anni. La Y sembrava il tridente di Poseidone. Abby l'aveva fatta alla festa di compleanno di un'amica, tenuta in un laboratorio a Brookline dove i bambini decoravano pezzi di ceramica già pronti. Erano passati più di dieci anni, ma lui se lo ricordava come se fossero passati pochi mesi.

Abby uscì dal bagno in una nuvola di vapore, con indosso un accappatoio e i capelli bagnati. Entrò nella piccola cucina fingendo di non notare la sua presenza e si versò una scodella di Mini-Wheats glassati alla cannella, che inzuppò con latte senza lattosio e portò in tavola.

«Rimane qualcosa per me?», chiese mentre si sedeva.

«Di cosa?»

«Quello». Indicò la tazza di caffè.

Danny sorrise. «Sei troppo giovane per diventare dipendente dalla caffeina».

Abby fece scivolare la pila di posta di fronte a sé e iniziò a scartabellare distrattamente le buste. «Voglio dire, non è un dramma quando dormo dai Galvin. Celina prepara sempre *café con leche* per me e Jenna».

«Celina è la governante? O la cuoca?»

«Sveglia, papà. È la mamma di Jenna». Prese la busta color crema della Lyman e fece scivolare un dito sotto l'aletta. Danny non voleva che guardasse il sollecito – non c'era bisogno che si preoccupasse – ma non voleva nemmeno farne un caso, perciò non disse nulla.

«Be', adesso non sei dai Galvin, giusto?», disse, non riuscendo a nascondere un sorriso.

La prima volta in cui lui e Sarah avevano visto quel battito cardiaco frusciante sul monitor prenatale, aveva giurato di non pronunciare mai quelle frasi trite e prevedibili che sembravano dire tutti i genitori. Come: "Finché vivrai sotto il mio tetto, seguirai le mie regole" e "Perché l'ho detto io" e "Non m'interessa quello che fanno gli altri ragazzi" e "Non costringermi a fermare la macchina".

Mise il latte nel frigorifero e proprio allora udì un suono acuto, un pianto soffocato, e si girò.

Abby teneva la lettera della Lyman in una mano tremante, con la carta che sbatacchiava. Era impallidita.

«Ehi, non preoccuparti», le disse. «L'assegno è un po' in ritardo. Devo trasferire alcuni fondi».

Abby era scoppiata a piangere. Danny l'aveva vista piangere a quel modo solo una volta, nella stanza d'ospedale appena dopo che Sarah era morta. Non emetteva quasi alcun suono. Come se fosse in preda a una crisi d'asma. O avesse il singhiozzo. Aveva gli occhi sgranati, la bocca spalancata e piegata all'ingiù. Pareva quasi in preda allo shock. Le lacrime le colavano dalle guance.

Danny si sentì stringere le viscere. La reazione di Abby era esagerata, ma non riusciva a sopportare di vederla soffrire così. «Boogie», disse piano, avvicinandosi a lei e cingendole le spalle da dietro. «Abby. Piccola, cosa c'è che non va?». Lanciò un'occhiata alla lettera e provò un tuffo al cuore. Colse solo frammenti di frasi, ma fu sufficiente per capire: «...spiacenti di informarla... non ci lascia scelta... ricevuto un pagamento immediato... documentazione scolastica di Abigail... assistenza nel trasferimento a un'altra scuola...».

A meno che la Lyman Academy non avesse ricevuto sedicimila dollari entro le cinque di venerdì – ovvero entro tre giorni – Abby avrebbe dovuto lasciare la scuola.

Danny la strinse forte: le lacrime gli scottarono l'avambraccio mentre sua figlia continuava ad ansimare.

«Ascolta», disse piano ma con fermezza. «Non succederà, okay?».

Allora, assieme a un terribile singhiozzo angosciato, giunse un fiume di parole di cui riuscì a distinguere solo *tutte le mie amiche* e *papà*.

La forma della sua bocca quando lanciava un urlo era la stessa di quella prima volta, pochi secondi dopo essere nata, quando l'infermiera l'aveva presa dalle mani dell'ostetrico – tutti i suoi due chili e sette – e l'aveva posata sul piano riscaldato, avvolta con perizia in una coperta. Poi la neonata aveva accartocciato le manine a pugno e aveva lanciato un grido potente, il primo della sua vita, per annunciare: "Ehi, sono qui!".

E Danny aveva saputo che avrebbe sempre fatto qualunque cosa in suo potere per proteggere quella creaturina.

«Tesoro», disse. «Ascoltami. Non pensarci nemmeno. *Non* accadrà. Hai la mia parola».

Ma sapeva che le sue rassicurazioni e le sue promesse erano vuote, e si domandò se lo sapesse anche lei.

7

Danny aveva già pagato la retta in ritardo un'altra volta: il semestre precedente, in effetti. Ma l'ufficio dell'economato gli aveva concesso una dilazione di qualche settimana. Dovevano aver ricevuto direttive dall'amministrazione di mostrarsi compassionevoli, dato che la madre di Abby era morta l'estate precedente.

Ma a quanto pareva la compassione della Lyman aveva i suoi limiti.

Danny non aveva alcun appoggio presso la scuola. Il tizio a capo della fondazione per cui aveva lavorato Sarah, che era stato presidente del consiglio di amministrazione della Lyman, era morto d'infarto un paio d'anni prima.

Perciò decise di puntare dritto al vertice.

«Ho uno sciocco problemino per cui pensavo potesse aiutarmi», disse a Lally Thornton quando finalmente riuscì a contattarla al telefono. «Pare che sia un po' in ritardo con la retta di questo semestre: si tratta più che altro di una questione di liquidità. Trasferimenti di denaro e cose del genere. Ma dovrei aver sistemato tutto nel giro di una settimana».

Fece una pausa, aspettando che lei dicesse qualcosa di rassicurante. Ma ci fu solo silenzio. Poi la preside disse: «E?».

Danny proseguì: «E ho pensato che lei potesse rassicurare l'economato per me».

«Spiacente, non la seguo».

«Sa, abbiamo ricevuto una lettera sul fatto che Abby dovrà lasciare la Lyman se l'economato non riceve un assegno entro venerdì o cose del genere. Sono un po' categorici sulla faccenda».

«Be', non credo di capire perché ha chiamato *me*, signor Goodman. La questione riguarda l'economato. Non la preside della scuola superiore».

«Ho già parlato con loro...».

«Capisco». Il suo tono diventò completamente gelido. «Confido che non stia chiedendo che venga fatta un'eccezione per lei».

«Non un'eccezione in senso stretto, ma... un po' di tolleranza. Un po' di compassione, in effetti».

«Sono spiacente, signor Goodman. Vorrei poterla aiutare. La prego di chiedere a Abby di inviarmi una lettera una volta sistemata nella sua nuova scuola per dirmi come va. Le sono molto affezionata».

Anche se si fosse deciso a chiedere a Lucy di prestargli del denaro, sapeva che non ne aveva. Riusciva a stento a sbarcare il lunario da sola. Perciò quello era escluso.

I suoi genitori, Helen e Bud, vivevano con parsimonia come sempre, nella stessa casetta in costruzione a Wellfleet, Massachusetts, su Cape Cod, dove Danny era cresciuto. Suo padre era un costruttore edile e un mobiliere, un uomo rispettabile ma anche irascibile. Era uno tutto d'un pezzo. E finiva sempre per far incazzare la gente. Ma era anche una brava persona; pagava sempre la sua squadra di costruzioni meglio di chiunque altro. Ogni volta che uno di loro si cacciava nei guai, era lui a tirarlo fuori e a prestargli dei soldi, e non teneva il conto di quanto gli era dovuto.

Quando era andato in pensione, aveva ben pochi risparmi. Lui e la madre di Danny vivevano grazie alla previdenza sociale.

Danny non aveva nessuno a cui chiedere il denaro. Non familiari o amici, almeno.

Cercò di ricordare perché fosse stato così a disagio nell'accettare un prestito da Thomas Galvin per il viaggio in Italia della figlia. Orgoglio? Non gli sembrava più un motivo così convincente. Immaginò una bilancia con il suo orgoglio su un piatto – simile a un organo interno informe, pulsante e violaceo – e la felicità di Abby sull'altro, come una bimba ridente e paffutella con indosso soltanto un pannolino. La bimba pesava molto di più di quella massa pulsante. Cosa gli era venuto in mente? Se avesse avuto dei gioielli da impegnare o qualcosa di valore da vendere, l'avrebbe fatto senza pensarci un momento. Se avesse conosciuto un usuraio, avrebbe preso in prestito sedicimila dollari.

Doveva trovare del denaro da qualche parte, in qualche modo… e presto.

8

Parecchie persone facoltose di Boston vivevano nella cittadina di Weston, sedici chilometri a ovest della città. Alcune delle case erano villette di recente costruzione, ma quelle più grandi erano nascoste alla vista da grandi macchie boschive ed erano contrassegnate solo da un cartello stradale o da una cassetta delle lettere.

Danny passò davanti all'ingresso della proprietà dei Galvin tre volte senza vederlo. Non c'erano luci, colonne di pietra, pilastri o targhe. Solo una semplice cassetta delle lettere in alluminio con un numero dipinto sopra, nemmeno particolarmente grande.

Svoltò per una strada non segnata e la seguì zigzagando per i boschi fino ad arrivare in una radura con un alto cancello in ferro battuto con ornamenti elaborati, attaccato a grandi colonne di pietra. Si fermò. Il cancello era chiuso. Su una colonna c'erano un citofono e una telecamera a circuito chiuso.

Abbassò il finestrino e suonò il citofono. Dopo qualche secondo, una voce di donna gracchiò: «Prego, entri».

Il cancello si aprì verso l'interno e delle luci basse si accesero a illuminare un altro tratto di vialetto, lì lastricato con pietra tagliata. La strada curvò gentilmente finché all'improvviso Danny non si ritrovò davanti una casa immensa, come un castello che compariva dalla nebbia.

Era in stile georgiano, costruita in pietra grezza e con un tetto di ardesia. La facciata era illuminata alla perfezione da faretti posti sul terreno. Aveva linee aggraziate, tre piani, ed era lunga quasi quanto metà dell'isolato di Danny su Marlborough Street. Si era aspettato una villetta pacchiana. Ma la casa dei Galvin, per quanto vasta, era davvero bella.

Da un lato c'era un intero campo da basket. Danny ricordava con chiarezza il giorno in cui suo padre aveva montato un canestro su un palo vicino all'asfalto del loro vialetto. Ricordava anche come tutti i bambini del vicinato l'avessero ritenuto fantastico e volessero usarlo a ogni ora del giorno.

Di fronte alla casa, il vialetto girava in cerchio. Danny accostò, scese dalla macchina e chiuse la portiera. I cardini arrugginiti cigolarono.

La porta principale, un enorme pannello di quercia antica che pareva preso direttamente da un castello in Spagna, si aprì. Galvin, in giacca e cravatta, era sulla soglia assieme alla moglie. Lei era splendida. Aveva lucenti capelli neri e lisci, grandi occhi castani e un sorriso radioso; gli ricordava Penelope Cruz, solo con qualche anno in più. Era minuta e magra, e indossava un tubino blu scuro aderente che metteva in mostra una vita lunga e il rigonfiamento di un seno voluttuoso. Non sembrava tanto vecchia da avere un figlio già laureato.

Dietro di loro, una coppia di cani-topo scorrazzava intorno uggiolando. Erano minuscoli e glabri, color grigio scuro, con orecchie enormi come quelle di un pipistrello. «Loco! Torito! Buoni!», disse la donna. «Sono così spiacente. Pensano di proteggerci, di tenerci al sicuro. Sono Celina».

Danny si era aspettato che ad aprire la porta fosse una domestica o un maggiordomo in livrea. Non i padroni di casa. Si presentò e le offrì una bottiglia di vino in un sacchetto regalo color rosso metallizzato; qualcuno l'aveva lasciata a casa sua un paio d'anni prima quando invitava ancora gente a cena.

Celina tirò fuori il vino dal sacchetto e lo ammirò come se fosse un Bordeaux raro e costoso, e non un'offerta speciale a otto dollari e novantanove presa dal cestino delle occasioni di un Trader Joe's. Almeno ne aveva tirato fuori uno con un'etichetta ricercata e non quello da due dollari a bottiglia.

«Châteauneuf-du-Pape!», esclamò Tom. «Ottimo!». Annuì e rivolse a Danny un sorriso scaltro. «Un rosso, giusto?»

«Non ne sono certo», ammise Danny, ricambiando il sorriso.

«Come se io potessi distinguere uno Château Vattelapesca da un succo d'uva, giusto?», disse Galvin. «Ma riesco a distinguere quelli ricercati perché sono scritti in francese». Mise una mano sulla spalla di Danny, guidandolo dentro mentre Celina prendeva il suo cappotto.

«Sua figlia è in cucina, a dare una mano», disse la donna.

«Sa cucinare?»

«Oh, Abby è un'aiutante fantastica», fece lei, quasi in tono di rimprovero. «Fa tutto. È come se avessi un'altra figlia. Mi spiace, ma non può riaverla». Il suo sorriso era smagliante. «La terremo noi».

«Abbiamo un allettante piano di leasing a lungo termine», disse Danny.

«Lina ha sempre voluto un'altra figlia», disse Tom. «Dopo due maschi, le sembra di esserselo guadagnato».

Celina gli diede un buffetto giocoso.

«Ha avuto problemi ad arrivare?», chiese Tom.

«In effetti, credo di aver preso un paio di svolte sbagliate sul vostro vialetto», disse Danny. «Meno male che esiste il GPS». La Accord in effetti non aveva un navigatore, ma pazienza.

Galvin scoppiò a ridere. «Venga a salutare le ragazze». I cani-topo uggiolarono e saltellarono al loro fianco mentre si dirigevano in cucina.

«Non penso di aver mai visto dei cani simili prima d'ora», disse Danny. «Di che razza sono?»

«Xoloitzcuintli», rispose Celina.

«Mi scusi, *cosa*?». Tutto quello che era riuscito a capire era qualcosa che suonava come *show* e forse *quinti*.

«Xolo», disse lei lentamente. Lo pronunciò come *show* e *lo*. «Sono rarissimi. Cani nudi messicani. Gli aztechi credevano che avessero poteri magici curativi».

«Ah sì?»

«Li mangiavano anche», disse suo marito.

«Non è vero», ribatté bruscamente Celina. «Perché lo dici sempre?»

«È vero», insistette Galvin. «Ci sono resoconti spagnoli di fastosi banchetti con vassoi carichi di xoloitzcuintli. L'ho letto da qualche parte».

«Oh», disse lei. Poi annusò l'aria. «Volete scusarmi? Credo che stiano bruciando l'aglio». Si affrettò lungo il corridoio.

«Probabilmente sapevano di pollo», disse Danny.

Galvin scoppiò di nuovo a ridere. «Le farò un grosso favore e non riferirò a Lina quello che ha detto».

«Lo apprezzo molto».

«Ehi, non c'era bisogno di portare del vino».

Danny scrollò le spalle. «Nessun problema».

In un tono basso e confidenziale, Galvin disse: «Quanto mi piace il vino di Trader Joe's. Ha mai provato quello da due dollari a bottiglia? Niente male davvero».

9

Beccato.

Danny sorrise, ma dentro di sé trasalì.

Non aveva cercato di spacciare una bottiglia di vino da nove dollari per un Bordeaux da duecento, ma ora sembrava che in qualche modo avesse voluto fregarlo. E comunque, come diavolo faceva Galvin a conoscere Trader Joe's? Era impossibile che un uomo che aveva il proprio *campo* da basket comprasse delle bottiglie di vino da due dollari.

Ma forse era proprio quello il punto. Forse Galvin voleva mostrare di essere un tipo qualunque.

O forse stava solo prendendo in giro Danny, proprio come si fa con i propri amici.

In ogni caso, era evidente che non si lasciava sfuggire un'occasione per scherzare.

«Immagino che, se le nostre ragazze passano tutto questo tempo assieme, anche noi dovremmo conoscerci», disse.

Da qualche parte all'interno della casa, qualcuno si stava esercitando al piano; il brano non era perfetto, ma l'esecuzione era buona. Udì Abby ridere, poi sentì odore di aglio e forse di pollo fritto.

«Che bella casa», disse Danny. «La disposizione è perfetta».

«Merito di Celina. Ha collaborato con l'architetto e ha preso tutte le decisioni. Io non ho fatto un bel niente».

"Sì, come no", pensò Danny. "Hai dovuto soltanto tirar fuori cinquanta milioni di dollari".

«Ehi, Abby ci ha detto che vivete in città».

«Già».

«Siete fortunati. Back Bay, eh? Ho sempre voluto vivere lì. Andare al lavoro a piedi. Il paesaggio. Le universitarie che vanno in giro in pantaloncini».

«Non è male».

«A Celina piacciono i sobborghi. Io faccio solo quello che mi viene detto». Si profuse in una scrollata di spalle.

La cucina era magnifica, più grande di quella di un ristorante. Tegami di rame pendevano da rastrelliere sopra due grandi isole con il piano in pietra nera. C'erano diversi forni a parete e un'enorme cucina a gas professionale color bordeaux scintillante con rifiniture in rame; sembrava un'antica macchina a vapore. Il padre di Danny aveva costruito una casa a Wellfleet per un magnate dell'informatica che aveva richiesto proprio quegli stessi fornelli La Cornue. Sul soffitto a volta si incrociavano travi tagliate a mano che parevano prese da un castello medievale. Il pavimento, calcare dall'aspetto antico segnato e consunto fino ad avere una patina vellutata, poteva essere stato recuperato dallo stesso castello.

Jenna era in piedi accanto a un'enorme padella tonda che fumava e crepitava.

«*¡Ay, Dios mío!*», disse Celina, precipitandosi da sua figlia. «Non devi bruciare il pollo, *mija*! Devi solo abbrustolirlo». I cani zampettavano per la cucina, uggiolando isterici.

«Non lo sto bruciando!», protestò Jenna.

«Ehi, papà», fece Abby. Il suo sorriso si spense un poco quando lo vide. Evitò di incontrare il suo sguardo. Era presso una delle isole, a schiacciare qualcosa in una ciotola. Era evidente che era ancora turbata, arrabbiata o entrambe le cose, preoccupata per l'eventualità di dover lasciare la scuola. Non credeva che suo padre avesse la situazione sotto controllo e lui non poteva biasimarla.

«Ehi, piccola». Danny entrò in cucina e abbracciò Abby. «Cosa stai facendo?»

«Guacamole. Bella cucina, eh?».

Se era una frecciatina indirizzata alla loro cucina minuscola, Danny scelse di ignorarla. «Straordinaria». Avrebbero potuto filmare

Top Chef in quella stanza, con tanto di pubblico. «Assicurati di pestare bene quei grumi, eh?»

«No. Celina dice che non dovrebbe sembrare uscito da un frullatore».

Celina si avvicinò e mise le mani sulle spalle di Abby da dietro. «In Messico prepariamo il guacamole con dei pezzetti dentro, proprio come sta facendo lei». Danny poteva annusare il suo profumo, un aroma speziato ed esotico. «È perfetto, *mi hija*. Oh, voglio proprio *tenere* questa ragazza! Possiamo averla?».

"La seconda volta non è così divertente", pensò Danny.

Fece scorrere una mano di nascosto lungo il bordo dell'isola. Non era granito. La superficie aveva la trama delicata di lava vulcanica vetrificata, il materiale del momento, incredibilmente costoso. Il magnate dell'informatica di Wellfleet aveva ordinato lava vetrificata. Il marmista di Galvin aveva fatto un lavoro da certosino, poiché non si vedeva nessuna giuntura. Poi si rese conto che non ce n'erano perché si trattava di un'unica, enorme lastra. Porca puttana, quanto doveva essere costata?

E quell'ideuzza folle che gli aveva solleticato la mente, agitandosi sul fondo come un cespuglio rotolante da film western, all'improvviso si era fissata davanti, proprio al centro.

"Questo tipo probabilmente spende sedicimila dollari al mese in cravatte. Già gliene devo cinquemila. Cosa sono sedicimila in più?".

Sul serio. Perché no?

Cos'aveva da perdere?

Alzò gli occhi e notò che Galvin lo stava osservando. I loro sguardi si incrociarono. Galvin sorrise. Danny sorrise a sua volta, a disagio.

«Ehi, stava palpando il mio piano da lavoro?».

Imbarazzato, Danny rispose: «Non sapevo che facessero la pietra lavica così spessa».

«Ha appena ristrutturato casa o cose del genere?»

«Mio padre era un costruttore edile. Una volta lavoravo per lui».

«Davvero? Mio padre era un idraulico».

«A Southie?»
«Come lo sa?»
«Vedevo quei camion in giro. Tubature Fratelli Galvin, giusto? Il trifoglio verde?».
«Vedi? Te l'avevo detto che questo tipo mi piace», disse Galvin.

10

I due figli dei Galvin, nascosti da qualche parte nella casa, comparvero per unirsi alla cena di famiglia. Erano entrambi alti, slanciati e di bell'aspetto: capelli scuri e occhi chiari, sopracciglia folte e mascelle volitive. Brendan, il più giovane, indossava una felpa del Boston College, pantaloni da tuta Old Navy e infradito. Ryan portava jeans sdruciti e una maglietta del Ron Jon Surf Shop, ed era a piedi nudi. Sembrava quasi gemello di Brendan, con la differenza che era più rifinito, più ricercato, con la mascella più affilata e il volto più angoloso. Occhi a parte, assomigliavano molto più alla madre che al padre.

«Brendan torna a casa ogni tanto per mangiare un pasto decente», disse Galvin. Si era tolto la giacca e indossava delle bretelle dorate sopra la camicia bianca. Si era allentato la cravatta. «Ryan, qual è la tua scusa? Ti si è accumulato il bucato?»

«Molto divertente», fece Ryan.

«Gli ho detto che poteva portare a casa tutti i vestiti sporchi che voleva», disse Celina, «ma Manuela non vuole fare il bucato per lui. Può farselo da solo. Non siamo un albergo». Batté le mani rapidamente davanti a sé alcune volte per sottolineare la sua affermazione.

Brendan frequentava il secondo anno al Boston College, mentre Ryan si era laureato l'anno precedente e stava facendo la gavetta in una stazione TV. A Danny sembrava che si stesse mantenendo da solo. Suo padre, il fantastiliardario, non gli pagava l'affitto. Interessante.

Abby pareva del tutto a suo agio, come se fosse la seconda figlia dei Galvin. Lei e Jenna bisbigliarono qualcosa e Abby ridacchiò.

Sui loro piatti erano ammonticchiati pollo, riso e fagioli, l'arroz con pollo più delizioso che Danny avesse mai assaggiato.

«Così lei è uno scrittore, eh?», disse Galvin.

«Già».

«Fantastico». Galvin sedeva a un capo del lungo tavolo di quercia della cucina, sua moglie all'altro. I figli erano di fronte alle due ragazze e si muovevano sulle loro sedie simulando interesse. I cani dormivano sotto il tavolo.

«Be', non so se sia fantastico, ma… è un lavoro».

«Scrive con il suo vero nome o ha uno pseudonimo?»

«Con il mio vero nome. Daniel Goodman». Erano in tanti a chiederglielo. Era un modo educato per dire: "Non ho mai sentito parlare di lei".

«Ho sempre voluto scrivere un libro, ma non riesco mai a trovare il tempo. Ho delle storie da raccontare. Forse quando andrò in pensione».

Danny era sempre divertito quando la gente gli diceva che avrebbe amato scrivere se solo avesse avuto il tempo. Come se l'unica cosa che impediva loro di intraprendere una fortunata carriera di scrittore fosse la mancanza di tempo libero.

«Sì, be', immagino di essere semplicemente tanto fortunato da avere tutto questo tempo libero per le mani», disse Danny.

Galvin ridacchiò. «*Touché.* Allora, scrive romanzi o cosa?»

«Saggistica. Biografie», specificò.

Galvin sollevò la bottiglia di vino che aveva portato Danny e la agitò. «No, grazie», disse Danny. Galvin riempì il proprio bicchiere.

«Qualcosa che posso aver letto?», disse Galvin.

«*I Kennedy di Boston*».

«Uhm. Suona familiare. Su Jack Kennedy e la sua famiglia?»

«Più sul nonno di Jack Kennedy, "Honey Fitz" Fitzgerald, che fu sindaco di Boston un secolo fa. Il fondatore della dinastia Kennedy. Un personaggio pittoresco».

«*Pittoresco* di solito significa "corrotto"», fece notare Galvin.

Danny sorrise. «Esatto. Corrotto, eppure amato».

«Sta lavorando a una biografia ora?»

«Sempre».

«Cosa riguarda?».

Danny esitò. La parola *speculatore* poteva non suonare bene alle orecchie di Galvin. In particolare se Danny aveva intenzione di chiedergli un prestito. «Una biografia su un uomo d'affari del XIX secolo».

«Davvero? E quando potrò averne una copia?».

«Mamma, vuoi dire a Brendan di ridarmi la scarpa?», disse Jenna.

«Ridà la scarpa a tua sorella», lo ammonì Celina.

«Non ce l'ho io», rispose Brendan, impassibile.

«Me l'ha tolta con i piedi», disse Jenna. «È come una *scimmia*».

«Tutti quanti, *¡ya basta!*», esclamò Celina. «Quanti anni avete? Sei?».

Danny fu grato per quell'interruzione, ma Galvin non si arrese: «Quando sarà pubblicato? Forse ne acquisterò una copia».

«Dovrà aspettare un po'», disse Danny. «Lo sto ancora scrivendo».

«Come sta andando?»

«Ancora un po' lento, francamente. A volte la vita si mette in mezzo».

«Soffre mai del blocco dello scrittore?», domandò Ryan, il ragazzo più grande.

«No. È un lavoro come un altro. Agli idraulici non viene il blocco dell'idraulico, giusto?».

«Mi piace», disse Galvin. «Sentito, ragazzi? Questa si chiama etica del lavoro. Nessuno gli dice di lavorare. Lui si mette alla scrivania ogni giorno e si costringe a scrivere, che gli piaccia o no».

Danny annuì un po' a disagio.

Tutt'a un tratto da qualche parte giunse una musica fragorosa. Danny riconobbe il riff di chitarra di apertura: *Sweet Home Alabama* dei Lynyrd Skynyrd, adattata come suoneria in tono metallico. Galvin si alzò e tolse un BlackBerry dalla tasca della giacca appesa a un piolo. Lanciò un'occhiata al numero e rispose. «Sono a cena», disse in tono brusco. Una lunga pausa. «È ora di cena. Sono a cena con la mia famiglia». Un'altra pausa, poi sbottò: «Ho *detto*… che non posso».

Danny aveva la sensazione di avere appena visto un lato di Galvin che a lui non piaceva mostrare.

Galvin toccò il BlackBerry per terminare la chiamata. «Accidenti, ha mai avuto uno di quei giorni in cui ha la sensazione che tutti vogliano qualcosa da lei?».

Danny deglutì forte. «Sempre».

Forse chiedergli un prestito non era poi una buona idea.

«Come va la ricerca di lavoro, Bren?».

Brendan fece spallucce. «Non lo so».

«Fammi sapere se devo fare qualche telefonata per te».

«È tutto a posto».

«Non vorrai trascorrere di nuovo l'estate sulla spiaggia di Nantucket, vero?», disse suo padre con uno scintillio negli occhi. «Non vorrai essere uno di quegli sfigati che passano tutto il loro tempo a fare surf?»

«Ci sto provando», disse Brendan imbronciato.

«Su, Tommy, lui va all'università», disse Celina. «Lascialo giocare. Può cercare un lavoro una volta terminati gli studi».

«Cosa c'è che non va nel trascorrere l'estate sulla spiaggia di Nantucket?», chiese Jenna indignata. «Perché *deve* trovare un lavoro?»

«Giusto», disse Celina. «Perché?».

Galvin sorrise. «Ora le ragazze si coalizzano contro di me. Mi dia una mano, Danny. Mi faccia da sponda».

Danny scosse il capo: non voleva essere coinvolto in una scaramuccia familiare. «Spiacente, amico, deve cavarsela da solo».

«Danny, voi andate a Cape per l'estate, giusto?», disse Galvin. «Da quanto possiede una casa a Wellfleet?»

«Wellfleet?». Danny non ricordava di aver detto a Galvin che i suoi genitori vivevano a Wellfleet, che era cresciuto lì. E di sicuro non aveva detto nulla su dove trascorrevano le loro estati.

«Il vostro luogo di villeggiatura estivo. Abby ci ha detto tutto al riguardo».

«Luogo di villeggiatura estivo a Wellfleet?», disse in tono sardonico. «Sì, vorrei...».

Poi notò che Abby si stava contorcendo ed era arrossita.

Si rese conto che aveva cercato di impressionare i Galvin trasformando la modesta casa in costruzione dei suoi nonni a Wellfleet in qualcosa che non era, il luogo dove trascorreva ogni estate.

Si affrettò a terminare la frase: «...vorrei solo che non ci si mettesse tanto tempo per arrivarci».

«Il traffico è tremendo a Cape nel fine settimana», concordò Galvin.

Ma Danny riuscì a vedere il distacco divertito nei suoi occhi e seppe che Galvin aveva notato il suo scivolone.

A Galvin non sfuggiva nulla.

Dopo cena, Galvin si scusò e prese un'altra telefonata nel suo studio. Non si vedeva nessun aiuto in cucina. Danny si domandò se fosse la serata libera della cameriera o qualcosa del genere. Poi Abby e Jenna tentarono di insegnare a Brendan una specie di ballo complicato mentre degli altoparlanti nascosti per la cucina sparavano una canzone, che diceva qualcosa tipo «*party rock is in the house tonight*».

Brendan e le due ragazze balzavano su e giù, correvano sul posto, ruotavano da un lato all'altro, si abbassavano e poi si rialzavano. Trascinavano i piedi, scivolavano e facevano il moonwalk. Brendan raccolse da terra uno dei cani e cercò di muovergli le zampe per simulare un ballo, ma quello si dibatté e ringhiò in tono minaccioso, così Abby e Jenna scoppiarono a ridere.

Abby pareva sinceramente felice di essere lì. Finalmente Danny comprendeva perché era così attratta dai Galvin. Non era per la loro ricchezza. Desiderava far parte del clan Galvin, grande e caloroso, caotico e accogliente.

Voleva essere un membro della famiglia.

Galvin tornò in cucina dopo qualche minuto. Rimase accanto a Danny per un momento, a guardare i ragazzi che ballavano.

«Carina, eh?».

Danny annuì.

«È davvero una brava ragazza, sua figlia. Riesce a tirar fuori da Jenna qualcosa che non avevamo mai visto prima. Da anni, per lo meno».

«Mmm», fece Danny, e annuì di nuovo. «Sembrano entrambe felici».

«È quello che intendo. Ehi, e se ci andassimo a prendere un whisky?».

Danny esitò un attimo – aveva già bevuto un bicchiere di pessimo rosso e doveva guidare fino a casa in autostrada – ma prima che potesse replicare, Galvin aggiunse: «Ho bisogno di chiederle un favore».

11

Tom Galvin versò qualche dito di whisky per entrambi da una bottiglia con l'etichetta THE MACALLAN 1939. Era in piedi accanto al bar nel suo studio. Alle pareti c'erano file e file di volumi probabilmente comprati al metro e mai letti. Tutto odorava di fumo di sigaro.

«La roba buona non è per tutti, sa».

Qualcuno bussò piano alla porta. Si voltarono entrambi. Era Esteban, l'autista. Danny si rese conto di non averlo mai sentito parlare.

«Signor Galvin, devo accompagnare a casa i suoi ospiti?». La voce di Esteban era delicata, la sua parlata incerta. Era insolitamente alto e robusto, ma il completo nero gli calzava alla perfezione. Aveva la testa grossa, guance butterate e grandi occhi da cerbiatto. Un grosso neo sul lato destro del collo a forma di Australia. Aveva un aspetto strano, né brutto né attraente, ma pareva gentile e benevolo.

«Va' pure a dormire, *mi amigo*».

«Grazie, signore». Esteban gli rivolse un piccolo inchino, più un cenno col capo, e se ne andò.

Galvin terminò di mescere e porse a Danny un bicchiere di cristallo. Brindarono. «Alle nostre mogli e amiche», disse. «Che possano non incontrarsi mai».

Danny sorrise e annuì. In fondo ai suoi pensieri si domandava quale "favore" Galvin potesse mai volere da lui.

«Sua figlia è l'unica amica di Jenna, lo sa?», disse Galvin.

«So che sono amiche per la pelle».

«Ha un'ottima influenza su Jenna. Voglio dire, Jenna sta leggendo il libro assegnato dalla scuola senza lamentarsi o protestare. In effetti, le piace davvero leggere *Il buio oltre la siepe* e non abbiamo dovuto assillarla nemmeno una volta».

«Lo lessi ad alta voce a Abby quando probabilmente era ancora troppo giovane, ma… sì, è una lettrice. È bello sapere che parlano di libri, non solo di hip hop, dubstep o quel che è».

«È come se… circondarti di brava gente ti renda una persona migliore. Tira fuori il meglio di te. Circondati di gente cattiva e verrà fuori il peggio. In ogni altra scuola dov'è andata, negli ultimi due anni, sembrava sempre frequentare gli spostati, i poco di buono. Cattiva influenza. Ma Abby tira fuori il meglio di lei. Non ha idea di quanto sia straordinario». A Galvin brillavano gli occhi, come se fossero lucidi.

«È stupendo», replicò Danny, non sapendo cos'altro dire, sorpreso dall'inattesa intimità di quel momento.

«Stai facendo qualcosa di giusto, fratello».

«Io? Nah, sto solo cercando di non starle troppo fra i piedi. Non so cosa sto facendo. Incasino sempre le cose».

Galvin sorrise. «Stai crescendo Abby da solo? Come diavolo ci riesci?»

«Mmm», fece Danny sorridendo e grattandosi il lato del volto. Alzò lo sguardo e disse in tono meditabondo: «Ricordi quei vecchi film catastrofici quando il pilota ha un infarto e la hostess deve far volare l'aereo?».

Galvin sorrise. «Karen Black in *Airport '75*? O forse *L'aereo più pazzo del mondo* ed era Julie qualcosa…».

Danny sorrise a sua volta. «Esatto. Comunque sia. Sai, all'improvviso devi sapere come far volare questo aereo. E non hai altra scelta».

Galvin scosse il capo. «Diamine, devo riconoscertelo. Se non fosse stato per Celina, non riesco nemmeno a immaginare…».

Fece cenno a Danny di accomodarsi su una sedia di pelle imbottita di fronte a una scrivania antica in disordine e lui andò a occupare l'altra. Da un tavolino accanto alla sedia prese una scatoletta laccata di nero con una scritta in oro che diceva COHIBA BEHIKE.

Aprì il coperchio, tirò fuori un paio di sigari, grossi come salsicce, e ne offrì uno a Danny.

Lui annuì e quel rituale solenne ebbe inizio. Galvin gli porse un tagliasigari. Danny spuntò il suo sigaro, poi glielo riconsegnò. Galvin accese il proprio con un accendino dalla fiamma blu che sembrava poter tagliare l'acciaio. Prese qualche boccata e lo diede a Danny.

Fumarono in silenzio per circa un minuto. Danny si ricordò perché non gli erano mai piaciuti i sigari. Pensò a quale complimento fare a Galvin per il sigaro. Ma cosa poteva dire? Che lo disgustava solo un poco? Invece puntò il suo verso una teca di legno sulla scrivania. Posata su un letto di velluto rosso, c'era una medaglia di bronzo che diceva COLLEGIUM BOSTONIENSE.

«Sei un illustre ex alunno del BC?».

Galvin annuì. «Medaglia presidenziale per aver donato una vagonata di soldi».

Danny rise. Galvin era modesto al riguardo, ma teneva comunque la medaglia in bella mostra.

«Vuoi sapere una cosa?», disse infine Galvin, meditabondo. «Sono solo un figlio di puttana fortunato. So che sembra una stronzata, falsa modestia, ma devi credermi». Alzò lo sguardo verso il soffitto. «Ti è mai capitato di dover andare da qualche parte in macchina, di aver fretta, e di trovare tutti i semafori verdi, uno dopo l'altro? Sai, *bum bum bum*... Li prendi tutti. Un colpo di fortuna».

Danny annuì.

«Be', quello sono io. È la pura verità. Giuro su Dio». Si mise una mano sul cuore. «Cerca sul dizionario *nel posto giusto al momento giusto* e troverai la mia foto».

«Ne dubito, ma... okay».

«Ora, non voglio che tu mi fraintenda. Ma credimi quando ti dico: sono stato ricco e sono stato povero».

«Fammi indovinare qual è meglio».

«Non ho intenzione di obiettare su questo», disse con un sorriso. Tirò fuori qualcosa dalla tasca interna della giacca e lo porse a Danny: un foglietto di carta ripiegato.

«Ecco il favore», disse Galvin. «Prendi questo e non fare storie».

Era un assegno da cinquantamila dollari, dal conto personale di Galvin alla J.P. Morgan Private Bank.

Danny alzò lo sguardo. «Cos'è?»

«Un anno di retta a quella dannata scuola femminile troppo costosa, più un po' di spazio per respirare».

«Cosa... cosa stai...?». Danny era rimasto momentaneamente senza parole.

«La Lyman è la quarta scuola di Jenna in tre anni. L'abbiamo tirata fuori da Winsor, Milton, BB&N e... perdiana, non riesco nemmeno a ricordare l'ordine. Si mette sempre con delle cattive compagnie. Oppure tutti pensano che si dia delle arie... Gira voce che suo padre abbia un sacco di soldi e tutte le ragazzine si coalizzano contro di lei. Non lo capisco. Ora finalmente ha un'amica del cuore che è davvero una brava persona e non voglio che nulla mandi a rotoli tutto questo».

«Ma... ma cosa ti ha fatto... come fai a sapere...?»

«Ho le mie fonti».

A Danny girava la testa. Pochi minuti prima stava considerando se chiedere a Galvin solo una parte di quella somma e ora... Abby doveva aver detto qualcosa a Jenna; doveva essere andata così. «Non posso accettarlo. Voglio dire... E comunque è molto più di quanto mi serve».

«Allora non spenderli tutti».

«Non so quando ti potrò rimborsare. Voglio dire, mi devono arrivare dei soldi dal mio editore... a un certo punto, ma...».

«Mi rimborserai quando potrai».

«Io... non so, mi sento a disagio per questo». Ma non così a disagio da rifiutare. Però sembrava la cosa giusta da dire. Si ricordò di quanto Abby era sembrata turbata prima, in cucina. Di come aveva pianto quando aveva aperto la lettera della Lyman che diceva che avrebbe dovuto lasciare la scuola.

«Per l'amor di Dio, non mi diventare un borghesuccio castigato. Tu e io non siamo così. Credimi, ho a che fare con gente simile tutto il tempo. Potrei comprare e vendere molti di quegli stronzi spocchiosi nel distretto finanziario, ma che Dio li fulmini se mi lasciano accedere al loro country club, giusto?».

Danny sorrise e annuì. Immaginava che Galvin stesse parlando di un luogo esclusivo chiamato davvero Country Club, fuori Boston. Pareva che avesse fatto domanda e fosse stato rifiutato, che avessero votato contro la sua ammissione o cose del genere.

Danny annuì. «Quando qualcuno disse a Mark Twain che la ricchezza di Andrew Carnegie era nemica dell'onestà, lui rispose: "Ma certo: 'n'è mica tua e 'n'è mica mia"».

Galvin scoppiò a ridere. «Ecco. Sì, abbiamo proprio le stesse origini, tu e io. Mio padre si è fatto il culo per crescere dieci figli. Tuo padre era un costruttore edile. Nessuno di noi è nato con la camicia».

«È incredibilmente generoso da parte tua».

«Per come la vedo io, questi cinquantamila non riempiono nemmeno i serbatoi della mia barca, okay? Se Abby lasciasse la Lyman, non so davvero cosa diavolo farebbe Jenna. Perciò, se non pensi che spenderei cinquantamila dollari per assicurare la felicità di mia figlia, allora non mi conosci». Il suo sguardo, ardente, era fisso negli occhi di Danny. Pareva quasi adirato. Parlò in tono grave: «Se volessi accettare, lo considererei un onore».

Danny esaminò l'assegno azzurro pallido. Gli vennero le lacrime agli occhi, cosa che gli capitava solo nel ricordare gli ultimi giorni di Sarah. «Posso chiederti una cosa?»

«Ma certo».

Le guance gli avvampavano. «Non potresti fare un bonifico invece di un assegno?».

12

I cinquantamila furono accreditati sul conto di Danny alle dodici del giorno dopo.

Controllò l'estratto conto online. Ricaricò la pagina alcune volte. Voleva essere sicuro che fossero davvero lì. Che non fosse un'illusione. C'erano e ci rimasero.

Era vero. Tom Galvin manteneva la parola data.

Cinquantamila dollari. Un sacco di soldi. Non sufficienti per pagare tutti i suoi debiti, certo. Sarebbe stato come trovarsi in una casa che andava a fuoco e cercare di spegnere l'incendio con un bicchiere d'acqua. Ma poteva estinguere abbastanza fiamme da farsi strada fuori dalla casa, da permettergli di fuggire da quel disastro.

Ma la cosa più importante era che poteva bastare per proteggere Abby.

Telefonò alla Lyman Academy e chiese di parlare con la tesoriera, Leah Winokur. La donna che aveva evitato di chiamare per settimane.

Lei parve sorpresa e niente affatto compiaciuta di udire la sua voce. Danny le disse che avrebbe lasciato un assegno entro qualche ora, quando fosse passato a prendere Abby.

Esitante, Leah Winokur replicò: «Sono spiacente, ma la scadenza è oggi. Le cinque di oggi».

«E io sarò da lei alle due e mezzo».

«Temo che sia troppo tardi, signor Goodman. Tecnicamente, i fondi devono essere accreditati sul conto della scuola entro le cinque di oggi. Un assegno personale non sarà accreditato in tempo. A meno che non si tratti di un assegno circolare o…».

«Le faccio un bonifico immediatamente», disse. «Quello va bene?».

Di ritorno da scuola, Danny disse: «Abby, volevo tranquillizzarti. Ho messo a posto le cose con l'economato».

Abby esalò un respiro. «O mio Dio, o mio Dio. Oh, grazie, papà. O mio Dio. Grazie a Dio».

"È Galvin quello che devi ringraziare", pensò lui, ma non lo disse.

«Ti voglio bene, papà», fece Abby a voce bassa, appena percettibile.

«Ti voglio bene, Boogie».

Una volta a casa, Abby scomparve nella sua stanza per fare i compiti mentre Danny si sedette al computer e cercò di lavorare al libro. In un momento di distrazione, googlò il nome del sigaro che lui e Galvin avevano fumato nel suo studio. Una partita speciale di Cohiba Behike cubani. Forse ne avrebbe comprato una scatola a Galvin come regalo di ringraziamento.

Non credeva ai suoi occhi. Ne erano stati prodotti soltanto quattromila.

Costavano oltre quattrocento dollari *ciascuno*.

Aveva fumato un sigaro che costava quattrocento dollari e non gli era nemmeno piaciuto.

Poi googlò la marca di whisky che Galvin aveva versato, il Macallan del 1939 invecchiato quarant'anni. E di nuovo non credette ai propri occhi.

Più di diecimila dollari a bottiglia.

Abby uscì dalla sua stanza verso le sette. «Che c'è per cena?», chiese.

«Che ne dici di un po' di pasta?».

Lei scrollò le spalle. «Come vuoi».

Squillò il telefono.

«Papà, è per te», fece Abby. Coprì il ricevitore con la mano. «Qualcuno che ha qualcosa a che fare con… i francobolli?».

Danny prese il telefono. «Sì?»

«Parlo con Daniel Goodman?». Una voce d'uomo, cordiale e professionale.

«Chi parla?»

«Signor Goodman, il mio nome è Glenn Yeager. Lavoro per il servizio postale degli Stati Uniti a Boston».

«Ehm… sì?», disse con cautela. «A che proposito?».

L'uomo rise. «Faccio parte dell'ufficio del sovrintendente delle poste, e una delle mie responsabilità consiste nell'amministrare una cosa chiamata Comitato consultivo per i francobolli dei cittadini. Forse ne avrà sentito parlare».

«No, mi dispiace».

«Be', sarò breve. Il comitato si incontra quattro volte all'anno per decidere cosa mettere sui francobolli postali».

«Esiste un comitato apposito?»

«Un comitato piuttosto illustre, in effetti. È composto da quindici insigni cittadini tra artisti, musicisti, scrittori, capi d'azienda, storici. Figure pubbliche. Gli incontri si tengono a Washington e naturalmente è tutto spesato. E c'è anche una generosa diaria per le spese».

«Mi spiace ma non capisco. Tutto questo cos'ha a che fare con me?»

«Be', signor Goodman, Doris Kearns Goodwin ha dovuto dare forfait all'ultimo minuto – credo si sia trattato di una scadenza molto stretta per un libro – ed è venuto fuori il suo nome. Volevamo uno scrittore esperto in storia americana».

«Sta scherzando».

«Il motivo per cui la sto chiamando a quest'ora tarda è che ci occorre riempire quel posto immediatamente. Ci domandavamo se potesse venire ai nostri uffici di Boston domattina».

«Io… Domattina?». Danny fece una pausa. «Ma certo, va bene. A che ora?»

«All'una, diciamo. E non ci vorrà più di mezz'ora. Si tratta solo di qualche domanda di routine per il comunicato stampa, moduli eccetera So che questa richiesta arriva all'ultimo momento, ma se fosse possibile…».

«Ma certo», ripeté Danny. «Nessun problema».

«Stupendo», disse il signor Yeager. «Siamo tutti entusiasti di incontrarla. A proposito, sono un grande estimatore del suo libro sui Kennedy».

«Ah, è lei, allora», disse Danny, una battuta che faceva sempre.

Il signor Yeager ridacchiò e gli diede tutte le istruzioni del caso. «Un'ultima cosa. Devo chiederle di mantenere il massimo riserbo su questa faccenda finché non sarà dato l'annuncio ufficiale. Il governo, sa».

Quando Danny riattaccò, Abby chiese: «Cosa volevano?»

«Era un… comitato governativo», rispose lui. «Vogliono il mio parere su chi mettere sui francobolli». Scrollò le spalle.

Forse il vecchio detto aveva ragione: le buone notizie non arrivano mai sole.

Piove sempre sul bagnato.

13

Il mattino dopo, Danny scrisse più di quanto avesse fatto in un anno. Era ispirato. Le dita volavano sulla tastiera, le frasi gli uscivano fuori come il nastro di una di quelle vecchie riceventi telegrafiche. Quando si fermò, pochi minuti dopo mezzogiorno, aveva scritto diciotto pagine.

Era tutto merito di quel drink con Galvin.

Il modo in cui Galvin aveva parlato di come quei tipi spocchiosi avevano disdegnato il suo denaro. Galvin, il figlio dell'idraulico che aveva fatto fortuna, si considerava un outsider e lo avrebbe sempre fatto.

Qualcosa aveva acceso un interruttore nel suo cervello: finalmente comprendeva Jay Gould. Il problema era stato che non gli piaceva quell'argomento perché non l'aveva mai capito davvero. Ma in effetti Gould non era peggiore di qualsiasi altro magnate dell'industria del suo tempo. Donava alle opere pie, dava soldi ai suoi impiegati e a ogni genere di persone in difficoltà. Solo che non lo sbandierava in giro. La carriera di Jay Gould era la classica storia "dalle stalle alle stelle". Era nato in una fattoria a nord dello Stato di New York ed era arrivato a New York City con cinque dollari in tasca. Dopo aver avuto successo, i giornali dell'epoca gli avevano spalato merda addosso e lui non si era curato di difendersi. Aveva lasciato che i suoi nemici scrivessero la sua biografia. Era stato quello il suo madornale errore strategico.

In fermento per la soddisfazione, Danny chiamò un taxi e si fece scarrozzare fino al centro di Boston, a quell'edificio grosso e orrendo chiamato One Center Plaza, dove il Comitato per i francobolli aveva i suoi uffici, assieme a un mucchio di altre agenzie governative. Era arrivato con un quarto d'ora di anticipo. Aveva con sé il suo portatile in una borsa a tracolla, in caso avesse avuto bisogno di lavorare un po'.

Gli uffici erano al secondo piano. Non c'era nessuna targhetta sulla porta, solo un numero: 322. La moquette grigia che occupava tutta la stanza era sporca, con una grossa macchia informe sulla soglia della porta dell'ufficio.

Una segretaria afroamericana giovane e graziosa era seduta a un bancone per l'accoglienza a forma di L, laminato in mogano ma con l'aspetto da scadente mobile da ufficio. Sorrise e alzò un dito per far segno che sarebbe stata subito da lui. Dopo circa un minuto, la donna disse: «Sono spiacente, signor… Goodman, giusto?».

Lui annuì e sorrise.

«Gradirebbe sedersi? Avverto subito che lei è arrivato».

Danny si accomodò su una delle sedie in fila contro una parete sotto l'emblema della squadra narcotici, una testa d'aquila stilizzata in oro su campo nero. Molti manifesti con scritto RICERCATO! rivestivano le pareti, offrendo RICOMPENSE PER I GRANDI SPACCIATORI.

Circa due minuti dopo, la donna disse: «Sta arrivando».

La porta per gli uffici interni si aprì e ne uscì un uomo tarchiato e con le spalle ingobbite, vestito con un completo color blu scuro della misura sbagliata. Aveva una grande testa calva un po' troppo grossa rispetto al corpo, quasi senza collo, e una cortina di fini capelli grigi che gli raggiungevano il colletto. Con la bocca sottile e piegata all'ingiù, ricordava vagamente una rana. Aveva baffi ispidi e una faccia che mostrava le cicatrici di una grave acne giovanile. Portava delle lenti bifocali con la montatura in acciaio e sembrava sulla cinquantina.

«Signor Goodman, grazie per essere venuto», disse l'uomo. «Mi dispiace averla fatta aspettare. Agente speciale Glenn Yeager».

Danny si alzò lentamente e i due si strinsero la mano. «Ha detto "agente speciale"?»

«Entri. Dobbiamo parlare e le spiegherò. Non dovrebbe volerci molto», disse l'uomo chiamato Yeager, tenendo aperta la porta per Danny.

Percorsero un lungo corridoio. Yeager pareva zoppicare un poco. Le pareti erano curve, per seguire la facciata dell'edificio, ed erano dipinte di un bianco da agenzia governativa. Il pavimento era ricoperto da un'orrenda moquette grigia.

Yeager si fermò alla prima porta aperta. Un uomo era seduto a un tavolo rotondo per le riunioni in una stanzetta priva di finestre, occupato a parlare al telefono, con carte e fascicoli sparpagliati davanti a sé. Quando li vide, posò il ricevitore e si alzò in piedi.

«Signor Goodman, sono l'agente speciale Philip Slocum».

Slocum era magro e aveva capelli neri come lucido da scarpe pettinati con la riga. Aveva la corporatura segaligna di un atleta e assomigliava a un levriero. Il suo volto era acuto e indagatore, simile a una volpe, snello e segnato da rughe e da una marcata barba del primo mattino. Pareva compatto e irrequieto, contratto come una molla. Invece di porgergli la mano, mostrò a Danny un portabadge di cuoio nero.

Il badge era di metallo color oro. C'era scritto DIPARTIMENTO DI GIUSTIZIA sopra un'aquila e, lì sotto, le parole US DRUG ENFORCEMENT ADMINISTRATION[5], poi AGENTE SPECIALE e un numero.

«Siete della DEA?», disse Danny. «Ora sì che non ci capisco più niente. Cos'ha a che fare tutto questo con i francobolli postali?».

«Confido che non abbia detto a nessuno di quest'incontro», disse Yeager. Parlava in un tono preciso, quasi colto, che non ci si sarebbe aspettati da quella bocca da rana. Si sedette al tavolo tondo e fece cenno a Danny di imitarlo.

Danny rimase in piedi e annuì in maniera appena percettibile. «Cosa sta succedendo?»

«È per la sua protezione».

«La mia *protezione*? Il Comitato per i francobolli dei cittadini…».

«Era un pretesto per farla venire qui, signor Goodman», disse

[5] La DEA è un'agenzia federale antidroga statunitense. (*n.d.t.*)

Yeager. Lanciò un'occhiata al suo collega, che fece scivolare un foglio di carta lungo il tavolo in direzione di Danny.

«Sa di cosa si tratta?», chiese Yeager. Pareva essere lui quello al comando.

Il foglio era ricoperto di colonne di cifre. A una prima occhiata, non voleva dire nulla. Quando osservò con maggiore attenzione, vide il suo nome, quello della sua banca e il suo numero di conto corrente.

Poi: "BONIFICO IN ENTRATA", una serie di numeri, le parole "T.X. GALVIN", altri numeri, poi "$50.000,00".

«Quello è il suo conto bancario?», chiese Yeager.

«Sì».

«Quell'estratto conto è accurato? Thomas Galvin le ha pagato cinquantamila dollari?»

«Lui non mi ha "pagato" nulla. È un prestito. Comunque sia, che diavolo di invasione della privacy…».

«Ha dei documenti a fronte di questo "prestito"?»

«Documenti? Quando un amico ti presta del denaro non ti costringe ad andare da un notaio».

«Thomas Galvin le ha pagato cinquantamila dollari senza uno straccio di documento?»

«È un amico. Si fida di me».

«Ci scommetto», si intromise l'altro, Slocum. Il suo raschiante registro tenorile assomigliava al suono ruvido di metallo che sfrega contro altro metallo. La sua gamba destra tremolava, andando su e giù.

«Vi dispiace dirmi di cosa si tratta?»

«Thomas Galvin è oggetto di indagini della DEA».

«Droga? Pensate davvero che…? È un cattolico irlandese di Southie, per amor di Dio».

«Ha mai sentito parlare del cartello di Sinaloa?», domandò Yeager.

«L'organizzazione della droga messicana? Cosa dovrei aver sentito?»

«Abbiamo motivo di credere che Thomas Galvin stia lavorando per conto del cartello di Sinaloa».

Danny li fissò incredulo. Poi scoppiò a ridere. «Ah, ora capisco. La moglie messicana. Ma certo. È sposato con una messicana, perciò *deve* avere delle connessioni con un cartello della droga. Perché, naturalmente, tutti i messicani lavorano per i cartelli della droga, giusto?»

«Il padre di Celina Galvin era Humberto Parra Fernández y Guerrero», disse Yeager.

«E io dovrei sapere chi è?»

«L'ex governatore di Michoacán, uno degli Stati messicani, e in seguito un elemento importante nel narcotraffico».

«Oh, per amor di Dio. Questa è follia. Galvin è un cattolico irlandese di Southie. Non sembra il tipo d'uomo che si farebbe coinvolgere nel mercato della droga. Niente affatto».

«E lei questo come lo sa?».

Danny rimase in silenzio per un bel po'. «È solo che non sembra il tipo».

Yeager lo fissò a lungo. «Nemmeno lei».

«Prego?».

«Signor Goodman, si sieda, per favore».

Il cuore di Danny stava battendo all'impazzata, anche se non sapeva se fosse dovuto al panico o alla rabbia. Si alzò in piedi con le braccia incrociate. «Che vuol dire tutto questo?»

«Lei è collegato direttamente e finanziariamente al traffico internazionale di droga».

«Ma questo è ridicolo», disse Danny.

«È il denaro a collegarla», disse Slocum. «Adesso lei è ufficialmente un complice».

«Aspettate un attimo», disse Danny alzando la voce. «Tom Galvin è stato tanto gentile da prestarmi del denaro per la retta della dannata scuola privata di mia figlia». Si interruppe, guardò prima un agente, poi l'altro, quindi proseguì più piano. «Due ore dopo aver ricevuto il denaro da Galvin, ho effettuato un bonifico di sedicimila dollari alla Lyman Academy. Perciò forse potete dirmi come questo rientra nella vostra teoria».

«Come ha utilizzato i fondi non fa differenza», disse Slocum. «Non mi interessa se li ha dati tutti a un orfanotrofio in Ruanda. Ha ricevuto un bonifico di denaro sporco, il che significa che è implicato».

«Ah sì?», disse Danny. «E come avrei fatto a saperlo?»

«Si informi sul significato di "cecità intenzionale" ed "elusione consapevole"», disse Yeager. «La corte riterrà che lei non ha fatto domande perché *non voleva sapere* da dove venivano i soldi di Galvin. Ha chiuso di proposito gli occhi di fronte al reato».

«Il che significa», disse Slocum, «che può essere incriminato perfino se afferma di non sapere nulla».

Danny deglutì. La stanza parve inclinarsi da un lato, poi dall'altro. «*Incriminato?* Per *cosa*? Per aver accettato inconsapevolmente…».

«La prego di ascoltare con attenzione», disse Yeager. «Ci basta una telefonata per fissare un appuntamento con il procuratore federale. Una volta fatta, non si può tornare indietro».

«Cosa significa *questo*?». A Danny si era seccata la bocca. Aveva difficoltà a far uscire le parole.

Slocum gli rivolse un sorrisetto malevolo. «È in atto una cospirazione per il riciclaggio di denaro, frode postale e telematica e frode bancaria. E questo è solo l'inizio. La sua prospettiva va dai trenta ai quarant'anni di prigione».

«E si tratta di una pena federale», disse Yeager. «Sa cosa significa? Niente condizionale».

«D'altra parte», disse Slocum, «non penso che durerebbe molto in prigione. I nostri amici messicani si preoccuperebbero di quanto lei sa e se ha intenzione di cominciare a cooperare. Hanno degli uomini in ogni carcere. Non possiamo proteggerla».

«Non crederete davvero di potermi incriminare in base a queste accuse fasulle e inventate, vero?», disse Danny.

«Le probabilità sono a nostro favore», disse Yeager.

Slocum scrollò le spalle. «Ammettiamo che queste accuse non

reggano in tribunale. Vuole davvero trascorrere i prossimi cinque anni della sua vita a combattere il sistema? Siamo il governo. Abbiamo avvocati di ogni tipo e tutto il tempo del mondo. Lei, invece? Se assumerà un avvocato appena decente per provare a tirarla fuori da questa situazione, le sue spese potrebbero raggiungere un paio di milioni di dollari prima che tutta la faccenda giunga a una conclusione. Non mi sembra che abbia in banca così tanti soldi».

«E io non confiderei nel suo amico Galvin per finanziare la sua difesa».

«Non quando gli avremo sequestrato i beni», disse Slocum. «E anche i suoi. Il suo appartamento, quella macchina merdosa e quel fondo pensione da trentaduemila dollari? Spariti. *Puff*».

«Certo, alla fine potrebbe riuscire a convincere un giudice e una giuria a proscioglierla», disse Yeager. «Anche se io non ci scommetterei, dato che il dipartimento di Giustizia di rado perde una causa. Nel frattempo, lei e la sua famiglia sarete trascinati nel fango. Voglio proprio vedere come farà a ristabilire il suo buon nome. E la sua povera figlia – Abigail, giusto? – dovrà vivere sotto quell'ombra. Che cosa tremenda per una ragazzina».

Stordito, con la testa che gli girava, Danny crollò su una sedia. «Cosa diavolo volete?», disse.

14

«Il suo aiuto, tutto qua. Vogliamo solo la sua cooperazione», rispose Yeager.

«Su cosa?», domandò Danny.

«Accesso a Galvin. Lei pare una delle poche persone con cui trascorre del tempo».

«Lo conosco a malapena», disse Danny. «Prima dell'altra sera, non credo di averci scambiato più di dieci parole».

«Ah sì?», disse Slocum. «E cos'è successo a "è un amico, si fida di me"?».

«Di sicuro sua figlia passa parecchio tempo con quella di Galvin», fece Yeager.

«Tenete mia figlia fuori da questa storia».

«Vorrei poterlo fare. Ma se si rifiuta di cooperare, non avremo scelta».

Danny provò un senso di nausea. «E questo che significa? Di quale tipo di cooperazione state parlando?».

Yeager pareva sul punto di rispondere, ma poi tacque. Fece scivolare un foglio di carta sul tavolo verso Danny.

Allora Slocum disse: «Non appena avrà firmato l'accordo di cooperazione, parleremo dei dettagli».

Danny lo esaminò rapidamente. Diceva "Accordo di fonte confidenziale" e "Modulo DEA 473".

Pareva quasi surreale, come se fosse uscito dalla sua vita normale e fosse entrato in un altro mondo. *Fonte confidenziale*. La DEA.

Era nauseante.

Cercò di farsi forza, di raccogliere le risorse necessarie per controbattere. «Cosa ottengo se lo firmo?».

Yeager disse lentamente: «Niente incriminazione. Una possibilità che tutto finisca bene».

Il cuore di Danny gli palpitò nel petto e un sapore acido gli riempì la gola. Esisteva davvero un modo per uscire da quell'incubo? «Ma… cosa volete che faccia?».

Yeager si voltò verso Slocum, che annuì in maniera quasi impercettibile.

Slocum disse: «Ci occorre un orecchio all'interno della casa di Galvin».

Danny lo guardò per alcuni secondi. «Gesù Cristo… Volete che indossi un *microfono*?»

«Firmi il modulo e parleremo dei dettagli», disse Slocum.

Danny scosse il capo. «Voglio parlare con un avvocato. Ne ho il diritto».

Yeager scrollò le spalle, i palmi verso l'alto. «Faccia pure. Ma posso darle un consiglio?».

Danny lo guardò e attese.

«Farebbe meglio a scegliere con attenzione con chi vuole parlare».

«In realtà, parlerò con chi diavolo voglio».

Yeager fece spallucce. «Ma certo. Però esiste un motivo se l'abbiamo portata qui in questo modo. Questi cartelli hanno occhi e orecchie ovunque. Se si sparge la voce che ha avuto un incontro con la DEA, il suo valore come FC salta».

«FC?», chiese Danny.

«Fonte confidenziale», disse Yeager.

«Se scoprono che si è incontrato con noi…», disse Slocum, poi si passò un dito sulla gola. Gli rivolse un sorriso malevolo. «Perciò sarà meglio che scelga con attenzione con chi confidarsi».

Danny restò a guardare il pavimento e la grigia moquette lisa per un po' di tempo. Gli girava la testa. Aveva bisogno di raccogliere i pensieri, ottenere consigli legali di prima qualità, stare molto attento alla sua prossima mossa. Qualunque strada avesse scelto, le conseguenze sarebbero state serie e permanenti.

«Se decido di firmare questo modulo», disse, «come mi metto in contatto con voi? Torno qui e basta?»

«Assolutamente no», disse Yeager. «Questo è un ufficio satellite per il nostro gruppo. Un sito grigio. Una sede operativa segreta».

«La veda in questi termini», disse Slocum. «Il cartello tiene d'occhio con attenzione la sede principale della DEA nel JFK Federal Building, chi entra e chi esce. Se vedono una persona collegata a Galvin andare a incontrare qualcuno alla DEA, faranno due più due».

Yeager scrisse un numero dietro al suo biglietto da visita e lo diede a Danny. «Chiami questo numero quando vorrà tornare».

«E non ci metta troppo tempo», disse Slocum.

«Oppure?»

«Oppure l'accordo salta. E veniamo a prenderla con le manette».

15

Danny uscì barcollando sulla One Center Plaza sotto il sole ardente. Si sentiva intorpidito.

Trovò uno Starbucks, prese un caffè e si sedette a pensare per un po'. A quanto pareva, era fottuto per bene.

Si collegò a internet e googlò "sinaloa cartel".

La funzione di autocompletamento di Google gli suggerì alcune ricerche simili:

sinaloa cartel *chainsaw*
sinaloa cartel *members*
sinaloa cartel *news*

La curiosità ebbe il sopravvento e selezionò "sinaloa cartel *chainsaw*". Cliccò su quel link e poi su INVIO per confermare che aveva più di diciott'anni. Partì un video.

Mostrava un paio di tipi panciuti a torso nudo in Messico. Parlavano in spagnolo. Probabilmente erano trafficanti di droga o sicari per il cartello di Sinaloa. Brutti ceffi, che sembravano spaventati come bambini, legati a terra contro la parete di una casa.

Poi uscì qualcuno con dei pantaloni militari mimetici e avviò una motosega, di quelle che si usano per abbattere gli alberi. In pochi secondi li aveva decapitati entrambi. Un attimo erano vivi, quello dopo erano senza testa.

"Erano spioni", diceva la didascalia.

Un informatore confidenziale era una specie di spione.

Il video era accompagnato da una colonna sonora, una specie di canzone popolare messicana chiamata *narcocorrido*: chitarre, tromba e una fisarmonica, che suonavano a ritmo di polka. Le ballate narcocorrido erano odi agli assassini e ai torturatori dei cartelli della droga. Erano eroi del popolo.

In qualche modo, quel narcocorrido allegro, spavaldo e galoppante a fare da colonna sonora al posto delle urla delle vittime peggiorava il tutto.

In un paio di minuti aveva visto fotografie di quattordici soldati dei cartelli fatti a pezzi con una motosega, gambe, teste e toraci disposti a terra come le parti di un tacchino del Ringraziamento affettato con perizia.

Fottuto proprio per bene.

Doveva parlare con qualcuno, con un esperto. Un avvocato penalista. Ma non ne conosceva nessuno.

L'ex marito di Sarah era un avvocato. L'ex marito della sua ex moglie. Tutta quella situazione era tanto complicata e spossante da fargli dolere la testa.

No, grazie.

La compagna di stanza di Lucy all'università era un avvocato corporativo, un pezzo grosso a Washington DC. Gli avvocati conoscevano sempre altri avvocati. A volte conoscevano solo altri avvocati. Tirò fuori il cellulare e digitò il pulsante di chiamata rapida per Lucy.

Poi premette TERMINA prima di ottenere la linea.

Raccontare a Lucy il problema in cui era invischiato era una decisione importante, qualcosa che non poteva disfare. Doveva pensarci su.

Non ancora.

Conosceva qualcuno. Un tipo che aveva la stanza di fronte alla sua al primo anno di università. Jay Poskanzer passava buona parte della sua vita alla Butler, la grande biblioteca della Columbia University. Nerd, sempre teso, brillante, acido. Era andato alla Scuola di Legge a Harvard, poi aveva lavorato come funzionario per una Corte suprema di giustizia e in seguito era diventato un importante avvocato privato.

Danny era quasi certo che fosse specializzato in legge criminale.
Gli serviva qualcuno con quella specializzazione. Qualcuno di davvero bravo.

Riprese il telefono e chiamò.

16

Jay Poskanzer era considerato uno dei migliori penalisti di Boston. Compariva regolarmente nell'elenco del settimanale «Boston» tra i migliori avvocati della città.

Era socio alla Batten Schechter, uno studio legale molto potente al quarantottesimo piano della Hancock Tower. Dalle finestre di vetro laminato del suo ufficio si potevano vedere Back Bay, il fiume Charles e il distretto finanziario, disposti in miniatura come una mappa in rilievo. L'ufficio era disseminato di cimeli sportivi: mazze da baseball rotte e autografate, foto con dedica incorniciate dei giocatori dei Red Sox in azione, un pezzo del parquet del vecchio Boston Garden.

Poskanzer aveva capelli crespi bruno-rossicci con parecchio grigio e più radi in cima. Portava occhiali con la montatura a tartaruga, aveva una voce nasale e modi caustici. Adesso era un avvocato di successo, ma era ancora tanto nerd quanto lo era stato al primo anno d'università.

Ci furono i convenevoli obbligatori sulle rispettive famiglie. Poskanzer aveva un paio di figli un po' più giovani di Abby; uno era a Fessenden e l'altro a Belmont Hill, entrambe scuole private, "sorelle" della Lyman.

«Ehi, senti, ti devo ringraziare», disse Danny.

«Per cosa?»

«Per... Sarah. Sai, il tuo contributo. Mi dispiace non essere stato abbastanza in me da mandarti un biglietto».

Al funerale di Sarah, agli ospiti era stato chiesto di fare donazioni alla Fondazione per la ricerca sul cancro al seno, invece di portare fiori. Poskanzer aveva dato qualcosa come mille dollari in nome di Sarah.

«Non preoccuparti. Voglio dire, era il minimo che potessi fare. Vedi ancora… Lucy Lindstrom?».

Danny annuì. Si domandò se perfino Jay Poskanzer ci avesse sbavato dietro all'epoca.

«Fortunello».

«Ma non mi dire».

«Allora», fece Poskanzer dietro la sua scrivania col piano di cristallo, unendo i polpastrelli. «Ti vedo nervoso, Danny. Perché non mi dici cosa succede?».

Danny prese un respiro profondo, si sporse in avanti sulla sedia e iniziò a raccontare a Poskanzer gli avvenimenti degli ultimi due giorni: i suoi guai finanziari, il prestito, la telefonata misteriosa e la scoperta scioccante che la DEA stava tenendo sotto controllo i suoi movimenti bancari a causa di un'indagine in corso su Tom Galvin.

«Aspetta un attimo», disse Poskanzer. «Thomas Galvin?».

Danny annuì, turbato dal tono urgente di Poskanzer.

«Lo conosci?».

Danny annuì di nuovo.

«Perciò stanno dicendo che Galvin è sospettato di riciclaggio di denaro per il *Sinaloa*, un cartello della *droga* messicano?»

«Qualcosa del genere».

Poskanzer protese la mano come un vigile. «Spiacente, sto cercando di capire le implicazioni».

«È folle, giusto?».

Poskanzer fischiò piano. «Oh, Gesù, Danny. Non va bene. È una brutta situazione».

Non era quello che Danny voleva sentirsi dire. Fu come un pugno allo stomaco. Certo che era una brutta situazione, ma sentirlo dire da un avvocato penalista era un pessimo segno. «Cosa intendi, esattamente?»

«Quando Galvin ha trasferito i fondi, gli hai dato qualche tipo di contropartita scritta, una nota, qualcosa?»

«Era un prestito. Gli restituirò i soldi».

«Ce l'hai per iscritto?».

Danny scosse lentamente il capo. «Un amico presta dei soldi a un amico. In questi casi non firmi un contratto, giusto?»

«Perciò i cinquantamila... potrebbero essere qualunque cosa. Un pagamento di qualche tipo».

«Potrebbero, ma non lo sono».

«Non puoi dimostrare che si trattava di un prestito?»

«Loro non possono dimostrare che *non lo era*».

«Non ne hanno bisogno». Ci fu una lunga pausa. «Se il governo sospetta Galvin di riciclaggio per il cartello di Sinaloa oppure di traffico di droga o altro, useranno ogni arma a loro disposizione. Il che a volte significa che il passante innocente viene preso nel tritacarne».

«Non capisco».

«Hai preso in prestito dei soldi dal tizio sbagliato».

«D'accordo, ma non sapevo proprio nulla su droga, cartelli messicani o... Non ho fatto niente di sbagliato! Non è quello che conta davvero qui?».

Poskanzer espirò piano. «Purtroppo no. Sei rimasto invischiato in una grossa indagine antidroga che non ha nulla a che fare con te. Come ho detto, il governo userà ogni arma a sua disposizione, e in questo caso significa torchiarti finché non acconsentirai a cooperare. Il potere, il vantaggio... sta tutto dalla loro parte. È ingiusto, ma è così. Sei in una situazione grave. È la tremenda verità».

Danny deglutì forte. «Jay, tu dovresti essere il miglior avvocato di Boston».

Poskanzer si concesse l'accenno di un sorriso. «Probabilmente».

«Perciò stai dicendo che non possiamo opporci a questo?»

«Danny, certo che *possiamo* opporci a questo. Io sono qui per te: qualunque cosa tu voglia fare, la farò. Ma lascia che metta in chiaro i fatti. Per come funziona la legge in questo caso, se fai affari con un criminale, si presume che tu sia un criminale. Puoi opporti, certo. Ma le probabilità sono contro di te. Quando il governo federale decide di incriminare qualcuno con accuse di narcotraffico, *vince quasi sempre*. Ascolta, non ho intenzione di indorare la pillola. Sai qual è il tasso di condanna per narcotraffico?».

Danny scosse il capo con impazienza.

«*Oltre il novanta percento*». Poskanzer si voltò di poco e iniziò a digitare sulla tastiera. «Ecco qua: novantatré percento. Questo significa che il novantatré percento di persone incriminate per "traffico di droga", comunque sia definito, sono state condannate. Quasi *tutte* sono andate in carcere. Questo significa che hai nove possibilità su dieci di finire in prigione. Questa è la realtà».

Danny quasi balzò su dalla sedia. «*Prigione?*», farfugliò. «Hai detto *prigione*? Mi stai *prendendo in giro* o cosa?».

Poskanzer scosse lentamente la testa. «Danny, andiamo. Siediti, okay? Tutto ciò che sto dicendo è che se scegliamo di combattere all'interno del sistema legale, ci sono probabilità molto alte che tu finisca in prigione».

Con amarezza, Danny disse: «Perciò praticamente posso finire in prigione per… aver semplicemente accettato un prestito da un tizio?»

«Quando lo definiscono un crimine malavitoso, certo che sì». Poskanzer ruotò lo schermo del computer perché Danny potesse leggere. «Da' un'occhiata».

Una specie di tabella. Parole e numeri. «Cos'è?», domandò Danny.

«Queste sono le linee guida federali per le sentenze su accuse riguardanti la malavita organizzata. Considerata la quantità di denaro in ballo – cinquantamila dollari – e il fatto che ricade sotto la categoria di azione legata al narcotraffico, potresti prendere da trecentoventiquattro a quattrocento mesi di prigione».

Danny lo fissò in preda a un muto terrore. «Non so nemmeno quanto sono quattrocento mesi».

Poskanzer non esitò un secondo. «Trentatré anni».

Danny deglutì. «Queste sono stronzate!». Cercò di fare appello a un'indignazione oltraggiata, ma quella che uscì fu solo una supplica. «Stronzate belle e buone».

Poskanzer chinò il capo per un attimo, come se stesse pregando o fosse perso nei suoi pensieri. Poi sollevò la testa e disse: «Ricordi quella volta che salimmo sul tetto della Low?».

Danny annuì. Salire sui tetti degli edifici del campus era una venerabile tradizione della Columbia. Dovevi forzare serrature e sgattaiolare fuori dalle finestre, e c'era sempre il rischio di essere beccato, cosa che poteva comportare l'espulsione. Ma ciò conferiva a quella pratica il brivido dell'illecito. Al loro primo anno, lui e Poskanzer una volta erano sgusciati fin sul tetto della Low Library nel mezzo della notte. Il panorama era spettacolare. Molto più in basso, il cortile scintillava e luccicava.

Danny annuì e si chiese dove volesse arrivare Poskanzer.

«È stato fico», disse l'amico.

«Davvero».

«Odiavo essere una matricola. I miei compagni di stanza erano degli stronzi. Tu eri uno dei miei pochi amici».

Danny era commosso. Non ne aveva idea. Annuì e sorrise. «Sono onorato».

«Ascoltami. Potrei spillarti dei soldi. Ne sarei felice. Be', il mio studio lo sarebbe. Ma siamo amici e non ho intenzione di mentirti. Combattere il governo federale è un'impresa incredibilmente costosa. Ci servirebbe un onorario di duecentocinquantamila dollari, per cominciare».

«Jay, non ho quel tipo di...».

«E loro lo sanno, credimi. Il fatto è che una difesa competente può arrivare a costarti un milione, forse due alla fine dei giochi». Danny si ricordò che uno dei tizi della DEA aveva detto una cosa del genere. «Inoltre ti legherà per anni. E poi, come ho detto, le probabilità sono contro di te. Avrai nove possibilità su dieci di andare in prigione. Fino a trentatré anni».

«Gesù».

«Ascolta, se tu fossi mio fratello, mio padre, il mio miglior amico, ti direi di cooperare. Ma sei anche un padre single. Sei l'unico genitore di Abby. Devi pensarci su. Rovineresti la vita di tua figlia. Voglio dire, hai nominato un tutore per Abby?»

«Un... *tutore?*»

«In caso tu finisca in prigione. In caso tu debba andar via. Perché questo è ciò che *probabilmente* ti accadrà. A meno che non cooperi con loro. Vuoi davvero far girare quella roulette? Io non penso».

«Non ci *credo*!».

«Fatti dare un secondo parere, Danny. E un terzo. E un quarto. Chiedi a qualunque avvocato abbia esperienza nel trattare con i federali. Tutti ti diranno la stessa cosa, solo che forse minimizzeranno le probabilità contro di te. Parecchi avvocati sarebbero felici di prendersi i tuoi soldi e mandarti in bancarotta. Ma io non voglio farlo. Ti sto consigliando – come amico – di cooperare. Se vuoi combattere, combatterò per te. Ma non posso raccomandarti quella linea d'azione, non se voglio avere la coscienza pulita».

«Ma... supponiamo che io scelga di cooperare. Cosa mi succederà?»

«Firmerai un accordo con il governo...».

«No, non è quello che intendo. Diciamo che faccio quello che vogliono. Divento un informatore confidenziale, o una fonte confidenziale, comunque lo chiamino. Indosso un microfono o registro le mie telefonate col tizio. E diciamo che questo porta all'arresto di Tom Galvin. *Allora cosa succede a me?*».

Poskanzer esitò. «Sarai... sarai un uomo libero».

«Hai mai visto uno di quei video del cartello di Sinaloa in cui degli spioni vengono decapitati con una motosega?».

Poskanzer scosse il capo.

«Se le informazioni che fornisco fanno finire Tom Galvin in galera e se lui sta davvero lavorando per il cartello di Sinaloa, chi diavolo mi assicura che non finirò in uno di quei video?».

Ci fu un lungo, lunghissimo silenzio.

«Non penso che tu abbia scelta», disse Poskanzer. «Sono davvero spiacente, ma non penso che tu abbia scelta».

Danny prese l'ascensore e scese ancora stordito. Notò a malapena gli altri passeggeri. In qualche modo si ritrovò nell'atrio della Hancock Tower e poi fuori dalle porte girevoli.

Non aveva dubbi che Jay Poskanzer gli avesse detto la pura e tremenda verità. Se un avvocato come lui – arrogante, brillante e con un ego delle dimensioni del Nebraska – diceva che non valeva la pena mettersi contro il dipartimento di Giustizia, a che serviva cercare di combattere una battaglia che non poteva vincere?

Poskanzer aveva ragione: lui era un padre single. Doveva pensare a Abby.

Fuori da quel palazzo adibito a uffici, stringendo gli occhi per il bagliore del sole, tirò fuori il biglietto da visita che uno dei due agenti della DEA gli aveva dato e digitò il numero.

PARTE SECONDA

17

L'agente speciale Yeager teneva un BlackBerry contro l'orecchio quando Danny tornò.

«Sì, sono io», disse. «Sì. Sì».

Lanciò una rapida occhiata a Danny, come se fosse un topo morto che il suo gatto gli aveva appena portato. «Be', questo non succederà», disse nel ricevitore.

Yeager fece segno a Danny di entrare senza degnarlo di un'altra occhiata.

Quando la porta si chiuse con uno scatto dietro di loro, Yeager terminò la chiamata e protese una mano in cui strinse quella di Danny come con un guanto da baseball ben rodato.

«Sta facendo la cosa giusta».

Danny non disse nulla. "Come se avessi scelta".

«Andiamo a mettere la sua firma sulla linea tratteggiata, così possiamo cominciare», disse Yeager, guidando Danny lungo il corridoio. Nell'aria aleggiava un odore di toast bruciato quando oltrepassarono una stanzetta per le pause: un microonde, un piccolo frigorifero cubico, una caffettiera Keurig, una grossa scatola di cialde di caffè di uno shopping club. Da dietro una porta lungo il corridoio provenne una risata vivace. Una qualche riunione del personale.

L'agente con i capelli lucidi, Slocum, era seduto al tavolo nella stessa sala riunioni dove si erano incontrati la volta precedente. Ora stava sfogliando un fascio di documenti disposti davanti a lui come se stesse giocando a un solitario.

«Toh, guarda chi è tornato», disse Slocum. «Si sieda. Si metta comodo. Ci vorrà un po'. Ci occorre un suo profilo completo».

«Per cosa?»

«Per il nostro rapporto alla sede centrale», disse Yeager. «Dobbiamo istruire un caso su come pensiamo che lei possa aiutarci».

«Che bisogno c'è di un rapporto?», chiese Danny.

«Procedura standard per tutti gli sp… ehm, per tutti gli informatori confidenziali», disse Slocum.

«Ha quasi detto "spioni"».

«Una vecchia abitudine». Sorrise con aria malevola.

«È piuttosto difficile che io sia uno spione se non lavoro effettivamente per il cartello», fece notare Danny.

Slocum esalò un lungo sospiro.

Dopo quarantacinque minuti e una pila di moduli dettagliati, terminarono le domande biografiche. Poi gli chiesero di fare uno schizzo della planimetria di casa Galvin, o almeno di quello che aveva visto. Gli domandarono di ricordare più dettagli possibile sull'ufficio che Galvin aveva in casa: dov'erano le porte e le finestre, quanti computer e che tipo di equipaggiamento elettronico c'erano. Ogni singolo oggetto sulla scrivania di Galvin. Dentro di sé, Danny era compiaciuto per quanto ricordava. I due agenti si davano il cambio. Uno poneva le domande mentre l'altro andava a prendere il caffè, dell'acqua o andava al bagno.

«Perché vi occorre sapere tutto questo?», chiese Danny a un certo punto.

Slocum, il poliziotto cattivo, disse: «Lasci a noi le domande».

«L'ha mai visto chiamare da un telefono fisso?», chiese Yeager.

«In effetti no. Solo dal cellulare. Il suo BlackBerry».

«Ed è sicuro che fosse un BlackBerry? Non sembrava più voluminoso o diverso in qualche modo?»

«Non l'ho visto così da vicino».

«Ha il suo numero di cellulare? Del BlackBerry, intendo».

Danny annuì. Tirò fuori il suo iPhone, entrò nella pagina dei contatti e lesse il numero di Galvin.

«Ha notato se ha inviato degli SMS?»

«Non credo di riuscire a distinguere la differenza tra mandare SMS ed effettuare una chiamata», disse Danny. «Perché? A che vi serve sapere tutto questo?»

«Ci occorre sapere con chi parla e cosa dice», rispose Yeager.

«Allora mettetegli i telefoni sotto controllo».

«Geniale», disse Slocum alzandosi in piedi. «Perché non ci ho pensato?». Scosse il capo in preda a un divertimento caustico e uscì dalla stanza.

«Cosa le fa credere che non ci abbiamo provato?», disse Yeager. «Il problema è che questi cartelli si sono fatti troppo furbi. Non discutono mai su linee telefoniche che non siano crittate».

«Vi è mai venuto in mente che forse il motivo per cui Galvin non parla di faccende del cartello al telefono è perché non è implicato con nessun cartello?».

Yeager parve reprimere un sorrisetto. «Abbiamo rilevato un segnale crittato su una delle sue linee fisse, probabilmente nell'ufficio di casa sua».

«Dunque?»

«C'è un motivo se ha una linea crittata».

Danny scrollò le spalle. «Voi non riuscite a decifrarla?»

«Non è così semplice. Lei ha letto troppe spy story».

«Le spy story non sono mai troppe».

Chiesero a Danny il suo iPhone e vi installarono un paio di app. Una era ChatSecure. Utilizzava un protocollo cifrato chiamato Off-the-Record[6], che permetteva di mandare e ricevere SMS in modo sicuro.

«Le abbiamo dato un account Gmail da usare».

«Ne ho già uno».

«Non lo usi. Non per comunicare con noi. Usi questo». Scrisse su un post-it giallo: "JayGould1836@gmail.com".

«Se vuole usare Google Talk per i messaggi, lo faccia con quell'account».

«Jay Gould», disse Danny. «Avete fatto i compiti».

[6] "Fuori onda". (*n.d.t.*)

«E il 1836…».

«È il suo anno di nascita, sì, lo so. E cosa vi fa pensare che Galvin si confiderà con me?»

«Non lo pensiamo», disse Yeager. «Certo che non lo farà».

«Allora a cosa vi servo?»

«A questo».

Era la voce di Slocum, trionfante. Era apparso sulla soglia, tenendo in mano non un caffè ma una scatola di cartone bianco. Entrò e la posò sul tavolo di fronte a Danny. Sembrava una scatola di una pasticceria, come quelle per le paste, capace di contenere forse mezza dozzina di cupcake. Sollevò i lembi e tirò fuori una piccola scultura. Era una riproduzione dozzinale del *Pensatore* di Rodin, il genere di cosa che si trovava al mercato delle pulci. Aveva perfino una finta patina di verde sopra il nero per farla assomigliare all'originale in bronzo al Museo Rodin, ossidata dopo decenni di esposizione alla pioggia di Parigi. Era pensata per fare da reggilibri. Era una curiosità. Era anche una patacca orrenda.

«Questo cos'è?», chiese Danny.

«Un regalo», disse Slocum. «Lo darà a Galvin come pegno della sua gratitudine per quel prestito così generoso».

«Un… reggilibri? Non dovrebbero essere due?»

«A caval donato non si guarda in bocca», disse Slocum. «È una cimice da stanza. Al suo interno c'è un congegno di ascolto GSM. Trasmette sulla rete cellulare».

«Dal momento che non possiamo decrittare il segnale telefonico», disse Yeager, «la nostra speranza migliore è posizionare un congegno di ascolto nella stanza stessa. Sentire almeno il suo capo della conversazione. Lo terremo sotto controllo per trenta giorni. Poi dovremo fare nuovamente rapporto al tribunale».

«Un reggilibri solo», disse Danny. «Perché mai dovrei regalargli un reggilibri? È bizzarro».

Yeager scrollò le spalle. «È un… una cosa. Un'opera d'arte o quello che le pare. È quello che hanno escogitato i ragazzi al reparto tecnico».

«Fate sul serio? Dovrei davvero regalargli questo pezzo di immondizia da mercatino in giardino o da mercato delle pulci come dono di ringraziamento? Pensate che metterà qualcosa del genere sulla sua scrivania? Dovete ritenere che sia un picciotto uscito direttamente da *I Soprano*. Quel tipo ha gusti sofisticati. Non lo metterà mai sulla scrivania. È imbarazzante. Non è nemmeno una copia fatta bene».

«Non vorrà offenderla», disse Yeager. «Lo terrà sulla scrivania in caso lei lo cerchi durante la sua visita successiva».

«Mi conosce a malapena. Non ha certo paura di ferire i miei sentimenti. Lo getterà via prima ancora che sia uscito dal suo vialetto».

«Forse», concesse Yeager. «O forse no».

«Lei ha un'idea migliore?», disse Slocum in tono di sfida.

Danny scrollò le spalle. «Almeno fatene un'aquila».

«Un'aquila». Slocum proruppe in una risata di sdegno.

«La mascotte del Boston College».

«È un'idea», disse Yeager a Slocum. «Non è male».

«Questo ci ritarderà almeno di un paio di giorni», ribatté Slocum. «I ragazzi del reparto tecnico devono trovare un'aquila e poi adattarla».

«Vale l'attesa», replicò Yeager.

«Lasciate stare», disse Danny. «Probabilmente non lo metterà sulla sua scrivania comunque».

«Sono abbastanza d'accordo», disse Yeager. «Bisognerà pensarci meglio in ogni caso».

«Comunque perché avete bisogno di me?», chiese Danny. «Non avete una squadra che possa intrufolarsi a casa dei Galvin una sera quando non ci sono e posizionare dei congegni di ascolto?»

«Quella possibilità è stata vagliata e scartata», disse Yeager. «La casa dei Galvin non è mai vuota, perfino quando loro non ci sono. Ci sono sempre dei domestici. Inoltre, ha un sistema di sicurezza all'avanguardia».

«E non riuscite ad aggirarlo?»

«Non è fattibile», disse Yeager. «Non c'è modo di introdursi in quella casa senza essere rilevati. Oltretutto, nel momento stesso in cui dovesse sospettare un'intrusione, farà passare al setaccio e sterilizzare l'intera villa. Quando si effettua un'operazione del genere bisogna prestare la massima attenzione alla legge delle conseguenze impreviste».

«Sarebbe a dire?», chiese Danny.

«Che a volte le cose vanno a puttane», disse Slocum.

Danny deglutì forte. «Non vorrete che sia io a farlo. È troppo rischioso. Parlate di conseguenze impreviste. A voi serve un professionista. Io non ho le capacità giuste».

«In realtà, lei ha l'unica qualifica che importa davvero», disse Yeager. «L'accesso. Quell'uomo sembra fidarsi di lei».

«La mia unica "qualifica", per usare le sue parole, è che mia figlia è amica di sua figlia. Ma francamente, se quello che dite è vero, non mi piace l'idea che passi altro tempo in quella casa».

Yeager si sporse in avanti e mise la mano simile a un guantone da ricevitore sul polso di Danny. «Niente cambiamenti. Questo è cruciale. È importantissimo non alterare alcuno schema. Se all'improvviso non permette più a sua figlia di andare dai Galvin, lui si insospettirà».

«E cosa succede se mi becca a piazzare una cimice nel suo ufficio? E se in qualche modo scopre la trasmittente? A me cosa succede? Cosa succede a mia *figlia*?»

«Allora non si faccia beccare», disse Slocum.

Yeager si inserì: «Non succederà nulla a sua figlia».

«E se si sparge la voce che sto cooperando con la dannata DEA? E se tra voi c'è una talpa? Se qualcuno lo spiffera a qualcun altro e la voce arriva a Galvin? E se scopre che gli ho messo una cimice in casa?»

«Non si fasci la testa prima di essersela rotta», disse Yeager. «Ce ne preoccuperemo se e quando accadrà. Ma non accadrà. Andrà tutto bene».

«Cos'è successo alla legge delle conseguenze impreviste?», chiese Danny.

Entrambi gli agenti della DEA restarono a lungo in silenzio. Un sorriso increspò gli angoli della bocca di Slocum.

«Non c'è assolutamente motivo di preoccuparsi», disse Yeager. Ma perfino lui non pareva convinto.

18

L'SMS arrivò due giorni dopo.

Sul suo portatile, in effetti. Suonò un tritono, riverberando confuso come un vibrafono. Si aprì una finestra sullo schermo del portatile che gli chiedeva se accettava una chiave di crittazione. Un blocco formato da caratteri incomprensibili e senza senso occupava la finestra.

Il mittente era AnonText007@gmail.com.

Cliccò SÌ e comparve un messaggio di testo: *7 pm, IHOP, soldiers field rd, prcg angolo NE.*

Era stato fissato un incontro al parcheggio dell'International House of Pancakes[7] a Brighton.

Danny aveva già cominciato a sperare che la DEA avesse perso interesse in lui. Che si fossero finalmente resi conto che non era una buona idea costringere un dilettante come lui a partecipare a un'operazione del genere. Troppo rischioso. Troppe conseguenze impreviste.

Con un terribile presentimento, digitò OK e cliccò INVIA.

Sapeva di non poter dire a Abby della DEA.

Era un'adolescente, una rappresentante della "generazione che condivideva tutto" e che documentava ogni sua mossa su Facebook, Twitter o Instagram. Non ci si poteva fidare che mantenesse un segreto del genere. Il padre della sua migliore amica era finanziere di un cartello della droga messicana? Suo padre era ricattato affinché

[7] "Casa internazionale delle frittelle". (*n.d.t.*)

raccogliesse informazioni sui Galvin? Sarebbe stata incredula, poi indignata, ma soprattutto fremente di eccitazione. Il suo bisogno di dirlo a Jenna sarebbe stato un riflesso incontrollabile.

Lucy era tutta un'altra storia. Lei era la discrezione personificata. Si fidava ciecamente di lei. Non avrebbe mai spettegolato: sapeva come mantenere un segreto.

Ma quando la chiamò quel pomeriggio, scoprì di non essere in grado di raccontarle quelle stupefacenti novità.

«Lucy, baby, credo che farò tardi per cena stasera».

«E Abby?»

«È a casa, a quanto ne so. Non dai Galvin».

Le complessità dei loro modi di vivere erano state smussate nel tempo. Ora che suo figlio Kyle era alla Bowdoin, la casa di Lucy era un nido vuoto. A lei non piaceva ciondolare nel suo appartamento di Brookline e preparare la cena solo per se stessa. Preferiva trascorrere del tempo come una famiglia con Danny e Abby a Marlborough Street.

Non era la madre di Abby e non era una sostituta. Era la ragazza di suo padre, non una figura dotata di autorità. Eppure, in un certo senso, per Abby era un'amica, una specie di sorella maggiore. Quello che in un'altra famiglia avrebbe potuto creare imbarazzo, lì pareva funzionare piuttosto bene, forse perché Lucy era una psichiatra e sapeva dove si trovavano le mine e come evitarle.

«Okay», disse. «Preparerò qualcosa per cena a Abby, allora. Che impegni hai?».

Danny aveva la bugia pronta. «Un mio vecchio amico è in città e voleva un mio parere. Ha delle idee per un libro. Credo che voglia consigli sulla pubblicazione, il che in genere significa come procurarsi un agente».

«Di chi si tratta?»

«Non lo conosci: è un tipo di nome Art. Art Nava».

«Non conosco il nome. Era alla Columbia?»

«No, l'ho incontrato tramite Sarah. Un milione di anni fa. Comunque. Voi due cenate pure senza di me».

Art Nava era un suo amico delle superiori a Wellfleet, qualcuno con cui non parlava e a cui non aveva nemmeno pensato dal giorno del diploma. Non aveva idea del perché avesse scelto quel nome.

Tutto ciò che sapeva per certo era che voleva proteggere Lucy dalla pericolosa sterzata che la sua vita aveva preso, mantenerla innocente e non coinvolgerla. Voleva affrontare quella situazione da solo senza mettere in pericolo la donna che amava così tanto. Gli sembrava la cosa giusta da fare.

Ma era la prima volta che le mentiva, ed era certo che non sarebbe stata l'ultima.

Alle 18:45 Danny era seduto in macchina nel parcheggio della International House of Pancakes a Brighton. Il posto era quasi vuoto: la campagna pubblicitaria della catena di pancake "mangiate la colazione per cena" non aveva mai funzionato granché, ma c'era un flusso costante di macchine che entravano e uscivano. Il rumore di sottofondo del traffico su Soldiers Field Road era ritmico, quasi tranquillizzante. O lo sarebbe potuto essere in un altro contesto, in un altro momento.

Non sapeva cosa aspettarsi e odiava l'incertezza. Doveva posteggiare nell'angolo nordest del parcheggio dell'IHOP per le sette.

L'avrebbero trovato loro.

Attese. A pochi spazi di distanza era posteggiata una Jeep Grand Cherokee rossa. Probabilmente apparteneva a un dipendente, forse a un direttore. Le altre macchine nel parcheggio erano assiepate molto più vicino al ristorante.

Ogni volta che un'auto entrava, Danny alzava gli occhi per vedere se si dirigeva verso di lui. Per le 19:05 aveva osservato un totale di cinque macchine entrare nel parcheggio e tre uscire. Nessuna gli si era avvicinata. L'agente con cui aveva parlato al telefono – Yeager, il meno odioso dei due – aveva insistito sulla puntualità. Avrebbe concesso loro altri cinque minuti e poi se ne sarebbe andato.

Il suo cellulare emise uno strano suono tintinnante. Mostrava le parole CHAT CRITTATA RICEVUTA. Tolse il blocco tasti e lesse il messaggio. *Guardi alla sua destra,* diceva. *Prenda la porta laterale. Non serve la chiave.*

Guardò alla sua destra e non vide nulla e nessuno.

Per un attimo non capì. Poi vide un motel a circa sei metri di distanza. Il CHARLES RIVER MOTEL, come diceva un'insegna. Una porta laterale nera con finiture bianche. Non aveva prestato la minima attenzione a quell'edificio, ma era lì, più vicino dell'IHOP.

Un altro tintinnio e un nuovo messaggio di testo: *Stanza 126. La prima sulla destra.*

Scese dalla macchina, chiuse la portiera e si guardò attorno brevemente. Pochi gradini di cemento fiancheggiati da siepi conducevano dentro il motel. C'era una fessura in cui inserire una tessera magnetica per aprire la porta, ma quando tirò la maniglia verso di sé, si aprì facilmente. Qualcuno aveva bloccato la serratura. Il corridoio era in penombra e puzzava di pannolini. Poteva sentire bambini piangere, vari neonati in diverse stanze. Si domandò se fosse uno di quei motel di cui lo stato aveva assunto il controllo per farne delle abitazioni per famiglie a basso reddito in esubero. La prima porta sulla destra era la 126. Bussò una volta e si aprì.

Sulla soglia comparve Slocum, quello con i capelli trattati con tintura per uomo e la faccia a punta di una volpe. Danny entrò e Slocum chiuse la porta alle sue spalle senza dire una parola. Yeager era seduto nell'angolo. Le tende erano chiuse e l'unica luce proveniva da una lampada da scrivania.

«Daniel».

«Le sette in punto, eh?», disse Danny. «Immagino che intendeste ora del governo».

Yeager scosse il capo lentamente e disse: «Le precauzioni sono per la sua stessa sicurezza». Gli porse un sacchetto di velluto blu scuro.

Danny lo prese. All'interno c'era qualcosa di piccolo ma pesante.

«Attento», disse Yeager. «È stato appena calibrato. Non vogliamo scombussolarlo».

Danny tirò fuori un grosso disco metallico che somigliava a una moneta. Era una medaglia di bronzo con l'iscrizione COLLEGIUM BOSTONIENSE.

«Sembra familiare?», chiese Yeager.

Danny annuì. «Direi di sì».

«È una replica perfetta della medaglia presidenziale del Boston College di Galvin, solo che è fatta di resina».

Danny la soppesò nel palmo. Era fredda e pesante; sembrava perfino solida come una medaglia vera. «È una trasmittente?».

Yeager annuì. «È un congegno di monitoraggio GSM. Viene attivato dal suono. Ci chiama quando rileva dei suoni nella stanza, così possiamo ascoltare. Ma la parte difficile è la sua. Deve scambiarlo con l'originale».

«E come dovrei fare?»

«Trovi un modo», disse Slocum.

Danny si voltò e gli disse: «Sono stato nell'ufficio di quel tipo solo una volta. Mi chiami pazzo, ma se davvero sbriga lì i suoi affari con il cartello, ho la sensazione che potrebbe non volermi lasciar andare in giro da solo lì dentro».

Slocum gli rivolse un sorriso amaro e distolse lo sguardo, come se fosse annoiato.

Yeager disse: «Dovrebbe bastare qualche secondo. Deve solo trovare l'opportunità giusta».

«Semplicissimo», disse Danny. Quei due agenti della DEA erano proprio una strana coppia. L'atteggiamento di Yeager era studiato fino al manierismo, ma sotto, come tracce di vernice vecchia, c'era qualcosa di sbozzato, grezzo e maligno.

«Ci informi quando l'avrà piazzato», disse Yeager.

«Come?»

«SMS sicuro. Usi il suo account Jay Gould. Noi la contatteremo nello stesso modo».

«Poi avrò finito?».

Slocum incrociò le braccia. «Certo, se otterremo quello che ci serve».

«E se lui mi becca?»

vo plausibile perché lui rivedesse a breve l'ufficio casalingo di Tom Galvin.

A meno che non riuscisse a pensare a una scusa. Un motivo per tornare là che non sembrasse forzato o artefatto.

La giusta opportunità. Sperava che sarebbe giunta presto.

«Non si faccia beccare», disse Slocum.

«Grazie», disse Danny. «Ma io sono un dilettante. Non ho mai fatto nulla del genere».

«Non è difficile», disse Yeager. «Le forniremo istruzioni passo passo».

«Stupendo», disse Danny in tono inespressivo. «Ma ancora non avete risposto alla mia domanda. E se mi becca?»

«Non stavo scherzando», rispose Slocum. «Faccia tutto il possibile per non essere beccato. Questi tizi del Sinaloa sono accorti e spietati. C'è un motivo se l'autista di Galvin è anche la sua guardia del corpo».

«Quel tipo è la sua guardia del corpo?», disse Danny. «Di cos'ha paura Galvin?»

«Della concorrenza», disse Yeager. «Altri cartelli. È gente che non scherza».

«Sia prudente», disse Slocum, «e non avrà nulla di cui preoccuparsi».

19

La coda di Rex percosse il pavimento quando Danny tornò a casa. Era raggomitolato ai piedi di Lucy mentre lei era seduta sul divano a lavorare. Rex non provò nemmeno ad alzarsi.

«Non c'è voluto molto», disse Lucy. «Spero che tu non l'abbia spaventato».

«Spaventato chi?»

«Art Vattelapesca. Il tuo amico aspirante scrittore».

A Danny occorse un momento. I suoi nervi erano ancora tesi come una corda di violino. «Oh, giusto. No, voleva solo delle informazioni basilari, sai: come procurarsi un agente e cose del genere. Il solito».

«Che genere di libro vuole scrivere?».

Mentirle era già terribile, ma adesso dover approfondire era ancora peggio. «Non credo nemmeno di riuscire a dirtelo. Lui stesso non aveva un'idea chiara. Aspetta, fammi salutare Abby». Aveva notato il suo zaino per terra.

Abby era seduta sul suo letto, a digitare sul MacBook che teneva in grembo.

«Ehi, Boogie, com'è andata a scuola?»

«Ehi, papà», disse lei senza alzare lo sguardo. «Tutto bene».

«Com'era algebra avanzata?»

«Grandiosa. Ho vinto il Premio Nobel per la matematica».

«Ah sì? Devi andare a Oslo o a Stoccolma per ritirarlo? Mi dimentico sempre».

Lei scosse il capo distrattamente, senza dar seguito a quel gioco.

«Sto interrompendo i tuoi compiti?»

«Sì, ma è tutto a posto».

«Ti hanno assegnato una ricerca su Facebook?». Riusciva a vedere quanto bastava dello schermo per riconoscere il logo di Facebook.

«Volevi qualcosa, papà?»

«Come sta Jenna?»

«Bene».

«Pensavi di andare da lei domani?».

Abby alzò lo sguardo. «Non lo so. Perché?»

«Perché mi piacerebbe essere incluso nei tuoi piani sociali».

«Ha ha ha. Si tratta del fatto che passo troppo tempo da Jenna? No, perché io ero a casa per cena e tu no, tanto per dire».

«Qualcuno è un po' troppo suscettibile». Aveva l'impressione che quella conversazione si stesse trasformando in un litigio, perciò cercò di tirare i remi in barca. «Sono stupendi, vero? Non posso biasimarti se vuoi passare del tempo con loro».

«Io non passo del tempo con "loro", passo del tempo con Jenna».

«Relax, baby».

«"Relax"? Ma come parli?»

«Lo intendevo in senso ironico. Allora, com'è Esteban?»

«Il loro autista? Non lo so. Non credo di avergli mai parlato. Guida bene, se è questo che ti preoccupa».

Stava per chiederle se Esteban portava una pistola, ma poi pensò che non era il caso.

«Ne sono certo. Non deve riportarti a casa tutte le volte. Certi giorni posso passare io a prenderti».

«Credevo che non ti piacesse guidare fino a Weston e perdere il tuo parcheggio».

«Sono felice di venirti a prendere. Dobbiamo passare più temp assieme, tu e io».

Abby fece spallucce e riprese a digitare. «Come ti pare».

«Comunque, devo andare al Wellesley College a fare delle ri che, perciò mi è di strada».

Lei annuì.

In qualche modo doveva riuscire a tornare dentro la casa vin. Non poteva esattamente autoinvitarsi. Non c'era alc

20

Il giorno dopo, Abby gli mandò un SMS da scuola: *Okay se studio con Jenna dopo scuola?*

Invece della solita, leggera irritazione, provò una strana specie di sollievo. *A casa per cena?*, le rispose.

La replica giunse quasi immediatamente: *Certo!*

Le rispose: *Ti passo a prendere.*

Mezzo minuto dopo un altro SMS di Abby: *Grazie! Ma è okay, può portarmi a casa Esteban.*

Danny ci pensò su per un momento, poi digitò: *Sarò comunque da quelle parti, ricordi?*

Danny aveva notato che gli adulti avevano la tendenza a mandare SMS simili a telegrammi: brevi e concisi. I ragazzi, che non avevano idea di cosa fosse un telegramma, li scrivevano come se fossero delle e-mail, colloquiali e infarciti di slang. D'altra parte, Abby e le sue amiche consideravano le e-mail arcaiche quanto scrivere su un foglio protocollo con una penna d'oca.

Arrivò la risposta di Abby: *Okay?*

Voleva dire: okay, se proprio insisti, anche se non capisco. Si era dimenticata che Danny le aveva detto che stava svolgendo delle ricerche al Wellesley College. O forse non l'aveva sentito e basta. Era come nei vecchi cartoni animati dei *Peanuts*, quando un insegnante o un genitore parlava a Charlie Brown o ai suoi amici. Non sentivi mai le vere parole. Sentivi il suono di un trombone. Danny sospettava che fosse così che Abby udiva la sua voce, almeno la metà del tempo.

Le rispose: *Passo a prenderti alle 6.*

Grazie!, fu la sua replica.

Poi, verso le cinque e mezzo, quando stava per mettersi in viaggio per Weston, la fanfara tritonale dell'iPhone annunciò l'arrivo di un nuovo SMS. Diede un'occhiata allo schermo. Era di Abby: *Okay se resto per cena?*

Danny ci pensò su a lungo. Poteva sempre dire di no e passarla a prendere alle sei come previsto. Se avesse detto di sì, non sarebbe stato plausibile che fosse ancora in zona più tardi. Abby avrebbe voluto che fosse l'autista dei Galvin, Esteban, a riportarla a Boston.

Il telefono emise un nuovo tritono come promemoria.

Decise di non rispondere. Aveva imparato come funzionava la mente di una sedicenne. Avrebbe presunto che la risposta fosse sì finché non le fosse stato detto altrimenti.

Appena prima delle sei, Danny si trovava fuori dalla porta principale del castello dei Galvin. Suonò il campanello. Mentre attendeva, risuonò un altro tritono di un SMS. Non lo guardò. Sapeva che doveva essere di Abby. Solo Lucy o Abby gli mandavano SMS.

La porta si aprì dopo un minuto circa. Celina Galvin indossava jeans aderenti e una felpa viola con il collo a V. Ai suoi piedi, quei cani glabri con il muso da pipistrello si muovevano frenetici, zampettando e uggiolando.

«Oh, Daniel, sono così spiacente! Abby non ti ha detto che restava a cena con noi?»

«Ma davvero?». Dall'interno proveniva un odorino delizioso.

Danny sapeva esattamente cos'avrebbe risposto Celina. In alcune case non avresti mai sentito quelle parole. Ma Celina era messicana, e l'ospitalità messicana è leggendaria.

«Puoi rimanere a cena?», disse. «Per favore?».

Erano solo loro quattro: Celina, Jenna, Abby e Danny. Brendan era tornato nel suo dormitorio al Boston College e Ryan al suo appartamento ad Allston, dove viveva con una ragazza che ancora non aveva portato a conoscere i genitori e probabilmente non l'avrebbe mai fatto. («A me sta bene», disse Celina. «Lui sa che non è quella giusta, perciò perché devo sprecare il mio tempo a essere gentile con lei?»).

Sedettero tutti a un capo del lungo tavolo. La cuoca di famiglia, una robusta donna dai capelli grigi di nome Consuelo, versò *sopa de frijoles*, zuppa di fagioli neri, dentro scodelle di ceramica colorata.

«Papà, mi dispiace. Sono sicura di averti mandato un SMS!», disse Abby.

«Oh, quando ero nell'archivio ho messo il telefono in modalità "non disturbare". Dev'essermi sfuggito. Non fa niente. E poi ho l'opportunità di consumare un'altra ottima cena dai Galvin».

«Abby», disse Celina, «sai che Esteban ti accompagnerà a casa. Tuo padre non sarebbe dovuto venire fin qui a prenderti».

«Non è un problema», disse lui. «Ero già in zona». Prima che lei potesse chiedere perché, Danny disse: «Tom è ancora al lavoro?»

«Ha una cena con un cliente in città. Oh, ma che ospite sono? A lei piace molto il vino, giusto? Consuelo? *¿Podría obtener una buena botella de vino tinto para el caballero?*».

«Sono a posto. Non bevo vino ogni sera».

Pochi minuti dopo, chiese di usare il bagno.

Non ne aveva visto uno vicino alla cucina, ma c'erano parecchie stanze e parecchie porte, ed era sempre possibile che un bagno fosse attiguo alla cucina. Ma non pensava. «È proprio lungo il corridoio, sulla destra». Celina indicò il corridoio lungo il quale Galvin l'aveva portato nel suo studio. «Oh, lascia che te lo mostri. A volte la gente si perde. Questa casa è folle, tende a confondere».

«Non preoccuparti», disse con decisione. Si alzò e tirò fuori il suo iPhone. «Se mi perdo, chiamerò per chiedere indicazioni».

Il bagno di servizio era solo a meno di dieci metri lungo il corridoio. La porta non era visibile dal capo del tavolo, dove tutti erano seduti. Danny la superò, proseguì lungo il corridoio e poi svoltò a destra. Un'altra quindicina di metri e raggiunse lo studio di Tom Galvin.

La porta era aperta.

Le luci erano spente. Il sole al tramonto proiettava una luminosità ambrata. Nell'aria era sospeso del pulviscolo.

La medaglia era posata nella sua custodia vicino al bordo della scrivania di Galvin, dal lato rivolto verso i visitatori. Danny si domandò quante persone venissero a fargli visita lì. E chi. Era lì che si occupava dei suoi affari con il cartello?

Sempre che fossero reali.

Entrò nella stanza, preparato al fatto che i faretti sul soffitto si accendessero per il movimento. Ma non lo fecero. La stanza rimase in ombra. Non volle arrischiarsi ad accendere le luci.

Tirò fuori il suo iPhone, attivò il flash della fotocamera e scattò qualche rapida foto della scrivania di Galvin e della zona attorno a essa. A ogni suono di otturatore, una luce pallida danzò e lampeggiò.

La medaglia di Galvin era più piccola di come la ricordava. Sperava che la replica che aveva in tasca, quella con cui avrebbe dovuto sostituirla, fosse delle dimensioni giuste.

Il cuore gli batteva fortissimo in petto.

Allungò una mano e afferrò il bordo del metallo con dita tremanti. Era fredda e più spessa di quanto si era aspettato.

Non sarebbe uscita dalla sua custodia.

Gli affluì il sangue alle orecchie, così fragoroso da non permettergli di udire nient'altro. Solo il sibilo del sangue e il battito rapido e in accelerazione del suo cuore. Le dita si chiusero attorno al metallo, afferrarono la medaglia e cercarono di ruotarla per tirarla fuori, ma era inserita saldamente. Troppo saldamente. Forse era incollata per evitare che venisse rimossa?

Provò un formicolio freddo e sgradevole alla nuca.

Si staccò. Finalmente venne fuori. La medaglia era spessa, pesante e fredda. Se la fece scivolare nella tasca interna destra della giacca.

Da quella sinistra prese la copia, calda per la sua temperatura corporea e notevolmente più leggera dell'originale.

Il tremito alle dita era diventato ancora più evidente.

"Ti prego, Dio", pensò. "Fa' che sia delle dimensioni giuste".

La collocò sopra l'alloggiamento tondo nel velluto rosso e vide che era appena appena troppo grossa.

Non entrava nella custodia.

Il suo cuore iniziò a battere all'impazzata. Provò un senso di nausea.

E adesso? Arrendersi? Rimettere l'originale nella custodia e dire agli agenti della DEA che avevano fatto casino con le misure?

Quando gli sarebbe ricapitata un'occasione del genere?

Premette forte la medaglia falsa con entrambi i pollici, cercando di inserirla nell'alloggiamento tondo, che rifiutò di cedere. Spinse ancora più forte – stava danneggiando i circuiti delicati del congegno di ascolto? – finché non entrò fino in fondo nell'alloggiamento, schiacciandolo un poco.

Ma era inserita per bene. Il velluto rosso attorno era un po' spiegazzato all'ingiù, come le rughe attorno alla bocca di un vecchio.

La medaglia era girata di poco. La D nei numeri romani sul bordo esterno, MDCCCLXIII, sarebbe dovuta essere centrata sulla linea mediana, ma era un po' spostata così che la terza C era al punto centrale.

Ma non osò tirarla fuori e riposizionarla. Non c'era tempo – a ogni secondo che passava, aumentavano le probabilità che qualcuno lo beccasse lì dentro – e tirarla fuori e schiacciarla giù di nuovo avrebbe potuto spiegazzare il velluto rosso in maniera visibile.

Poi si accorse che non aveva fatto attenzione a com'era messa lì la medaglia in origine. Forse era girata da una parte o dall'altra. Non se lo ricordava.

Ma Galvin avrebbe notato un dettaglio minimo come quello? Pareva improbabile.

Esalò un lungo respiro silenzioso e indietreggiò dalla scrivania.

E udì quella familiare voce roca.

«Riesci a credere che Grill 23 stasera era chiuso?», disse Tom Galvin.

21

Danny sentì il suo intero corpo sobbalzare. Si lasciò sfuggire un urlo involontario, una specie di guaito strozzato.

Galvin rise. «Non intendevo spaventarti a quel modo».

«Ehi. Avevi... Credevo avessi una cena con un cliente».

«Quel tipo si era fissato con Grill 23 – un amico gli aveva detto che servono la bistecca migliore di Boston – e io continuavo a dirgli che, sai, con Abe&Louie's non puoi sbagliare, che a me la loro bistecca piace ancora di più, e non puoi sbagliare nemmeno con Capital Grille. Ma no, lui insiste che sua moglie non gli lascia mangiare carne rossa più di una volta al mese e non vuole sprecare la sua quota mensile per nessuna bistecca se non da Grill 23. Perciò ci siamo presi un aperitivo e abbiamo rimandato».

«Be', dal momento che mi hai beccato a ficcanasare nel tuo ufficio, tanto vale mettere le carte in tavola e chiedertelo».

«Chiedermi cosa?». Al buio, gli occhi di Galvin erano imperscrutabili.

«Volevo farti una sorpresa. Quei sigari favolosi... com'è che si chiamano? Volevo prendertene una scatola. È il minimo che posso fare per ringraziarti».

Galvin accese i faretti sul soffitto e fece qualche passo all'interno della stanza. Gli rivolse un sorrisetto scaltro. «Non si sono mossi». Agitò distrattamente una mano verso le sedie in pelle troppo imbottite davanti alla sua scrivania. Danny diede un'occhiata. Sul tavolino accanto a una di esse c'era la scatola laccata di nero, con la scritta COHIBA BEHIKE in lettere d'oro sul coperchio. L'oro scintillava alla luce dei faretti. «Apprezzo il pensiero, ma non credo proprio che tu voglia spendere la metà dei soldi che ti ho prestato per dei *sigari*, dico bene? Quella scatola costa quasi ventimila verdoni, Danny boy. Era un regalo: io stesso non spenderei così tanti soldi per dei *sigari*. Andiamo».

«Oooh, capisco. No, non credo». Ridacchiò.

«Apprezzo il pensiero, però. Spero che tu voglia restare a cena».

Danny non riusciva a decidere se essere lieto o sgomento per la semplicità con cui aveva appena mentito. Forse entrambi.

Ma quella strana sensazione presto fu sopraffatta da un basso brusio di apprensione. Era certo che Galvin sapesse che stava mentendo.

22

«Hai lasciato le luci accese», disse Abby.

Mentre infilava la chiave nella toppa, Danny notò la luce filtrare da sotto la porta del suo appartamento.

Poi si ricordò. Ieri Lucy si era offerta di prendere del sushi per tutti e tre – California roll e cose del genere per Abby, niente pesce crudo – per la cena di quella sera.

«Oh, merda».

Lucy era al tavolo da pranzo con il suo portatile. Disposti attorno a lei c'erano dei vassoi di plastica vuoti con fili d'erba di plastica come decorazione e pezzi di sushi arrotolato tagliati. Un bicchiere di vino bianco quasi vuoto.

«Immagino che abbiate già mangiato».

«Ho fatto casino. Colpa mia, Lucy. Mi dispiace».

Non sembrava arrabbiata e nemmeno particolarmente irritata. Sorrise come se fosse segretamente divertita e scosse il capo. Forse un po' irritata sì. «Ne resta ancora parecchio. Ma domani non sarà buono. Unagi, Abby? È cucinato».

«Sono a posto», disse lei. «Papà, non le hai detto che eri al Wellesley College?».

«Perché al Wellesley?», chiese Lucy.

«Ecco, lì c'è un archivio...». La sua voce si spense. Un'altra bugia.

«L'archivio di Jay Gould», annunciò Abby.

"Grazie, ragazzina", pensò Danny. "Praticamente non hai idea di cosa faccio per guadagnarmi da vivere e all'improvviso ti metti a fare la telecronaca?".

«Ci sono dei documenti su Jay Gould a Wellesley?», disse Lucy. «Stai scherzando. Non me lo sarei mai aspettata. Le lettere di Elizabeth Barrett Browning e di Jay Gould, assieme sotto lo stesso tetto. Chi se lo immaginava?»

«È solo l'epistolario tra Gould e una delle sue mogli», disse Danny, poi si affrettò ad aggiungere. «Com'è andata la giornata?»

«Bene», disse Lucy in tono distante, ma il modo in cui aveva aggrottato le sopracciglia gli provocò una fitta allo stomaco. Lo conosceva troppo bene.

Con sua figlia e la sua ragazza in casa, non c'era molta privacy. Attese finché Abby non fu andata nella sua stanza e Lucy nella doccia, poi si sedette alla sua scrivania del soggiorno; caricò un programma datogli dagli agenti della DEA chiamato Adium e si collegò all'account JayGould1836@gmail.com.

Compose un SMS per AnonText007@gmail.com. Solo due parole: *congegno piazzato*. Lo fissò per qualche secondo.

Si aprì una finestra: OTR – VERIFICA IMPRONTA DIGITALE. Quella "impronta digitale" era il sistema di crittazione per gli agenti della DEA. Sulla sua pagina di Gmail comparve un riquadro con caratteri incomprensibili. Per fortuna non era necessario sapere come diavolo funzionasse per andare avanti. Supponeva che significasse che gli SMS che mandava agli agenti erano automaticamente crittati, così come quelli che loro mandavano a lui. Cliccò ACCETTA.

CRITTAZIONE INIZIATA. In altre parole, l'SMS era stato trasmesso con successo.

Poi si ricordò delle immagini. Mandò a se stesso via e-mail le foto della scrivania di Galvin che aveva scattato. Le salvò sul desktop del suo computer. Poi le inviò ad AnonText007@gmail.com.

Aveva finito.

I ragazzi della DEA avrebbero ottenuto le prove di cui avevano bisogno per arrestare Tom Galvin. Avrebbero arrestato il marito di Celina, il padre di Jenna, Ryan e Brendan.

Ma non voleva pensarci. Tutto si riduceva a una scelta molto semplice: la famiglia di Galvin o la sua. Non era una decisione così difficile, giusto?

Non che gli importasse particolarmente cosa potesse succedere a Galvin. Lo conosceva a malapena. Perfino moglie e figli di quell'uomo... non conosceva nemmeno loro. Se Galvin era davvero coinvolto in attività criminali, si meritava di andare in prigione.

Si disconnesse.

Quanto odiava mentire alle due donne della sua vita.

Non aveva mentito a Abby fin dalla morte di Sarah. E allora non aveva avuto scelta. Sarah aveva insistito.

Sarah aveva voluto che quell'ultima estate Abby andasse al campo Pocapawment, a Cape Cod, proprio come aveva fatto ogni estate da quando aveva undici anni. E lui era stato al gioco, ma aveva detto: «Tu non vuoi che sia qui quando...».

Tra le lacrime, Sarah aveva ribattuto: «Non è così che voglio che si ricordi la sua mamma. Non voglio che si ricordi di me come una donna malata e moribonda. Voglio che viva come una ragazzina. Un paio di settimane da ragazzina. Felice e spensierata. Perché quando me ne andrò, per lei tutto cambierà».

Ma lui non voleva mentirle.

«Chiamala protezione. Chiamalo proteggere la sua infanzia. Non voglio che su quella ragazza cali un'ombra prima del tempo».

Perciò Danny aveva mentito, naturalmente. Mamma aveva un'infezione ai polmoni. Doveva passare un po' di tempo all'ospedale e poi si sarebbe ristabilita.

Nel frattempo, Sarah si era sottoposta a un ciclo brutale dopo l'altro di chemioterapia. Antraciclina e taxadieni. La chemio doveva venire prima della chirurgia. Ma era un cancro al quarto stadio. Si era diffuso ai linfonodi. La prognosi non lasciava molte speranze.

Non c'era nemmeno tempo per la chirurgia. Era accaduto tutto troppo in fretta.

E quando all'inizio di agosto la situazione era volta al peggio, quando era diventato evidente che a Sarah restavano solo pochi giorni di vita, non settimane o mesi, Danny era andato a prendere Abby al campo e le aveva detto che sua mamma era malata.

Abby si era stesa sul letto d'ospedale accanto a sua madre, cingendole la pancia con le braccia mentre Sarah dormiva, tra i sospiri e i bip delle macchine. Entrambe avevano pianto. Per due giorni.

Danny sapeva che Sarah aveva aspettato di morire finché Abby non era tornata a casa per la notte. Sapeva che lei non avrebbe sopportato di andarsene nell'abbraccio della sua bambina.

E così Abby aveva trascorso quattro settimane spensierate prima che un'ombra calasse sulla sua vita.

In quel momento, era sembrata la cosa giusta da fare.

Danny detestava essere intrappolato in quella menzogna insensata su Jay Gould: un'altra bugia che si sarebbe dovuto ricordare. Ma decise di non parlarne di nuovo a meno che o finché la cosa non fosse riaffiorata.

Cosa che naturalmente accadde quella sera stessa, mentre erano a letto. Danny stava rileggendo – be', rileggiucchiando, in effetti – un vecchio libro di Gustavus Myers intitolato *History of the Great American Fortunes*[8] mentre Lucy stava lavorando al suo portatile.

«Si sposò una volta sola», disse lei.

«Eh? Chi?»

«Jay Gould. Hai detto "una delle sue mogli", ma si sposò una sola volta, con Helen Day Miller, che morì circa tre anni prima di lui». Aveva la pagina di Wikipedia su Jay Gould aperta sul suo computer. Gli scoccò un'occhiata di sottecchi.

Perché le aveva raccontato una bugia tanto idiota e approssimativa? Era solo la prima cosa che gli era venuta in mente. Non ci aveva pensato affatto. «Perché l'hai cercato?»

«Ricordo che quando hai cominciato a lavorare sul libro avevo letto qualcosa su di lui, mi stavo domandando perché fosse considerato un brutto bastardo e notai che si era sposato una volta sola.

[8] *Storia delle grandi fortune americane.* (*n.d.t.*)

Non sei o sette, come ci si aspetterebbe. Di questi tempi, comunque. E avevo pensato, be'... immagino che allora i tempi fossero diversi. O forse almeno era un bravo marito».

«Ho detto "una delle sue mogli"? Ho avuto una giornata lunga. È stato un lapsus».

Lucy chiuse il portatile. «No, non è stato un lapsus, Danny. Non c'è nessun *documento* su Jay Gould a Wellesley e...».

«Dolcezza, ascolta. Ho detto a Abby che sarei andato a lavorare lì perché volevo portarla a casa di persona. Tutto qua. Non mi sento a mio agio col fatto che se ne va in giro con un autista».

«Allora perché non dirglielo e basta?»

«È ovvio che avrei dovuto. Ma non me la sentivo di far partire un'altra discussione».

«Dio te ne scampi».

Danny scrollò le spalle. Se non volevi essere psicanalizzato, non dovevi frequentare una strizzacervelli. Lucy aveva compreso molto prima di lui che Danny aveva un problema con la rabbia. Il suo problema era qualcosa che non aveva mai ritenuto potesse essere considerato un problema: non cedeva mai alla rabbia. La provava, certo, parecchie volte. Ma andava orgoglioso della propria capacità di reprimerla. Quando iniziava una discussione, lui la smorzava sempre. Trattenere la rabbia in quel modo richiedeva un grande autocontrollo, ma Danny l'aveva insegnato a se stesso fin da bambino.

Aveva imparato osservando. Per anni aveva pensato che suo padre, Bud, si infiammasse facilmente, come se la sua miccia fosse corta.

Ma descriverlo con quelle parole blande e benevole lo faceva sembrare normale. In effetti Bud Goodman non aveva alcuna miccia. Era uno di quei composti chimici, come la nitroglicerina liquida o il fulminato di mercurio, che esplodevano all'impatto. Danny aveva imparato come evitare gli inneschi che facevano scoppiare suo padre, e ce n'erano parecchi. La disobbedienza era uno di quelli. La falsità. Alzare la voce.

Bud, che era un ottimo carpentiere e un abile artigiano, continuava a perdere subappaltatori. Li rimproverava oppure li apostrofava in preda a una rabbia rovente finché quelli non se ne andavano. Aveva perso anche parecchi clienti a quel modo. Un deposito di legname a Wellfleet rifiutava di fare affari con lui perché una volta aveva preso a male parole il direttore, anche se Bud insisteva che gli vendevano legno tagliato male.

Se ascoltavi soltanto la campana di Bud Goodman, i suoi sottoposti erano una marmaglia capricciosa e umorale, tutti fino all'ultimo. Danny presto aveva appreso che c'era sempre un'altra versione della storia, e di solito riguardava uno scatto d'ira di Bud Goodman che terminava in un fungo atomico di rabbia.

Perfino quando Sarah l'aveva lasciato, non aveva capito che forse si era spinto troppo oltre nella direzione opposta. «Per amor di Dio, cos'hai che non va?», Sarah gli aveva sbottato contro un giorno. «Non t'importa di quello che ci sta capitando? Non te ne frega un cazzo?»

«Andiamo», aveva risposto lui, dimostrando la fondatezza della sua argomentazione. «Cerchiamo di risolvere la situazione come persone ragionevoli. Non c'è bisogno di urlare».

Una volta Lucy gli aveva raccontato di uno psicologo e terapista di matrimoni di nome John Gottman che aveva identificato quelli che definiva i Quattro Cavalieri dell'Apocalisse. Si trattava dei quattro schemi comportamentali più distruttivi che, se manifestati da un coniuge, annunciavano il fallimento del matrimonio. Quello psicologo affermava che nei primi tre minuti di osservazione di una coppia era in grado di stabilire con una precisione del novantaquattro percento se avrebbero divorziato nei cinque o sei anni successivi. Uno dei Quattro Cavalieri più distruttivi era il "tergiversare": chiamarsi fuori, sottrarsi, evitare il conflitto.

Non era quello che facevano tutti gli uomini?

No, aveva insistito Lucy.

«Be'», replicò lui, «non sono un tipo irascibile. Mi dispiace, ma non lo sono e basta».

«Cos'è che non mi stai dicendo?», chiese lei.

«Lucy, andiamo, stai creando un caso dal nulla».

«Sei ancora preoccupato che Abby trascorra troppo tempo dai Galvin?».

Danny fece spallucce. «Non particolarmente. Intendo, vorrei che passasse più tempo con le altre sue amiche. Sai quanto possono essere passeggere le amicizie tra ragazze della sua età».

«Perciò non ti preoccupa più che la loro ricchezza possa farle girare la testa?»

«I loro ragazzi sembrano avere un buon sistema di valori…».

"Sono brave persone", fu sul punto di dire. "Una bella famiglia". Ma si trattenne.

Non sapeva cosa pensare dei Galvin.

«Forse non mi preoccupano più come prima», disse.

Scivolò fuori dal letto – vestito con un vecchio paio di boxer e una maglietta di Bruce Springsteen (Tunnel of Love Express Tour, 1988, comprata al concerto al Worcester Centrum) – e andò in cucina a prendere un bicchiere d'acqua.

Abby era ancora sveglia – non era sorprendente: era un animale notturno – ed era appoggiata contro il frigorifero a mangiare cucchiaiate di gelato di Ben & Jerry's Red Velvet Cake direttamente dal barattolo. Protese il cucchiaio verso di lui. «Ne vuoi un po'?»

«No, grazie». Le diede un rapido abbraccio. «Ti voglio bene, Boogie».

«Ti voglio bene, papà».

Danny prese un bicchiere di vetro dal pensile sopra il lavandino, lo mise sotto il rubinetto e sollevò la maniglia.

«Quel gelato non ti farà star sveglia?».

Lei scosse il capo.

«Non dimenticarti di prendere il Lactaid».

«Lo so». Abby fece una pausa. «Ehi, ehm… Tu non sei andato al BC, vero?»

«Al Boston College? No, sono andato alla Columbia. Lo sai. Ma il BC è un'università eccellente». Stava davvero pensando a quale università andare? Era un momento storico.

«Lo so, pensavo… Voglio dire…». Esitò un attimo. «Allora perché hai una medaglia del Boston College? Non capisco. Te l'hanno data per qualche motivo?».

Danny rimase paralizzato. Osservò l'acqua debordare dal bicchiere prima di ricordarsi di abbassare la leva e fermare il flusso.

Aveva lasciato i jeans sul pavimento del bagno, dando come sempre un pessimo esempio a sua figlia. Ma perché aveva rovistato nelle sue tasche?

«L'ho lasciata cadere da qualche parte?», chiese.

«Mi è finita la penna, perciò volevo prendere in prestito una delle tue e non volevo bussare alla porta della tua camera e, sai, *disturbarvi*». Roteò gli occhi in modo esperto. «Allora, come fai ad avercela?».

Danny scosse appena il capo. Era troppo stanco per escogitare una bugia plausibile e non voleva farsi vedere arrabbiato o sulla difensiva e provocare i suoi sospetti. «È una lunga storia», disse. «Noiosa e complicata. Adesso non è ora di andare a letto?»

«Cosa?», protestò lei.

«E, Boogie… non frughiamo tra le cose altrui, okay?».

23

Due giorni dopo, qualche minuto dopo le cinque del mattino, Danny fu svegliato dal trionfale trillo tritonale di un SMS sicuro sul suo iPhone. Lucy si agitò nel sonno e borbottò: «Che c'è?».

«Scusa», sussurrò lui.

Prese l'iPhone dal comodino. Tolse il blocco tasti e vide che il messaggio era di AnonText007: *Incontro 9 am 75 West Broadway, South Boston. Prenda T.*

Un altro incontro? Aveva pensato di aver chiuso con loro. Adesso qual era il problema?

Nello slang di Boston, la T era la metropolitana. Per qualche motivo non volevano che guidasse. Cosa riguardava?

Era troppo agitato per tornare a dormire, così andò in cucina e mise su il caffè.

Quando Abby si svegliò, era completamente vigile e teso.

Lei sedette in silenzio al posto del passeggero per buona parte del viaggio fino a scuola. Circa ogni mezzo minuto cambiava stazione radio, ma tutte la scontentavano. La sua stazione hip hop preferita trasmetteva solo chiacchiere. Quando non cambiava stazione, era occupata a mandare SMS.

Fin da quando era diventata adolescente, Danny aveva smesso di cercare di capire il suo umore al mattino. Poteva avere il broncio, fremere di rabbia oppure stare benissimo. Non era una persona mattiniera. Comunque le sedicenni non erano programmate a livello biologico per alzarsi alle sei e trenta. L'aveva letto da qualche parte.

Abby non aveva più detto una parola sulla medaglia del Boston College che aveva trovato nei suoi jeans. Certo che no. Ciò che aveva provocato timore a Danny, per Abby era solo un piccolo diverbio padre-figlia, un altro da aggiungere alla pila e già dimenticato.

«Lo odio!», disse Abby all'improvviso.

«Cos'è che odi?».

La fila di macchine davanti alla scuola in cui erano appena incappati?

«Questo... stupido cellulare di merda!».

«Ehi. Niente parolacce».

«Scusa. Fa schifo. È così difficile scrivere SMS su questo coso. Perché non posso avere un iPhone?»

«Ci vuoi anche una Mercedes assieme?»

«No, dico sul serio. Lo odio! Nessuna delle mie amiche ha più un telefono a conchiglia».

«Lo so, la vita può essere così crudele. Prima quel genocidio in Darfur, poi la carestia in Somalia e adesso, peggio di tutto, Abby Goodman costretta a usare un modello dell'anno scorso di LG a conchiglia».

Abby accusò il colpo e non rispose. "Troppo facile", pensò Danny. "Come sparare a un pesce in un barile".

Una macchina si arrestò nella fila dietro di lui. La Maybach dei Galvin con il suo autista. Sul sedile anteriore c'era Tom Galvin, che parlava al suo BlackBerry.

«Dobbiamo essere in perfetto orario», disse Danny. «Siamo davanti ai Galvin».

Abby si girò, vide Jenna e la salutò.

«Quello non è Esteban», disse.

Danny lanciò un'occhiata allo specchietto retrovisore. «Hai ragione».

«Forse è ammalato. Deve pur ammalarsi ogni tanto».

«Certo».

Quando si fermarono all'ingresso della Lyman Academy, Abby gli permise di baciarla, ma sulla fronte, non sulla guancia.

«Divertiti, Boogie».

«Come non potrei», replicò lei seccamente.

Aprì la portiera e sgusciò fuori.

Gli abbaglianti della macchina di Galvin lampeggiarono. «Danny», chiamò una voce d'uomo. Abby chiuse lo sportello e si affrettò a raggiungere Jenna.

Danny si voltò sulla destra, poi si girò e vide la mano di Galvin fuori dal finestrino della sua limousine, agitata nella sua direzione.

«Hai un secondo?», gli gridò Galvin.

Danny avanzò nella zona di parcheggio a sosta rapida, da un lato, e la Maybach gli si accostò.

Danny scese dalla macchina, teso e sorridente. Aveva la bocca secca.

L'autista era uscito e aveva fatto il giro per aprire la portiera a Galvin. Decisamente non era Esteban. Quel tipo indossava la stessa uniforme, lo stesso copricapo con visiera, stesso completo e cravatta neri, ma non gli calzavano bene, come se l'avesse preso direttamente da un attaccapanni in un negozio di divise. Aveva all'incirca la stessa altezza e larghezza di Esteban, ma la corporatura sembrava più esagerata: braccia come prosciutti, un busto che si assottigliava in modo netto. Pareva un bruto, come se fosse un lottatore o forse un pugile che aveva passato troppo tempo sul ring. Aveva una testa piccola e inclinata sopra un collo taurino, capelli neri che si andavano diradando e occhietti infossati. Il suo viso era un reticolo di capillari rotti. Aveva labbra carnose e violacee, come due tranci di fegato, e sembravano perennemente socchiuse anche quando teneva i denti serrati.

Galvin scese annuendo alla guardia del corpo.

Aveva un aspetto orribile. Gli occhi erano iniettati di sangue, con sotto borse profonde e sulla fronte delle rughe che Danny non aveva notato prima. Galvin, che di solito appariva così raffinato e sereno, sembrava essere stato sveglio tutta la notte.

Strinse la mano di Danny.

Danny sentì le sue viscere agitarsi dalla paura.

«Danny, voglio presentarti Diego, il mio nuovo autista. Diego, questo è il signor Goodman. È un mio amico e, cosa più importante, il padre di Abby, la migliore amica di Jenna. Danny e sua figlia sono due persone molto importanti nelle nostre vite». Il suo occhio sinistro si contrasse in modo quasi impercettibile.

Diego chinò il capo e gli rivolse un sorriso fosco, mettendo a nudo dei molari d'oro scintillante, poi tornò al posto di guida.

«Devo assicurarmi che il nuovo autista conosca tutte le persone che contano nella mia vita», disse Galvin.

«Cos'è successo a Esteban?».

L'occhio di Galvin ebbe di nuovo quel movimento, appena visibile. Chi non lo conosceva avrebbe potuto non notarlo. Pareva aver sviluppato un tic. Sospirò. «Esteban è dovuto tornare dalla sua famiglia in Messico. Non è un buon momento per introdurre un nuovo autista, ma probabilmente non esiste un momento adatto».

«Che disdetta».

«Non avevi detto che giochi a squash?»

«Be', è parecchio che non gioco».

«Non è un problema. Il mio compagno di squash mi ha appena dato forfait e ho bisogno di allenarmi. Saresti libero per una partita dopo il lavoro oggi?»

«Non sono un granché come giocatore».

«Nemmeno io. È solo per divertirsi».

«Devo fare un'intervista questo pomeriggio», mentì Danny. «Forse un'altra volta».

Era quasi certo di non aver mai detto a Galvin che giocava a squash.

24

Il luogo dell'incontro con i tipi della DEA era un *diner* a South Boston che pareva uscito direttamente dagli anni Cinquanta. L'esterno era rivestito di lamiera striata lucente. Un'insegna al neon diceva MUL'S. All'interno sembrava ancora più autentico, con divanetti e sgabelli in finta pelle, tavoli con la superficie in fòrmica e pareti piastrellate di bianco. Dietro un lungo bancone bordato di alluminio pieghettato, un paio di cuochi stavano friggendo uova e girando frittelle delle dimensioni di piatti da portata. Tutto odorava di pancetta, caffè e sciroppo d'acero.

Glenn Yeager era seduto a uno dei tavoli all'angolo, rivolto verso l'ingresso, a concedersi una lauta colazione. Accanto a lui c'era un portatile aperto, un Toshiba nero. Quel tavolo sembrava situato in modo strategico. Non era vicino a nessun altro. Potevano parlare apertamente.

«Dov'è il poliziotto cattivo?», chiese Danny.

Yeager replicò mentre masticava delle uova. «Cambio di programma».

Danny si sedette al tavolo e comparve una cameriera con un menu e una caraffa di vetro piena di caffè, di cui riempì una voluminosa tazza bianca.

«Cambio?».

Yeager tracannò qualche sorso di succo d'arancia. Si schiarì la gola. Chiuse il portatile. «Phil sta controllando una pista. Potrebbe unirsi a noi più tardi».

Danny scrollò le spalle. Non si sarebbe certo lamentato del fatto che Slocum non fosse lì.

La cameriera, una ragazza procace con i capelli ramati, disse: «Sai cosa vuoi, tesoro?»

«Solo un caffè, grazie», disse Danny.

«Su, Daniel, ordina qualcosa. Servono la miglior colazione di tutta la città».

Danny scosse il capo e attese fin quando la cameriera non lasciò perdere e se ne andò. «Che cosa riguarda? Pensavo di aver finito con voi».

«Abbiamo un problema. Non riceviamo il segnale».

«La trasmittente?».

Yeager annuì con aria solenne.

«Non è un mio problema. Per quanto mi riguarda, ho fatto tutto a dovere».

«Purtroppo è proprio un suo problema. Finché non abbiamo quello che ci serve su di lui, lei appartiene a noi».

Danny pensò che era proprio lì il difetto nel loro accordo. Non aveva modo di sapere se gli stavano dicendo la verità. Forse la cimice nella finta medaglia del Boston College funzionava bene, ma volevano che lui continuasse a piazzare congegni di sorveglianza su Galvin. Uno dopo l'altro, in modo sempre più sfacciato, finché Galvin non l'avesse beccato.

A meno che non fosse già stato beccato. Quel pensiero gli si era conficcato nella testa come un pezzo di bistecca mezzo masticato rimasto incastrato nel gozzo. E se Galvin sapeva?

«Quell'aggeggio non si attiva con la voce?».

Yeager annuì di nuovo.

«Forse non sta trasmettendo perché di recente non ha parlato nel suo ufficio».

«Ma l'ha fatto». Yeager pareva quasi addolorato. «Rileviamo un segnale sulla linea del suo ufficio di casa. Crittata, perciò non sappiamo cosa sta dicendo, ma sappiamo che ha effettuato diverse chiamate».

Danny scrollò le spalle e scosse il capo. «Non so cosa dirle. Io ho fatto la mia parte».

«Forse l'ha rovinato. Questi aggeggi elettronici così piccoli possono essere delicati».

«Non l'ho nemmeno aperto». Era stato Slocum ad aprire la medaglia per fargli vedere il componente all'interno. Ma non aveva mostrato a Danny come aprirlo, dal momento che non ne avrebbe avuto bisogno.

«Le credo. Forse ha preso uno scossone. Queste cose succedono. Ma il fatto è che non sta trasmettendo».

«Be', io di sicuro non ci torno, nel suo studio», disse Danny. «Mi ha beccato lì dentro: è tornato a casa all'improvviso mentre lo stavo piazzando e... E se avesse capito cosa stavo facendo? E se avesse aperto la medaglia o l'avesse semplicemente distrutta, oppure...».

Yeager sbatté le palpebre alcune volte ma non disse nulla. Guardò Danny con occhi vacui.

«È possibile che abbia scoperto la cimice?», chiese Danny.

Yeager lo fissò ancora per un po'. «Lei è ancora vivo, giusto?».

«Cristo».

«Forse i suoi uomini della sicurezza hanno passato al setaccio la casa». Scrollò le spalle. «Il fatto che lei sia vivo indica che non sanno che è stato lei a mettercela».

«Be', non ho intenzione di tornare nel suo studio e metterci qualcos'altro. Assolutamente no. Non posso».

Yeager indicò con la forchetta un monticello rossastro sul suo piatto. «Qui fanno il miglior manzo salato macinato. Grossi pezzi di petto. Non quella roba che sa di cibo per gatti che si trova da qualunque altra parte».

«Non ho fame».

«Se vuole provare qualcosa che la farà impazzire, prenda i muffin alla cannella fatti in casa e chieda di farseli grigliare. Voglio dire, è qualcosa che ti cambia la vita».

La cameriera gli riempì la tazza di caffè, anche se ne aveva preso forse un paio di sorsi.

«Ha un nuovo autista», disse Danny.

«Ecco qua». Yeager scrollò le spalle e lo guardò ancora con quegli occhi inespressivi. «La colpa è ricaduta sull'autista. Probabilmente ogni tanto va nell'ufficio di Galvin a prendere delle cose per il suo capo e portarle in città. È logico che sia stato sospettato».

«Perciò Galvin non ha capito che ero stato io».

«Chiaramente no. Non c'era nulla di sbagliato con la trasmittente. Tutto lascia pensare che i suoi uomini della sicurezza l'abbiano trovata durante un controllo di routine».

«E quel poveraccio è stato ammazzato».

«Danno collaterale. Meglio lui di lei, giusto?»

«Grandioso», disse Danny, incapace di provare molto entusiasmo.

Yeager prese una piccola borsa da ginnastica nera di nylon della Nike dal pavimento e la mise sul tavolo. Aprì la cerniera per metà e la spinse verso Danny.

Lui ci guardò dentro. C'era un aggeggio non molto più grande di un iPhone. Guardò Yeager. «E adesso cosa?»

«Quell'affare si chiama MobilXtract. È stato fatto da una compagnia israeliana per le forze dell'ordine e per le agenzie di spionaggio e costa una vagonata di soldi. Lo maneggi con cura».

«Cos'ha a che fare con me?»

«È l'unica mossa che ci rimane. Abbiamo cercato di scaricare un agente software sul suo BlackBerry, ma non ci siamo riusciti. In questo modo è molto più probabile farcela. Tutto quello che deve fare è inserirlo nel BlackBerry di Galvin, confermare alcune richieste a schermo, e in tre o quattro minuti avrà scaricato tutto. E-mail, SMS, contatti, tutto quanto. A prova di idiota».

«*Tutto* quello che devo fare?».

«Otterremo le informazioni del suo BlackBerry e potremo inchiodarlo».

«Quel telefono non lascia mai le sue mani».

«Ne dubito».

«E io dovrei semplicemente prenderglielo e cominciare a scaricare…? Tutto questo è folle».

«È facile. Le serve solo l'opportunità adatta».

«Non esiste un'opportunità adatta. Ascolti, non è colpa mia se la vostra trasmittente è stata scoperta. Io ho fatto la mia parte. Non vedo perché devo rischiare di nuovo la pelle perché il vostro piano non ha tenuto conto della possibilità che gli uomini della sicurezza di Galvin passassero al setaccio l'ufficio».

Yeager scrollò le spalle e prese una bella forchettata di macinato. Masticò per qualche secondo, poi disse, con la bocca piena: «Ottiene punti se ci prova. Ma finché non abbiamo su di lui quanto basta per giustificare un mandato d'arresto, lei è ancora a rischio».

«Comunque, perché farmi venire qui con la metropolitana? Perché non con la mia macchina?»

«Motivi di sicurezza».

«Ovvero che potrei essere seguito?»

«Oppure c'è un tracciatore sulla sua macchina. Tutto è possibile».

«Se c'è un tracciatore sulla mia macchina, significa che sospettano di me», ragionò. «Giusto?».

Yeager scrollò le spalle. «Forse lo stanno facendo come precauzione. La osservano, vedono con chi si incontra. Si accertano che non stia lavorando per la DEA».

«E se scoprono che è così?»

«Ecco perché stiamo prendendo delle misure per proteggerla».

«E che succede se scoprono che mi incontro con la DEA?», insistette Danny.

«Perché continua a ossessionarsi con questo? È come se stesse grattando una crosta. Non continui a pensare alla peggiore delle ipotesi oppure sarà troppo spaventato per agire in modo efficace».

«Già, be', mi ha invitato a giocare a squash con lui».

«Vede? Si fida decisamente di lei. È un'ottima opportunità. La prego, mi dica che gli ha risposto di sì. Penso che non si porterà il BlackBerry sul campo di squash. La sua opportunità si è appena presentata».

«Ho detto di no. Comunque, non è questo che intendevo. Secondo lui gli avevo detto che giocavo a squash. Ma io non gliel'ho mai detto».

«Dunque?»

«Come faceva a sapere che gioco a squash? Non so nemmeno più dov'è la racchetta».

«Non è una specie di sport da Ivy League[9]? Lei è andato alla Columbia. A quanto ne so, fa parte dell'Ivy League. L'avrà dedotto da quello».

«Mi ascolti...».

La cameriera ricomparve per riempirgli la tazza di caffè. «Sicuro di non volere la colazione, tesoro?»

«Sono a posto», disse Danny.

La cameriera parve delusa, ma sorrise e si allontanò.

«Sa cose su di me che non gli ho mai detto», riprese Danny. «È come se mi avesse fatto controllare. Come se gli avessero fatto un rapporto su di me. Quella cosa sullo squash, è stata una svista».

«E questo la sorprende? Sua figlia passa molto tempo con la figlia di Galvin, lui la fa entrare in casa sua, tra la sua famiglia... e crede che non prenda delle precauzioni? Che non commissioni un'indagine sul suo passato? Questo non è un tizio che si fida di parecchie persone. Nella sua posizione, non può farlo».

Danny espirò piano attraverso le narici. «Forse è proprio così».

«È proprio così», disse Yeager. Voltò la testa e sorrise. «Ecco il suo amico».

Danny si girò e vide Phil Slocum avvicinarsi al tavolo, con una cartellina di pelle malconcia in una mano. Aveva un'espressione torva, ancora più del solito. Si lasciò cadere sul divanetto accanto a Yeager senza nemmeno degnare Danny di un'occhiata.

«Sembri uno a cui hanno rubato i soldi del pranzo», disse Yeager.

Slocum aprì la cerniera della cartellina, tirò fuori un fascicolo marrone e lo porse a Yeager. «Il corpo corrisponde».

Il sorriso di Yeager svanì. Tirò fuori diverse foto lucide 20x25. «Dio del cielo», esclamò. «Dannati animali».

Porse una delle foto a Danny. «Direi che hanno scoperto la cimice».

Era la foto di un corpo così sfigurato, un massacro così sanguinolento, che a un primo sguardo non sembrava nemmeno un essere umano.

Solo quando notò il neo a forma di Australia sulla destra di ciò che restava del collo riconobbe l'autista di Galvin.

[9] Col nome di Ivy League si indicano le otto università più prestigiose degli Stati Uniti. (*n.d.t.*)

25

«È lui», disse Danny. «È l'autista. Esteban». Un pizzicore caldo e sudato gli si diffuse sulla fronte e sulla nuca. Acido rovente gli bruciò la gola e provò un senso di nausea, come se stesse per vomitare. «Dove avete trovato il...».

«Il corpo è stato trovato in un vicolo dietro un bar a Brighton. Coperto da un telo di plastica. Si tratta evidentemente di un'esecuzione legata alla droga, e pare che sia stato torturato, perciò il caso è stato affidato alla narcotici della polizia di Boston».

Danny si alzò di scatto dal divanetto, facendo finire per terra la forchetta, e si precipitò fuori, dove vomitò sul marciapiede. Una giovane coppia che portava borse da ginnastica uguali dell'Under Armour stava passando proprio in quel momento. L'uomo spinse via la sua ragazza dalla traiettoria del vomito.

Danny rimase piegato per oltre un minuto, la testa bassa, il mondo che ruotava e ondeggiava.

Le foto raffiguravano una scultura fatta da Satana in persona. Una disposizione – o per meglio dire un disordine – di pezzi di corpo umano. L'uomo nella foto, anche se era solo un torace, teneva in mano la propria testa mozzata come se fosse un pallone da calcio. La testa sembrava quella di Esteban, ma assomigliava anche a una di quelle maschere di Halloween iperrealistiche, eccezion fatta per i terrificanti vasi sanguigni del collo e la trachea che pendevano scomposti, tra un torrente di sangue scuro.

Gli occhi erano appena aperti, come se si stesse addormentando.

Ficcato in bocca, come cartilagine scartata sul bancone di un macellaio, c'era quello che sembrava il suo stesso pene.

Danny tornò barcollante nel diner e si diresse al tavolo.
«Era uno dei vostri?».
Yeager sgranò gli occhi. Si guardò da entrambi i lati. «Si sieda, per favore».
I tavoli adiacenti erano ancora vuoti. Danny scivolò sul divanetto, lentamente e con riluttanza.
Slocum disse: «Pensa davvero che se avessimo avuto dalla nostra parte l'autista di Galvin avremmo perso tempo con lei?»
«Non versi lacrime per Esteban», disse Yeager. «Era un *asesino* di basso livello per il cartello».
«Ovvero?»
«Un sicario. Una pistola prezzolata».
«Be', avrei potuto essere io».
«Ma non lo è stato», disse Yeager.
«Chi l'ha ucciso?», domandò Danny.
«I cartelli hanno cellule sparpagliate per tutto il Paese», disse Yeager. «Non c'è carenza di sicari. Abbiamo diramato un'allerta e ci è stato segnalato questo cadavere. E corrispondeva».
«Questo non basta per risalire a Galvin?», disse Danny. «Non appena sarà identificato. Voglio dire, l'autista di un ricco finanziere viene ritrovato ucciso e torturato…».
«Il corpo non sarà identificato», disse Yeager. «I loro uomini della sicurezza faranno i loro giochetti con carte d'identità e passaporti falsi. Questo tizio qui», picchiettò un dito grassoccio su una delle foto, «è un signor Nessuno».
Danny annuì, poi si morse il labbro inferiore. «Bene, io mi chiamo fuori».
Slocum fece un piccolo movimento, come se stesse per dire qualcosa di minaccioso, ma Yeager gli mise una mano sul braccio.
«Non accadrà a lei».
Danny rise amaramente. «Oh, già, certo che no. Come diavolo mi è venuto in mente!».
«Se non altro, la morte di questo tizio è la sua garanzia. Lei è fuori pericolo».

«Ma siete stati voi stessi a dire che sono ancora a rischio. Pensate di poter continuare a fare pressioni su di me finché non sarò ritrovato fatto a pezzi e avvolto nella plastica da qualche parte?». Scosse il capo. «A-ha. Non mi incontrerò di nuovo con Galvin. Quel rapporto è terminato».

«Così su due piedi?», disse Slocum. «Taglierà tutti i contatti così all'improvviso? Non pensa che *così* possa sembrare sospetto? Trovano una trasmittente, incolpano l'autista e all'improvviso lei scompare? *Sapranno* di aver ucciso il tizio sbagliato. Non farà altro che puntare i riflettori su se stesso, amico».

Danny sorrise con espressione sgradevole. «Oh, no, non sarà nulla di così ovvio. Starò male per un po'. Quindi sarò in ritardo con una consegna e accamperò delle scuse. Dopo un paio di mesi, lui lascerà perdere. Il rapporto si chiuderà. Basterà questo».

«E sua figlia?», chiese Yeager.

All'improvviso la rabbia gli avvampò dentro come un fiammifero acceso e gettato nella benzina. Mantenendo la calma, rispose: «Mia figlia non ha idea di cosa stia succedendo. Il suo rapporto con la figlia di Galvin è innocente e nessuno può pensarla diversamente».

La loro cameriera si ripresentò. «Lui è l'unico a mangiare oggi? Voi ragazzi non avete fame?».

Danny scosse il capo.

«Io gradirei lo speciale del lavoratore», disse Slocum.

«Mi dispiace, dolcezza, quello è disponibile solo fino alle nove. Qualcos'altro?»

«Allora penso che su quel toast alla francese con la *crème brûlée* ci sia il mio nome sopra».

La cameriera assunse un'espressione raggiante.

«Danny», disse Yeager quando se ne fu andata. «Chi altro crede che proteggerà lei e sua figlia?».

Danny sentì le proprie guance avvampare. «Di che genere di protezione state parlando? Di sicuro quegli assassini non vi avvertiranno prima».

«Per loro è altamente insolito prendere come bersaglio la DEA. Non vogliono arrivare a tanto».

«Ma lo fanno, giusto? Ho letto di…».

«È successo», ammise Yeager. «Ma è raro, e gli uomini di Sinaloa, per quanto brutali, sono anche abbastanza svegli da sapere di non dover eliminare gli agenti della DEA. Se lo fanno, si ritrovano nella merda fino al collo».

Danny lo fissò incredulo. «Pensavano che Esteban stesse lavorando per voi».

Yeager disse con calma: «Hanno giustiziato l'autista perché era un messicano, Daniel. Pensavano che uno dei loro connazionali fosse un traditore, perciò dovevano mandare un messaggio. Ma non fanno quasi mai quel genere di cose a noi o alla nostra gente».

«Perciò cosa succede se la prossima volta mi beccano? Come mi proteggerete allora?»

«La faremo uscire di lì. Lei e sua figlia».

«Come? Con il programma di protezione testimoni?».

Yeager annuì.

«Dev'essere uno scherzo. Non ho intenzione di farlo. Non voglio vivere a quel modo. Non rovinerò la vita di mia figlia».

«Si tratta della peggiore delle ipotesi, Daniel. Non accadrà».

«Lo può garantire?».

Yeager e Slocum lo stavano guardando entrambi, ma nessuno dei due disse una parola.

«D'accordo», disse Danny. «Ascoltate, sono l'unico genitore che mia figlia ha. Non la renderò orfana, capito? Se volete incriminarmi per riciclaggio di denaro o qualunque stronzata volete inventarvi, fate pure. Provateci. Il fatto che il vostro aggeggio sia stato scoperto non è colpa mia. Siete stati voi a fare casino. Io ho fatto esattamente quello che mi avevate chiesto. Ho agito in buona fede. Ho cooperato».

«Proprio così», disse Slocum. «Lei ha cooperato».

«A-ha. E questo cosa vorrebbe dire?»

«Non ti rendi conto della situazione in cui ti trovi, vero?», disse Slocum. «Pare che tu non capisca quello che abbiamo su di te, Danny boy».

«Quello che *avete* su di me...?»

«Tu non ti ritirerai ora, amico mio», disse Slocum. «Come dice la banca: "cospicua penale per il recesso anticipato"».

«Sarebbe una minaccia?»

«A volte alla DEA ci sono fughe di notizie», disse Slocum. Prese un lungo sorso del suo caffè. «Spero proprio che non accada nel tuo caso».

E tutt'a un tratto Danny comprese in che posizione si trovava. Avrebbero preferito fare una soffiata al cartello di Sinaloa e far sapere che era un informatore della DEA piuttosto che lasciarlo andare.

Si alzò in piedi.

«Daniel, per favore», disse Yeager.

Slocum posò la sua tazza di caffè. Si mise una mano nella tasca dei pantaloni e tirò fuori il portafoglio, da cui prese due banconote nuove di zecca da cento dollari. «Ecco», disse. «Accetta l'offerta di Galvin per quella partita di squash. E comprati una racchetta decente».

26

La sala conferenze dei dirigenti della Harmonics Global Inc. assomigliava a mille altre sale conferenze negli uffici di corporazioni di tutto il mondo. Dal momento che la sede centrale della Harmonics Global si trovava a San Diego, però, aveva una certa aria di California. C'era legno biondo e grandi finestre, parecchio vetro e acciaio, e luce in abbondanza. Un grosso schermo Cisco TelePresence occupava la maggior parte di una parete. Sul lato opposto c'era un telo per videoproiettore che si ritirava semplicemente toccando un pulsante. Venti sedie in pelle con lo schienale alto attorniavano uno scintillante tavolo ovale oblungo, fatto di mogano africano con intarsi amaranto ai bordi.

La Harmonics Global era una grande società a capitale privato le cui controllate comprendevano quattordici distinte compagnie, che andavano dai ricambi per auto a servizi di ristorazione, dalle assicurazioni ai trasporti.

Pochissime persone sapevano chi possedeva davvero la Harmonics Global.

A capo del tavolo sedeva l'amministratore delegato della Harmonics, una donna formidabile di nome Laurie Hornbeck. Laurie sapeva che molte persone non la consideravano una donna cordiale. Spesso veniva definita pragmatica. I suoi capi-divisione avevano paura di lei. I suoi capelli biondi erano tagliati in un caschetto pratico che i suoi detrattori definivano mascolino. Indossava uno dei suoi abituali completi dai colori vivaci sopra una blusa di seta bianca. Il colore di quel giorno era blu zaffiro. Gli unici gioielli che portava erano orecchini d'oro a bottone e un girocollo in onice.

Ma Laurie Hornbeck non stava presiedendo la riunione. Quello era il compito del responsabile finanziario, Allen Hartley, poiché l'ordine del giorno di quella mattina era il budget. Il fatto che la voce di Hartley fosse monotonica non aiutava. Laurie pensava che la sua presentazione fosse come cloroformio fatto di parole. Discorreva di «reti di distribuzione ottimizzate» e «visibilità migliorata della catena di rifornimento». Parlava di una «soluzione globale orientata al ROI». Nominava «servizi finali», approcci alla «monetizzazione» e diceva di fare una «immersione profonda» nei dati. Al Hartley si dilungava tra i suoi grafici e diagrammi, i direttori di ciascuna divisione prendevano appunti sui portatili, mentre Laurie Hornbeck controllava di nascosto il suo BlackBerry.

La regola alla riunione mensile per il budget era che tutti i partecipanti spegnessero i cellulari. Dato che Laurie era l'amministratore delegato, era esentata.

A circa metà della riunione, il BlackBerry di Laurie vibrò. Si mise gli occhiali da lettura e guardò l'SMS che vi era apparso. Si schiarì la gola e alzò lo sguardo. «Tony, Karen, Barry… nel mio ufficio subito, per favore. Le mie scuse, Al. Mi occorrono quindici minuti». Si alzò dal tavolo.

L'ufficio di Laurie Hornbeck era inondato di luce dalle finestre che occupavano l'intera parete e davano sul Pacifico. Il suo ufficio era efficiente e sobrio come la sua acconciatura. La scrivania era vuota tranne qualche foto di suo figlio, il portatile e due telefoni, uno dei quali sicuro. Una scrivania pulita indicava una mente ordinata. In un angolo della stanza c'era la sua borsa di mazze da golf. Alle pareti pendevano diversi dipinti di Taos, New Mexico, realizzati da Helmuth Naumer, vivide rappresentazioni a pastello di *pueblos* e canyon. Laurie era del New Mexico e aveva una casa per le vacanze a Taos, dove tornava ogni volta che poteva.

Mantenne un'espressione calma, poiché un buon leader dev'essere sempre calmo e sicuro di sé. Ma era estremamente consapevole del sapore acido che aveva in fondo alla gola. Della violenza con cui il suo cuore stava battendo. Quella novità da incubo aveva occupato i suoi pensieri per giorni.

“Due settimane di relax in Belize”, pensò tristemente. E adesso che era tornata in ufficio solo da pochi giorni era come se non se ne fosse mai andata.

«È Omaha. C’è stata una perdita», disse. Mantenne la propria espressione neutra, ma giocherellava con il girocollo in onice.

«Che intendi con perdita?», disse una donna magra dai capelli scuri con un’aria afflitta. Era a capo della Omaha Logistics, una delle controllate principali della Harmonics Global. Forniva servizi di trasporto a una vasta gamma di aziende clienti, trasportando carichi di merci in container e rimorchi via aria, terra e mare.

Per quasi chiunque fuori da quella stanza – occupata dai tre più alti dirigenti della Omaha Logistics – sembrava una compagnia legale.

«Uno dei nostri aerei merci è stato bloccato ieri a Fresno».

«Gesù Cristo», disse il direttore alle operazioni della Omaha, un uomo panciuto dal volto cereo e con le guance da scoiattolo. «Completamente carico?».

Laurie annuì. «Poi ieri un banchiere della sede di San Francisco della Pacific Commerce Bank è scomparso».

«Madre di Dio», disse piano la donna, l’espressione ancora più afflitta. «È Toth».

«Cosa intendi per scomparso?», chiese il direttore con le guance da scoiattolo.

«Non si è presentato al lavoro», disse Laurie. «Non è a casa. Abbiamo provato con il cerca-persone e non ha risposto».

«Credi che si sia dato alla macchia?», chiese il direttore finanziario della Omaha, un avvenente uomo latino con la carnagione marrone chiaro e folti capelli neri pettinati all’indietro.

«Magari spunterà su una spiaggia a Playa del Carmen con una sacca da biada piena di coca e un codazzo di prostitute a malapena legali. Ma ne dubito. Non è da lui».

«Ma abbiamo qualche motivo di credere che sia stato arrestato?», chiese il latino allarmato.

Laurie scrollò le spalle. «Faremmo decisamente meglio a sperare di no. Non voglio nemmeno pensare a quella eventualità. Perché se ha…». La sua voce si spense. Si sentiva lo stomaco pieno d'acido. Le serviva un antiacido. Di recente li ingurgitava come dolciumi.

Una breccia, una fuga… era quello lo scenario infernale che temevano tutti. Se fosse mai venuta fuori la verità sulla Omaha, sarebbero andati tutti in prigione.

O peggio, considerato chi erano i loro datori di lavoro.

«Dobbiamo trovare il banchiere subito», disse il direttore finanziario. «Prima che si faccia sfuggire qualcosa». In momenti di stress come quello, il suo accento messicano diventava più evidente.

«Naturalmente», disse Laurie. «Ma la questione di gran lunga più importante è la perdita. Dobbiamo scoprire da dove proviene. O da chi proviene. E poi dev'essere tappata. Con qualunque mezzo».

«Toth dev'essere trovato e gli va impedito di parlare», disse la donna a capo della Omaha, alzando bruscamente la voce. «Possiamo arrivare a lui? Possiamo fermarlo?».

Laurie guardò il direttore finanziario ma non disse nulla. Voleva che fosse lui a proporlo.

L'uomo colse l'imbeccata. «Se ci muoviamo subito, possiamo contenere il danno. Abbiamo un appaltatore».

Gli altri tre dirigenti tacquero. Il direttore alle operazioni con le guance da scoiattolo si agitò sulla sua sedia.

«Non può essere ricondotto a noi», disse la donna.

«Naturalmente», disse il direttore finanziario. «È affidabile e discreto. Questo è un lavoro che richiede una gran dose di precisione. In effetti si tratta di un chirurgo».

«Siamo tutti d'accordo?», chiese Laurie.

Tutti tranne il direttore finanziario parvero evitare il suo sguardo.

«Non andremo avanti finché non ci sarà un voto unanime», disse. Lei attese. Per una linea d'azione così carica di pericolo voleva l'avallo di tutti.

«Sì», disse infine la donna a capo dell'Omaha.

«D'accordo», disse il direttore alle operazioni.

Laurie Hornbeck si voltò verso il direttore finanziario. «Allora chiamalo», disse.

27

Mentre era sulla metropolitana diretto a Park Street, mandò un SMS a Abby: *Passo a prenderti alle 3?* Non la chiamava mai a scuola, naturalmente. Né le mandava e-mail; Abby insisteva che le e-mail erano per vecchi. Lei mandava SMS tutto il giorno, tra una lezione e l'altra e perfino durante alcune lezioni. Messaggiava con la velocità di uno stenografo. Usava abbreviazioni e gergo che lui non capiva.

Gli rispose entro due minuti: *Grazie, ma vado da Jenna, okay?*

No, non era okay. Niente affatto. Danny le rispose: *Non oggi. Ti voglio a casa.*

Il treno passò attraverso un tunnel dove la connessione non era disponibile; quando raggiunse la fermata di Park Street, si ritrovò un messaggio in segreteria. Da Abby. Non si curò nemmeno di ascoltare il messaggio. Sapeva che lo avrebbe implorato o che avrebbe sbraitato, oppure un misto delle due cose. Solo la disperazione l'avrebbe indotta a ricorrere a una telefonata vera e propria.

Mentre attraversava la banchina per salire sul treno della Green Line[10] fino ad Arlington Street, la richiamò.

«Papà», rispose lei con voce tesa. «Jenna e io dobbiamo studiare algebra, te lo giuro. Prometto che ci impegneremo». In sottofondo, una ragazza lanciò uno strillo acuto.

«Puoi farlo a casa», disse lui.

«Ma stiamo studiando assieme. Voglio dire, perché devo stare a casa se tanto saremo in chat?»

«Ti voglio a casa oggi».

[10] Linea metropolitana di Boston. (*n.d.t.*)

I tizi della DEA avevano ragione: non poteva uscire all'improvviso dall'orbita di Galvin senza destare ogni genere di sospetti. Ma Abby era tutta un'altra storia. Era il tessuto connettivo. Se avesse smesso di frequentare Jenna, lui si sarebbe potuto separare da Galvin in modo naturale, senza alcuna domanda.

Si sentiva come se avesse tolto la spoletta a una granata e non l'avesse ancora lanciata.

«Voglio dire», insistette lei con voce sempre più acuta, «potrei chiedere all'autista di riportarmi a casa, diciamo, per le sette, così possiamo cenare assieme, okay?».

Danny rivide nella mente la testa mutilata di Esteban e provò un senso di nausea.

«Ti passerò a prendere alle tre», disse in tono irrevocabile, poi premette TERMINA.

Quindi chiamò Tom Galvin al suo ufficio. «Sei ancora libero per quella partita di squash?».

28

Danny era passato davanti a quella grande, vecchia casa di arenaria centinaia di volte e si era sempre chiesto cosa ci fosse all'interno. Era una villa in stile neoclassico con la facciata in granito, sul tratto ripido di Beacon Street che dava sui giardini pubblici. L'edificio era più largo di quelli vicini, con un doppio bovindo.

L'ingresso porticato non aveva alcun segno distintivo. Solo una porta di quercia lucidata con un pomolo e una fessura per la posta in ottone. Parecchi degli edifici di quell'isolato erano residenze private; Danny aveva sempre presunto che si trattasse di una di quelle ville appartenute alla famiglia Brahmin di Boston fin dai giorni di Oliver Wendell Holmes[11].

Si rivelò il Plympton Club, l'associazione atletica e sociale più antica di Boston. Ne aveva sentito parlare ma non conosceva nessuno che vi appartenesse. Fino a quel momento.

All'interno, i pavimenti scricchiolanti erano coperti di tappeti orientali, le pareti adornate di dipinti a olio di barche e uccelli. Un paio di placche con corna di cervo erano montate sulla parete. Delle teche contenevano antiche racchette da squash e foto color seppia di giocatori dell'inizio del secolo scorso. Stando a un articolo della rivista «Boston» che aveva letto online, il Plympton Club aveva sei campi da squash, una piscina con acqua salata e un campo di pallacorda, considerata dagli snob della racchetta il vero tennis. C'era una biblioteca e una sala da pranzo riccamente ornata.

[11] Oliver Wendell Holmes (1841-1935), giurista statunitense, insegnò diritto a Harvard e fu tra i più longevi giudici della Corte suprema. (*n.d.t.*)

Attese su un divano duro, la borsa da ginnastica per terra, e cercò di comportarsi in modo disinvolto.

Il suo disagio nell'essere al Plympton Club, però, non era nulla paragonato alla paura che il congegno dentro la sua borsa venisse scoperto. E come diavolo avrebbe fatto a impossessarsi del BlackBerry di Galvin per cinque minuti? Sembrava non lasciare mai le sue mani.

E se fosse stato beccato...?

Quello che era successo a Esteban poteva facilmente capitare anche a lui.

Danny trovava difficile credere che Tom Galvin, che sembrava un tipo affabile e geniale, fosse coinvolto in qualche modo nell'orribile delitto con tanto di tortura del suo stesso autista. Forse non lo sapeva nemmeno.

Ma le persone per cui Galvin lavorava erano brutali, terrificanti e spietate. Non avrebbero esitato a fare a Danny quello che avevano fatto a Esteban.

Se fosse stato beccato.

Doveva essere estremamente accorto. Se ci fosse stata la minima possibilità di essere beccato, doveva tirarsene fuori.

La giovane donna bionda dietro il banco della reception gli sorrise e riprese a timbrare dei moduli o cose del genere con un datario vecchio tipo. Un paio di uomini d'affari di mezz'età entrarono ridendo di cuore per un "triplo bogey". Indossavano entrambi dei blazer blu con bottoni d'ottone. Uno aveva dei pantaloni verdi con sopra delle balene. L'altro li portava kaki. Salutarono la donna dietro il banco e lei ricambiò, indirizzandoli verso una porta.

«Ti ho fatto aspettare», annunciò Galvin mentre entrava dalla strada.

Danny sussultò, spaventato dalla sua voce. «Niente affatto», disse, anche se erano passati quindici minuti.

All'improvviso risuonò quel riff di chitarra metallico di *Sweet Home Alabama*. Galvin tirò fuori il BlackBerry dalla tasca interna della sua giacca antracite gessata.

«Marge, spostiamolo di un'ora», disse a voce alta nel suo telefono. «Cosa? Aspetta, la ricezione qui fa schifo... esattamente». Terminò la chiamata e scosse il capo. La giovane donna dietro il bancone parve scoccargli un'occhiata irritata. «Spiacente. È solo una di quelle giornate. Hai la tua roba?».

Danny sollevò la borsa da ginnastica in risposta. «Tutto quello che mi serve. A proposito, come mai quella suoneria? Hai un legame con l'Alabama o qualcosa del genere?».

Galvin scrollò le spalle. «Mi piacciono i Lynyrd Skynyrd. *Gimme Three Steps? Free Bird?*».

Danny sorrise. «Certo».

«Non hai mai voluto suonare la chitarra in una rock band?»

«Certo. Chi non l'ha mai sognato?».

Presero un piccolo ascensore per scendere.

«Qui l'uso del cellulare è ufficialmente malvisto», borbottò Galvin come rimproverato. «Non *si fa*». Imitò l'accento aristocratico usato da Thurston Howell III ne *L'isola di Gilligan*.

«Un posto davvero impressionante», disse Danny.

«Io preferisco usare la parola *insopportabile*», disse Galvin. «Ma è vicino al mio ufficio».

«La *mia* palestra non ha corna di cervo alle pareti».

«Be', in questo posto non ci sono neri, ebrei o donne. Né italiani o irlandesi. Con l'evidente eccezione di me. Diamine, avermi come membro dev'essere come avere un cetriolo su per il culo, per loro». Era raggiante.

«Loro chi?»

«I barbogi che gestiscono questo mausoleo».

«Ti hanno ammesso».

«Non avevano scelta. Dovevano farlo».

Danny lo guardò. L'ascensore scendeva lento, con parecchi scossoni.

«Sai, non puoi nemmeno presentare richiesta per diventare membro, qui. Sei "intercettato". Vieni nominato, poi ti scandagliano, quindi devi sostenere un colloquio. Devi cenare assieme all'intero dannato consiglio direttivo, uno alla volta. Come una maledetta, interminabile colonscopia».

«Suppongo che tu li abbia affascinati».

«Affascinati? Gli ho salvato il culo. Questo posto andava in malora. Il tetto stava letteralmente crollando, ma non avevano fondi da parte per ripararlo e quei barbogi rifiutavano di aumentare le quote di ammissione. Stavano discutendo di vendere parte dell'edificio o perfino di chiudere completamente il club. Perciò mi sono intromesso e ho salvato la loro situazione finanziaria con un prestito a lungo termine a condizioni generose».

«In cambio dell'ammissione», disse Danny con un sorriso. «Un'offerta che non hanno potuto rifiutare».

Galvin sogghignò. Le porte dell'ascensore si aprirono su un corridoio dal soffitto basso che odorava debolmente di eucalipto. «A quanto pare avevo tutti i requisiti». Abbassò la voce, anche se non sembrava esserci nessuno a portata d'udito. «Questi coglioni pensano di essere migliori di chiunque altro perché non devono lavorare per fare soldi. È stato il loro bis-bisnonno a diventare ricco, il che li rende aristocratici o cose del genere. E invece i tipi come me, nati e cresciuti a Southie, che hanno frequentato il BC o quello che ti pare, capaci di guadagnarsi il loro denaro, vengono esclusi…». La sua voce si spense quando incrociarono un uomo più anziano con i capelli argentei, vestito con una giacca di madras e pantaloni a quadri. L'uomo annuì e disse: «Tom».

Galvin annuì a sua volta.

«Ho visto quell'e-mail sul Galvin Fitness Center alla Lyman», disse Danny. Era stato mandato un avviso dall'ufficio di Lally Thornton per annunciare i progetti per la nuova piscina, la nuova pista e una struttura per l'atletica, grazie a un dono generoso da parte di Thomas e Celina Galvin.

Galvin aprì la pesante porta dello spogliatoio degli uomini. Sospirò, prese un paio di asciugamani e ne gettò uno a Danny. «A volte devi ungere gli ingranaggi. Nessun'altra scuola era disposta ad ammetterla per gli ultimi due anni».

Si fermò al banchetto di un attendente.

«*¿Hola, José*», disse. «*¿Qué tal?*»

«*Pues muy bien, señor Galvin*», rispose l'assistente grassoccio con la faccia come una luna, porgendo a Galvin la chiave di un armadietto appesa a un elastico. «*¿Y usted?*»

«*Bien, bien… ¡Ya sabes como va la vida!*».

Danny non era sorpreso che Galvin parlasse spagnolo, dato che era sposato con una messicana. Ma sembrava parlare con la stessa naturalezza di un madrelingua. Fu quello a sorprenderlo.

Ripartì *Sweet Home Alabama*. Galvin tirò fuori il BlackBerry dalla giacca, rivolse un sorriso di scuse a José e si diresse verso una lunga fila di armadietti.

«Un'ora, un'ora e mezzo al massimo», disse nel ricevitore. «Siamo a posto? Okay?».

Galvin premette TERMINA e lo rimise nella tasca della giacca. «Ecco come funziona il mondo», disse, come se la conversazione non fosse mai stata interrotta. «Un po' come il tuo speculatore. A Vanderbilt e Carnegie, a Rockefeller e Morgan sono occorse un paio di generazioni per lavar via la puzza da quei soldi, giusto?»

«Vero».

«Perché quei tizi sono degli "speculatori", comunque? Perché non sono imprenditori?»

«Domanda eccellente».

«Voglio dire, erano poi così diversi da Steve Jobs, Bill Gates o i ragazzi che hanno fondato Google? E Rockfeller non ha dato via miliardi di dollari? Credo che l'abbiano fatto tutti, giusto?».

«Quello che per qualcuno è uno speculatore, per un altro è un imprenditore. O un filantropo».

«E tu?»

«Io cosa?»

«Sei speculatore o imprenditore?».

Galvin voltò la testa da un lato, poi dall'altro. Come se stesse per pronunciare una risposta arguta. Ma poi pensò che non era il caso. «Sono un investitore».

«Che genere di investitore?»

«Capitale privato. È noioso».

«Non per me. E probabilmente non per te».

Sospirò, come se avesse fornito quella risposta altre centinaia di migliaia di volte. «Gestisco denaro per una famiglia molto ricca».

«Ah sì? E di chi si tratta?».

Galvin fece spallucce. «Conosci i nomi delle dieci famiglie più ricche del Messico?»

«No», ammise Danny.

«Allora non credo che quel nome significherebbe molto per te».

Lo spogliatoio odorava di asciugamano bruciato da un'asciugatrice lì vicino, misto all'odore di tonico per capelli vecchio stile tipo il Vitalis, e a sottolineare tutto quanto c'era il lezzo di vestiti da ginnastica. Un televisore era montato in alto sul muro in una zona salotto. Un refrigeratore d'acciaio inossidabile con sportelli in vetro conteneva un arsenale di bottiglie d'acqua su cui si era formata la condensa. Un lungo lavandino con tanto di pettini in alti barattoli di vetro pieni di disinfettante azzurro Barbicide. Rasoi usa-e-getta, barattoli di crema da barba Barbasol. File di armadietti dall'aspetto antico fatti di legno scuro, alcuni con le chiavi nelle toppe ed etichette metalliche che pendevano dai cordini elastici.

Lo spogliatoio non era del tutto deserto, ma ci mancava poco. Alcune voci provenivano da uno scomparto distante con altri armadietti. A quanto riusciva a capire Danny, l'unico impiegato che lavorava nello spogliatoio era José, l'assistente. Pareva che al Plympton Club il personale fosse ridotto, cosa che si adattava al profilo di un club che stava affrontando difficoltà finanziarie.

Un tizio sulla settantina con il collo taurino, dalla corporatura robusta e ricoperto di peli grigi, passò accanto a loro totalmente nudo, con tutto che pendeva e l'asciugamano attorno al collo.

Danny prese mentalmente nota del numero dell'armadietto di Galvin, 809, poi ne trovò uno disponibile lì vicino. Vide che i vestiti da ginnastica di Galvin erano già lì dentro, piegati in modo ordinato. Pareva che il club si occupasse del bucato dei suoi membri. Un canestro di palle da squash Wilson a punto giallo su un ripiano, una racchetta appesa a un uncino. Galvin si tolse la giacca e la drappeggiò su una stampella in legno.

Il suo BlackBerry era ancora nella tasca.

Danny si cambiò e si mise una canottiera bianca e un vecchio paio di boxer della Columbia. I vestiti di Galvin sembravano nuovi di zecca: pantaloncini bianchi e una maglietta rossa e nera, entrambi che riportavano il logo della Black Knight. Un paio di scarpe da squash Prince di un bianco accecante.

I due uomini d'affari di mezz'età che erano entrati prima di loro ora stavano lasciando lo spogliatoio, le racchette da squash in mano mentre parlavano ancora di golf. Indossavano delle vecchie magliette spiegazzate (Harvard Crew e Phillips Exeter) e pantaloncini con elastici in vita allentati. Come se avessero preso quei vestiti da un mucchio nel rifugio per senzatetto dove lavorava Lucy.

«Bei vestiti, Thomas», disse quello con la maglietta dell'Harvard Crew.

«Grazie, Landon», replicò Galvin.

«Molto elegante. Giochi nell'US Open?».

Galvin sorrise senza allegria. Scoccò a Danny un'occhiata d'intesa. A Danny era familiare quel tono di falsa amicizia dei ricchi che poi ti pugnalano alle spalle. L'aveva udito anche alla Lyman. Due minuti dopo quei tizi avrebbero ricominciato in privato a prendere in giro Galvin per la sua nuova uniforme da ricco. Tutto questo per avercela messa tutta.

Galvin chiuse la porta del suo armadietto e girò la chiave per far scattare la serratura.

Il BlackBerry era dentro.

29

Galvin mise la sua roba – la custodia della racchetta, la chiave dell'armadietto, un nuovo barattolo di palle, un asciugamano – sulla mensola che si trovava all'esterno della parete di vetro in fondo a un campo. Danny lasciò cadere custodia e asciugamano lì accanto e si tenne la chiave in tasca.

Il riscaldamento fu travagliato. Danny non riusciva a decidersi sulla presa. Continuava a sbagliare a colpire la palla, o troppo alta o troppo bassa. Dal campo accanto riecheggiavano grugniti e gemiti indecenti, come quelli di un video porno. Era convinto che si potesse capire parecchio da come una persona praticava gli sport. Teneva la palla per sé o faceva gioco di squadra? Era un tipo mite che si trasformava in uno psicopatico sul campo da gioco? Si comportava in modo spontaneo o riflessivo?

Tom Galvin prendeva la sua partita in maniera serissima. Quell'arguzia disinvolta, quel senso dell'umorismo iconoclasta, era tutto sparito. Era un giocatore feroce. Non che fosse semplicemente abile – e lo era, con un senso della strategia da professionista – ma non cedeva nemmeno un punto. Con i suoi occhialetti, Galvin assomigliava a una specie di insetto malvagio, come una mantide religiosa.

Certo, Danny non costituiva una grande sfida, almeno non all'inizio. Una volta, alla Columbia, era stato un giocatore decente, ma erano passati troppi anni. Non era più all'apice della forma fisica. Era lento. Non manteneva il controllo della T[12]. I suoi servizi erano troppo facili.

[12] La T è la parte centrale di un campo da squash, ovvero il punto da controllare per giocare in maniera efficace. (*n.d.t.*)

I servizi di Galvin erano impeccabili. Tirava la palla in un arco alto e perfetto, una parabola letale che finiva nell'angolo posteriore molto dietro Danny, colpiva sopra la linea inferiore e terminava così il suo volo. Danny perse due partite in un battibaleno prima di iniziare a capire come rispondere a un servizio tanto vigoroso.

Nella terza partita, Danny finalmente riuscì a raggiungere Galvin. Otto pari. Poi uno dei colpi di Galvin rimbalzò due volte, cosa innegabile, e Danny ottenne il servizio e forse anche il punto della vittoria. Con sua sorpresa, Galvin raccolse la palla e si diresse al box di servizio senza discussioni.

«Ehm, sono piuttosto certo che fosse un doppio rimbalzo», disse Danny.

«No, non lo era», replicò Galvin in tono inespressivo.

«In realtà…».

«Pronto?». Galvin si mise in posizione per scagliare un altro dei suoi servizi vincenti. Danny fu sul punto di insistere e per poco non disse: «L'ho *visto*», ma decise che non ne valeva la pena. Galvin sapeva dannatamente bene che la palla aveva rimbalzato due volte. Non c'era motivo per discutere. Club suo, palla sua, regole sue.

Gli venne in mente che, essendo entrambi due tipi competitivi, giocare a squash non era esattamente il modo migliore per creare del cameratismo.

Al punto successivo, Danny in qualche modo riuscì a intercettare una palla lenta con un colpo di diritto, verso l'angolo frontale destro. Galvin, con mezzo secondo di ritardo, andò a sbattere contro la spalla destra di Danny un attimo dopo che la palla colpisse sopra la linea inferiore. Era evidente che non avrebbe comunque potuto recuperare la palla.

«*Let*», disse.

Danny rise. «Non avresti mai potuto prenderla».

«Amico. Ho chiamato un let. Stavi tra i piedi».

Club suo, palla sua, regole sue. Danny lasciò correre.

Dopo che Galvin ebbe vinto il terzo match di fila, disse: «Al meglio delle sette partite?»

«Ma certo», rispose Danny. «Ma che ne dici di una pausa per bere un po' d'acqua prima?». Grondava di sudore. La sua presa sulla racchetta era scivolosa.

«Stai cercando di spezzarmi il ritmo, eh?», disse Galvin. Rivoli gemelli di sudore gli scorrevano da ambo i lati della faccia. «Credo che tu stia cercando di scompaginare il mio slancio».

Galvin sorrise e aprì la porta di vetro. L'aria all'esterno del campo era gelida e Danny fu grato per quel refrigerio sulla sua faccia. Galvin prese il suo asciugamano, facendo tintinnare la chiave dell'armadietto, e lo usò per detergersi il volto. Fece un ampio gesto in direzione della fontanella e ci si diresse a sua volta.

«In effetti», disse Danny, posando la racchetta sul pavimento, «andrò a prendere un paio di bottiglie d'acqua fredda, se non ti dispiace».

Galvin agitò una mano senza guardarsi indietro.

Danny si chinò, prese la chiave dell'armadietto in quello che si augurò fosse un unico movimento fluido – poteva affermare che si era trattato di un errore innocente – e andò nello spogliatoio.

Non sentì né vide nessun altro lì dentro.

Provò l'armadietto numero 809 e lo trovò chiuso a chiave.

Lo spogliatoio era silenzioso, tanto da renderlo consapevole del rumore ambientale di macchinari distanti: i fischi e lo sferragliare di una lavasciuga industriale, forse in una stanza lì vicino. Lo scorrere dell'acqua attraverso le antiche tubature decrepite. Il fruscio ovattato del sistema di ventilazione. Una doccia che perdeva, stillando una goccia dopo l'altra in una pozzanghera sulle piastrelle del pavimento.

E, sopra a tutto quanto, il suo cuore che pulsava. Più veloce del solito, ma costante. Aveva provato nella sua testa ogni mossa, ripetendole più e più volte, considerando ogni angolazione concepibile, ogni possibile intoppo.

Girò la chiave e aprì l'armadietto, e al contempo fu investito da un senso di terrore nauseante. L'armadietto di Galvin era ordinato. La sua elegante giacca antracite gessata era appesa per bene a una stampella su un gancio. Sul ripiano superiore c'era il barattolo di palle di riserva Wilson con un puntino giallo e due magliette ben piegate che sembravano nuove. Un ottimo paio di scarpe brogue color cuoio, lucidate a specchio, era stato messo con attenzione sul fondo dell'armadietto, entrambe con la punta rivolta all'interno. Sulla soletta c'era una firma, John Lobb, probabilmente il calzolaio.

Il BlackBerry era nella tasca interna sinistra della giacca.

Ancora nessuno in giro.

Non riuscì a resistere a sbirciare l'etichetta cucita sulla tasca:

MADE IN ENGLAND BY

ANDERSON & SHEPPARD LTD

SAVILE ROW TAILORS

32, OLD BURLINGTON STREET, LONDON

Poi c'erano certi numeri che sembravano scritti a macchina e una data: 22/02/11. Danny non sapeva molto sui vestiti che la gente ricca indossava, ma abbastanza per capire che un sarto Savile Row era qualcosa di grosso, e quei numeri e la data indicavano che il completo era stato confezionato su misura.

Danny fece scivolare il BlackBerry fuori dalla tasca di Galvin. Era acceso, ma il display diceva DISPOSITIVO BLOCCATO. Il che voleva dire che era protetto da password.

Ma se l'era aspettato.

Yeager gli aveva assicurato che il MobilXtract era in grado di aggirare le password. Diede un'occhiata all'ora. Erano passati solo due minuti, il che non era male. Per prendere un paio di bottiglie dal refrigeratore nello spogliatoio ci sarebbe voluto un minuto, un minuto e mezzo. Ma a quello si poteva aggiungere una puntatina al bagno e quattro minuti non avrebbero causato i sospetti di Galvin. Se fosse passato più tempo, Galvin si sarebbe domandato cosa fosse successo e sarebbe potuto tornare nello spogliatoio a cercarlo.

Fino a quel momento tutto andava secondo i piani.

Poi sobbalzò a una musica improvvisa.

La suoneria di *Sweet Home Alabama* sembrava più forte di prima. Senza dubbio perché aveva infranto il silenzio. Non si ricordava come silenziarla. Non voleva rispondere alla chiamata, solo interrompere la riproduzione dei Lynyrd Skynyrd. Continuò a squillare quando afferrò il telefono in preda all'affanno, spingendo ogni bottone che riusciva a trovare sui lati e in cima. Finalmente la musica si fermò.

Ma quando udì la voce, Danny sobbalzò.

José, l'assistente, si trovava a non più di tre metri di distanza. Era un tipo silenzioso.

«Posso aiutarla, signore?», disse.

30

Danny sentiva il BlackBerry di Galvin caldo nella sua stretta.

Se lo fece scivolare nella tasca anteriore dei pantaloncini e disse, voltandosi di nuovo verso l'armadietto: «Eccole qua».

Ignorando José, prese il barattolo di palle da squash dallo scaffale, tolse il coperchio di plastica, rovesciò il tubo e ne lasciò cadere una nel palmo. Simulò indifferenza nei confronti dell'addetto. Come se fosse soltanto una distrazione, una seccatura. Nulla più.

Si mise in tasca la palla, poi si girò e guardò José, come se si fosse appena accorto della sua presenza. Allora la sua espressione disinteressata divenne sdegnata. Danny lo aveva imparato come genitore della Lyman. «Il signor Galvin gradirebbe una bottiglia d'acqua. Ehm, capisci, *agua*. Potresti portarmene un paio? Grazie mille».

Come se l'addetto agli armadietti fosse il suo servitore personale. Probabilmente quello era il modo in cui parecchi membri del club lo trattavano.

Nell'arsenale delle espressioni umane, l'arroganza era un'arma di offesa efficace. Che José sospettasse o meno che Danny stava rovistando nell'armadietto di Tom Galvin, aveva un lavoro da fare. Quella era la sua priorità.

José si agitò a disagio. Sembrava guardingo. «Sì, signore», disse. «Ma certo».

Poteva vedere che Danny aveva aperto l'armadietto di Galvin. Ma era lì perché gliel'aveva detto Galvin stesso? José avrebbe creduto che fosse così. Ma qualunque cosa pensasse, non avrebbe mai osato accusare un ospite di un crimine tanto meschino. La sicurezza del posto di lavoro surclassava sempre la fedeltà.

Nel momento in cui José se ne fu andato, Danny chiuse l'armadietto di Galvin e si precipitò al suo. Prima che il cellulare di Galvin potesse squillare di nuovo, Danny aprì il proprio armadietto e posò il telefonino di Galvin sopra la borsa da ginnastica Under Armour.

In quel momento tornò José, con una bottiglia d'acqua in ciascuna mano.

«Grazie», disse Danny, prendendole e posandole sulla panca. Sorrise.

José annuì ma non ricambiò il sorriso.

Dopo che José ebbe fatto il giro per tornare alla sua scrivania, Danny aprì di nuovo il proprio armadietto. Aprì la cerniera dello scomparto in fondo alla borsa da ginnastica e tirò fuori una maglietta arrotolata nella quale c'era il piccolo congegno oblungo.

Si mise di fronte al suo armadietto e lavorò rapidamente. Collegò il MobilXtract con la microporta USB sul lato del BlackBerry di Galvin. Aveva già preparato il MobilXtract più che poteva in anticipo, inserendo il numero di modello del telefono di Galvin, selezionando l'opzione per aggirare la password e impostando ESTRAI TUTTO. Adesso tutto quello che doveva fare era premere il pulsante AVVIO sull'aggeggio e lasciare che facesse il suo lavoro.

Il display del MobilXtract prese vita. Disse RILEVAMENTO... CONNESSIONE... e poi ESTRAZIONE CONTENUTI.

Comparve una barra di avanzamento verde. Yeager gli aveva detto che sarebbero serviti dai quarantacinque secondi a tre o quattro minuti, a seconda di quante foto Galvin teneva sul suo cellulare. Foto, video e suonerie erano le cose che consumavano più memoria, aveva detto Yeager.

Ma la barra di avanzamento sembrava bloccata. C'era solo un pezzettino di verde. E non si stava muovendo. Attese. Nessuna voce nello spogliatoio. Nessun altro in vista.

Controllò l'orologio. Erano passati quattro minuti. Era parecchio tempo, ma poteva gestirlo. Aveva preso l'acqua e usato il cesso. Perché no?

Guardò di nuovo la barra di avanzamento verde e ne osservò l'incremento. In effetti *incremento* non era la parola adatta. *Increlento*, forse. Lento, tanto lento da essere insopportabile.

Ma almeno si stava muovendo, seppure di poco. Stava funzionando. Ma non avrebbe finito in un minuto o due. Pareva che ci sarebbe voluto un po'. Forse cinque minuti. Forse più.

Non poteva restare lì durante tutto il trasferimento.

Doveva lasciare il BlackBerry di Galvin collegato e tornare al campo da squash.

Era un rischio. Un rischio bello grosso, in effetti.

Se Galvin avesse deciso improvvisamente di tornare nello spogliatoio...?

Ma non aveva scelta.

Danny porse a Galvin la bottiglia d'acqua. Aveva un nodo allo stomaco, ma riuscì a mantenere l'espressione del volto rilassata.

«Sono prontissimo», disse Galvin. La posò per terra, non lontano da dove prima aveva lasciato la custodia della racchetta e la chiave. La chiave che non era più lì.

La chiave di Galvin era nella tasca di Danny.

Guardando l'orologio, Galvin disse: «Pronto per il rock 'n' roll?».

Danny annuì. In qualche modo doveva tornare al suo armadietto, scollegare il BlackBerry di Galvin e rimetterlo a posto.

Prima che Galvin notasse che la chiave del suo armadietto non c'era più.

O decidesse che aveva bisogno di usare il BlackBerry, mandando al diavolo le regole del club.

Caricato da un'energia nervosa ma ancora di più dal semplice spirito di competizione, Danny giocò meglio e con più efficacia di prima della pausa. Forse era perché stava cominciando a capire la battuta di Galvin o forse aveva solo avuto un colpo di fortuna, ma Danny rispose al servizio con un dritto e Galvin effettuò un dritto a sua volta. Poi Danny rispose con un colpo smorzato di rovescio e segnò un punto. L'aveva raggiunto. Otto pari.

Seguì un lungo scambio. Non semplicemente lungo, ma tipo Marcia della Morte di Bataan. Gli spuntò un crampo al fianco sinistro, diffondendosi e sbocciando, con i suoi artigli da predatore che gli afferravano e torcevano le viscere. L'unico rumore all'interno del campo era il cigolio delle suole di gomma sul pavimento e il *th-pock th-pock-th-pock* delle loro racchette che colpivano la palla.

Galvin cominciò ad ansimare.

Allora Danny indietreggiò dalla palla e si piegò a fondo, retrocedendo come se stesse liberando spazio per un poderoso colpo di rovescio. Ma all'ultimo secondo colpì la palla piano. Quella toccò con poca forza la parete laterale, sfiorò a malapena quella davanti e lì rimase.

Galvin aveva perso il punto e la partita. Proruppe in una risata fragorosa. «Ah! La vecchia finta del colpo lento! Ottimo!».

«Grazie».

«Bel lavoro di… raggiro». Galvin ansimò. «Mi hai fregato».

Danny raccolse la palla per servire, ma Galvin alzò una mano per fermarlo. Aveva il respiro affannoso.

«Mi hai quasi ucciso».

Danny sorrise.

«Va… bene», disse Galvin. Si sporse in avanti, mettendosi le mani sulle cosce. Alzò lo sguardo su Danny, il volto cupo e l'espressione cagnesca. «Cosa diavolo… hai fatto nello spogliatoio?».

A Danny si rivoltò lo stomaco. «Cosa?»

«Quella pausa di poco fa», disse Galvin. «So cosa… stavi tramando».

«Aspetta…».

«Quella non era una pausa per l'acqua. Sei andato… hai trovato della Red Bull, giusto?». Tentò un debole sorriso. «O una barretta energetica, giusto? Voglio dire, devi aver preso *qualcosa* là dietro. Questa sì… che è stata una *partita*».

Un'ondata di sollievo si diffuse nel corpo di Danny come un bagno caldo. Sorrise e annuì. «Per poco non stramazzavo al suolo. Ascolta, ho la vescica che sta per esplodere. Devo andare al bagno subito. Stavolta non ci metterò così tanto. Prometto».

«Vai a prenderti un altro sorso di quella Red Bull, eh?».

Danny ridacchiò. «Torno subito». Gli sarebbe servito solo un minuto per scollegare il BlackBerry di Galvin – l'aggeggio doveva aver finito di aspirare i dati – e rimetterlo nel suo armadietto.

«Sai cosa?», disse Galvin. «Credo che... sia il modo della natura... per dirci che è ora di smettere».

Le rotelle di Danny iniziarono a girare come un criceto su una ruota. Doveva tornare al suo armadietto prima che Galvin aprisse il proprio e notasse l'assenza del BlackBerry.

Prima che – *oddio* – Galvin si rendesse conto che la chiave del suo armadietto non c'era più.

"Fottuto", pensò. "Ora sono fottuto".

«Non esiste. Sto rimontando».

«Tre a uno... Danny... Non so in che genere di miracolo stai sperando».

«Pensavo che avessimo detto al meglio delle sette».

«Naaah, devo rientrare. Mi si prospetta un pomeriggio di fuoco».

«Sarò rapido. Ce l'hai altri dieci minuti, giusto?»

«Spiacente, amico. Sono... cotto. Se vuoi puoi restare e... esercitarti o quello che ti pare».

«D'accordo. Ci vediamo dentro», disse Danny, sperando di arrivare nello spogliatoio prima di lui. Quando raggiunse le porte girevoli, udì Galvin lamentarsi ad alta voce.

«La mia dannata chiave».

Danny si fermò e ruotò la testa verso Galvin. «Oh, diamine. Spiacente, amico. Devo aver fatto casino e aver preso la tua». Tirò fuori la chiave di Galvin dalla tasca sinistra e la protese verso di lui con aria impacciata, poi la lanciò a Galvin che la prese al volo. «Non mi stupisce che non sia riuscito ad aprire il mio armadietto».

«Allora dov'è la tua?»

«Ho entrambe. Non fare domande».

Galvin parve perplesso e scosse il capo. «Come ti pare».

Danny entrò nello spogliatoio prima di Galvin. Galvin lo seguì qualche secondo dopo, ancora con il respiro affannoso.

Danny andò al suo armadietto e frappose il corpo tra lo sportello aperto e la visuale di Galvin. Il MobilXtract aveva terminato. Tutto il contenuto del BlackBerry di Galvin era stato scaricato.

Ora tutto ciò che restava era rimettere il telefono al suo posto.

Galvin era in piedi davanti al suo armadietto aperto e guardava dentro. Il suo respiro stava rallentando. Aveva la fronte corrugata. Come se qualcosa lo disorientasse.

Come se stesse cercando qualcosa.

Danny allungò una mano e strattonò la sua camicia giù dal gancio per stenderla sopra il BlackBerry e il MobilXtract. Trattenne il fiato, preparandosi al fatto che Galvin notasse che il suo telefono era scomparso.

E in tal caso cosa avrebbe fatto?

Avrebbe presunto di ricordarsi male. Chiunque l'avrebbe fatto. Avrebbe pensato di non aver messo davvero il BlackBerry nella tasca della giacca. Di aver solo creduto di averlo fatto. Quando raggiungi la mezza età e cominci a dimenticare le cose, la tua memoria non è più un testimone inattaccabile. Forse l'aveva lasciato da qualche parte, l'aveva messo fuori posto. Non avrebbe sospettato un furto, non lì, non al Plympton Club.

Avrebbe rovistato nell'armadietto. Poi si sarebbe guardato attorno per vedere se l'aveva fatto cadere.

Forse sarebbe andato a chiederlo a José.

Invece non sembrava che si fosse accorto che mancava, almeno non ancora. Si stava spogliando. Così lo fece anche Danny.

E si rese conto della falla nel suo piano.

Perché se Galvin avesse chiuso a chiave il suo armadietto e si fosse portato la chiave nella doccia, Danny non avrebbe potuto rimettere a posto il maledetto BlackBerry.

Ma avrebbe chiuso a chiave? Chiunque l'avrebbe fatto in una palestra con una clientela losca. Non lì.

Galvin non lo fece.

Chiuse l'armadietto appena prima di Danny e si diressero alle docce.

Ma in quel momento partì *Sweet Home Alabama*. Ovattata ma comunque udibile.

Danny imprecò sottovoce.

Galvin si fermò e si girò, come se stesse ascoltando la melodia.

O come se stesse decidendo se rispondere al telefono.

Poi si voltò di nuovo e riprese ad andare alle docce; Danny espirò e lo seguì. Le docce erano vicino alla parte dei bagni con lavandini, WC e orinatoi. Danny appese il suo asciugamano ed entrò in una cabina doccia vecchio stile di fronte a quella occupata da Galvin. Probabilmente una volta era stata di lusso, ma adesso era semplicemente vecchia. Piastrelle bianche ricoprivano le tre pareti, dal pavimento al soffitto, con piccole mattonelle esagonali per terra. Le maniglie del miscelatore e il bocchettone erano di ottone e il soffione aveva le dimensioni di un piatto da portata.

Danny lasciò scorrere l'acqua per dieci secondi, la doccia più veloce del mondo. l'acqua non ebbe nemmeno il tempo di riscaldarsi. Poi la chiuse, prese l'asciugamano dal gancio e si precipitò attraverso la zona bagno verso l'armadietto, come se si fosse dimenticato lo shampoo o qualcos'altro. Anche se ciascun box aveva shampoo ed erogatori di sapone.

Udì uno *squee squee squee squee*, alzò lo sguardo e vide José.

Il dannato addetto allo spogliatoio, che sembrava avere un sesto senso per quando Danny non lo voleva tra i piedi, stava spingendo un grosso secchio con spazzolone giallo e strizzatoio su rotelle cigolanti. Non alzò lo sguardo quando Danny gli passò accanto.

A Danny occorrevano dieci, dodici secondi al massimo per effettuare lo scambio.

Li aveva contati. Aprire il suo armadietto, prendere il BlackBerry, andare all'armadietto di Galvin, aprirlo, infilare la mano nella giacca di Galvin e farlo scivolare dentro la tasca.

Sei mosse rapide. Dodici secondi al massimo.

Trovò il suo armadietto. Lo aprì.

Udì delle voci riverberare contro le pareti dure.

«*¿Como le fué el partido?*». Era José a parlare.

«*Más o menos*». Galvin. Anche lui doveva essersi fatto una doccia rapida. Probabilmente José non gli avrebbe rivolto la parola se fosse stato ancora lì sotto. Ciò voleva dire che Galvin era uscito e probabilmente si stava asciugando.

Ma forse se la sarebbe presa comoda. Oppure si sarebbe messo di fronte allo specchio a pettinarsi.

Danny aprì il suo armadietto e strattonò via il cavo USB dal telefono.

«*¡Chinga, espero que el pegó fuerte!*», disse José.

Si girò e individuò l'armadietto di Galvin.

Poi udì la voce di Galvin, più forte e decisamente più vicina. «*¡Sí, le gané bien fácil! ¿Cómo está Andrea?*».

Con il cuore che martellava, aprì l'armadietto di Galvin. Una preoccupazione improvvisa: cosa avrebbe detto se Galvin l'avesse visto? "Spiacente, armadietto sbagliato? Ho aperto il tuo invece del mio?". Ridicolo e non credibile.

Il completo gessato di Galvin era appeso ordinatamente sul suo appendiabiti di legno.

José: «*Pues sì, señor, está muy bien, gracias a Dios*».

Senza nemmeno guardare, Danny infilò il BlackBerry in una tasca, quella interna della giacca, e…

Chiuse la porta dell'armadietto di Galvin proprio mentre lui compariva fischiettando con l'asciugamano attorno alla vita.

Era evidente che non aveva visto quello che Danny aveva appena fatto.

Il cuoio capelluto di Danny si riempì di sudore.

«Allora, qual è il tuo programma adesso?», chiese Galvin, aprendo l'armadietto. «Torni al lavoro?»

«Devo passare a prendere Abby a scuola».

«Giusto, giusto, è quasi ora, vero?». Si mise una canottiera e poi la sua camicia bianca nuova. «A volte mi piace andare a prendere Jenna, ma oggi proprio non posso».

Finirono di vestirsi. Galvin si mise la giacca. «È stato divertente.

Dovremmo farlo di nuovo. Sei molto più bravo di quanto ti ostinassi a dirmi. Accidenti, una finta del colpo lento, eh?».

Risuonò *Sweet Home Alabama*. Galvin parve perplesso. Armeggiò con la giacca e infilò la sinistra nella tasca interna destra.

Strinse gli occhi.

«Strano», disse, prendendo il suo BlackBerry. «Lo tengo sempre da quel lato».

Rispose al telefono: «Sì?». Poi: «Dovrei essere lì tra dieci minuti».

Terminò la chiamata. «Forse sto impazzendo», disse.

Come se sapesse che c'era qualcosa di sbagliato.

31

Danny arrivò alla fila di macchine davanti alla Lyman giusto in tempo, ma non vide Abby nel capannello di ragazze che ciondolavano di fronte all'edificio principale della scuola.

Non era nemmeno tra quelle che stavano uscendo dall'ingresso. Di solito era puntuale. Forse stava parlando con un insegnante. Forse aveva smarrito qualcosa.

Quando la macchina di Danny raggiunse il marciapiedi, la folla di ragazze si stava assottigliando e ancora non c'era segno di Abby.

Leon Chisholm, in modalità vigile urbano, lo salutò con la mano e gli sorrise. «Non l'ho vista», disse. Danny ricambiò il sorriso e prese l'iPhone per chiamare sua figlia.

Squillò una volta e andò direttamente alla segreteria, un messaggio in tono acuto e cantilenante. «Ciao, sono Abby, sai cosa fare!».

Leon gli fece segno di uscire dalla coda e andarsi a mettere nell'area di parcheggio a breve termine poco più in là del vialetto circolare. «Se non le dispiace», disse. «Così posso far rispettare l'orario ai treni».

«Nessun problema». Danny provò una vampata di irritazione. Di solito Abby non vedeva l'ora di uscire da scuola. Naturalmente era possibile che avesse un buon motivo per il ritardo. Ma avrebbe dovuto mandargli un SMS per informarlo.

Dopo circa cinque minuti d'attesa con il motore acceso, Danny lo spense e si diresse a piedi verso l'edificio della scuola. Vide una ragazza che riconobbe da una delle feste di compleanno di Abby alcuni anni prima a un Build-a-Bear Workshop, quel negozio dove i ragazzi creavano il proprio orsacchiotto. Era minuta, aveva una zazzera di capelli ricci e un atteggiamento acido, ed era nel mezzo di una conversazione animata con una ragazza molto più alta che indossava un giubbetto da riscaldamento della squadra di canottaggio della Lyman.

«Shira?».

La ragazza voltò le spalle all'atleta. «Sì?»

«Hai visto Abby?»

«Intende, diciamo, a scuola?»

«Intendo, diciamo, di recente».

Shira scrollò le spalle, scosse il capo e tornò a voltarsi verso la sua amica.

Danny controllò se gli fosse arrivato un SMS o magari un messaggio in segreteria ricevuto senza che il telefono emettesse un suono. A volte accadeva quando la ricezione era irregolare. Nulla.

Non si ricordava quale fosse la sua ultima lezione o dove si tenesse. Non si ricordava dov'era il suo armadietto. Ma la segretaria-receptionist della scuola all'ingresso avrebbe saputo dove poteva essere. Gli venne in mente che poteva essersi sentita male e che fosse andata all'infermeria della scuola. Ma la scuola avrebbe dovuto chiamarlo e dirglielo. Forse era successo da poco.

Poi decise che tutte quelle congetture erano inutili. Probabilmente si stava attardando agli armadietti – ovunque fossero – assieme a Jenna.

Anche se, a pensarci bene, non aveva visto la limousine Maybach di Galvin in fila con le altre macchine ed era impossibile che l'autista nuovo arrivasse a prenderla in ritardo.

Si guardò attorno, aspettandosi che Abby comparisse, con aria imbarazzata, sulla difensiva, o una combinazione delle due cose.

Ma non era lì.

La segretaria della scuola, la signora Gifford, una donna dai capelli bianchi e dall'aspetto gentile, con guance tonde che probabilmente la facevano sembrare di dieci anni più giovane, gli sorrise e terminò una conversazione, poi agganciò il telefono.

«Sta cercando Abby?», disse la signora Gifford. Conosceva i nomi di tutte le studentesse della scuola ed era in grado di identificare quelle degli ultimi anni.

«Non è uscita prima, vero?».

La signora Gifford si mise un paio di occhiali da lettura che portava appesi a una catenella attorno al collo e consultò lo schermo del suo computer. «Era qui oggi, ma questo lo sa. E no, non è uscita prima. A meno che non l'abbia fatto e abbia dimenticato di farlo regolarmente registrare».

«Dov'era la sua ultima lezione?»

«Be'... era sessualità umana, nella Burke 293».

«Come ci si arriva?».

Fu un lungo percorso attraverso l'edificio principale e in quello attiguo, Burke Hall, un dedalo di vicoli ciechi e scale che salivano e scendevano, salivano e scendevano. Vide una graziosa ragazza di colore di nome Carla che era un'amica di Abby, o almeno lo era stata.

Carla aveva visto Abby a pranzo ma non aveva idea di dove fosse.

Abby non era dentro o vicino all'aula dove si era tenuta la sua ultima lezione. Danny controllò il suo iPhone, ora in modo ossessivo, in cerca di un SMS, un messaggio in segreteria o un'e-mail. Chiamò di nuovo il cellulare di Abby e la telefonata andò dritto alla segreteria.

Abby non era nella scuola.

Forse aveva disobbedito al suo ordine ed era andata a casa con Jenna, prima della fine delle lezioni. Da qualche parte nel registro chiamate, Danny aveva il numero fisso dei Galvin, ne era certo. Li aveva chiamati a casa una o due volte. Si ricordò che una volta Celina Galvin aveva chiamato il suo cellulare. Ma quando individuò la sua chiamata in arrivo nella cronologia, il numero era segnato come PRIVATO. Cercò le chiamate in uscita che aveva effettuato verso casa loro ma non ne trovò nessuna. Forse in effetti non li aveva mai chiamati sul telefono fisso. Celina lo aveva chiamato una volta, e lui aveva chiamato il cellulare di Abby quando lei si trovava lì. Era inutile cercare il numero dei Galvin tramite operatore telefonico, dato che sicuramente non sarebbe stato sull'elenco.

Be', Galvin non andava mai in giro senza il suo BlackBerry. Chiamò quel numero e la telefonata andò alla segreteria. Dannazione. Usando il browser del suo telefono, trovò il numero della Galvin Advisers a Boston e lo chiamò. Gli rispose uno di quegli infernali risponditori automatici che ti dicevano di inserire i quattro numeri dell'estensione con cui volevi parlare o di premere 9 per il centralino della compagnia. Danny premette 0, poi lo premette di nuovo, finché non venne in linea un operatore a cui chiese di essere messo in contatto con l'ufficio di Tom Galvin. Rispose una donna, che gli disse che il signor Galvin era fuori dall'ufficio e non sapeva quando sarebbe tornato, né aveva alcun modo per raggiungerlo. Gli domandò se volesse lasciare un messaggio. Danny lo fece e disse che era urgente.

Chiamò Lucy, per la remota possibilità che potesse sapere qualcosa.

«Non ho parlato con lei», disse Lucy. «Era turbata per qualcosa?». C'era rumore di traffico in sottofondo, ovunque fosse. All'altro capo del telefono, nei corridoi della scuola dove si trovava Danny, l'ambiente era sempre più silenzioso.

«No. Be', sì, forse. Le ho detto di tornare a casa dopo la scuola e di non andare dai Galvin».

«Oh, davvero?»

«Naturalmente lei non era felice della cosa».

«Ha rifiutato?»

«Rifiutato? No».

«Ti è parsa turbata?»

«Irritata, forse».

«Arrabbiata con te?»

«Probabilmente, ma non è una novità».

«Allora forse ha preso la metropolitana per tornare a casa».

«Sapeva che la stavo venendo a prendere, come sempre».

«Certo, ma forse si è sentita insultata. Sminuita, come se stessi mettendo in discussione il suo giudizio».

«Certo che stavo mettendo in discussione il suo giudizio. Ha sedici anni».

«Forse si è sentita *infantilizzata*».

Infantilizzata. Gergo da strizzacervelli. Ma Danny sapeva che non era il caso di farlo notare.

«Perciò si è ribellata prendendo la metropolitana per tornare a casa, per ricordarti che non è più una bambina. O per punirti, per mostrarti che non voleva venire in macchina con te».

«Infantilizzata». Gli scivolò di bocca.

«Danny. Se era nella metropolitana quando hai chiamato e il treno era sottoterra, il suo cellulare non avrebbe potuto ricevere e la telefonata sarebbe andata alla segreteria. Prova di nuovo».

«Sì, be'...». L'aveva chiamata cinque o sei volte ormai. A meno che il suo treno non fosse bloccato sottoterra, non poteva essere ancora sulla metropolitana. «Se la senti...».

«Ma certo. Non avrai paura che possa esserle successo qualcosa, vero?»

«Devo andare», disse Danny.

Ma non riusciva a impedire che quell'immagine violasse i suoi pensieri, la foto grottesca dell'autista di Galvin, Esteban, massacrato orribilmente. Abby era la cosa più preziosa nella sua vita, e ciò che abbiamo di più prezioso è il nostro maggior punto debole. Se qualcuno l'aveva presa, l'aveva rapita...

Ma non poteva permettere ai suoi pensieri di prendere quella strada.

Si sentiva stranamente distaccato dai corridoi attorno a lui, coperti di disegni e progetti. Bacheche su partite e attività dei club, e stipetti per le ragazze più giovani. Inquietanti autoritratti alle pareti, realizzati con fattezze paurosamente sproporzionate, una galleria di problemi di immagine presenti e futuri. Era come se stesse galleggiando a mezz'aria, vedendo tutto quanto attraverso il lato sbagliato di un telescopio.

Tornò alla macchina, salì a bordo e cercò di schiarirsi la testa, di pensare al da farsi. Controllò e ricontrollò il telefono in cerca di messaggi in segreteria o di SMS ricevuti che poteva non aver notato, ma non c'era nulla.

La sua memoria tornò a un incidente a cui non gli piaceva ripensare, anni prima, quando Abby aveva tre anni o forse quattro. Si domandava se tutti i genitori avessero vissuto qualcosa di simile. Sarah aveva dovuto trattenersi al lavoro, perciò Danny aveva portato Abby al centro commerciale Prudential.

Il suo preferito era un negozio di dolciumi costosissimo che aveva in vetrina tartufi di cioccolato, pretzel ricoperti di cioccolato, scorze di menta al cioccolato bianco, mezzelune d'ananas secco avvolte nel cioccolato al latte. E c'era un supporto girevole pieno di enormi lecca lecca multicolore. Ma Abby era sempre attratta dai secchielli di plexiglas di caramelle gommose dalle tonalità radioattive.

Lui aveva detto di no, niente dolci, ed erano andati nella zona della ristorazione per prendere una o due fette di pizza. Erano lì a fare la fila. Danny si era voltato e lei era scomparsa.

Si era guardato attorno in preda al panico. Lei non era lì; non si vedeva da nessuna parte. Con il cuore a mille, si era fatto strada tra le orde di turisti; non la vedeva, sapeva che era stata rapita. In seguito avrebbe detto: «Ho distolto lo sguardo solo per un secondo».

La trovò due minuti dopo al negozio di dolciumi, che infilava delle caramelle gommose rosse in un sacchetto di plastica trasparente. I due minuti più lunghi della sua vita.

Forse era come quella volta. Semplici gelatine rosse. Perché se le era successo qualcosa di simile a ciò che Danny temeva, non sapeva cosa avrebbe fatto. Non poteva continuare a vivere.

Comparve Leon Chisholm, camminando a gambe rigide, e Danny abbassò il finestrino.

«Abby è nei guai?».

"Nei guai", pensò. "Cosa sta insinuando? Cosa sa?".

Poi capì. «Oh, no. Non la stanno trattenendo dopo la scuola, no».

«Sembra scosso».

«Sto bene, va tutto... È solo che non so dove diavolo è andata mia figlia». Cercò di sembrare irritato, non spaventato.

«Le ragazze degli ultimi anni, parecchie vanno nella zona ristoro che si trova nell'isolato dopo la scuola. Dove c'è l'ospedale. Si prendono una pizza, un gelato, una ciambella o altro. Le vedo andare là a gruppetti».

«Ma non hai visto Abby, giusto?».

Lui scosse il capo. «Né la sua amica Jenna».

«Stramaledizione».

«Sono certo che non è nulla».

«Sono certo che hai ragione».

Le mandò un SMS: *Dove sei??????* e attese la risposta, ma non giunse nulla. Attese che la notifica *consegnato* comparisse a piccole lettere sotto il messaggio, una conferma rassicurante. Ma era appesa lì come un palloncino verde, un *balloon* in un fumetto. E nessuna risposta. Chiamò di nuovo il suo cellulare.

Alla fine si rese conto, stupidamente, che non aveva chiamato il posto più ovvio: casa. Doveva essere andata a casa per conto suo, imbronciata, e aver spento il telefono. Aveva le chiavi, dopotutto.

Nessuna risposta.

Ai tempi delle vecchie segreterie telefoniche, Danny avrebbe potuto parlare dopo il *bip* e, se Abby fosse stata lì, avrebbe sentito. E avrebbe risposto. Ma non funzionava con le nuove segreterie telefoniche.

Uscì dal vialetto circolare e superò i pochi edifici fino alla zona dell'ospedale. Il traffico era intenso e non c'erano parcheggi. Si mise in seconda fila e si precipitò nella zona ristoro, spostandosi dal chiosco delle ciambelle a quello della pizza, dalla caffetteria alla gelateria, ma lei non c'era. I tavoli erano affollati di gente e ce n'erano alcuni con delle ragazze di qualche anno più grandi di Abby; alcune parevano della sua età, ma nessuna era Abby.

Tornò alla macchina con il battito del cuore che gli martellava nelle orecchie e trovò una multa arancione brillante infilata sotto il tergicristallo. Non gliene fregava nulla. Salì in macchina, avviò il motore e bruciò un semaforo giallo, diretto a Marlborough Street.

Niente parcheggi nemmeno lì. Lasciò l'auto in doppia fila e salì di corsa i gradini per il suo edificio. Entrò e salì le scale fino al secondo piano, e mentre inseriva la chiave nella toppa ripassò le parole arrabbiate che le avrebbe detto.

Ma lei non era in casa.

Danny crollò sul divano, tenendo stretto il suo iPhone, sentendosi allo stesso tempo vuoto e nauseato.

Trovava difficile impedire ai pensieri spaventosi di intrufolarsi nella sua mente. Era semplicemente logico che i sicari del cartello prendessero sua figlia. Certo che l'avrebbero fatto. Si maledisse per essersi fatto coinvolgere in tutta quella storia. Avrebbe dovuto correre il rischio con l'avvocato e il sistema giudiziario; allora sua figlia sarebbe stata lì con lui e non…

Chiamò di nuovo il cellulare di Galvin e partì la segreteria telefonica, ma Danny non lasciò un messaggio. Lo chiamò all'ufficio, chiese di lui e gli rispose la stessa segretaria poco collaborativa. «Deve essere uscito per un incontro fuori dall'ufficio, signor Goodman. Non so cos'altro dirle».

Danny trovava difficile credere che la segretaria di Galvin non riuscisse a localizzarlo con precisione in qualunque momento, ma disse: «Sono un amico. Come le ho detto. Qual è il suo numero di casa?»

«Sono spiacente», si affrettò a rispondere la donna. «Non lo diamo in giro».

«Vede, il problema è che mia figlia è scomparsa e ho bisogno di sapere se possa essere andata con Jenna. Mia figlia è Abby Goodman. Almeno può chiamare Celina e chiedere se è lì?».

Una pausa. «Certamente. Può attendere in linea?».

Dopo poco più di un minuto, la segretaria tornò in linea. «Sono spiacente, Celina non è in casa. Non c'è nessuno della famiglia. Vorrei poterla aiutare. Capisco quanto deve essere preoccupato».

«Grazie per aver provato», disse Danny, e riattaccò.

Chiamò il telefono di Abby, poi provò ancora e ancora. Le mandò un nuovo SMS. Controllò il registro chiamate in cerca di una telefonata persa.

Aveva sentito che le prime trentasei ore dopo una scomparsa erano le più importanti. O erano le prime dodici? Non ricordava.

Ma sapeva di dover chiamare la polizia e denunciare la sua scomparsa: era la prima cosa da fare. E poi attendere con ansia quel momento, forse tra un'ora, quando il telefono avrebbe squillato e all'altro capo ci sarebbe stata Abby: non si erano capiti, e lui avrebbe dovuto richiamare la polizia, imbarazzato. Sarebbe stato lieto di rendersi ridicolo.

Voleva soltanto che tornasse.

Se... se i sicari del cartello avevano fatto... qualcosa... (non permetteva a se stesso di completare quel pensiero. Solo... qualcosa), lo avrebbero contattato e avrebbero avanzato una richiesta.

E lui avrebbe obbedito all'istante, qualunque cosa volessero.

Se volevano sangue, sarebbe stato lieto di offrire se stesso. Se l'avessero lasciata libera, si sarebbe sottoposto alla stessa tortura che avevano inflitto a Esteban. Sempre che l'avessero lasciata andare.

Squillò il suo iPhone e tirò un grosso sospiro finché non lo guardò e vide che non era Abby.

Il cuore gli martellava.

«No», disse a Lucy. «Nulla. Ho cercato ovunque. Non hai avuto sue notizie?».

«Tutto questo è strano, Danny».

Lui espirò e basta.

«Non è da lei».

«No».

«Non se ne sarebbe andata, diciamo, da qualche parte per conto suo, giusto? Voglio dire, una sedicenne graziosa non è...».

«Lucy, no. Non... dire cose del genere».

«Mi dispiace. Danny, probabilmente dovresti informare la polizia».

«Hai ragione».

«Voglio dire, è solo una formalità, il tipo di cosa che dovresti fare, perché sono certa che sta venendo a casa e si è trattato di un grosso equivoco, tutto qua».

«Giusto», disse lui intontito... e proprio in quel momento udì una chiave girare nella toppa.

32

«Dov'eri?», disse. Lacerato tra uno smisurato sollievo e una rabbia sconfinata, provò a fare del suo meglio per mantenere il tono neutro. Ma non c'era modo di nascondere il fremito nella sua voce.

Abby sembrava più piccola, come se si fosse ritirata in se stessa, proprio come un onisco che si appallottola quando viene minacciato. Le sue guance, di solito con un tocco di fard rosa, erano di un rosso acceso, ma poteva essere colpa dell'aria fredda di fuori. Aveva la sciarpa con paillettes rigirata attorno al collo diverse volte. I suoi delicati capelli biondi erano scompigliati a ciuffi.

«A fare shopping con Jenna», disse. «Qual è il problema?».

Danny si alzò dalla scrivania e si avvicinò lentamente. «Qual è… il problema? Qual è il problema? Non hai ricevuto i miei messaggi in segreteria o i miei SMS?»

«Ho spento il telefono».

«Hai spento il telefono». Calmo, si disse. Datti una calmata. «Quando mai, e intendo mai, hai spento il telefono? Perché diavolo lo tenevi spento?».

Abby fece spallucce. «Stavo cercando di risparmiare batteria».

«Quella cosa non è stata spenta da quando te l'ho comprata, nemmeno una volta».

«Non è vero». Continuava a guardare da una parte, come per evitare i suoi occhi, come se temesse che lui le leggesse dentro. Srotolò la sciarpa.

«Posso vedere il tuo telefono, per favore?»

«Per cosa?»

«Voglio vedere l'ora degli SMS che hai mandato. Voglio vedere se eri al telefono nell'ultimo paio d'ore mentre stavo cercando disperatamente di contattarti, quando pensavo che potesse essere successo qualcosa di brutto».

«Sono una specie di criminale? È per questo che vuoi guardare il mio cellulare? Vuol dire che non mi credi?»

«Perché non mi guardi negli occhi?».

Abby si tolse la giacca, la testa ancora girata. Fece il giro sulla destra e si diresse verso il bagno. «Devo andare al bagno, okay?»

«Aspetta un secondo». Lei continuò a camminare. «Vuoi fermarti, per cortesia? Stiamo parlando».

Senza voltarsi a guardarlo e fissando la porta del bagno, Abby disse: «Cosa... vuoi... sapere?»

«Non sapevi che sarei venuto a prenderti a scuola?»

«Oh, capisco, sei così incavolato che non ti abbia detto che avrei fatto una passeggiata a Newbury Street con Jenna?»

«Ti avevo detto di venire a casa».

«Sono a casa, giusto? Non hai detto di tornare a casa l'attimo dopo che la scuola era finita».

«C'è qualche motivo per cui non mi hai detto quali fossero i tuoi progetti? Così che non dovessi perdere il mio tempo a venire alla Lyman, aspettare in fila e poi passare mezz'ora a chiedere a chiunque nella scuola dov'eri andata? E a pensare che fosse successo qualcosa?».

Abby tenne lo sguardo fisso davanti a sé. Ancora non voleva incontrare i suoi occhi. «Mi dispiace, okay? Ho fatto casino. Avrei dovuto dirtelo ma me ne sono dimenticata, okay? Cosa vuoi che faccia adesso? Resterò chiusa in casa per un anno o cose del genere?»

«Guardami».

«Per favore, posso andare al bagno? Sto per farmela nei pantaloni».

«Guardami».

Abby si voltò molto lentamente alla sua sinistra. «Okay? Posso andare ora?»

«Girati completamente. Cosa nascondi?».

Abby strinse le labbra e aggrottò la fronte. Poi si voltò e lo guardò dritto in faccia.

«Cosa diavolo hai sul naso?»

«Cosa sembra?»

«È un...?». Si avvicinò. «È un anello quello che hai al naso? Ti sei fatta un piercing al naso?».

A bassa voce, Abby rispose: «Ovvio».

Un anellino di metallo attraversava la narice sinistra e il lato del naso. Danny rimase immobile lì, a poca distanza. «Ti sei fatta un piercing al naso?»

«E allora?»

«Ne abbiamo mai parlato? Mi hai chiesto il permesso?»

«È il mio corpo. Ho il diritto di fare quello che voglio».

«No, in effetti non ce l'hai. Non hai il diritto di farti piercing, tatuaggi o cose del genere, nulla di permanente, senza prima aver avuto il mio permesso. Sei impazzita?»

«Avresti detto di no comunque».

«Puoi giurarci che avrei detto di no. Cosa diavolo ti dà il diritto di bucarti il naso come una, una...».

«Ehi, è andata, okay? Fattene una ragione».

«Non ci credo. Non posso credere che tu abbia deturpato il tuo corpo, che abbia bucato quel bellissimo naso con un anello. Voglio dire, per amor di Dio, lascerà una cicatrice permanente».

«No, non è vero. Gliel'ho chiesto, e lei ha detto che se un giorno decidessi di toglierlo, lascerà solo una macchiolina, tutto qua».

«Dove te lo sei fatto fare? Ti rendi conto di che genere di infezione potresti prenderti?»

«Oh, andiamo, è quello che ti preoccupa? Lei era quasi un *dottore*. Voglio dire, tutto quanto era sterile e utilizza un ago usa-e-getta e lo cambia ogni volta, ed è stata così pedante, uh, sul fatto di doverlo pulire con acqua salata e metterci il giusto tipo di anellino, non argento sterling, solo oro a quattordici carati, o acciaio chirurgico, o titanio. Voglio dire, aveva proprio questa fissa che *tutto* fosse sterile».

«Oh, Gesù», disse Danny, ma pensava: "È proprio qui, è viva, non le è successo nulla, non l'ha presa nessuno". Gli vennero le lacrime agli occhi. «Non farlo mai più».

Abby notò le lacrime e lo guardò allarmata.

«Non parlo solo del piercing. Non ignorare *mai più* le mie telefonate e i miei SMS. *Mai più.* Mi hai capito?»

«Qual è il problema? Di cosa hai paura?»

«Due sedicenni graziose che girano per la città da sole, che se ne vanno in un salone del piercing o posti del genere… siete un bersaglio».

«Ma per favore. È ridicolo. Era giorno ed eravamo su una strada affollata, con un sacco di persone attorno. Non può succedere nulla».

«Cristo, Boogie». Le si avvicinò e la strinse tra le braccia, provando un'ondata di sollievo. Lei tenne le braccia rigide contro i fianchi e non rispose all'abbraccio, con le labbra voltate in giù dalla rabbia. «Ero spaventato a morte, tesoro. Non farlo mai più».

Alla fine lei gli mise le braccia attorno, la faccia premuta contro il petto. «Mi dispiace», disse, le sue parole ovattate.

«È tutto a posto».

Abby tirò su col naso. «In effetti, ho davvero bisogno di andare al bagno».

Danny la lasciò andare.

Quando uscì, lui era seduto sul divano ad aspettarla. «Boogie, vieni qui un minuto».

«Devo fare i compiti».

«Possono attendere. Vieni qui e siediti». Diede dei colpetti al divano accanto a sé. Abby si sedette su una sedia al lato del divano.

«Che c'è?»

«Ascolta. Dobbiamo parlare dei Galvin».

«A che proposito? Non hai detto che non potevo andare in giro con Jenna. Hai detto solo che non potevo andare a casa loro stasera».

«Non voglio che tu vada più lì. Non voglio che ti faccia dare un passaggio nella limousine del signor Galvin».

Aveva preso una decisione, finalmente. Sulle prime i Galvin sarebbero potuti rimanere sorpresi che lui la tenesse lontano da loro. Ma Danny poteva gestirlo, poteva far sapere a Galvin che il prestito non aveva nulla a che fare con quello. Avrebbe semplicemente detto che voleva rafforzare il rapporto padre-figlia.

«Perché? Tutt'a un tratto non ti piacciono? Pensavo che ti piacesse Jenna».

«Mi piace eccome. È un'ottima amica. Non m'importa se viene qui o…».

«Non la inviterò qui a vedere questo posto. Hai visto com'è casa loro».

«Se è davvero un'amica, non ti giudicherà dal fatto che tuo padre non è ricco, giusto?»

«Qual è la differenza se io vado a casa sua o se lei viene qui?»

«Sei andata a casa sua fin troppo spesso e lo sai».

Abby esitò e corrugò la fronte. «Allora non ci andrò troppo spesso, okay? C'è qualcosa che non ti piace in loro? Tipo che hanno una cattiva influenza?»

«Mi piacerebbe passare del tempo con te ogni tanto, sai?».

Abby fece spallucce. «Voglio dire, non è che abbiamo molto di cui parlare».

«Ahi», disse lui. «Non sono d'accordo, ma se la pensi a quel modo, lavoriamoci».

«È troppo stressante. Ogni volta che ceniamo assieme è come se fossi sotto interrogatorio, come se volessi sapere ogni dettaglio su quello che faccio e come mi sento…».

«Allora non ti interrogherò così tanto. Terremo i toni più leggeri».

«È perché pensi che sia stata Jenna a convincermi a fare il piercing? Perché non è affatto questo che è successo. Ce lo siamo fatto entrambe. Non mi ha *convinto* a fare nulla».

«Non si tratta di questo. Voglio solo che tu non vada più a casa loro o salga sulla loro limousine. Okay? Siamo d'accordo?».

«So cosa riguarda. So del prestito».

«Prestito?»

«Lui ti ha prestato tipo centomila dollari o qualcosa del genere, giusto? Perché eri in bancarotta». Si voltò a guardarlo con aria di accusa. «Sei solo imbarazzato per quello. Non ti piace che io veda come vivono, mentre noi viviamo così. Non è questo il vero motivo?».

Danny si sentì arrossire dalla vergogna e palpitare di rabbia. Non le aveva detto nulla dei soldi che Galvin gli aveva prestato. E se Galvin avesse detto a Jenna che si era preso cura dei problemi finanziari dei Goodman e di non preoccuparsi...? E se avesse... Be', non avrebbe dovuto e basta. Quelli erano solo affari loro.

«Abby, non riguarda affatto questo. Solo non voglio che tu vada più da loro».

Lei si alzò e lo fissò infuriata, sbattendo le mani contro le cosce. «Perché non ammetti semplicemente che è una punizione? Sei incazzato che non ti abbia chiesto il permesso per farmi il piercing al naso e adesso mi stai punendo cercando di tenermi lontana...». In quel momento le parole le uscirono di bocca come un fiume, alte, sovrapposte e indecifrabili. Aveva il viso rosso e delle lacrime le scintillavano negli occhi.

«Boogie. Questa non è una punizione».

«...dall'unica cosa che mi rende felice, la mia migliore amica, e tu vuoi portarmela via!».

«Abby!».

Lei si voltò e corse in camera sua. Danny affondò nel divano e incrociò le braccia, fissando il vuoto.

Quasi desiderava poterle dire cosa stava succedendo davvero.

Quasi.

PARTE TERZA

33

Danny a letto cercava di leggere, ma non riusciva ad andare avanti. Forse era troppo smidollato per essere un padre, ma non riusciva a sopportare di vedere Abby piangere. Odiava i litigi e gli sforzi che derivavano dall'avere una figlia. In genere cercava di non cedere ai ricatti emotivi o di comportarsi da ingenuo: ai ragazzini servivano limiti e paletti. Forse non quanto avevano fatto i suoi genitori con lui. Ma non si poteva nemmeno andare troppo oltre nell'altra direzione. I ragazzini, stabilì, non erano come gli iPhone: non te li davano con le istruzioni.

Desiderava poter essere sincero con Abby, dirle la verità: che suo padre era rimasto invischiato in una faccenda molto pericolosa, che il padre della sua migliore amica lavorava con persone che uccidevano senza esitare. Che non poteva permetterle di essere un ostaggio.

Ma non poteva dirle nulla su quella faccenda. Non si fidava del fatto che mantenesse un segreto del genere. Soprattutto non con la sua migliore amica.

Lucy entrò nella camera da letto dopo quasi un'ora passata in quella di Abby. Pareva stanca. Danny poteva vedere tracce asciutte di lacrime sulle sue guance.

Alzò lo sguardo e sollevò le sopracciglia.

Lei scosse il capo. «È ancora sconvolta. Le ho detto di lasciar perdere i compiti e non si è opposta. Praticamente ha pianto fino ad addormentarsi».

«Oh, Gesù».

«Credo che il piercing al naso le stia bene». Si sfilò i jeans, poi si tolse la camicia dalla testa.

«Oh, andiamo. Potrà mutilare il suo corpo dopo aver compiuto diciott'anni».

«Ehi, cos'è successo al padre più fico del mondo?»

«Non ho mai affermato di essere il padre più fico del mondo».

Lucy si slacciò il reggipetto e i suoi seni ondeggiarono. «L'ha fatto. Okay? È stato il suo piccolo gesto di ribellione. Credimi, i ragazzini della sua età possono ribellarsi in modi molto peggiori».

«Si sarebbe potuta perforare il setto nasale e mettersi uno di quegli anellini a ferro di cavallo».

«Peggio. Ma non è stato quello a farti incazzare, in realtà».

«Non è stata l'unica cosa. È stata irrintracciabile per tre ore. Questa ragazza, che dorme con il telefono in mano e probabilmente posta cose sulla sua pagina Facebook durante la lezione di matematica, è sparita e basta. Tu come ti saresti sentita?».

Lucy si sistemò sul letto. «Hai avuto una reazione esagerata, okay?»

«Avevo paura che le fosse successo qualcosa. Sapeva che sarei andato a prenderla a scuola ed è scomparsa».

«Quando eravamo ragazzi, potevamo stare in giro quasi tutto il giorno senza dire niente ai nostri genitori, giusto? D'estate uscivi alla mattina, la porta a vetri si chiudeva alle tue spalle e passavi la giornata in sella alla bicicletta o ciondolando con i tuoi amici, e non esistevano i cellulari. Non dovevi dire dov'eri».

«È un mondo diverso. Ci sono rapimenti, molestatori di bambini e squilibrati con del cloroformio che guidano furgonette».

«Non ci sono prove che i bambini siano più in pericolo di questi tempi. È una leggenda dei media. Comunque, non è nemmeno questo il punto».

«Ovvero?»

«Sai, mi sono sempre risentita quando la gente cercava di dirmi come allevare Kyle. In particolare quando ero una mamma single. Tutti avevano sempre dei consigli. "Non essere rigida, non essere morbida. Non lasciargli guardare la TV, non rendere la TV il frutto proibito. Non lasciarlo giocare ai giochi per computer o ai videogiochi". Voglio dire, mi faceva impazzire. Perfino quando avevano ragione. Fin dall'inizio, quando tu e io abbiamo cominciato a frequentarci, ti ho detto che non ti avrei mai psicanalizzato. Non ti avrei mai detto come fare il padre».

«Ti ho chiesto io di andare da lei».

«E sono lusingata che abbia voluto parlare con me. Significa molto. Voglio dire, è complicato orientarsi con la nostra relazione. Non sono sua madre e lei non vuole che lo sia».

«Allora dimmi cos'ha detto. Quanto è brutta la situazione?»

«Ascolta, Danny, tu sei un padre stupendo».

«Ma?»

«Ma niente. Lo sei».

«E?».

Lucy scrollò le spalle. «Perché stai facendo questo, Danny?»

«Sta lì troppo tempo. Ma non discutiamo anche noi due».

«La stai separando dalla sua migliore amica».

«Sarà un bene per lei».

«Non capisco. Non ti importa se Jenna viene qui, ma non vuoi che Abby vada a casa dei Galvin?»

«Una cosa del genere».

«Perché?».

Danny sbuffò, frustrato per l'impossibilità di raccontarle la vera storia. «Passare tutto quel tempo là non fa altro che darle aspettative irrealistiche. La sta cambiando».

«Ma non è questo che le hai detto. Hai detto che non può più andare da loro».

«Be', per il momento».

«Devi pensare al perché stai facendo questo».

Danny allungò la mano, le accarezzò la pelle serica dei seni e diede una gentile strizzata a un capezzolo. Lucy incrociò le braccia.

«Cosa c'è?», disse lui.

«C'è qualcosa che non mi stai dicendo sui Galvin».

Danny scosse il capo, non esitò e la bugia gli uscì naturale. «Non è vero».

«C'è qualcosa. Qualcosa in loro che non ti piace. Cos'è?»

«Non si tratta affatto di questo».

«Basta stronzate, Danny. Ti *conosco*. Posso leggerti come un libro aperto. Quella volta che hai affermato di essere andato alla biblioteca del Wellesley College e chiaramente non era vero?»

«Non vorrai rivangare quella storia, vero?»

«Sta succedendo qualcosa. Qualcosa che riguarda Galvin. Perché non vuoi raccontarmelo?»

«Non c'è nulla da raccontare», disse lui, poi ruotò su un fianco e spense l'abat-jour. «Nulla da raccontare».

Lucy lo guardò a lungo, ma lo lasciò in pace. La conversazione era terminata. Danny si svegliò qualche tempo dopo, rendendosi conto che si era dimenticato di mandare un SMS alla DEA per confermare che c'era riuscito. Scese dal letto più silenziosamente che poteva. Il pavimento scricchiolò e Lucy si agitò nel sonno.

Arrivato in soggiorno, accese la lampada da un lato del divano, accese il computer e attese che si collegasse alla rete wireless.

Effettuò l'accesso all'account JayGould1836@gmail.com e iniziò a comporre il messaggio di testo crittato, quando vide che c'era già un messaggio ad attenderlo: *Ottimo lavoro*, diceva. *Incontro 10 am domani per restituzione equipaggiamento. Luogo da decidere.*

Si domandò come facessero a sapere che era riuscito a scaricare il contenuto del BlackBerry di Galvin. Aveva solo detto loro che ci avrebbe provato. Come facevano a saperlo? Forse i dati erano stati inviati automaticamente; era possibile? Probabilmente sì.

Quanto sapevano su di lui? Quanto lo osservavano da vicino?

E, si domandò, quando l'avrebbero finalmente lasciato in pace?

34

Durante il tragitto fino a scuola, Abby gli riservò il trattamento del silenzio.

«Lasciami indovinare», disse Danny dopo qualche momento. «Sei incazzata per questa cosa dei Galvin».

Abby rimase con lo sguardo fisso in avanti.

«Abby, parlami».

Silenzio.

«Odio vederti così, Boogie. Parliamo».

Lei aprì bocca e parve sul punto di sputare un fiume di invettive. Invece disse con estrema calma: «No».

Ma Danny continuò a provarci. Partiva dal presupposto che avrebbe raccontato tutto quanto a Jenna comunque, perciò doveva stare attento a quello che le diceva. «Ascolta, i Galvin sono ottime persone. Una famiglia davvero grandiosa. E Jenna è straordinaria». Era disposto a esagerare per amore dell'armonia familiare. «Ma a volte la gente ha bisogno di prendersi delle pause, perfino i migliori amici. Voglio che trascorriamo di nuovo del tempo assieme come una famiglia. Tu e io, oppure tu, io e Lucy. Okay?».

Abby tenne lo sguardo fisso e non rispose. Quando raggiunsero il punto dove scendere davanti alla scuola, lei prese lo zaino, aprì la portiera, balzò fuori e la sbatté con forza senza nemmeno salutare.

"Divertiti", pensò Danny.

Cinque o sei macchine più avanti notò la limousine Maybach di Galvin. Gli si serrò lo stomaco solo a vederla. Galvin sapeva qualcosa, sospettava qualcosa su di lui. Era certo. Danny andava fiero di essere un attento osservatore delle persone – molti scrittori lo erano – e aveva visto il sospetto balenare sul volto di Galvin quando aveva trovato il BlackBerry nella tasca sbagliata. Era stato piuttosto evidente.

Anche se ciò non voleva dire che avrebbe collegato Danny alla DEA. Era un balzo logico che perfino una persona molto sospettosa non avrebbe fatto facilmente. Galvin aveva portato Danny nella sua orbita; non era stato Danny a insinuarsi. E Danny non aveva il profilo di un uomo che lavorasse per la Drug Enforcement Administration.

A meno che Galvin non avesse altre fonti. Era possibile. Si poteva presumere che avesse una protezione, gente che lavorava per il cartello e che gli guardava le spalle. Gente che stava sullo sfondo e teneva d'occhio ogni persona con cui Galvin veniva in contatto, come aveva detto Yeager. Era davvero un'esagerazione? Galvin era una figura importante per il cartello. Era evidente che si sarebbero presi cura di lui, che l'avrebbero tenuto sotto controllo. Che si sarebbero assicurati che non fosse compromesso in alcun modo.

Forse Galvin aveva altre fonti. Forse, dopo aver scoperto che il suo BlackBerry in qualche modo si era spostato nella tasca sbagliata, aveva chiesto in giro. Forse la gente del cartello aveva messo sotto la lente Danny e in qualche maniera aveva scoperto cosa stesse tramando.

Non era del tutto impossibile, giusto?

Mentre percorreva il vialetto circolare, vide che la limousine di Galvin era parcheggiata a lato della strada accanto ai cancelli della scuola. Proprio all'uscita. Come se stesse aspettando.

Danny fu tentato di partire a tutto gas e svignarsela da lì. Ma poi il nuovo autista di Galvin – com'era che si chiamava? – scese dalla macchina e gli fece un cenno con la mano.

Proseguire? Ignorarlo?

Non poteva. Non poteva semplicemente passargli accanto. Sarebbe stato sospetto di per sé. Rallentò e si fermò. Abbassò il finestrino.

«Il signor Galvin vuole parlare con lei», disse l'autista.

Danny parcheggiò la Honda dietro la Maybach e scese. Si avvicinò alla limousine, cercando di sembrare curioso ma con naturalezza. La portiera posteriore si aprì.

«Sali», disse Galvin con aria cupa.

35

«Qualcosa non va?»

«Dobbiamo parlare», disse Galvin.

Danny cercò di pensare rapidamente, per inventare una spiegazione che suonasse plausibile. Non gliene veniva in mente nessuna. Solo negare e basta. "Dici sul serio? Pensi che abbia preso io il tuo BlackBerry? Perché diavolo farei una cosa del genere? Come? Andiamo, amico, apri gli occhi. Gesù".

«Qual è il problema?».

L'interno era ancora più lussuoso di quanto avesse immaginato. Sembrava un club privato e odorava di pelle costosa. Il comparto passeggeri era grande abbastanza da contenere due grandi sedili confortevoli rivolti in avanti e altri tre di fronte.

Galvin, seduto su uno dei due dietro, diede dei colpetti a quello accanto a lui. Indossava un altro dei suoi costosissimi completi, a trama fitta in lana pettinata. Entrando, Danny poté sentire l'odore della sua colonia, un aroma delicato e pungente, e si rese conto per la prima volta che gli metteva ansia. Odorava di potere. Ed era vagamente inebriante.

«Non ho molto tempo», disse Danny. Il sedile era profondo e comodo, la pelle scivolosa.

Tra i due sedili posteriori c'era un mobiletto, con la superficie fatta di un qualche tipo di legno tropicale. Galvin lo toccò e quello si aprì. Tirò fuori due bottiglie d'acqua fresca e ne porse una a Danny.

«Diego», disse con un rapido movimento della mano sinistra, e un divisorio di vetro si alzò tra lo scomparto passeggeri e quello di guida.

«Andiamo, facciamo un giretto. Lascia qui la macchina per un po'. Possiamo parlare e io ti mostrerò la mia barca».

«La tua cosa?»

«La mia barca. Il mio yacht. Sono diretto al porto ora. Per controllare il nuovo sistema di navigazione».

«Dovrei davvero lavorare».

«Andiamo: ci vorrà solo mezz'ora. La sto varando presto quest'anno per poter andare ad Anguilla per le vacanze pasquali».

«Dov'è? Giù a Quincy?»

«Al Boston Yacht Haven. Proprio qui vicino. Andiamo».

Danny annuì. Svitò il tappo della bottiglietta d'acqua e prese un sorso. «D'accordo. Certo».

Dieci minuti dopo, superarono una serie di dossi artificiali e si fermarono in un porticciolo privato nel North End, sul Commercial Wharf al porto di Boston. Danny attese che Galvin introducesse l'argomento di cui voleva parlare, ma lui si limitò a fare conversazione spicciola.

«Puoi aspettare qui, Diego», disse al suo autista. «Non dovrebbero volerci più di dieci, quindici minuti».

«*Sí, señor*».

Danny riuscì a stento a tenere il passo mentre Galvin faceva strada da un lato del circolo disposto ad angolo e di forma irregolare e poi lungo un molo. L'aria era frizzante e pulita, con un aroma salino. Dall'acqua si levava una brezza gentile. Ormeggiate al molo c'erano diverse iolle e una barchetta – per molte persone era troppo presto per mettere in acqua i loro natanti – e dall'altro lato dell'edificio c'era quella che doveva essere la barca di Galvin. Era un battello grande, bello e slanciato, color bianco e crema, tutto linee svettanti e angoli aggressivi. Pitturata sulla prua c'era la scritta EL ANTOJO.

«È quella la tua?», chiese Danny.

«Sì», disse Galvin. Si fermò a un varco di sicurezza dipinto di nero sul molo, tirò fuori una tessera magnetica e passò. Danny seguì Galvin lungo una passerella sull'imbarcadero.

«*El Antojo?*»

«È una specie di battuta che capiamo solo noi della famiglia. È uno di quei termini spagnoli impossibili da tradurre. Significa "capriccio" o "voglia", qualcosa del genere. Quando l'ho comprata, Lina e io abbiamo litigato di brutto: diceva di non riuscire a credere che avessi gettato milioni di dollari per un *antojo*: un capriccio, uno sfizio».

«È una bellezza, però. Per essere un antojo».

«Grazie. Gli italiani sanno come costruirle».

Guardando lo yacht beccheggiare piano nell'acqua lì dall'imbarcadero, Danny ebbe la momentanea illusione che fosse il molo a muoversi, non la barca.

«Che tipo di barca è?»

«È una Ferretti. La loro Custom Line: la Navetta 26 Crescendo. Ci sono voluti quasi tre anni per costruirla».

«Sembra veloce».

«Non particolarmente. La velocità di crociera è di dodici, tredici nodi. Può arrivare a quattordici. Ma è sportiva. E può arrivare fino ad Anguilla senza fare rifornimento. Ed è armoniosa. Scafo a semidislocamento. Sai nulla sulle barche?»

«Sono cresciuto a Wellfleet, ricordi?». Da qualche parte risuonò la sirena di una barca lontana. Un jet passò basso sopra di loro, decollando dal Logan Airport.

«Giusto, giusto». Galvin si arrampicò su una scaletta fino all'ampio ponte principale. Danny lo seguì su per un'altra scala fino a un soggiorno spazioso.

«La governi di persona o hai un equipaggio?»

«Dipende. Per lunghi viaggi di solito ingaggio un capitano, ma il più delle volte la governo da solo».

«Dev'essere più eccitante farlo per conto tuo, giusto?»

«Eccitante? Lascia che ti dica una cosa. Eccitante è proprio quello che *non vuoi* quando sei in mare. Eccitante è quando colpisci un iceberg o navighi in un uragano o ti si rompe la pompa di sentina. O vai contro delle secche rocciose. Scelgo mille volte noioso».

«Ci sei mai andato vicino?»

«A cosa? Ad affondare?».

Danny annuì.

«No. Non che io sappia».

Danny abbassò lo sguardo sull'acqua, nera con sfumature verdi, una superficie che sembrava velluto. «Quando ero ragazzo, ho aiutato a far affondare una nave».

Galvin lo guardò con la testa inclinata e un mezzo sorriso, incerto se si trattasse di uno scherzo.

Danny poteva udire il ronzio della chiatta da rifornimento lì vicino. I piloni sotto l'imbarcadero erano esposti, come l'imboccatura di una caverna. Era bassa marea.

«Ricordi quando affondarono quella grossa, vecchia nave da guerra della marina a Cape Cod Bay per usarla come bersaglio?», disse Danny.

«Certo, saranno stati tipo vent'anni fa».

«I tizi delle demolizioni ingaggiati per farlo erano degli appaltatori di mio padre. Perciò, quando avevo sedici anni, ottenni un lavoro per aiutare a piazzare le cariche esplosive lungo lo scafo».

«Davvero? Forte».

«Fu un lavoro tremendo, in realtà. Dovevamo mettere tutte queste cariche cave sullo scafo sotto il livello di galleggiamento cosicché, una volta fatte brillare, sarebbe stato come aver tagliato lungo una linea tutt'intorno. E una nave da ventimila tonnellate andò giù come un sasso in meno di due minuti».

«Dev'essere stato fragoroso con tutte quelle esplosioni».

«Si trattò solo di piccoli tonfi, in effetti. Le esplosioni vengono temporizzate. Il trucco sta nel tenere la nave verticale mentre affonda, affinché si posi dritta sul fondale oceanico».

«Far saltare in aria le cose è divertente a qualunque età. È un istinto primordiale. Violenza legalizzata».

«Certo. Invece noi guardiamo l'hockey, il football o la boxe e competiamo negli affari. Non prendiamo più parte alla violenza in prima persona. Siamo civilizzati».

«Già», disse Galvin, ma pareva che la pensasse in maniera diversa. «Già».

Tacquero entrambi per un momento, scrutando l'orizzonte, le nuvole che solcavano il cielo, i gabbiani che volteggiavano, scendevano in picchiata e gracchiavano. «Sai», disse Galvin, «a volte quando sei fuori in barca nel mezzo dell'oceano, con attorno solo il nulla per miglia e miglia, niente in vista tranne l'acqua, ti rendi conto di quanto siamo insignificanti nel grande ordine delle cose. Ti ritrovi a pensare, sai… O Signore, sii buono con me. Il tuo mare è così grande e la mia barca è così piccola».

«Be'», disse Danny, «non così piccola, in realtà».

«Okay, stronzo», disse Galvin, simulando irritazione ma visibilmente compiaciuto. «Immagino che sia tutto relativo. Il pesce grosso non sembra così grosso a quello ancora più grosso».

«Immagino di sì».

«Danny», disse Galvin. «Allora, questa cosa di cui volevo parlarti…».

«Sì…?»

«Senti, hai detto a Abby che non può più venire a casa nostra. Voglio sapere perché».

Allora si trattava di quello. Non era affatto ciò che si era aspettato.

«È complicato, Tom».

«Sono diventate ottime amiche. Amiche per la pelle. Questo ti preoccupa?».

Galvin era forse al corrente di qualcosa? *Sapeva* perché Danny voleva tenere lontana Abby?

«Non è l'amicizia a preoccuparmi», disse Danny. «È solo che… la voglio a casa sua più spesso».

«Tutto qua?».

Danny si sentì stringere le viscere. «Tutto qua», disse. «Non c'è altro, davvero».

«Sii franco con me. Non si tratta di quel piercing al naso, vero? Voglio dire, è vero, Jenna non avrebbe mai dovuto portare Abby a farselo fare. È stato un errore. Celina non avrebbe dovuto presumere che Abby avesse il permesso. Solo perché l'ha detto lei, non lo rende vero. So quanto ti sei arrabbiato per quello, e diavolo, se non avessi due ragazzi più grandi, anch'io probabilmente avrei dato di matto. Ma...».

«Io... Abby ha detto di avere il permesso?»

«E Celina avrebbe dovuto controllare con te. Non so cos'altro dire tranne che ha fatto casino. Le sue intenzioni erano buone, davvero, ma ha fatto casino. *Noi* abbiamo fatto casino. *In loco parentis*, e tutte quelle stronzate».

Danny non riuscì a fare a meno di ridere per il sollievo. «Mi sono già dato una calmata. Voglio dire, ieri sera ero arrabbiato ma, be'... se la ribellione da adolescente si limita a quello, sono fortunato. Non è incinta e non ha un tatuaggio sul sedere o cose del genere».

«A quanto ne sai...».

Danny emise un gemito comico.

«I miei genitori non permisero a mia sorella Linda di farsi bucare le *orecchie* finché non si diplomò».

«A essere sincero, non capisco tutta questa mania per i piercing».

«Danny, ascolta, io non sono tipo da discorsi profondi, sai? *Sentimenti* e tutta quella roba. Non è il mio campo. Ma tu e io sappiamo che qui non si tratta solo del piercing. Giusto?».

Danny si sentì in trappola. Tirò un sospiro di frustrazione. Non poteva continuare a fingere che tutto questo riguardasse un piercing al naso, non più, non faccia a faccia con Galvin. Esitò.

Galvin proseguì: «Riguarda il denaro, vero?».

"No", stava per dire Danny, ma poi si trattenne. «Forse è quello». Il suo iPhone emise il tritono che annunciava un messaggio, ma non osava controllare.

«Sai, temevo che questo potesse succedere. Ecco perché non presto mai soldi agli amici. Nel tuo caso ho fatto un'eccezione perché ho visto quanto era disperata la situazione. Ma quasi sempre provoca tensione in un'amicizia. Sono un uomo, tu sei un uomo: lo capisco. Ti senti in qualche modo imbarazzato per aver dovuto ricevere del denaro da me. Adesso ti senti obbligato. Non c'è modo per evitarlo. Forse non ho gestito la cosa nella maniera giusta. Non lo so».

«No, Tom», disse Danny. Scosse il capo e tacque. Era ovvio che era a disagio sulla questione. Chi non lo sarebbe stato? Ma se solo fosse stato quello il problema. «È stato incredibilmente generoso da parte tua».

Il suo iPhone fece un altro suono per indicare un SMS.

«Danny, devi capire una cosa. Abby è di famiglia. Quello che ha fatto per Jenna... non so nemmeno da dove cominciare per esprimere la mia gratitudine. Tua figlia – il suo cuore, la sua amicizia – lei è...». Danny era quasi certo che gli occhi di Tom Galvin fossero umidi. «Non voglio che accada nulla al legame tra quelle due ragazze. È troppo importante per lei. È troppo importante per *me*. Perciò ascolta. Qualunque cosa sia a metterti a disagio, dobbiamo sistemarla. Okay? Qualunque cosa».

«Ma certo».

«Ho un'idea. Abbiamo una casa ad Aspen. Che ne dici se andiamo tutti lì, questo fine settimana, solo le nostre due famiglie? Voi e noi. Porta anche la tua ragazza. Prenderemo il mio aereo: sarà veloce, semplice e ci divertiremo. Gli altri due miei figli hanno altri piani, perciò ci saranno solo Jenna e Abby. Tu e io possiamo passare del tempo assieme, socializzare, risolvere questa faccenda. Per il bene delle nostre figlie, eh? Cosa ne dici?».

36

Il ragazzino stava urlando. Aveva paura della puntura per la vaccinazione. Ed era evidente che la giovane assistente non sapeva come infilare l'ago senza causare dolore.

Il dottor Mendoza se ne accorse e posò con gentilezza una mano sulla spalla dell'infermiera. «*¿Puedo probar?*», chiese. «Posso provare?». Non gli era mai piaciuto far sentire inadeguate le assistenti.

«*Por supuesto, doctor*», rispose subito la giovane donna, annuendo e porgendogli la siringa.

Il bambino, che doveva avere circa tre anni, si dibatteva e mugolava tra le forti braccia della madre. E chi poteva biasimarlo? Per i bambini piccoli, tutti gli aghi ipodermici sono grossi e paurosi. «Come si chiama?», chiese alla madre.

«Santiago», rispose lei. Le mancavano quasi tutti i denti davanti.

«Santiago, vorrei presentarti il mio amico Nicolás». Tirò fuori dalla tasca davanti del suo camice bianco un giocattolo di gomma arancione con delle specie di bottoni colorati come occhi e orecchie. «Nicolás è un marziano. Ha tanta, tanta paura degli aghi. Guarda».

Santiago smise di agitarsi per un momento e guardò cautamente il giocattolo. Aveva le guance umide di lacrime e gli colava del moccio da una narice.

Il dottor Mendoza spostò la siringa ipodermica vicino al giocattolo, gli toccò l'ombelico di gomma arancione con l'ago, poi gli strizzò la pancia. Occhi e orecchie si gonfiarono all'infuori in una comica espressione di paura. Santiago scoppiò a ridere e allungò una mano verso il giocattolo. Il dottor Mendoza glielo lasciò prendere. Ne aveva un'altra dozzina sul retro della clinica. Ogni volta che visitava gli Stati Uniti li comprava in un negozio di giocattoli a San Diego. I bambini li adoravano.

«Puoi aiutare Nicolás? Ha bisogno della sua iniezione per stare meglio».

Santiago stava strizzando allegramente la pancia del giocattolo di gomma, facendo strabuzzare occhi e orecchie mentre rideva deliziato.

«Ora forse puoi mostrargli che bambino coraggioso sei. Puoi chiudere gli occhi e contare fino a tre, molto lentamente?», chiese il dottor Mendoza.

«*Uno*...».

La punta dell'ago toccò la spalla.

«*Dos*...».

Poi il dottor Mendoza inserì l'ago con un movimento fulmineo e fece l'iniezione.

«*Tres*», disse il bimbo, stringendo forte gli occhi e preparandosi per la puntura che era già arrivata.

«Abbiamo fatto!», disse il dottor Mendoza. «Ce l'hai fatta! Ottimo lavoro!».

Il bambino sgranò gli occhi. «Davvero?».

La clinica era situata nei sobborghi di Culiacán, la capitale dello stato di Sinaloa, in Messico. Quel quartiere era disperatamente povero e la gente non poteva permettersi una visita dal dottore. Perciò si mettevano in fila per ore, a volte per una notte intera, per vedere un dottore senza pagare. Certi giorni ce n'erano a dozzine ad aspettare quando il dottor Mendoza arrivava alle sette del mattino. Alcuni portavano *tortillas* per pranzo.

Il dottor Mendoza lavorava lì come volontario due giorni a settimana. Era un buono stacco dalla sua pratica chirurgica all'ospedale privato nel centro di Culiacán, dove tutti i suoi pazienti erano benestanti. Lo considerava buon karma.

Era stata una giornata lunga e indaffarata. Un uomo sulla settantina, che lamentava un indolenzimento all'inguine, aveva una protuberanza delle dimensioni di un limone. Era lì da oltre un anno. Era un'ernia inguinale destra incarcerata, ma grazie a Dio non strozzata. Il dottor Mendoza aveva messo in lista l'uomo per una procedura ambulatoriale.

Un giovane si era accidentalmente tagliato un polso con un machete mentre sfrondava delle erbacce in una piantagione di cocco. Si era presentato con la lacerazione fasciata con un fazzoletto sporco e insanguinato, colando sangue dappertutto. Una ragazzina, a casa, aveva calpestato un ago da cucito e sua madre, una sarta, aveva cercato di tirarlo fuori riuscendo soltanto a romperne un pezzo. Il braccio di un adolescente era stato rotto per tre settimane, era stato rimesso a posto male, e il dottor Mendoza aveva dovuto dargli un bello strattone per ricomporlo a dovere. Una bimba adorabile con degli orecchini a bottone e con indosso una felpa rosa urlava dal dolore. Aveva gli occhi rossi. Il dottor Mendoza rassicurò i genitori in apprensione che quello della bambina era solo un brutto caso di congiuntivite, facilmente curabile con del Cipro oftalmico.

La sala d'attesa brulicava di pazienti e relative famiglie, persone sporche e sudate per il lavoro nei campi o nelle *maquiladoras*[13], molti dei quali non avevano né denti né cognome. Tra i vagiti dei neonati, i pianti dei bambini e le urla degli adulti, si riusciva a stento a udire i propri pensieri. Al dottor Mendoza non dava alcun fastidio.

Anche se era un chirurgo, buona parte del lavoro che svolgeva alla clinica gratuita era di medicina generale. Era fin troppo qualificato. Ma andava bene così. Il dottor Mendoza credeva nell'equilibrio. Era convinto che il bene che faceva lì due giorni a settimana compensasse… l'altro suo lavoro.

Poi notò il chiasso nella sala d'attesa scemare. Era successo qualcosa che aveva zittito tutti tranne i più piccoli. Uscì dallo studio e vide un uomo in piedi all'ingresso della sala d'attesa. Indossava stivali in pelle di serpente, jeans e una camicia di seta sgargiante. Portava un piccolo AK-47 d'oro appeso a una collanina, e aveva in te-

[13] Stabilimenti industriali a capitale estero concentrati lungo il confine fra gli Stati Uniti e il Messico adibiti alla trasformazione e all'assemblaggio di prodotti per l'esportazione e posti in un regime di agevolazione fiscale. (*n.d.t.*)

sta un cappello da cowboy nero. Un tatuaggio gli copriva buona parte del collo.

Tutti i presenti erano spaventati da quell'uomo. Sapevano che tipo era. Era un *gavillero*, un sicario del cartello. Un assassino. L'uomo strinse gli occhi ed esaminò la stanza, poi il suo sguardo cadde sul dottor Mendoza. Le teste dei presenti si voltarono verso il chirurgo, poi di nuovo verso il gavillero.

Il dottor Mendoza gli fece cenno di avvicinarsi con un gesto della mano.

Lontano da occhi indiscreti, il gavillero parve diventare un'altra persona. Era educato e deferente, quasi ossequioso.

«Don Armando», disse chinando il capo. «Vengo con un messaggio da parte del *gran jefe*».

Il dottor Mendoza fissò il gavillero con uno sguardo penetrante.

L'uomo più giovane porse al chirurgo un foglietto di carta piegato e chinò il capo di nuovo.

Il dottor Mendoza lo prese, diede un'occhiata al nome e al numero di telefono, lo ripiegò e se lo infilò nel taschino del camice bianco.

«Riferisci al gran jefe che me ne occuperò stanotte. Dopo aver visitato l'ultimo paziente».

«Sì, signore», disse il gavillero con un ennesimo cenno del capo.

«Ebbene?», disse il dottor Mendoza.

«Signore?»

«Puoi andare. Ho dei pazienti che aspettano».

37

Più Danny ci pensava, più l'invito di Galvin lo lasciava perplesso, lo innervosiva perfino.

Si trattava di una specie di sfida mentale? Galvin stava forse giocando con lui? In due occasioni aveva beccato Danny in circostanze compromettenti o quanto meno altamente dubbie. Quella volta in cui era tornato a casa inaspettatamente e l'aveva trovato a gironzolare nel suo studio. E poi quando aveva notato che il suo BlackBerry era inspiegabilmente migrato nella tasca sbagliata della giacca. Il suo autista era stato incolpato per la trasmittente scoperta sulla scrivania. Ma com'era possibile che Galvin non sospettasse Danny? Sarebbe dovuto essere sciocco o estremamente ingenuo, e nessuno dei due aggettivi descriveva Thomas X. Galvin.

Oppure stava giocando con lui in un modo contorto e paziente. Perché mai avrebbe invitato Danny a trascorrere un fine settimana ad Aspen, lasciando che si insinuasse ancor più a fondo nell'alveo della sua famiglia... a meno che non fosse tre passi più avanti di Danny e stesse perseguendo degli obiettivi a lungo termine. Uno schema complesso in cui Galvin l'avrebbe affrontato, intrappolato e smascherato.

O peggio.

Nel tornare a casa, chiamò Lucy e le disse dell'invito di Galvin. Quasi si aspettava che reagisse negativamente o almeno in modo scettico. Danny si era sempre fidato dell'istinto di Lucy. Probabilmente aveva avuto ragione ad avvisarlo di non accettare un prestito da Galvin, anche se non aveva idea di quanto sarebbe stato terribile il prezzo.

«Non ho dato una risposta a Galvin. Non ho ancora deciso».

C'era qualcosa negli occhi di Yeager.

«Figlio di puttana», disse Danny. «Avete piazzato una cimice s di *me*?».

Yeager mosse il capo lentamente. «Andiamo. Comunque, il pun to è che lui deve incontrare qualcuno ad Aspen. Pensiamo che s tratti di un membro molto importante nella gerarchia del cartello»

«Ad Aspen?»

«Probabilmente il fine settimana a sciare è solo una copertura Sono estremamente cauti su luoghi e incontri. Se hanno scelto d vedersi ad Aspen, è perché sanno di poterlo fare senza essere monitorati. Chiunque sia sulle loro tracce verrà notato da lontano. Risalterà. Il terreno ad Aspen lo favorisce».

«Allora perché non andate lì voi a tallonarlo? Non avete bisogno di me».

«Non è così che andranno le cose. Lei sarà con Galvin. Avrà accesso a lui. Vogliamo sapere con chi si incontra. Se ci riusciremo, saranno informazioni importantissime. Il collegamento definitivo tra Galvin e il cartello che stiamo cercando di identificare ormai da tre anni».

«Non lo capisce, vero? Si tratta di un fine settimana di sci in famiglia, non una cerimonia di iniziazione stile *Giovanni di ferro*[14]. Tom Galvin e io non ce ne staremo seduti in cerchio nella neve a battere tamburi e ululare alla luna».

Yeager sorrise. «Si fida di lei».

«Non lo farò. Mi ha quasi beccato mentre scaricavo i dati del suo BlackBerry. Il fatto che sia ancora vivo è un miracolo. Non farò nient'altro».

Yeager allargò le mani sul tavolo. La sinistra si ritrasse quando toccò quella porcheria appiccicosa. «Danny, è comprensibile che lei sia nervoso. Lo capisco. Ma se Galvin nutrisse sospetti su di lei, non l'avrebbe invitata a trascorrere del tempo con la sua famiglia».

«A meno che non abbia altri piani».

Favola dei fratelli Grimm. (*n.d.t.*)

«Aspen!», esclamò. «Le fidanzate sono invitate?»

«Espressamente».

«Aspen mi sembra un'ottima idea».

«Davvero? Sono sorpreso».

Un SMS sicuro interruppe la chiamata con quello strano suono tintinnante. Proveniva da AnonText007: *10 am Mc Donald's Central Square, Cambridge*.

«Non ho mai volato su un jet privato», disse Lucy.

«Tutto questo non ti infastidisce?»

«Tutto questo cosa?»

«Questa ricchezza eccessiva e vistosa».

«Perché dovrebbe infastidirmi? Mi sembra favoloso. Sono anni che non scio, da quando Kyle ha iniziato con lo snowboard».

«E tutto il tempo che dovremo passare a stretto contatto con la famiglia Galvin?»

«Sarà affascinante».

«Non ne hai idea».

«Tu e lui state diventando amici per la pelle?»

«Non la metterei in questi termini. Andiamo d'accordo».

«Be', lascia che ti ricordi che sono una psichiatra iscritta all'albo. Forse potrò capire qualcosa di più sul rapporto di Abby con i Galvin».

«Sono sorpreso».

«Perché? Ti aspettavi che ti dicessi di non andare?»

«Mi aspettavo che fossi d'accordo con me che potrebbe non essere una buona idea».

«C'è qualche motivo che mi sfugge?».

Danny sospirò. Le stava tenendo nascosto così tanto che adesso trovava difficile ricordare cosa le avesse detto e cosa sapesse.

«Suppongo di no», disse.

Central Square a Cambridge era a meno di due chilometri dalla zona di Back Bay a Boston ma era come se fosse un altro mondo. Back Bay era un quartiere europeo, ricco e sofisticato: armoniosa architettura vittoriana, marciapiedi di mattoni rossi, viali alberati, lampioni a gas, prezzi degli immobili alle stelle. Invece Central Square, proprio sull'altra sponda del fiume Charles, era squallida e caotica, perennemente fatiscente, in uno stato di costante degrado urbano.

Danny era passato davanti a quel McDonald's probabilmente mille volte ma non l'aveva mai notato. Non appena si fermò in un posteggio su Massachusetts Avenue, a mezzo isolato di distanza, maturò un'ipotesi probabile sul perché Slocum e Yeager l'avessero scelto come punto di incontro. Si trovava all'angolo tra Massachusetts Avenue e una stradina laterale, con finestre di vetro laminato su ambo i lati, una scatola trasparente. Stando seduto all'interno del McDonald's, potevi osservare chiunque arrivasse da entrambe le direzioni.

Era anche il tipo di posto dove potevi sederti a un tavolo e restarci all'infinito senza essere disturbato. I membri del personale al banco chiacchieravano tra loro e ogni tanto prendevano l'ordinazione di un cliente.

Danny entrò, occupò un tavolino all'angolo e mise la borsa da ginnastica sul pavimento. L'intero posto odorava di patatine fritte, cosa non sgradevole. I tizi della DEA non erano ancora arrivati. C'erano due giovani uomini che parlavano portoghese, uno dei quali indossava un berretto dei Red Sox. Un ragazzino asiatico con una felpa del MIT stava divorando un Big Mac, con delle cuffie giganti alle orecchie e intento ad armeggiare con il suo iPod o iPhone allo stesso tempo. Non c'era nessun altro.

Diede un'occhiata al suo orologio, spinse via dal tavolo la carta che avvolgeva una cannuccia e le briciole dell'avventore precedente, poi toccò una chiazza di qualcosa di appiccicoso.

L'ingresso laterale su Douglass Street si aprì, lasciando entrare una folata di aria fredda. Era Glenn Yeager, con indosso una giacca da sci nera di lana marchiata North Face e un paio di occhiali da sole troppo grandi. Andò dritto al tavolo di Danny senza guardarsi attorno.

«Poliziotto Cattivo», annunciò con voce bassa e gutturale «non

si unirà a noi. In risposta alla sua domanda». Si tolse gli occhiali da sole. I suoi occhi parevano lievemente fuori fuoco.

«Che peccato», disse Danny.

Yeager tolse una custodia per occhiali da una tasca laterale con cerniera, poi tirò fuori delle bifocali con la montatura in acciaio e se le mise con la stessa delicatezza di un chirurgo che si appresta a un'operazione di microchirurgia. Lanciò un'occhiata ai piedi di Danny, verso la borsa da ginnastica che conteneva il marchingegno. «Ha visto? Le ho detto che era a prova di idiota».

«Come ha fatto a sapere che ha funzionato?»

«Ha uploadato i dati da remoto, appena dopo aver terminato». Agitò le mani. «La magia degli Intertubi».

«Perciò ora avete tutto quello che vi serviva», disse Danny allegramente. «Avete il filone principale».

«Be', ne abbiamo una parte, comunque. Ma buona parte del contenuto del BlackBerry era crittato».

«La cosa la sorprende?»

«Niente affatto. I cartelli si sono fatti davvero sofisticati con le loro comunicazioni. E non usano i BlackBerry per la roba davvero sensibile. Usano internet. Ma a loro piace anche il sistema di messaggistica PIN-TO-PIN del BlackBerry per le comunicazioni ordinarie perché non passa attraverso un server. Non lascia nessuna briciola digitale. Non abbiamo recuperato molte delle sue e-mail, ma almeno abbiamo i numeri di telefono dei contatti nella sua rubrica».

Danny scrollò le spalle. «Perciò qui abbiamo finito». Un'affermazione, non una domanda.

Yeager tese le labbra in un sorriso. «Siamo stati felici di saper di Aspen».

«Di sapere *cosa* di Aspen?»

«Che si unirà ai Galvin per questo fine settimana».

Danny lo fissò per alcuni secondi. Poi si sporse in avanti. «S te qualche specie di cimice nella sua limousine, a cosa dia servo io?».

Il volto di Yeager era impassibile.

«Su, andiamo. Lei è stressato, riesco a vederlo. Sono assolutamente solidale. Ogni informatore confidenziale con cui ho lavorato attraversa una crisi di nervi. Ascolti, Danny, lei non è solo. Ha l'intera forza del governo degli Stati Uniti a spalleggiarla».

«E questo dovrebbe rassicurarmi? Il fatto è che, più spesso lo faccio, maggiori sono le probabilità di essere beccato. Vi ho procurato il contenuto del suo BlackBerry. Adesso ho chiuso. *Abbiamo* chiuso».

Si alzò in piedi. C'era un flusso costante di persone che entravano e uscivano, ordinando la colazione in ritardo o il pranzo in anticipo. Il ragazzino del MIT se n'era andato. Una coppia aveva occupato un tavolo lì vicino, entrambi sulla quarantina con cespugli di capelli simili a erba su statuette di terracotta.

«Si sieda, per favore».

«Ho cooperato con voi più di quanto fosse ragionevole. Più di quanto fosse sicuro, francamente».

«Lei avrà chiuso quando noi diremo che avrà chiuso», disse Yeager piano, ma con acciaio nella voce. Poi, con più gentilezza: «Lei ha firmato un contratto. Se si tira indietro, l'accordo salta. Diventa carta straccia. Sarà accusato e incriminato, e non avrà alcun potere di scambio».

«Aspetti...».

«Si troverà nel peggiore dei mondi possibili. Non solo sarà incriminato, ma i cartelli si renderanno conto che ha cooperato. E noi non saremo in grado di aiutarla. Nessun programma protezione testimoni. Nessuna protezione di alcun tipo. Se sarà fortunato, passerà il resto della sua vita in galera. Ma molto più probabilmente la uccideranno. È davvero questo che vuole?»

«E le informazioni che ho procurato finora? Non contano nulla?»

«Rilegga la copia dell'accordo che ha firmato. Finché non abbiamo prove sufficienti per giustificare l'arresto del suo amico, lei è ancora in sospeso. Non può sganciarsi finché non abbiamo finito. Se abbandona ora, è come se non avesse mai cooperato. Ha acconsentito per iscritto a testimoniare».

Danny si sedette di nuovo. «Testimoniare? Ha idea di cosa mi succederebbe se testimoniassi in tribunale? Se arrivassi fino a quel punto? Mia figlia non avrebbe più un padre».

«In tutti i miei anni di servizio, nessun mio informatore è stato mai ucciso. Nemmeno una volta».

«È successo. E lei lo sa».

«Mi ascolti, Danny. Stiamo costruendo un caso schiacciante contro Galvin, un caso così forte che non avrà altra scelta tranne dichiararsi colpevole. Questi tipi del cartello non arrivano mai in tribunale. Una volta che ci avrà dato quello che ci serve – una volta che avremo una causa probabile e un mandato d'arresto per quello stronzo – avremo quanto basta per sbatterlo dentro. Sarà così solido che dubito che avremo *bisogno* della sua testimonianza. Faremo tutto il possibile per minimizzare il suo ruolo in questa faccenda. Non la metteremo a rischio. Voglio dire: lei non ci serve a niente, da morto».

«Davvero premuroso».

«D'altro canto, se abbandona ora, sarà come suicidarsi».

«Perché lascerete sfuggire una soffiata, vero?»

«No. Se abbandona, non avremo altra scelta tranne incriminarla, e in tutto quanto il rinvio a giudizio – che, tra parentesi, è un documento pubblico – ci sarà scritto che ha cooperato con noi. È come disegnarsi un bersaglio sul petto».

«E se lo faccio? Sarà l'ultima volta? Avrò finito?»

«Assolutamente».

«Come faccio a sapere che non mi incriminerete comunque?»

«Non siamo interessati a lei. Non è nemmeno un pesce piccolo, è solo plancton, perdio».

«Lo voglio per iscritto. Voglio una lettera di immunità».

«Non possiamo fornirle una lettera di immunità se non è stato incriminato».

«Ma il procuratore degli Stati Uniti sì».

«E cosa la rende così sicuro?».

Danny agitò le mani. «La magia degli Intertubi».

«Be', lasci che glielo assicuri: non accade mai. Forse in televisione, ma non nella realtà. Dovrà prendere per buona la mia parola. Dovrà fidarsi di noi».

Danny si alzò di nuovo. «Be', non mi fido».

«Questa storia non finirà bene».

«Correrò i miei rischi», disse Danny, e uscì senza voltarsi.

38

Il dottor Mendoza entrò nell'atrio dell'Executive Suites Hotel a Oakland, California. Accanto all'atrio c'era il lounge bar, un luogo silenzioso e dalle luci fioche, e al bancone – una lunga mezzaluna poco profonda con la superficie in finto granito – c'era un gruppo di individui cupi. Una coppia sulla sessantina avanzata, entrambi con il volto rubicondo, che sembravano sposati e annoiati l'uno dell'altro. Tre uomini d'affari sulla trentina, probabilmente lì per qualche convegno, a fissare con sguardo vacuo la partita di football sul televisore montato sopra di loro. Sembravano tutti solitari e di passaggio.

Il dottor Mendoza trovò un posto al bancone accanto a un uomo d'affari di mezz'età dal volto emaciato, ingobbito e con addosso una camicia blu scuro e pantaloni kaki. L'uomo era da solo, a bere scotch and soda e a fissare il vuoto.

«Com'è la partita?», disse il dottor Mendoza, indicando con un cenno del capo l'incontro di football in TV.

L'uomo si voltò verso di lui e scrollò le spalle. «Il football non mi interessa per niente».

«Nemmeno a me». Il dottor Mendoza fu sollevato, dal momento che non sapeva quasi nulla sul football americano e non aveva alcun interesse a imparare qualcosa al riguardo. «Se solo i miei investimenti mi lasciassero il tempo di guardare lo sport».

Lasciò aleggiare quelle parole per qualche secondo finché l'uomo accanto a lui non rispose, come il dottor Mendoza sapeva che avrebbe fatto. «Che tipo di investimenti?», disse, cercando di usare un tono noncurante.

«Oh, più che altro per me stesso e la mia famiglia», rispose con disinvoltura, lanciando un'occhiata alla TV come se avesse sviluppato all'improvviso un apprezzamento per il football.

Chiacchierarono per un po'. Il dottor Mendoza rimase vago e provocante sulla natura della sua fortuna, facendo capire al contempo che era considerevole. Era più interessato a sapere del mercato immobiliare nella Bay Area e dintorni. L'uomo d'affari era diventato più ciarliero. Ai suoi occhi, il dottor Mendoza si era trasformato da una seccatura a un potenziale cliente. Naturalmente l'uomo non disse perché soggiornava all'hotel e il dottor Mendoza stette attento a non chiederlo.

Quando l'uomo si alzò dal suo sgabello e si scusò per andare al bagno, il dottor Mendoza disse: «La prego, mi permetta di offrirle qualcosa da bere».

«Credo di aver bevuto tutto lo scotch di cui avevo bisogno per stasera, ma grazie comunque».

«Solo un altro drink. Mi occorre qualche altra informazione sul mercato immobiliare in questa zona».

«Be'... suppongo di poter bere un altro drink. Dopotutto, non devo guidare fino a casa».

L'uomo d'affari tornò qualche minuto dopo, si accomodò sullo sgabello e vide il nuovo drink di fronte a lui. «Grazie mille», disse, poi sollevò il bicchiere verso quello del dottor Mendoza.

«A una vita lunga», disse il dottor Mendoza.

Entrambi presero un sorso. «Il suo accento», disse l'uomo d'affari dopo un po'. «Non riesco ad associarlo...».

«Argentina», disse il dottor Mendoza con espressione raggiante. «E io che pensavo di averlo perduto, dopo tutti questi anni a Portola Valley».

«Sapevo che era spagnolo, messicano o qualcosa del genere». Fece una piccola smorfia mentre deglutiva e il dottor Mendoza si preoccupò che lo scotch non stesse mascherando adeguatamente il sapore acre. Ma poi l'uomo prese un altro sorso e il dottor Mendoza poté rilassarsi. «Gli argentini parlano spagnolo, giusto?»

«Proprio così», disse il dottor Mendoza. «Naturalmente ci sono differenze tra come lo parliamo noi e come lo parlano gli spagnoli. Proprio come ci sono differenze nel modo in cui lo parlano, diciamo, a Oaxaca e come lo parlano a, diciamo...». Fece una pausa per lasciare che quel nome scivolasse al suo posto con uno scatto appagante. «Sinaloa».

Il banchiere si irrigidì, proprio come il dottor Mendoza si era aspettato. Era un uomo emotivamente precario. Il dossier del cartello indicava che prendeva dei medicinali per un problema al cuore. Un temperamento instabile come il suo non avrebbe sopportato a lungo la pressione della DEA. Con mano tremante, posò il suo bicchiere da scotch.

Ma aveva ingerito una quantità più che sufficiente del composto chimico.

In preda al panico disse: «Chi diavolo è lei?»

«Sono l'angelo della misericordia, signor Toth».

Toth chiuse gli occhi per un momento. «Oh, Dio del cielo. Non so cosa le hanno raccontato, ma non ho detto nulla a nessuno».

Il dottor Mendoza annuì paziente. «Certo che no».

«Come... come mi ha trovato?».

Il dottor Mendoza scrollò le spalle. Il banchiere era diventato incauto. La DEA lo aveva nascosto in quell'albergo sotto falso nome e poi lui aveva usato la carta di credito per ordinare cibo cinese.

«Ho detto a quelli che era inutile tentare di nascondermi. Ho detto che voi mi avreste potuto trovare ovunque. Ma c'è qualcosa che deve capire». Agitò un indice severo. «Non ho detto nulla. *Nulla*, capisce?».

Mendoza si strinse nelle spalle.

«"L'angelo della misericordia", ha detto...».

«Lei è un uomo che sta affogando e io sono la sua àncora di salvezza».

«Non ho detto una parola, nemmeno... una stramaledetta parola!».

«Certo che no».

«Loro... loro sono venuti da me».

«Ma certo».

La placida noncuranza del dottor Mendoza agitava Toth più di quanto avrebbe potuto farlo un'esplicita minaccia. «Mai... non ho mai dato loro nulla... non ho mai detto una stramaledetta parola! Mi hanno spostato qui». Si guardò attorno disgustato. «Hanno detto che avevo bisogno di protezione. Non ho mai fatto... non ho mai cooperato... non ho... detto nulla! Lei deve... credermi!».

«Ne sono sicuro».

«E non dirò... non dirò *nulla*». Camuffò il suo tono di supplica con un'enfasi ferrea.

«Io le credo».

«I suoi... i suoi datori di lavoro mi hanno fatto fare un sacco di soldi e... voglio dire, che diavolo... non mi consegnerei mai alla DEA! Perché dovrei?»

«Forse perché teme loro meno di quanto teme noi», gli suggerì con gentilezza il dottor Mendoza.

«Non sono un *idiota*!». Toth stava cominciando a tornare in sé, a parlare in tono afflitto. «So che potete arrivare a me ovunque... voglio dire, il fatto che io sia qui non indica *nulla*. Loro mi hanno minacciato. Non so come diavolo facessero a sapere di me, ma non ho mai detto *nulla*. Perché avrei dovuto? Sarebbe stato *folle*».

«Folle davvero».

«Perché... perché lei è qui?».

Il dottor Mendoza scrollò di nuovo le spalle. «Solo per una chiacchierata amichevole».

«Be', lasci che lo metta bene in chiaro con i suoi...». All'improvviso gli venne in mente qualcosa. Toth sorrise e sollevò la testa, gli occhi sgranati di un entusiasmo disperato. «Spero che abbia considerato le possibilità che ci si prospettano qui. Spero che i suoi... i suoi datori di lavoro si rendano conto che possiamo usare questa situazionc a nostro vantaggio. Per creare disinformazione. Per *sviare* la DEA, capisce? Potrebbe essere una strategia brillante. La DEA penserà di avere un imputato che coopera, ma quello che non sapranno...». Chiuse gli occhi. «Devo stendermi per un... Penso di aver esagerato... lo scotch. Mi sento un po' stordito...».

«Questo perché la sua pressione sanguigna sta calando», spiegò il dottor Mendoza. «Lei prende un vasodilatatore per il suo problema cardiaco, giusto?».

Toth parve sorpreso. «Questo cos'ha a che fare con...?».

«Nessuno che prenda un vasodilatatore dovrebbe mai assumere del Viagra», spiegò il dottor Mendoza. «È assai pericoloso. La sua pressione sanguigna scenderà fino a zero».

Toth riusciva a malapena a tenere gli occhi aperti. «Viagra? Io non ho mai assunto...». Il bicchiere di scotch scivolò via dalla sua mano e cadde con un tonfo sul bancone.

Toth lo guardò e capì.

«Non sarà doloroso, niente affatto», disse il dottor Mendoza. «Accadrà tutto in modo molto semplice». Il dottor Mendoza si alzò dallo sgabello e posò una mano sulla spalla dell'uomo. «Gliel'ho detto: sono l'angelo della misericordia».

C'erano modi molto più dolorosi di morire che ingerire trenta millilitri di citrato di sildenafil in sospensione misto a whisky. Perfino se ne avesse bevuto non più della metà, per lui sarebbe stata comunque una dose letale. Nessuno avrebbe mai sospettato che non fosse un incidente. Sarebbe sembrato che si fosse scioccamente procurato del Viagra senza sapere quanto fosse pericoloso per lui assumere quella roba.

Era davvero astuto, in effetti.

«Buona serata», disse il dottor Mendoza. Lasciò il bar senza voltarsi nemmeno una volta. Non ne aveva bisogno. Udì il banchiere accasciarsi sul pavimento mentre perdeva conoscenza.

Morire in una maniera tanto indolore era davvero una misericordia.

In particolare date le alternative.

39

L'aereo privato di Tom Galvin era un Challenger 300, fatto dalla Bombardier. L'esterno era bianco e lucente, e scintillava al sole sulla pista dell'Hanscom Field a Bedford, Massachusetts.

Aveva portato lì Lucy e Abby con la Honda. L'avevano lasciata nel parcheggio alle 8:30 del mattino ed erano andati con i bagagli al terminal di aviazione generale ad aspettare i Galvin.

I Galvin erano arrivati alle nove in punto. Attraverso le finestre di vetro laminato del terminal, Danny osservò la limousine Maybach fermarsi proprio accanto all'aereo. Tom, Celina e Jenna uscirono dalla macchina, mentre Diego, l'autista, scaricava i bagagli. Si aprì una scaletta e tutti salirono come se stessero prendendo una navetta. Danny notò che i Galvin non avevano portato sci. Era plausibile che li avessero lasciati nella loro casa ad Aspen. Danny, Lucy e Abby avevano in programma di affittarli una volta lì.

Celina si voltò e li chiamò con un cenno.

«Non dobbiamo superare i controlli di sicurezza?», chiese Abby.

«Suppongo di no», disse Lucy.

Niente biglietti, niente file per i controlli, niente togliersi le scarpe o mettere i liquidi in una busta di plastica ermetica.

Era bello essere Galvin.

Una volta saliti a bordo dell'aereo, Danny presentò Lucy ai Galvin. Celina la salutò e le diede un bacio. Abby e Jenna si allontanarono assieme per fare il giro dell'aereo.

La cabina era spaziosa, alta più di un metro e ottanta e ampia più di due. Nella parte anteriore c'erano quattro grosse poltrone di pelle beige, una coppia di fronte all'altra. Nella parte posteriore c'era un lungo divano con davanti un paio di poltrone. Non c'erano assistenti di volo.

«Niente male», disse Danny, cercando di non sembrare colpito.

«È meglio della Green Line», disse Galvin con una risata. Si voltò e vide le due ragazze accomodarsi nelle poltrone sul davanti. «Ehi, spostatevi: quelli sono i posti degli adulti!».

«Questo apparecchio può andare ad Aspen senza fare rifornimento?»

«Può volare fino in Europa senza fare rifornimento».

«È straordinario», disse Abby con un grosso sorriso in volto. Non si curava di fingere disinvoltura. «Dobbiamo spegnere i cellulari e cose del genere?»

«Proprio così», rispose Galvin. «Che fesserie, eh?». Con un sorriso, si rivolse a Danny. «L'unico vero intoppo è che non mi lasciano fumare i sigari qui dentro».

«Vuoi guardare un film?», chiese Jenna.

«Voi due non avete dei compiti da fare?», disse Celina.

«Non possono assegnarci dei compiti in un fine settimana di tre giorni», rispose Jenna.

«E il vostro tema su *Pregiudizio*?»

«È *Orgoglio e pregiudizio*, mamma, e non dobbiamo consegnarlo fino a martedì».

«Voglio che lavoriate sul vostro tema per almeno un'ora», disse Celina. Agitò l'indice. «Dopodiché, potrete guardare un film». Si voltò verso Lucy. «Queste ragazze non sanno stare senza uno schermo davanti agli occhi senza impazzire di noia».

«Parlando di schermi», disse Galvin, «abbiamo il Wi-Fi e una macchina del caffè nella cucina di bordo». Indicò la poppa dell'aereo.

«Io sono a posto», disse Danny. «Mi dispiace che i vostri figli non si siano potuti unire a noi».

«Sì, be'… Brendan ha degli esami, e Ryan e la sua ragazza stanno facendo… quello che fanno».

«Thomas», disse Celina in tono ammonitore.

«Probabilmente stanno scopando», disse Jenna.

«Ehi!», esclamò Celina. «Non voglio sentire certe parole dalla tua bocca!».

«Spiacente», si affrettò a dire Jenna.

«D'accordo», annunciò Galvin. «Allacciamoci le cinture e diamo inizio allo spettacolo». Lui e Danny si sedettero uno accanto all'altro sulle poltrone nella parte anteriore della cabina e Celina e Lucy occuparono le altre due. Lucy tirò fuori un libro dalla sua borsa – una nuova biografia di Cleopatra – e se lo mise in grembo. Il pilota diede un riepilogo delle misure di sicurezza tramite gli altoparlanti e pochi minuti dopo l'aereo decollò.

Le poltrone erano di pelle e molto più confortevoli di qualunque sedile d'aereo Danny avesse mai provato. Diamine, forse più confortevoli di qualunque poltrona in assoluto. Galvin stava lavorando su un portatile sopra un tavolino a scomparsa. Danny aveva messo il proprio laptop sul tavolino che aveva di fronte, ma era troppo teso per pensare a lavorare.

Tutto ciò a cui riusciva a pensare era la DEA. Quante delle loro minacce erano spacconate e quante invece erano reali? Non aveva modo di saperlo. Non aveva nessuno con cui parlarne.

Un basso ronzio di ansia si era impossessato di lui. Gli causava un nodo allo stomaco. Si sentiva come se avesse bevuto dieci tazze di caffè forte.

Voleva smettere di cooperare con la DEA ma non sapeva se fosse possibile. «Se abbandona ora, sarà come suicidarsi», aveva detto Yeager. Si sarebbe dipinto un bersaglio sul petto. Quando si fosse sparsa la voce che stava collaborando con la DEA contro il cartello, non gli sarebbe rimasto molto da vivere.

Perché? Perché se si fosse tirato indietro, quelli lo avrebbero fatto incriminare, e nel rinvio a giudizio sarebbe stata indicata in dettaglio la sua cooperazione con la DEA contro Thomas Galvin. E i cartelli avrebbero saputo quei dettagli dal rinvio a giudizio.

O così gli avevano detto quelli della DEA.

Ma forse si trattava di una minaccia vuota. Forse.

Grazie a qualche ora su Google la notte prima, Danny aveva i suoi dubbi.

Tanto per cominciare, un rinvio a giudizio federale poteva essere sigillato. I dettagli non dovevano trapelare.

Comunque la DEA non si sarebbe mossa contro di lui finché non avessero definito con precisione il caso contro Galvin. Aveva letto ogni genere di storie su incriminazioni federali fino ad avere una buona idea di come il governo tendeva a muoversi in grossi casi di droga.

Volevano il pesce grosso, non l'insignificante compagnuccio del pesce grosso. Non avrebbero mandato all'aria il caso con una soffiata a Galvin e al cartello. Sarebbe stato semplicemente stupido.

E poi c'era il fatto che lui si trovava lì, sul jet privato di Tom Galvin. Se Galvin fosse stato davvero al soldo del cartello di Sinaloa e avesse avuto qualche motivo di credere che Danny era un informatore della DEA... be', Danny non sarebbe stato lì, e nemmeno la moglie e la figlia di Galvin. Semplice.

Sempre che il ragionamento di Danny fosse corretto, comunque.

Si domandò se fissare un nuovo incontro con Jay Poskanzer e cercare di trovare una via d'uscita. Oppure vedere un altro avvocato. Avere una seconda opinione.

Alzò lo sguardo e notò che Galvin lo stava osservando. Sentì le viscere contrarsi dalla paura.

«Niente male», disse, allargando le mani per indicare l'aereo in cui si trovavano. «Ti dispiace se ti domando come fai a possederlo?»

«Nah, è un charter. Ti ho detto che non mi permettono di fumare i miei sigari qui dentro. Possedere un aereo è un'enorme seccatura. Devi avere piloti a tempo pieno sul libro paga, noleggiare un hangar, tutte quelle stronzate. Non volo così spesso da giustificarlo».

Danny annuì. Lucy e Celina stavano parlando animatamente. Parevano aver legato fin da subito.

«In più, ogni volta che voliamo ad Aspen, insisto sempre per avere il pilota migliore che hanno», disse Galvin.

«Perché?»

«Aspen è un posto tremendo dove volare. È in mezzo a una catena montuosa e la pista è lunga solo un chilometro e mezzo: non c'è spazio per gli errori. Se calcoli male, puoi andare a finire contro una montagna».

«Capisco», disse Danny. I disastri aerei non erano il suo argomento preferito mentre volava.

«Quando la base delle nubi è a meno di trecento metri, il pilota non può vedere la pista. Se stai volando a seicentocinquanta chilometri all'ora e...».

«Capito», lo interruppe Danny.

A voce più bassa, Galvin disse: «La tua ragazza è grandiosa. Davvero forte».

«Sì, grazie».

«Pare che vadano d'accordo». Erano in volo da un'ora e Lucy e Celina non avevano smesso di parlare. «Come se la cava con Abby? Non dev'essere un'impresa facile».

«Be', in effetti... meglio di me». Danny fu sorpreso dalla domanda di Galvin. Molti uomini non avrebbero notato una cosa del genere, tanto meno fatto un commento al riguardo.

«Tua moglie... è morta, giusto?»

«L'anno scorso. Allora era la mia ex moglie».

«Cancro al seno?».

Danny era certo di non aver fornito alcun dettaglio sulla morte di Sarah. Forse Galvin l'aveva sentito da Abby. Di rado Danny parlava del cancro di Sarah o dei giorni terribili prima e dopo la sua morte. Non si era mai aspettato che Galvin chiedesse qualcosa di così personale.

Danny annuì.

«Povera Abby, eh?»

«Sono stati un paio d'anni difficili», disse in tono mesto.

«Difficili anche per te, scommetto».

Danny lo guardò. «Già».

Ci fu una lunga pausa e poi quel momento parve passato. Galvin guardò lo schermo del suo portatile. Danny non era certo se fosse tornato al suo lavoro oppure avesse semplicemente scelto di tacere, per non scavare più a fondo.

Poi Galvin disse in tono freddo: «Posso chiederti una cosa?».

Danny lo guardò e, notando la sua espressione grave, avvertì lo stomaco serrarsi. «Okay...».

Galvin guardò le donne, ancora impegnate nella loro conversazione. Poi tornò a posare gli occhi su Danny.

«I miei uomini della sicurezza hanno trovato qualcosa sul mio BlackBerry». I suoi occhi grigi fissarono quelli di Danny.

«Uomini della *sicurezza*?». Danny si sentì accalorare in volto. Si domandò se stesse arrossendo visibilmente. Sperava di no.

Abby e Jenna risero di nuovo, e Celina si alzò dal suo posto per andare dalle ragazze che stavano guardando un film.

«I miei clienti... ti ho detto che sono una famiglia incredibilmente facoltosa, vero? Be', ci tengono molto alla segretezza. Voglio dire, sono quasi paranoici. Parte del mio accordo con loro è fornire controlli di sicurezza regolari, sistemi di rilevamento antintrusione, comunicazioni crittate e quel genere di cose. Intendo roba all'avanguardia, davvero folle».

«Okay...?». Danny scrollò le spalle, con i palmi rivolti all'insù e un'espressione confusa come per chiedere cos'avesse a che fare con lui tutto ciò.

«Hanno scoperto un tentativo di accesso al mio BlackBerry».

Galvin fece una pausa. Danny non era certo se stesse aspettando una risposta, così disse: «A-ha». Gli si era seccata la gola. Deglutì alcune volte. «Strano».

«Perciò ho bisogno di chiederti una cosa».

Danny si schiarì la gola e deglutì di nuovo. «Certo».

«Non me ne separo mai. Celina lo definisce la mia tettarella elettronica. Ce l'ho sempre con me. A letto, al cesso, ovunque. E sto cercando di ricordare quand'è stata l'ultima volta che non ce l'ho avuto tra le mani. E mi è venuto in mente». Si soffermò. «È stato quando abbiamo giocato a squash qualche giorno fa».

«Al Plympton Club?».

Galvin annuì.

«Non ricordo», disse Danny tranquillamente. «Sei sicuro di non averlo portato con te sul campo da gioco?».

Galvin scosse la testa in modo lento, intenzionale. «Non permettono di portare cellulari nei campi da squash».

Danny scrollò le spalle. Provò un'ondata crescente di panico. Ora aveva la bocca così secca che riusciva a stento a deglutire. Il cuore gli martellava nel petto. Cercò di sembrare imperturbato o perfino annoiato, ma sapeva che non stava funzionando.

«E poi – so che questo ti sembrerà folle – quando sono tornato al mio armadietto dopo la partita, il telefono era nella tasca sbagliata».

Danny rise, un suono secco e fragile.

«Lo so, lo so... fa tanto disturbo ossessivo-compulsivo, vero? Ma è un'abitudine. Sono destrorso, perciò tengo il BlackBerry nella tasca interna sinistra». Si toccò il lato sinistro del petto, proprio sopra la tasca della giacca. «Sai, proprio come Buffalo Bill teneva sempre la fondina dal lato sinistro o cose del genere. Per poter estrarre rapidamente».

Galvin sorrise con naturalezza, ma guardò Danny negli occhi.

Maledizione, pensò Danny. Dillo e basta. Smettila di giocare con me. Accusami; dillo a chiare lettere perché possa controbattere con una smentita disinvolta. Non stare sulla difensiva. Non farti vedere arrabbiato. Semmai sembra annoiato. Una persona innocente non prenderebbe sul serio un'accusa del genere.

Danny ruppe il silenzio. «Credi forse che uno degli altezzosi membri del club sia coinvolto nello spionaggio corporativo? Forse come il tizio con la maglietta dell'Exeter?».

Galvin non stava più sorridendo. «Gli uomini della sicurezza dicono che il momento in cui qualcuno ha cercato di accedere al mio BlackBerry è stato... be', quando tu e io stavamo giocando a squash».

«Bizzarro». Danny cominciava ad avere la nausea.

«Dammi una mano», disse Galvin. Non stava più guardando Danny direttamente. Aveva lo sguardo fisso dietro di lui, verso il finestrino.

«Okay».

«Sei andato nello spogliatoio mentre io ero sul campo».

«Ah sì?»

«Sei andato a prendere dell'acqua. Delle bottiglie d'acqua».

«Mi ricordo vagamente». "Ho finto di prendere la chiave del suo armadietto 'per errore'. Pareva che non lo avesse neanche notato, al momento".

«Ricordi quel ragazzino, quello ispanico, José? Nello spogliatoio?»

«Quello con cui stavi parlando in spagnolo?»

«Sì. Lui. Non l'hai visto vicino al mio armadietto, vero?».

Danny sbatté le palpebre alcune volte. Non riusciva a decidere se continuare a recitare la parte dell'annoiato oppure se far sembrare che si stesse sforzando di ricordare un dettaglio così insignificante, così oscuro che nessuno avrebbe plausibilmente potuto rammentarlo.

Optò per stringere gli occhi e aggrottare la fronte. L'espressione di chi cercava con tutte le forze di ricordare.

Cercando di non mostrare il sollievo che aveva provato.

E adesso? Accusare l'addetto agli spogliatoi di aver gironzolato attorno allo sportello di Galvin o addirittura di averlo forzato? Quel ragazzino innocente? Perché finisse come Esteban, l'autista, fatto a pezzetti in un bidone dell'immondizia da qualche parte? E poi cosa ci avrebbe fatto un addetto allo spogliatoio con il BlackBerry di Tom Galvin? Non aveva senso.

Oppure sì? E se José avesse avuto l'abitudine di svaligiare gli armadietti dei membri, rubando spiccioli qua e là, e per qualche motivo – non era impossibile da credere, niente affatto – avesse preso il BlackBerry di Galvin per fare una telefonata o solo per guardarlo? Semplicemente per vecchia, cara curiosità?

Era una spiegazione plausibile. Ma Danny sapeva che se avesse calcato la mano su quella menzogna e il cartello avesse creduto che un ragazzino del Plympton Club addetto agli spogliatoi aveva cercato di accedere al BlackBerry di Tom Galvin…

Il ragazzino sarebbe stato davvero fatto in una dozzina di pezzi?

Galvin giocherellò con le dita, poi prese un respiro profondo.

Allora a Danny venne in mente una cosa. «Gli addetti agli spogliatoi hanno accesso a tutte le chiavi degli armadietti, scommetto».

«A-ha». Galvin pareva dubbioso.

«D'altro canto... Non so, sembrava un ragazzo davvero a modo».

«Non puoi mai saperlo. Pensi di conoscere qualcuno...».

«Be', chi altro avrebbe accesso al tuo armadietto?»

«Non so cosa credere. Se vuoi sapere la verità, a me non interessa. Ma ai miei clienti... a loro interessa e come».

Pareva sul punto di andare avanti quando Celina comparve dietro di lui. «Tom, sai che le ragazze stavano guardando *Molto incinta*? Ho detto a Jenna che non è un film per ragazzi. Le ho detto che non potrà guardare altri film o la TV per il resto della giornata».

Galvin scrollò le spalle. «Ah, Celina, questo fine settimana ha un'ospite. Diamole un po' di tregua».

«No», disse Celina in tono severo. «Deve imparare: se infrange le regole, ci sono delle conseguenze».

Poche ore dopo atterrarono all'aeroporto di Aspen/Pitkin, dove un autista – uno diverso – passò a prenderli con una Chevy Suburban nera. Era perfino blindata.

40

Se non avesse saputo che era una casa privata, Danny avrebbe presunto che si stavano fermando di fronte a un villaggio sciistico di lusso. Era una struttura contemporanea, immensa e di forma irregolare, con un che di giapponese; era costruita con pietra e tronchi, a pochi minuti di macchina a nord, in una parte di Aspen chiamata Red Mountain. Le curve e i vertici del tetto erano spolverati di cumuli di neve come zucchero a velo.

I pavimenti all'interno erano di legno chiaro, le pareti di pietra sbozzata e vetro. Soprattutto vetro. C'erano soffitti alti, un caminetto enorme e finestre che occupavano l'intera parete e guardavano sui ripidi versanti montani: un panorama spettacolare.

L'autista – un uomo sulla quarantina dall'aspetto arcigno e con un torace ampio – portò dentro tutti i bagagli. Indossava una collana di perline di legno colorate e non sembrava conoscere l'inglese: parlava solo con Celina, in spagnolo.

«Lasciate che vi mostri la vostra stanza», disse Celina, prendendo Lucy sottobraccio. «Jenna, Abby può dormire in camera tua, okay? Ma non voglio trovarvi a guardare video! Leggete libri! Ricordate cosa sono i libri?».

Jenna roteò gli occhi. «La porto al Bowl».

«Al Bowl? Abby, *querida*, sei una sciatrice esperta?»

«Certo», disse Abby.

«No», si intromise Danny. «Non lo è».

«Papà!».

«Sono tre anni che non scii», disse Danny.

«Non è una cosa che si dimentica», disse Abby. «È come andare in bicicletta».

«Voi due andrete al Buttermilk». Celina agitò un dito.

«Ma è una pista per bambini!», protestò Jenna.

«Non discutere con me», disse Celina. «Comunque, non hanno quel *superpipe*?»

«Vero», disse Jenna. «Possiamo andarci in Vespa?»

«No», disse Celina in tono severo. «Può portarvi Alejandro. Niente obiezioni». Indicò un corridoio che si staccava dal salone principale. «Andate».

«E io ho del lavoro da fare», disse Galvin a Danny. «Voi sistematevi, riposate, prendetevela comoda, fate come vi pare».

«No», disse Celina. «Voglio portare Lucy a fare un po' di sci di fondo dietro la casa. Danny, a te sta bene se prendo in prestito la tua bellissima ragazza questo pomeriggio? Dopo che vi siete riposati?».

«Sembra magnifico», disse Lucy. «Dove posso noleggiare degli sci?»

«Non ci sono problemi. Abbiamo sci per tutti nell'anticamera sul retro», disse Celina. «Tutto quello che vi occorre».

L'iPhone di Danny annunciò l'arrivo di un SMS. Vide che era di AnonText007 e lo fece scivolare rapidamente di nuovo in tasca.

Quando arrivarono nella loro stanza e Celina se ne fu andata, Lucy sprofondò nel letto a due piazze, coperto da un piumone verde muschio e a strisce dorate, ed emise un lungo sospiro di gola.

«Hai fatto una bella chiacchierata con Celina?»

«Mi piace parecchio», disse Lucy. «Dev'essere così sola là nei sobborghi, a fare soltanto la mamma».

«Be', non deve lavorare, questo è poco ma sicuro».

«Vuole che andiamo a pranzo assieme quando torniamo a Boston».

«Hai intenzione di andarci?»

«Certo. Vuole parlare del centro per i senzatetto».

«Vuoi chiederle una donazione?»

«Quell'idea mi è passata per la testa».

«Forse non è una grande idea».

Lucy guardò Danny incuriosita. «Perché no?»

«È già un rapporto piuttosto imbarazzante, con tutti soldi che lui mi ha prestato».

«Già, i senzatetto non sono una causa nobile quanto un viaggio da cinquemila dollari in Italia».

«Lucy. Non è corretto. Sai dannatamente bene cosa riguardava».

«Mi dispiace. È stato un colpo basso. Ma non è che l'ho costretta o cose del genere. Continuava a chiedere cosa facessi, voleva saperne di più e ha detto di voler essere coinvolta maggiormente».

«Proprio quello di cui avevamo bisogno: essere coinvolti maggiormente con i Galvin».

«Disse lui, ospitato nella casa dei Galvin ad Aspen», lo canzonò Lucy.

Danny soffiò. Naturalmente lei aveva assolutamente ragione. «È... complicato. Non farebbe altro che metterci ancora più in debito nei loro confronti».

«Possiamo cambiare argomento?». Lucy gli strattonò la cintura. «Vieni a stenderti con me e facciamoci un po' di coccole».

Lui sorrise e si voltò verso l'enorme finestra e il panorama mozzafiato delle montagne di Aspen. Non c'erano tende né scuri.

«Pensi che qualcuno possa vedere dentro?», disse Lucy.

«Non senza un telescopio», disse Danny, «e se sono così determinati a guardarci fare l'amore, si meritano uno spettacolo gratis».

Lei rise e Danny avvertì il primo segnale dell'eccitazione.

Stesa nuda a letto, Lucy disse: «Non credo che sia così felice del suo matrimonio».

«Perché lo pensi?»

«Solo per il modo in cui parlava di Tom. C'è qualcosa che non va».

«Da quanto tempo sono sposati?»

«Non si tratta di motivi normali, lo stress e le crisi di un lungo matrimonio. È qualcos'altro. La conosco a malapena e lei già si sfoga. Proviene da una famiglia messicana plutocratica».

«Plutocratica nel senso di ricca?».

Lucy annuì. «Ho sempre pensato che il loro denaro provenisse dalla società di investimenti del marito».

«È stata proprio lei a dirti che la sua famiglia è super-ricca?»

«No, certo che no. Non a quel modo. L'ho desunto. Ma suo padre è stato governatore di uno degli Stati messicani... Veracruz, mi pare. Lei ha frequentato una scuola religiosa a Parigi e ha viaggiato molto da bambina; aveva domestici, faceva parecchia equitazione e tutto il resto».

«È stata lei a raccontartelo?».

Lucy annuì. «Oh, e hai qualche idea su come Galvin faccia i soldi?»

«So solo che investe denaro per una famiglia ricchissima».

«E prova a indovinare qual è quella famiglia».

Danny sorrise. «Porca puttana. Lavora per i suoceri, eh?».

Qualcuno bussò alla porta.

«Lucy, sono Celina. Sei pronta per andare a sciare un po'?»

«Arrivo subito», disse lei.

Cenarono in un posto chiamato Munchies Grill, che era l'equivalente di una paninoteca per un resort sciistico da ricchi. Rustici tavoli di legno da picnic all'interno, trucioli di legno e segatura sul pavimento e stucchevoli insegne al neon. Gli hamburger erano fatti di manzo nutrito con foraggio da un fornitore locale, costine, macinato di midollo osseo, ripieni di spalla di maiale e serviti su pretzel o muffin fatti in casa. Invece di purè di patate, servivano patate dorate dello Yukon. Non semplici patatine fritte, ma patate arricciate al tartufo con salsa aglioli.

I loro hamburger ci stavano mettendo una vita. Dopo due Diet Coke, Danny si scusò e andò in bagno, in fondo al ristorante.

Mentre si trovava davanti all'orinatoio, udì il chiavistello della porta chiudersi. Poi, immediatamente alle sue spalle, una familiare voce di baritono con un raspare metallico.

«Non avrà pensato di potersene andare così, vero?».

41

Danny terminò quello che stava facendo, si tirò su la lampo e si voltò a guardare l'agente della DEA, Philip Slocum.

Il cuore gli batteva forte, ma la sua voce fu calma. «Non ci ha seguito fin qui», disse. «Sono stato attento da quando abbiamo lasciato la casa di Galvin. Non c'è stato nessuno dietro di noi per tutto il tragitto».

Si girò lentamente. C'erano solo lui e Slocum nella toilette. La porta era chiusa con il chiavistello.

«Così è diventato un esperto di controsorveglianza ora?»

«Ha messo un tracciatore sulla Suburban».

«Che differenza fa, finché siamo assieme?». Slocum gli rivolse un sorriso lascivo.

«Spiacente, ha sprecato un viaggio. Forse può farsi una bella sciata, già che è qui».

La riga che divideva i capelli corvini di Slocum era un'ampia linea di cuoio capelluto pallido. I suoi occhi erano scuri e severi.

«Che ne dice se andiamo là fuori e facciamo un salutino a Tom Galvin?», disse Slocum. «Gli facciamo sapere che siamo vecchi amici, lei e io. Che sono ormai diverse settimane che lavoriamo assieme. Potrei dargli il mio biglietto da visita».

«Dubito che lei voglia mandare all'aria la vostra indagine».

«Già. Odio dovergli far pensare che la DEA lo sta tenendo sotto controllo». Slocum sogghignò. «Sono certo che non gli verrebbe mai in mente».

«Cosa vuole?»

«Foto. Foto delle persone con cui Galvin si incontrerà».

Qualcuno stava provando ad aprire la porta. Poi, da fuori, una voce ovattata disse: «Spiacente».

«E avete bisogno di *me* per quello? La DEA non vi paga un buon teleobiettivo?»

«Non sappiamo quando e dove avverrà l'incontro. Invece lei passerà tutto il fine settimana con lui».

«Non è al guinzaglio. Vi aspettate che lo pedini? Che lo segua ovunque va?»

«L'idea è quella».

«Be', a meno che non vogliate che usi il mio iPhone per scattare le foto, temo di non potervi aiutare».

«Le farò avere una fotocamera per domattina».

«Cosa? Intende lasciarla a casa di Galvin?»

«No. Lei si incontrerà con me in città domattina presto. Alle sette, in un posto chiamato Sweet Tooth su South Galena. È una caffetteria. Lei è un tipo che si alza presto e ha bisogno del suo caffè».

«Non ho una macchina».

«Non le serve. Andrà in città a piedi».

«E che succede se il signore o la signora per caso sono svegli e dicono: "Dove stai andando? Il caffè è quasi pronto"?»

«Lei risponde: "Grazie, ma ho bisogno di schiarirmi la testa per cominciare la mia giornata di lavoro". È uno scrittore... si inventi qualcosa. Dica che le piace fare passeggiate. Non sono nemmeno tre chilometri. Non dovrebbe metterci più di mezz'ora. Se ci mette di più, è davvero in pessima forma e le farà bene un po' di esercizio».

42

Il dottor Mendoza era perplesso.

Aveva tamponato il flusso di sangue ma non aveva ancora scoperto la causa dell'emorragia.

Eliminare il banchiere era stata una necessità urgente, ovvio. Se l'uomo avesse spifferato, le conseguenze sarebbero state enormi. Davvero catastrofiche per il cartello.

Ma i suoi datori di lavoro avevano preoccupazioni maggiori. Il problema era come la DEA fosse venuta a sapere dell'esistenza del banchiere. Era chiaro che qualcuno all'interno doveva aver fatto una soffiata.

Un informatore. Una "fonte confidenziale", come la DEA chiamava uno spione.

Ma chi?

Di sicuro era qualcuno vicino a Thomas Galvin, l'investitore del cartello sul suolo statunitense. Qualcuno nel suo ufficio, forse. O tra i suoi domestici. Qualcuno che aveva accesso a casa sua.

Purtroppo, il cartello aveva reagito alla fuga di informazioni con la solita rozzezza. Avevano creduto di aver identificato il colpevole e avevano mandato i loro gavilleros armati di coltelli e machete.

Ma si erano sbagliati.

Bene, il dottor Mendoza sapeva dove cercare. Forse la fuga di informazioni era avvenuta a Boston, forse no. Ma senza dubbio *l'identità* della fonte sarebbe stata a Washington DC. Alla sede centrale della DEA.

Come tutte le burocrazie governative, la DEA teneva registrazioni, grandi masse di carta, con ossessione maniacale. C'erano note, carte, documenti perfino sulle fonti più confidenziali. Naturalmente quei fascicoli erano sigillati e messi sotto chiave. Ma andavano sempre aggiornati, indicizzati e consultati. Tale era la natura della burocrazia, la sua linfa vitale. E quel lavoro veniva sempre eseguito, senza eccezione, da funzionari di basso livello.

Ed era quello il punto debole della DEA. Il fattore umano, come sempre.

Era facilissimo convincere i funzionari di basso livello.

Doveva volare a Washington DC.

Non riusciva quasi a ricordare un tempo in cui non fosse stato alle dipendenze del cartello di Sinaloa. Aveva appena compiuto tredici anni quel pomeriggio afoso quando la grossa Lincoln nera si era fermata nella stazione di servizio/*bodega* dove sua madre lavorava come cassiera. La calura si sollevava dall'asfalto, facendo tremolare l'aria. Corse alla pompa e prese l'ordine del guidatore. L'uomo parlò in spagnolo. In quella parte di San Diego, tutti parlavano spagnolo.

«Okay, ragazzino», disse l'uomo dandogli un ventone. «Un pacchetto di Winston, due pacchetti di Marlboro senza filtro, un paio di lattine di Pepsi e il giornale di oggi».

«Ha un quarto di dollaro?», chiese Armando Mendoza.

«Ti ho appena dato un pezzo da venti, ragazzino».

«Sì, ma non basterà».

L'uomo parve scettico. «E come diavolo fai a saperlo?».

Mendoza scrollò le spalle. Come spiegare l'aritmetica di base? «Be', sono sedici e novanta per la benzina, i tre pacchetti di sigarette fanno uno e ottantanove, e con la Pepsi e il giornale arriviamo a venti dollari e ventiquattro. Perciò, voglio dire, ci siamo quasi, ma...».

«Sei una specie di genietto della matematica?»

«Ho solo fatto la somma».

«Nella tua testa?».

Mendoza annuì. Si stava dando delle arie, naturalmente.

«Guarda questo», disse il guidatore a un uomo accanto a lui sul sedile davanti. Poi mise il gomito fuori dal finestrino e si sporse vicino all'adolescente. Si tolse gli occhiali a specchio. «Quanto fa 239 più 868 più 102?»

«È troppo facile».

«Quanto, eh? Lo sai fare o no?»

«Milleduecentonove».

«Un momento, un momento». Si voltò verso l'altro uomo. «Il tuo orologio ha la calcolatrice, giusto? Okay. Ragazzino, quanto fa 7566 più 8069? Svelto, ora».

Mendoza sorrise. Esitò per qualche secondo. «Quindicimilaseicentotrentacinque».

«È esatto, Carlos?»

«No», disse l'altro uomo.

«Bel tentativo, ragazzino», disse il guidatore. «Per un attimo ci avevi quasi fregato».

«Aspetta un attimo», disse l'altro uomo. «Quindici sei tre cinque. Ha ragione».

«È quello che ho detto io», protestò Armando.

«Gesù, ragazzino».

Più tardi, sua madre si infuriò quando seppe che era salito sul sedile posteriore della Lincoln. Solo pochi mesi prima, un ragazzino a New York City era scomparso e la sua faccia era apparsa sui cartoni del latte. Lei gli aveva raccontato quella storia per vaccinarlo dalla possibilità che qualcosa di così terribile accadesse al suo unico figlio.

Ma tutto ciò che avevano fatto era stato portarlo a incontrare il loro jefe, per fargli sfoggiare le sue doti matematiche. El jefe, il grande Héctor Luis Palma Salazar. El Güero, come veniva chiamato: il Biondo. El Güero fu colpito e gli fece un'offerta. L'avrebbero salvato dal *barrio*. L'avrebbero perfino mandato all'università. Lo avrebbero fatto studiare come contabile, poi avrebbe lavorato per il cartello.

Ma già all'età di tredici anni, Armando Mendoza sapeva di voler diventare un dottore. Un chirurgo. Quello era il suo vero desiderio. Non un contabile.

El Güero non obiettò. C'era bisogno anche di talenti medici. Era

lungimirante, un brillante organizzatore che aveva trasf
cartello di Sinaloa nella più potente organizzazione di tra... i
droga nella storia. El Güero Palma aveva bisogno di una persona completamente affidabile per far rispettare la disciplina, fare domande e ottenere risposte, gestire "colloqui", come Mendoza cominciò a chiamarli... tutto quello che serviva. E amministrare la giustizia quando era necessario: con un bisturi e non con un AK-47.

Il dottor Mendoza era giovane – troppo giovane – ma sarebbe venuto il suo momento. Il cartello avrebbe pagato la scuola di medicina a Guadalajara e l'avrebbe sovvenzionato durante il suo internato come chirurgo. In cambio, lui sarebbe stato di proprietà del cartello. Avrebbe fornito servizi chirurgici ove necessario. In seguito, dopo essere diventato un chirurgo, chiese loro di sottoscrivere la clinica a Culiacán. Se doveva lavorare per il cartello, con molti compiti sgradevoli, voleva fare anche qualcosa di buono.

Il suo lavoro per il cartello – quello non chirurgico, o "speciale", come lo chiamava lui – non gli dava alcun piacere. Non era uno di quei miscredenti che traevano un godimento sadico da quelle cose. Credeva semplicemente che fosse meglio fare bene un lavoro, e quando se ne occupava lui, il lavoro era sempre ben fatto.

Era anche innegabile che, attraverso la sua attività alla clinica e all'ospedale privato a Culiacán, aveva salvato più vite di quante ne aveva prese. Aveva alleviato almeno tanto dolore quanto ne aveva causato.

Il dottor Mendoza sentiva l'esigenza di ricordarselo spesso dal momento che, molto presto, ne era certo, avrebbe inflitto parecchio dolore.

43

Alle sei in punto del mattino dopo, la sveglia sull'iPhone di Danny suonò. La stanza era buia e un po' troppo riscaldata, e per un momento Danny, ancora intontito, quasi cedette alla tentazione di tornare a dormire.

Finché non si ricordò.

Lucy borbottò: «Perché ti stai alzando?»

«Per lavorare un po'», disse Danny.

«Che ore sono?»

«Le sei. A Boston sono le otto».

Lei mormorò: «Non siamo a Boston», e si rigirò dall'altra parte.

Nessun altro era in piedi, il che era un sollievo. Prima che gli adulti si ritirassero per la notte, Galvin aveva annunciato che non erano tipi da sciate all'alba e tutti dovevano sentirsi liberi di dormire finché volevano. Ma Danny era preparato nel caso in cui Tom e Celina fossero alzati – sapeva che le ragazze non lo sarebbero state –, gli offrissero del caffè e domandassero perché accidenti stava uscendo così presto. Avrebbe detto che stava delineando mentalmente il capitolo successivo del suo libro. L'aria fresca lo aiutava sempre a pensare con chiarezza. Chi avrebbe potuto obiettare? Gli scrittori erano un enigma per parecchia gente.

La porta anteriore fece suonare un campanellino quando la aprì, ma non aveva l'allarme. Fuori era buio e faceva freddo; la neve scrocchiava e cigolava sotto i suoi piedi. L'aria gelida gli morse guance e lobi delle orecchie mentre camminava lungo il ciglio della strada.

Non c'era quasi traffico, con l'eccezione di una jeep di passaggio, da cui provenivano suoni di hip hop sincopato. Sciatori entusiasti, probabilmente, diretti a provare la neve pettinata del primo mattino.

La passeggiata fino in città richiese solo venti minuti. Il cielo iniziò gradualmente a schiarirsi.

Sweet Tooth era esattamente come Danny se l'era aspettato: una caffetteria/panificio alternativa che offriva caffellatte chai, brownies senza glutine e caffè biologico del commercio equo e solidale tostato a mano in piccole quantità. Gli altoparlanti diffondevano qualcosa di Ray LaMontagne. Gli unici avventori erano un giovane padre dall'aria esausta con un bambino urlante in un passeggino e, seduto da solo su un divanetto di pelle malconcio, Philip Slocum.

Danny ordinò un caffè nero ristretto, cosa che gli costò quattro dollari, e si unì a Slocum sul divanetto.

Gli era appena venuta in mente un'idea e tirò fuori il suo iPhone.

«Un attimo», disse, simulando irritazione per qualche compito noioso che doveva levarsi dai piedi.

Non fu facile scattare una foto a Philip Slocum di nascosto, ma mise il telefono in modalità silenziosa e poi lo tenne in verticale come se cercasse di ottenere una visuale migliore di qualcosa sullo schermo.

E premette il pulsante FOTOCAMERA. Niente suoni, niente flash. Solo un'immagine semidecente e abbastanza a fuoco della faccia di Slocum.

«Qualcuno l'ha vista uscire?», chiese l'uomo.

«Ne dubito. Dormivano tutti. Perché?».

Slocum fece scivolare un borsello di nylon nero lungo il divanetto verso Danny. «Perché non è uscito di casa con questa, perciò non vorrà sbandierarla in giro».

Danny aprì la cerniera del borsello. All'interno c'era quello che sembrava semplicemente un obiettivo per una reflex, un piccolo cilindro nero. Ma a una seconda occhiata riuscì a capire che si trattava di un'intera fotocamera, estremamente compatta, il cui corpo principale sembrava piccolo proprio a causa dell'obiettivo.

«E dove si terrà questo incontro?»

«Non lo sappiamo. Solo che si tratterà di un luogo piuttosto fuori mano. Temono congegni di tracciamento e sorveglianza».

«Gliel'ho detto: non ho una macchina».

«Non le serve una macchina. Galvin non prenderà la macchina. Troppo facile da rintracciare».

«Allora forse si incontreranno a casa di Galvin».

«Ne dubito».

«Allora cosa? Ci andrà a piedi?».

Il bambino emise uno strillo assordante. A volte a Danny mancava avere un bambino piccolo – Abby era stata una bambina tanto adorabile da far sciogliere il cuore –, ma di sicuro non gli mancava avere un neonato di quell'età.

«Molto probabilmente si tratterà di un luogo dove le auto non possono arrivare, dove non si può parcheggiare un furgone. Dove non si può puntare un microfono parabolico. E dove la copertura dei cellulari sia inaffidabile o inesistente, in modo tale che le trasmittenti nascoste non possano funzionare. Dovrà avere una visibilità a 360 gradi per poter vedere chiunque si avvicini».

«Incluso me», disse Danny. «Così mi potranno eliminare con un fucile da cecchino».

«No», disse Slocum in tono paziente. «Lei è un amico. Un ospite. Se per qualche ragione viene notato, Galvin garantirà per lei».

«E quando dovrebbe avvenire questo incontro?».

Slocum scrollò le spalle. «Questo fine settimana. Oggi o domani. È tutto quello che sappiamo».

«E potrebbe essere ovunque. Qualunque posto non raggiungibile in macchina».

«Esatto. Perciò cerchi di stargli appiccicato».

Quando Slocum ebbe finito con le sue istruzioni, Danny si alzò in piedi.

«Ehi», disse Slocum. «Compri dei muffin e degli scones da portare a casa ai Galvin. Faccia l'ospite gentile».

Danny ficcò la custodia della fotocamera nella tasca esterna del suo giaccone, poi comprò un assortimento di scones e muffin. Con un sacchetto di carta bianca in mano – con SWEET TOOTH stampato nello stesso font che i Grateful Dead usavano sui loro album – lasciò la caffetteria.

La prima cosa che notò fu una Suburban nera.

A pochi metri dalla caffetteria c'era l'autista di Galvin, che fumava e osservava la porta d'ingresso.

44

La Suburban superò Danny sulla via del ritorno.

Quasi si aspettava che Alejandro si fermasse e gli offrisse un passaggio. Era fuor di dubbio che l'avesse riconosciuto. L'autista aveva distolto lo sguardo troppo rapidamente.

Certo, era possibile che davvero non l'avesse riconosciuto. Ma in caso contrario, e se aveva assistito allo scambio tra Slocum e Danny, l'aveva visto prendere la fotocamera?

Quando rientrò, la Suburban era parcheggiata di fronte alla casa. Pestò i piedi sullo zerbino, poi si slacciò gli stivali e se li tolse. Solo con le calze, seguì la luce fino alla cucina.

Galvin, in vestaglia e dando le spalle a Danny, sedeva su una sedia dallo schienale alto presso una lunga isola di granito. Il caffè era appena fatto.

Danny sollevò il sacchetto dello Sweet Tooth a mo' di spiegazione. «Buongiorno».

«Buongiorno», disse Galvin in tono cordiale. Rise e indicò un sacchetto identico sul ripiano vicino alla caffettiera. «Anche Alejandro è appena tornato da lì».

L'autista era entrato nella caffetteria subito dopo che Danny se n'era andato?

«Le grandi menti pensano allo stesso modo», disse.

«Sei andato fino in città a piedi per prendere il caffè?», lo rimproverò. «Vi ho detto di fare come se foste a casa vostra. *Mi casa es su casa*».

«Immagino di avere ancora il fuso orario della costa est». Posò il sacchetto sull'isola. «Il barista inguaribilmente trendy ha detto che le loro focaccine alla cannella sono la fine del mondo».

«Be', nessuno si lamenterà del secondo arrivato».

«Che panorama straordinario», disse Danny, indicando l'enorme finestra a parete. «Probabilmente ormai lo darai per scontato».

Galvin spinse indietro la sedia e si alzò in piedi. «Quel panorama è ciò che ci ha convinto ad acquistare questa proprietà. Quello e il fatto che ci sia una pista di fondo nelle vicinanze. Possiamo semplicemente metterci gli sci e partire dal cortile sul retro, se vogliamo. Stare in città è molto più comodo – si può arrivare a piedi praticamente ovunque – ma non ti godi il panorama».

«Cosa stiamo guardando?». Danny si avvicinò alla finestra e Galvin si unì a lui.

«Neve», disse Galvin.

«Grazie». Il rassicurante scambio sardonico di un paio di amici. «Quello è il monte Aspen?»

«È l'Aspen Highlands Bowl». Indicò. «Steeplechase. Quella è la valle superiore di Castle Creek».

«Bellissimo». Non c'era nessun cortile sul retro, in realtà. Nessuno steccato che delimitava la proprietà. Solo alcune macchie di betulle che spuntavano dalla neve e file di abeti. E una coltre di neve che si estendeva a perdita d'occhio. E nessun'altra casa in vista.

«Quando non siamo qui, voi siete i benvenuti. Altrimenti resta vuota».

Danny annuì. «Grazie». Rimasero entrambi ad ammirare il panorama.

«E anche quando *siamo* qui, naturalmente. Pare che Celina e la tua… ehm… ragazza abbiano fatto presto amicizia. Abby e Jenna sono inseparabili. E anche tu non sei così male». Galvin gli diede una pacca sulla spalla. «Sul serio, fin dalla prima volta che ti ho incontrato, ho avuto la sensazione di conoscerti».

«Di conoscermi?»

«Ti ho riconosciuto. Come se fossi uno spirito affine tra tutti quei fasulli alla Lyman, tutti quei tipi altezzosi».

«Non è esattamente il mio posto», disse Danny.

«Nemmeno il mio».

«Tranne che tu sei...».

«Ricco?»

«Puoi metterla in quei termini, sì. Finché hai dollari in abbondanza, a Tinsley Thornton non interessano affatto le tue origini».

«Intendi *Lally*. Per favore». Un sorrisetto provocante. «Vedi, Danny, è qui che ti sbagli. Lei sa chi sono e da dove provengo. Per lei e per chiunque altro in quella scuola, io non sarò mai nulla di più di un ragazzino figlio di operai di Southie che ha avuto fortuna. Per quanto li riguarda, non sono meglio di un babbeo che lavora a una stazione di servizio e ha appena vinto trecento milioni di dollari alla lotteria. Sarò sempre, sai», protese un mignolo e mimò l'azione di bere una tazza di tè, «terra terra, come direbbero loro. Certo, sono felici di prendere i miei soldi, ma non mi faccio illusioni sul genere di cose che dicono di me agli incontri del consiglio».

Danny scrollò le spalle e sogghignò. «*Babbeo*. L'insulto preferito di mio padre».

«Sei cresciuto a Cape Cod, giusto?»

«Sì. A Wellfleet».

«Ma non McMansion Wellfleet, scommetto».

«Nemmeno vicino».

«Non ricordo se me l'hai detto: era un idraulico come mio padre, giusto?»

«Costruttore. Carpentiere, in effetti: era quello che amava di più».

«Scommetto che era bravo».

«Proprio così. Un vero artigiano. Meticoloso. Ma un pessimo uomo d'affari».

«Mio padre era capace come uomo d'affari, ma non esattamente meticoloso». Rise. «Ma tutti lo amavano. Hai detto che tuo padre è morto?»

«No, i miei genitori sono vivi entrambi».

«Fortunato. I miei sono morti. Strano come il rapporto cambi quando invecchiano. Tu cominci a dare consigli a loro. E ti ascoltano perfino, una volta ogni tanto. Hanno bisogno del tuo aiuto mentre tu non hai più bisogno del loro».

Danny annuì.

Galvin proseguì: «Qualunque cosa tu abbia passato, qualunque cosa ti facesse incazzare di tuo padre e tua madre, te lo lasci alle spalle e basta. Ti prendi cura di loro, perché è così che si fa».

Danny annuì. «Papà sta cominciando a perdere colpi, sai, perciò presto potremmo doverlo mettere in un ospizio. Ma ci andrà scalciando e urlando».

«Vedo come guardi Abby. Lo vedo nei tuoi occhi. Faresti qualunque cosa per tenerla al sicuro».

Danny si sentì venire le lacrime agli occhi. «Lo sai».

«Voglio dire, io ucciderei per proteggere la mia famiglia. Scommetto che tu faresti lo stesso».

Danny annuì, incerto su dove volesse andare a parare. Guardò Galvin in volto, proprio mentre udiva Celina dire: «Che guai state progettando di combinare voi due?».

«Buongiorno, baby», disse Galvin mentre si baciavano.

«Buongiorno», disse Danny.

Pensò a quello che Galvin aveva appena detto. Avrebbe ucciso per proteggere la sua famiglia. Se l'avesse detto chiunque altro, l'avrebbe considerato un modo di dire.

Da parte di Galvin, però, sembrava terribilmente simile a una minaccia.

45

Celina preparò toast alla francese e bacon per colazione, che mangiarono assieme ai dolci della caffetteria, poi si vestirono con i completi da sci e presero la Silver Queen Gondola fino alla vetta del monte Aspen, tutti e sei in una cabina. Il sole scintillava sulle piste, splendendo su alberi ricoperti di neve, e gli sparuti abeti molto più in basso sembravano le setole di un rozzo pennello.

I completi da sci dei tre Galvin erano costosi. Jenna aveva un giubbetto dorato e pantaloni che sembravano jeans ma non lo erano. Sua madre indossava un lungo cappotto color argento con un colletto di pelliccia, troppo d'alta moda per essere pratico sui pendii. Tom aveva una giacca a vento Salmon color giallo che assomigliava a un impermeabile con un alto colletto. Portava anche uno zuccotto vistoso a strisce gialle e verdi con un pon pon. "Con quell'abbigliamento sarà facile da notare da lontano", pensò Danny.

Le ragazze sedevano sulla panca di fronte agli adulti e non smisero di parlare per tutta la salita. Abby indossava la giacca a vento Helly Hansen color rosa shocking che Sarah le aveva comprato un paio di anni prima, un po' consumata e di una taglia più piccola.

Lucy teneva la mano di Danny. Si sporse vicino a lui e gli disse sottovoce: «Sembra proprio felice, vero?».

Danny annuì. Nella luce splendente, poteva vedere alcune lentiggini indistinte sul naso di Lucy. Lei odiava le lentiggini e di solito le nascondeva col trucco. Lui le riteneva adorabili. Lucy indossava un giaccone azzurro chiaro con una sciarpa blu e pantaloni bianchi che facevano risaltare le sue gambe stupende.

Abby si fermò a metà frase e li guardò. Aveva l'udito di un pipistrello, almeno quando era lei l'argomento della conversazione.

«Non abbiamo mai sciato assieme prima, vero?», disse Lucy.

«È la prima volta».

«Sai che sono piuttosto brava in questo sport, vero?»

«Non ne sono sorpreso. Sei brava in parecchi sport».

«Spero di non metterti in imbarazzo».

«Per cosa?»

«Perché scierò molto meglio di te». Lo disse con un sorriso giocoso, quasi civettuolo.

«Niente affatto. Molto probabilmente per me sarà uno stimolo. Tu mi rendi un uomo migliore».

«Questo è poco ma sicuro», disse lei con una risata.

Ma Danny non stava pensando allo sci.

Stava pensando a una via d'uscita. La DEA lo aveva messo in un angolo, vero, ma ciò non l'aveva reso inerme. Se fosse davvero riuscito a scattare una foto delle persone con cui Galvin si doveva incontrare, avrebbe avuto qualcosa che la DEA voleva.

"Volete le foto? Che ne dite di darmi una lettera di immunità?". Firmata dalla DEA, dal dipartimento di Giustizia e da chi diavolo serviva per renderla a prova di bomba. Il presidente, se necessario. Una garanzia che non sarebbe mai stato incriminato per nulla che avesse a che fare con Galvin.

Quello avrebbe finalmente bandito la minaccia che gli pendeva sulla testa, che continuava ostinatamente a ripresentarsi. Era stufo di essere una marionetta. L'unico modo per tagliare i fili era essere spietato.

Ma quanto sarebbe stato sicuro pedinare Galvin? Se doveva davvero incontrarsi con qualcuno del cartello di Sinaloa, avrebbe preso delle precauzioni per non essere seguito. E Danny era uno scrittore, non una spia. Non era un agente segreto addestrato. Non sapeva nulla sulla sorveglianza. Stando a tutto ciò che aveva letto sull'argomento – doveva ammettere che perlopiù si trattava di spy story – seguire qualcuno senza essere individuato era una capacità che si acquisiva soltanto dopo parecchia pratica. Una capacità che lui non aveva. Nemmeno lontanamente.

A meno di non incatenarsi agli scarponi da sci di Tom Galvin, non c'era alcun modo per assicurarsi che questi non si allontanasse durante il pomeriggio. Galvin poteva scendere giù per la montagna sciando e poi scomparire tra le strade di Aspen. Poteva incontrarsi con qualcuno a un caffè, a un ristorante, a un bar, e Danny non l'avrebbe mai saputo.

Tutto ciò che poteva fare era tenere d'occhio Galvin il più a lungo possibile. E sperare in un colpo di fortuna.

Sulla cima della montagna, scesero dalla funivia, fissarono i loro sci e si radunarono per consultarsi.

«Non ci sono piste verdi?», chiese Abby, cercando di sembrare noncurante. Deglutì forte.

«Solo medie o difficili», rispose Danny. «Puoi spazzare per un po' finché non ti ci abitui. Ti tornerà in mente tutto. Non sei stata tu a dire che è come andare in bicicletta?»

«Le piste blu non sono così terribili», disse Jenna.

Le ragazze non volevano sciare con i vecchi, e chi poteva biasimarle? Abby si abbassò gli occhialetti ed entrambe iniziarono a scendere lungo il pendio, una pista blu chiamata Easy Chair, che in effetti non sembrava particolarmente "easy".

«Per tutti: ci vediamo all'una e mezzo al Sundeck per pranzo?», disse Celina, e indicò l'edificio dietro di loro. «Okay? Ragazze? Sì?».

Jenna agitò la mano verso sua madre con impazienza per farle capire che andava bene, poi le due ragazze si allontanarono. Se Abby era nervosa per le sue capacità di sciatrice, non lo stava più dando a vedere.

All'incirca un minuto dopo, gli adulti si avviarono lungo la stessa pista, dando alle ragazze abbastanza vantaggio per sciare per conto loro. Galvin era agile e aggraziato, chiaramente un esperto. Lucy era ancora meglio. Celina era brava, più o meno alla pari con Danny.

Presto arrivarono a una congiunzione con la pista nera.

«Che pensi Danny?», disse Lucy. «Restiamo sulla blu?».

«Io probabilmente scenderò di più lungo le piste nere», fece Galvin. «Non preoccupatevi di provare a starmi dietro».

Non c'era modo per spiegare a Lucy perché doveva restare con Galvin in ogni momento. Danny esitò un istante, poi disse a Galvin: «Per me va bene», e lo seguì lungo la pista per esperti, lasciandosi alle spalle Lucy e Celina.

Le piste nere non erano facili. A volte erano spaventose, con dei tratti incredibilmente ripidi, ma Danny riuscì a tenere il passo con Galvin, più o meno, per le due ore successive. Sciarono su piste contrassegnate da un rombo nero, ma non da un doppio rombo nero. Quelle difficili, ma non quelle "solo per esperti". Cadde alcune volte, ferendo solo il proprio orgoglio. Temeva per la fotocamera e sperava che l'imbottitura la proteggesse dai danni.

Alcune volte notò Abby e Jenna sulla seggiovia o che scendevano lungo i pendii. Abby pareva andare bene. Due volte lui e Galvin si incontrarono con Lucy e Celina sulla seggiovia Shadow Mountain. Se Lucy era irritata perché l'aveva lasciata indietro per Galvin, non lo diede a vedere.

Qualche minuto dopo l'una e mezzo, tutti gli adulti si radunarono dietro il ristorante Sundeck presso i tavoli da picnic per aspettare le ragazze. Misero gli sci su una rastrelliera. Galvin si accese un sigaro. Lo agitò verso Danny con aria interrogativa.

Danny scosse il capo. «Grazie comunque».

Alcuni avventori ai tavoli da picnic stavano scoccando a Galvin delle occhiate velenose, ma lui non pareva notarlo o, in caso contrario, non gli importava.

Sembrava esserci qualcosa di diverso in lui. Era insolitamente preoccupato, pensieroso. Forse aveva effettuato una cattiva transazione sul lavoro. Perso un paio di centinaia di milioni di dollari. Forse lui e Celina avevano litigato.

Forse si trattava solo di quello.

Comunque, quanto lo conosceva davvero? Danny e Galvin avevano chiacchierato amichevolmente un paio di volte. Avevano legato per le loro esperienze simili. Gli uomini non si mettevano a condividere i sentimenti. Facevano cose assieme. Non piangevano assieme o spettegolavano; guardavano il football in TV o forse giocavano a poker. Bevevano assieme, si canzonavano a vicenda.

Forse era preoccupato. O forse stava davvero per incontrare i suoi contatti del cartello di Sinaloa.

«Ehi, tu», disse Lucy a Danny. «Te ne sei andato».

«Mi dispiace. Immagino che volessi vedere fino a che punto potevo farcela. Colpa mia».

«Gli uomini e la loro competitività», disse lei, scuotendo la testa con aria divertita.

Danny fece una visitina al bagno, entrando a passi pesanti con gli stivali addosso come se fosse il mostro di Frankenstein.

Quando tornò, Galvin se n'era andato.

«Tom è tornato sulle piste», disse Celina. «Ha detto di non avere fame». Qualcosa nel modo in cui la donna parlò, nel modo in cui non incontrò i suoi occhi, suscitò i sospetti di Danny.

«Da che parte è andato?», chiese. «Penso che mi unirò a lui. Non m'importa di saltare il pranzo».

«L'ho visto andare da quella parte», disse Abby. Indicò vagamente verso la parte posteriore della montagna, dissestata e lontana dalle piste blu e nere, dall'altro lato rispetto alla seggiovia.

«Oh, resta con noi», disse Lucy.

«Conoscendo papà», disse Jenna, «sarà andato su una delle piste a doppio rombo nero».

«Non mi dispiacerebbe provare un paio di piste a doppio rombo nero», disse Danny. «Credo che forse Tom voglia solo sciare per conto suo», disse Celina. Il suo tono era fragile. Scoccò a Danny un'occhiata rapida ma penetrante.

«Non resti per pranzo?», disse Lucy. «Sicuro?»

«Sono a posto», rispose lui.

E partì in cerca di Tom Galvin.

46

Su quel versante della montagna, oltre la ringhiera, c'erano dei segnali gialli su pali alti che dicevano LIMITE DI SCI. L'area era delimitata con una corda rosa fluorescente. Un cartello giallo a forma di rombo avvertiva: PERICOLO – NON SCIARE OLTRE QUESTO PUNTO. Un altro diceva: ATTENZIONE! PERICOLI NON CONTRASSEGNATI – SCIARE CON CAUTELA. Appena oltre quello, un cartello rosso su un palo dichiarava: QUESTO È L'ULTIMO AVVISO: I RISCHI DI QUESTA ZONA INCLUDONO LA MORTE.

Non c'erano piste contrassegnate lì. Non c'era nessuna pista. Era il fuoripista, la parte non sistemata, riservata agli sciatori più avventurosi ed esperti, i drogati degli sport estremi e quelli che rifuggivano le piste, gli sciatori e gli snowboarder più spericolati.

Danny poteva vedere alcune tracce solitarie di sci e racchette da neve. C'erano anche le tracce parallele lasciate dal passaggio di un gatto delle nevi, quel veicolo che poteva arrampicarsi su e giù per il versante della montagna. In genere la gente non sciava su terreni così accidentati per conto proprio. Gli sciatori avventurosi di solito andavano a gruppi preceduti da guide su gatti delle nevi.

Galvin era davvero sceso per quel lato della montagna? Pareva improbabile.

Non sembrava affatto possibile che Galvin fosse andato da quella parte. Abby doveva essersi sbagliata.

Poi notò qualcosa di scuro, contorto e maleodorante nella neve a pochi passi di distanza: il mozzicone scartato di un sigaro, come lo stronzo di un cagnolino.

Guardò giù per il versante della montagna, sperando di cogliere la giacca a vento di Galvin tra le macchie d'alberi. Nulla. Ma ciò non voleva dire che non fosse sceso da quella parte. Poteva non essere in vista, giù per una gola o dall'altro lato di una sporgenza.

La luce del sole che si rifletteva sulla neve lo abbagliava. Si mise gli occhiali e prese un respiro profondo, lì sul ciglio di un cornicione roccioso.

I cumuli di neve sembravano decisamente profondi. Basandosi sul diametro e sulla rastremazione dei tronchi d'albero, stimò che la neve fosse profonda quasi due metri in alcuni punti. Quello non era il terreno su cui era abituato a sciare. Tratti inviolati, non spianati come quello, con neve così profonda, erano fatti per sciatori provetti.

Non per lui.

Soppesò brevemente se fare una mossa disperata, ovvero tentare una discesa controllata, descrivendo lunghe curve da un lato all'altro e zigzagando per rallentare la velocità. Ma mentre si trovava sul costone e guardava giù, si rese conto di quanto ridicola fosse l'idea di provare a sciare su quel versante della montagna. Girò gli sci da una parte… e avvertì il costone sbriciolarsi sotto di sé.

Tutt'a un tratto si ritrovò a precipitare, caracollando giù per il pendio ripido. Stava rotolando attraverso una neve farinosa profonda una trentina di centimetri, così diversa da quella compatta sull'altro versante, dove era appiattita da centinaia o forse migliaia di sci ogni giorno. Lì la neve era soffice e più leggera dell'aria. Era come scivolare attraverso una nuvola.

Ma quell'ampia conca lasciò il posto a una zona più densamente boschiva di alti abeti sparpagliati per il pendio. Si ritrovò a zigzagare in mezzo e attorno agli alberi, aumentando la velocità. I pini spuntavano davanti a lui come gli ostacoli incombenti in un videogioco. Riuscì a curvare da un lato, poi sterzò dall'altro, facendo uno slalom fra alcuni tronchi ravvicinati. Dalle profondità della sua memoria rammentò che il trucco migliore per passare in mezzo agli alberi era concentrarsi sugli spazi bianchi in mezzo, mirando con attenzione.

Proseguì in quello slalom, sempre più veloce, spinto verso il basso dalla gravità e dallo slancio, e cercò di rallentare. Ma l'unico modo per farlo era muoversi avanti e indietro, spostare il peso da un lato all'altro. E non poteva farlo, poiché era catapultato verso il basso a una velocità tale e con così poco agio tra gli alberi che non poteva permettersi una curva non necessaria, nemmeno di pochi gradi da un lato o dall'altro. Gli sci vibravano. Gambe e cosce gli bruciavano per quello sforzo muscolare a cui non erano abituate. E il terreno tra gli alberi era altamente variabile. In alcuni punti la neve era profonda e farinosa; in altri c'erano pure chiazze di ghiaccio e ogni tanto colpiva una protuberanza di roccia. Si sentiva la faccia congelata. Carambolava sempre più veloce, consapevole che un minimo sbaglio di calcolo lo avrebbe mandato a schiantarsi contro un tronco.

All'improvviso i suoi sci scricchiolarono contro qualcosa, e solo troppo tardi si rese conto che era un crinale, un dirupo.

Mentre si librava a mezz'aria, ebbe la sensazione che il tempo rallentasse. Poteva vedere il pendio ripido, l'abisso roccioso proprio sotto di lui, e seppe che se fosse caduto troppo rapidamente avrebbe colpito quelle rocce e sarebbe morto sul colpo.

Sapeva che il suo destino era fuori dal suo controllo. Non poteva alterare la forza di gravità o la traiettoria della discesa. Volteggiò giù da uno scivolo ghiacciato in una caduta di sei metri da una parete rocciosa verticale solo con delle assi scivolose fissate ai piedi e niente freni.

Eppure, per un attimo passeggero, fu inebriante. Sentire il nulla sotto di lui. In volo, in caduta libera, un proiettile umano, un missile. Era eccitante. Era diverso da qualunque altra cosa avesse mai sperimentato. Il vento gli ululava nelle orecchie.

Era solo a pochi secondi e una svolta sbagliata lontano dalla morte e dalla sua irrevocabilità.

E a un livello più profondo di consapevolezza si rese conto di quanto fosse sottile il confine tra un terrore estremo, meraviglioso, galvanizzante e la morte. Per la prima volta nella sua vita capì quelli che cercavano l'eccitazione, gli sciatori estremi e i rocciatori. Gli appassionati di deltaplano, i paracadutisti e i funamboli. Comprese finalmente l'inebriante sensazione di sfidare la morte, di respingere l'istinto connaturato dell'autoconservazione.

E poi, altrettanto rapidamente, un'altra consapevolezza si impadronì di lui. Che poteva davvero incontrare la morte sulle rocce sottostanti.

E l'istinto di autoconservazione riprese il sopravvento.

Potevano essere passati un paio di secondi. Di sicuro non di più. Piegò le ginocchia, si accucciò, si fece forza… e atterrò duramente sul terreno, assorbendo l'impatto, un colpo sul suo intero corpo tutto in una volta. Fu catapultato in avanti. Aveva perso il controllo.

La punta del suo sci destro si impigliò su qualcosa. Ruotò e finì malamente sulla schiena, e per un attimo tutto fu completamente silenzioso. Si era fermato di soprassalto.

Sentì in bocca sapore di sangue.

Si rigirò, avvertì dolore agli arti, poi lungo tutto il corpo, frastagliato come il crepitio di un fulmine.

Neve gelata gli mordeva le orecchie, le palpebre, la nuca. Cercò nuovamente di muoversi, si contorse e scoprì di riuscire a muovere gambe e braccia. Si sentiva livido dappertutto, ma non pareva avere nulla di rotto. Poi si ricordò come alzarsi con gli sci allacciati. Tirò i piedi verso il sedere e inclinò le ginocchia sul lato sinistro. Si accorse che aveva perso entrambi gli sci. Lentamente, con cautela, rotolò da una parte. Avvertì qualcosa vibrare all'altezza delle reni, come un ritmo staccato di terminazioni nervose. Un tendine? Un muscolo stirato? Sperava che non fosse nulla di più serio. Aveva bisogno di riposare un momento, perciò si accasciò per terra con la faccia sepolta nella neve, che parve stranamente tiepida e poi gelata.

Quindi, puntellandosi sui gomiti, si spinse all'insù e quello sforzo gli causò altre staffilate di dolore lungo braccia e spalle. Cercò di superarlo e si mise in ginocchio. Avvertì altro sapore di sangue, saggiò la bocca con la lingua e si accorse che si era morso il labbro inferiore durante la caduta.

Ora che era in piedi, pure se instabile, notò qualcosa a sessanta, forse novanta metri di distanza. Sembrava un vecchio capanno. Non poteva essere più grande di tre metri per tre. Tozzo, robusto e vecchio, con un tetto di tegole. Sembrava una vecchia capanna di minatori, rimasta dal boom dell'estrazione mineraria alla fine del XIX secolo. Danny sapeva che un tempo Aspen era stata un importante centro per l'estrazione dell'argento, il più grande del Paese, fino al giorno in cui il congresso non aveva abrogato lo Sherman Silver Purchase Act, togliendo valore monetario all'argento; nel giro di pochi mesi, Aspen era diventata una città fantasma. Ma molti dei vecchi edifici erano rimasti, punteggiando il versante della montagna.

Attraverso una finestrella sul lato rivolto verso di lui, Danny riuscì a vedere una tremolante luce ambrata all'interno. E delle sagome che si muovevano. Si gettò a terra d'istinto, seduto nella neve. Si frugò nelle tasche fino a trovare il sacchetto di nylon che conteneva la fotocamera.

Lo aprì con uno strattone e il suono dello strappo del velcro risuonò fragoroso in quel silenzio ovattato.

Puntò il potente obiettivo sulla finestra, regolandolo fino a mettere a fuoco una faccia.

Galvin.

Perfino da così lontano poteva fiutare l'odore di uno dei suoi sigari.

Galvin pareva ondeggiare avanti e indietro. No, stava camminando su e giù. Dietro di lui c'era un uomo… o forse erano due, entrambi con dei cappotti scuri. Uno era calvo. Danny rimise a fuoco la fotocamera sull'uomo calvo. Aveva una faccia grassoccia e liscia come una palla da biliardo, con una barbetta che adornava un doppio mento. Fronte marcata e barba non fatta. Danny udì un ramo scricchiolare e si voltò.

Un uomo con una giacca a vento nera e maschera da sci stava balzando su di lui. Prima che Danny potesse rimettersi in piedi, qualcosa si abbatté contro il lato della sua testa, in un'esplosione di dolore quasi inconcepibile, e una luce bianca sbocciò a invadere il suo intero campo visivo; sentì sapore di sangue, amaro e metallico come un penny di rame in bocca, e poi tutto divenne completamente silenzioso.

47

Più tardi, i paramedici dissero a Danny che probabilmente aveva perso conoscenza per non più di venti o trenta secondi. Ma qualunque cosa fosse accaduta nell'ora successiva, Danny non se la ricordava. In seguito gli dissero che continuava a ripetere: «Dove sono?» e «Cos'è successo?». Non gli restavano che fugaci frammenti di memoria, che turbinavano come striscioline di tuorlo in un uovo strapazzato solo in parte.

Per un attimo si era trovato a fissare attraverso l'obiettivo della fotocamera un vecchio capanno di tronchi. Il momento dopo si trovava steso supino in una specie di granaio con pannellature in compensato. Non aveva idea di dove fosse. Delle facce ondeggiavano dentro e fuori il suo campo visivo. Una incombeva proprio sopra la sua, al contrario, con la bocca come un'arpa distorta che formava parole senza senso.

Dal tono quel suono incomprensibile gli sembrava una domanda, ma le parole non significavano nulla.

Cercò di guardarsi attorno, ma riusciva a malapena a muovere la testa. La stanza era surriscaldata. Faceva un caldo soffocante, in effetti. Si sentiva madido di sudore.

Cercò di nuovo di guardarsi attorno, di capire dove potesse essere e come ci fosse finito, ma la sua testa non voleva muoversi, il collo non voleva ruotare. Con un senso di panico, cercò di sollevare l'intero torace, ma era completamente immobilizzato. Gambe, braccia, mani e piedi... tutto bloccato. Nulla voleva muoversi.

Fu colpito da una consapevolezza terribile: "Sono paralizzato. Sono un tetraplegico".

«...degli Stati Uniti?», disse una voce.

«Cosa?», disse Danny. "Non posso muovere gli arti, non posso muovere nemmeno la testa. Sono immobilizzato, bloccato. Sono paralizzato".

«Chi è il presidente degli Stati Uniti?». La faccia al contrario, la bocca simile a un'arpa. Un roco timbro baritonale.

Danny lo fissò incredulo. "Sono un tetraplegico e tu stai sprecando il mio tempo con queste domande ridicole?".

«Calvin Coolidge[15]», disse.

Il volto al contrario uscì dal suo campo visivo. Qualcuno ridacchiò e disse: «Buontempone».

«Almeno il suo senso dell'umorismo è intatto».

Galvin.

Gli ritornò in mente un'immagine. Galvin e qualcun altro alla finestra di un capanno di tronchi. L'altra persona era qualcuno che non aveva mai visto prima. Una testa a palla di biliardo. Sferica. Una barbetta che fluttuava nel mezzo di un doppio mento. Fronte marcata.

Quanto tempo era passato? Ore, forse? Galvin che si incontrava con una persona sconosciuta in un vecchio capanno sul versante della montagna. Ma adesso lui e Galvin erano lì.

«Dove sono?», chiese Danny.

«America del 1925 o giù di lì, suppongo». Di nuovo Galvin.

«Non riesco a muovermi», disse Danny.

«Ehi, baby». Il volto di Lucy era vicino, gli occhi sgranati. Sembrava spaventata.

«Ehi, piccola. Vuoi dirmelo *tu* dove sono?». Sorrise dal sollievo, di gratitudine, di amore.

«Capanno del soccorso piste alla base della montagna. Dolcezza, ti ricordi di essere caduto e aver sbattuto la testa?»

«No... non proprio».

«Ricordi di essere sceso a sciare per la parte non spianata della montagna?»

[15] Trentesimo presidente degli Stati Uniti, dal 1923 al 1929. (*n.d.t.*)

«È stato una specie di incidente. Non avevo intenzione di farlo».

«Come va la testa? Hai un'emicrania, dei capogiri o...?»

«Non riesco a muovermi».

«Ragazzi, non c'è motivo perché sia legato così», disse Lucy. «Andiamo. È sciocco».

«Sono legato? Questa è la notizia migliore che ho ricevuto da anni».

Ora quella stessa voce che gli aveva chiesto del presidente degli Stati Uniti, in un roco tono baritonale, disse: «Devo insistere perché sia ricoverato all'Aspen Valley Hospital per una TAC».

Danny udì rumore, schiocchi, fermagli e qualcosa che sfregava contro qualcos'altro. Il dolore acuto di qualcosa che gli stringeva i polsi. Poi riuscì a sentirsi le mani, pesanti e formicolanti. Poteva muoverle.

Accadde lo stesso con caviglie e piedi, che formicolarono per la circolazione che riprendeva. Mosse le dita e scoprì che funzionavano a dovere. Anche quelle dei piedi. Gli tolsero una cinghia dal petto e un paio di mani lo aiutarono a mettersi a sedere.

Le mani di Lucy. Si sporse a baciarlo. Un'ondata d'amore lo lambì. «Hai mal di testa?», gli chiese di nuovo.

Danny la mosse con cautela da un lato all'altro e non rispose.

La fronte e le tempie cominciarono a martellargli con forza. La verità era che aveva un'emicrania tremenda. Come se il cervello gli scivolasse avanti e indietro nel cranio. Il dolore pareva centrato appena dietro le orbite. Quel martellare andava a tempo con i battiti del suo cuore. Se solo avesse potuto afferrarsi il davanti della testa e staccarlo all'altezza delle tempie, avrebbe potuto rimuovere l'emicrania e tenerla in mano, pulsante e sanguinolenta.

«Sul serio», disse lei.

«Sì, un po'».

Tutto era vivido e risplendeva di colori abbaglianti. Vide alcuni uomini in giacca a vento rossa e nera con croci bianche del pronto soccorso, naturalmente membri del soccorso piste di Aspen Mountain, poi altre persone che non riconosceva lì attorno. Galvin dietro di loro, con il suo giubbetto giallo brillante slacciato.

Accanto a lui, in una giacca a vento nera con la cerniera abbassata per metà, c'era il suo autista, Alejandro. Era un tipo strano, Alejandro. La testa era insolitamente grossa, ma la faccia era stretta, le fattezze assiepate assieme. Una linea pallida sul labbro superiore sembrava il residuo di una vecchia cicatrice. La sua collana di perline verdi e nere aveva un pendente che assomigliava, almeno da quella distanza, alla Madonna.

Ma fu la giacca a vento nera a fargli scattare qualcosa nella memoria.

Danny notò che gli avevano tolto gli scarponi da sci. I suoi piedi erano coperti solo dalle calze.

Uno degli uomini in giacca a vento rossa e nera si sporse in avanti. «Le sue pupille sembrano normali e i segni vitali sono a posto», disse quello dalla voce roca che pareva essere al comando. «Ha superato tutti i test cognitivi, tranne quello sul presidente».

«Il fatto è che ha perso i sensi. Può essere stato solo per pochi secondi, ma è rimasto disorientato per diverso tempo, ed è qualcosa che va preso seriamente».

Danny annuì con cautela. Muovere la testa gli faceva male.

«Lei è molto fortunato. Per caso il suo amico l'ha vista e ci ha chiamato immediatamente». Lanciò un'occhiata a Galvin. «Se non fosse stato per lui, sarebbe potuto morire congelato là fuori».

«Ringrazia Alejandro, non me», disse Galvin. «È stato lui a trovarti».

Danny si voltò a guardare prima Galvin, poi Alejandro, poi di nuovo Galvin. Si ricordò una giacca a vento nera e occhiali da sci anch'essi neri. Galvin disse qualcosa al suo autista e Alejandro lasciò il capanno del soccorso piste.

Qualcosa in quella giacca a vento nera gli suscitò un vago ricordo frammentario.

«Le daremo un passaggio fino ad Aspen Valley», disse il tizio del soccorso piste. «Potrebbe avere una commozione cerebrale o un'emorragia interna, perciò le occorrerà come minimo una TAC».

«Penso di star bene. Odio gli ospedali».

«Non si scherza con i traumi alla testa».

«Capisco. Ma penso che starò bene. Vi ringrazio per tutto quanto». Guardò Lucy. «Dov'è Abby?»

«Le ragazze stanno sciando con Celina», disse lei. «Lascia che ti aiuti». Allungò una mano verso il suo gomito.

«Davvero», fece Danny. «Sto bene».

«Alejandro sta andando a prendere la macchina», disse Galvin. «Lo porterà a casa. Ci vediamo di fronte al capanno». Con un rapido gesto di saluto e un guizzo della mano, uscì.

«Mi dispiace», disse Lucy agli uomini del soccorso piste.

Anche se Danny non aveva bisogno di sostegno, prese la mano di Lucy. Lei lo aiutò a rimettersi le scarpe da ginnastica: lei stessa o qualcun altro doveva averle recuperate dall'area di noleggio.

«Non sembri stare così bene», disse Lucy quando furono fuori. «Ti fa male dappertutto, tesoro?».

Lui sorrise. «Solo la testa».

«So che detesti gli ospedali, ma dovresti andare. Se cominci a farfugliare cose senza senso, ti ci porto io. Niente discussioni».

«Sei sicura?»

«Di cosa?»

«Sicura di riuscire a distinguere se farfuglio cose senza senso? Più del solito, intendo».

«Giusto. Qualche idea su cosa ti abbia fatto perdere i sensi?»

«Non ne ho la minima idea, Lucy. Non riesco a ricordare molto dell'accaduto».

Ma si ricordava, più di quanto voleva dire. Non era caduto. Era stato tramortito.

Dall'uomo con la giacca a vento nera e gli occhiali da sci neri.

Che doveva essere l'autista di Galvin, Alejandro.

Aveva bisogno di sedersi. La pulsazione dietro le orbite ricominciò. Se teneva la testa immobile mentre camminava, scoprì che gli faceva meno male. Non aveva la sensazione che il cervello sbatacchiasse avanti e indietro.

«Ti senti assonnato?»

«Non assonnato. Solo… Non so, uno schifo».

La Suburban nera stazionava presso il marciapiedi di fronte al Little Nell[16]. Tom Galvin scese dal sedile davanti e aprì la portiera di mezzo. Lucy si mise tra Danny e la Suburban per aiutarlo a salire. «Sto bene, davvero», la rassicurò.

Quando fu seduto, Lucy iniziò a salire, ma Galvin la fermò posandole gentilmente una mano sulla spalla. «Ti dispiacerebbe restare con le ragazze?»

«Credo che dovrei stare con Danny».

«Celina deve incontrare una persona per un caffè per una raccolta fondi che stanno organizzando. Non è entusiasta di lasciare le piccole sulle piste da sole. Non preoccuparti del nostro ragazzo. Lo porterò dritto a casa. È in buone mani».

Lucy diede a Danny un bacio sulle labbra, lasciandolo durare qualche secondo più del solito. I suoi occhi gli trasmisero preoccupazione. «D'accordo», disse, e lo salutò con riluttanza.

Quando si furono staccati dal marciapiedi, Danny attese per un lungo momento. L'unico suono era il ronzio dei 320 cavalli vapore della Suburban e del motore V8.

Poi disse: «Sappiamo entrambi cos'è successo».

Galvin non rispose. Danny si domandò se avesse sentito. Forse no.

Stava per ripeterlo, quando Galvin si voltò e lo guardò negli occhi. «Credo che sia il momento di una chiacchierata».

[16] Albergo di lusso ad Aspen, con accesso diretto alle piste. (*n.d.t.*)

48

Galvin scoccò al suo autista un'occhiata di sottecchi. Alejandro annuì in modo quasi impercettibile.

La fronte di Danny pulsava in modo rapido e violento quasi quanto il cuore.

«Hai ragione», disse. «È il momento».

Un altro lungo silenzio. La Suburban si fermò nel parcheggio di una stazione di servizio, girò attorno alle pompe ed eseguì un'inversione a U. Nessuno disse nulla. Dopo un momento, Danny notò il terreno cambiare, assumere un aspetto sconosciuto. «Non stiamo tornando alla casa?»

«Non ancora», disse Galvin. «C'è del Motrin nello scompartimento del sedile lì dietro. Probabilmente dovresti berci su un po' d'acqua. Ti sentirai meglio».

«Mi sentirò meglio dopo che mi sarò riposato».

«Prima faremo un giretto», disse Galvin.

Danny si sentì rivoltare lo stomaco. Fece per protestare, poi si afflosciò sul sedile.

Udiva il gemito della trasmissione automatica della Suburban quando cambiava le marce.

Notò che erano diretti a nordovest sulla Highway 82. Galvin non parlò. Nessuno di loro lo fece.

Infine, quando il silenzio si fu protratto troppo a lungo, Danny disse: «Dove stiamo andando?»

«In un posto dove possiamo parlare in privato».

«Vuoi parlare? Parliamo. Accosta».

Una lunga pausa. «C'è un luogo che voglio mostrarti».

«Un'altra volta».

Si domandò se Galvin avesse davvero intenzione di fare una chiacchierata. O qualcos'altro. Cercò di reprimere un'ondata di panico. Meditò se mandare un SMS a Slocum e Yeager per informarli di quello che era successo, di come avesse perso conoscenza...

Il che gli ricordò la fotocamera che Slocum gli aveva dato. Era piuttosto certo di non aver scattato alcuna foto di Galvin che si incontrava con chicchessia. Non ne aveva avuto la possibilità prima che qualcuno – era stato proprio Alejandro, l'autista? – lo colpisse e gli facesse perdere i sensi. Il che voleva dire che aveva ancora la fotocamera in tasca. Si tastò le tasche della giacca a vento, poi vi frugò dentro ma non trovò nulla. La fotocamera non era nella tasca con la cerniera. Oppure ce l'aveva avuta in mano quando era stato tramortito? Probabilmente era così.

Il che rendeva probabile che qualcuno – Alejandro? – l'avesse presa.

Galvin si voltò e guardò Danny. «Voglio che parliamo in privato», disse. I suoi occhi scivolarono verso l'autista e poi nuovamente su di lui. Galvin stava dicendo che non voleva che il suo autista sentisse? «Ce ne andremo a fare una passeggiata».

Continuarono in macchina per un po'. Danny non aveva idea di quanto tempo fosse passato. Gli era venuto sonno, cullato dalla monotonia della strada, eppure era troppo in ansia per appisolarsi. Incrociarono alcune auto, ma non molte. Poi la Suburban mise la freccia a sinistra e svoltò su una strada non asfaltata. Non solo sterrata, ma disseminata di rocce. Il veicolo si inclinava e scricchiolava, sbandava e tremolava. Arrivarono a un cartello giallo a forma di rombo:

SOLO VEICOLI A QUATTRO RUOTE MOTRICI OLTRE QUESTO PUNTO

Seguì un altro cartello, più grande, rettangolare e più perentorio:

ATTENZIONE GUIDATORI
STRADA MOLTO ACCIDENTATA PIÙ AVANTI
USO DI VEICOLI A MOTORE NON CONSIGLIATO
SOLO 4X4 CON GUIDATORI ESPERTI
E SOLO INTERASSE STRETTO

«Qual è il programma?», chiese Danny a disagio.

«Vedrai», rispose Galvin.

La strada divenne presto più stretta, fiancheggiata da entrambi i lati da alberi e boscaglia incolta: lecci affusolati e abeti incrostati di neve, macchie fitte di pioppi spogli, salici deformati dal vento e arbusti sparuti, piccole querce spolverate di neve e pini.

Un altro segnale comparve alla vista:

QUESTA È L'ULTIMA POSSIBILITÀ PER TORNARE INDIETRO
O DI INCROCIARE UN ALTRO VEICOLO PER CHILOMETRI.
STRADA STRETTA CON FOSSI RIPIDI.
SE NON SIETE A PIEDI, SU UNA BICICLETTA O SU UN FUORISTRADA
TORNATE INDIETRO IMMEDIATAMENTE!

La strada terminò dopo centocinquanta metri circa. Un segnale di STRADA CHIUSA, con nastro a strisce arancioni, fissato a un paio di supporti per travi conficcati a terra, bloccava la via. Non sembrava temporaneo. Pareva stagionale. La strada era chiusa per l'inverno.

Danny aveva un'idea piuttosto precisa di dove Galvin intendesse portarlo e trovava sempre più difficile respirare.

Non c'era nessuno in giro, nessuno in vista, nessuno a portata d'udito. Probabilmente per chilometri.

Lucy era l'unica ad aver visto andar via Galvin con Danny e sapeva che lo stava portando a casa. Danny si ricordò che lui lo aveva detto a chiare lettere.

Alejandro accostò la Suburban sul ciglio della strada accanto a una betulla bianca caduta.

Galvin disse qualcosa al suo autista parlando rapidamente in spagnolo.

«Tom», disse Danny.

Ma Alejandro aveva spento il motore ed era uscito; poi andò ad aprire la portiera di mezzo del passeggero e allungò una mano per prenderlo.

49

Qualcosa nell'espressione torva dell'autista gli disse di non provare nemmeno a lottare. Uscì dalla macchina e disse: «Cosa sta succedendo?»

«Te l'ho detto. Voglio fare una passeggiata».

«Non mi sento proprio dell'umore adatto, Tom».

Alejandro andò ad aprire la portiera anteriore dal lato del passeggero per Galvin, che scese a sua volta.

Galvin fece il giro della Suburban e mise un braccio attorno alla spalla di Danny, per poi camminare con lui verso il cartello di STRADA CHIUSA.

«Cosa riguarda tutto questo, Tom?».

Alla barriera, Galvin si portò davanti a lui, mettendosi tra un paletto e un rotolo di nastro di plastica arancione per delimitare la strada che pareva gettato semplicemente lì. Danny si guardò alle spalle e vide Alejandro in piedi accanto alla macchina, in attesa.

Con riluttanza, seguì Galvin.

Poco più avanti vide che la strada montana girava con un angolo molto stretto.

«Voglio che tu veda uno dei miracoli di Dio», disse Galvin. Si abbassò, prese un sasso e lo tirò.

Danny non lo udì cadere.

Quando svoltò, vide perché. La strada non era più una strada. Era diventata uno stretto costone che correva lungo il lato di un dirupo roccioso e frastagliato.

Un dirupo che scompariva a strapiombo nel nulla.

La parete del canalone sotto il sentiero era una caduta dritta e a picco, praticamente perpendicolare. Pareva come se una mensola fosse stata intagliata nel versante roccioso. Non riusciva a capire come un piccolo fuoristrada potesse far entrare tutti e quattro gli pneumatici su quella strada a una sola corsia. O come un'auto che arrivasse dalla direzione opposta potesse riuscire a passare.

Non c'era nessun guardrail. C'erano chiazze di neve e ghiaccio.

Il cuore cominciò a martellargli in petto.

Galvin indossava degli stivali Timberland, Danny delle semplici scarpe da ginnastica. Non ci sarebbe voluto molto perché scivolasse sul ghiaccio o sul costone ricoperto di detriti, per poi precipitare per centinaia di metri nel crepaccio.

Probabilmente il corpo non sarebbe stato recuperato fino a primavera. La ricostruzione sarebbe stata chiara: un escursionista venuto da fuori, inesperto e da solo.

Uno sfortunato incidente.

"Sta per uccidermi", si rese conto Danny.

Era perfetto.

Galvin gli fece cenno di venire avanti. Il suo volto era fosco. «Andiamo. Vieni».

«Posso vedere bene da qui, in effetti».

«Andiamo. Non ti lascerò cadere».

«Vedo benissimo da qui».

«Questo è il mio posto preferito al mondo».

«Sì, è bello».

«No, Danny boy. Non è "bello". Vieni qui. Devo chiedere ad Alejandro di *portarti*?».

Danny esitò, ma solo per qualche secondo. Un litigio sul crinale di un dirupo sarebbe stato rischioso per Galvin, anche se non come per Danny. Ma Danny era determinato a opporre resistenza. Se doveva finire nel dirupo, Galvin sarebbe andato con lui.

Ripensò a quel vecchio film di Hitchcock in cui Joan Fontaine era convinta che Cary Grant stesse tentando di ucciderla. Lui le portava un bicchiere di latte, e Hitchcock ci mise dentro una piccola lampadina a batteria per farlo brillare in modo sinistro, per trasformare qualcosa di rassicurante in qualcosa di spaventoso.

Forse Joan Fontaine si stava immaginando tutto, ma Hitchcock si assicurò che gli spettatori condividessero il suo sospetto.

La vista sul canyon era davvero notevole: il cielo azzurro cristallino con sbuffi di cirri, le foreste di pini come setole irte che ammantavano le falde, le depressioni e le increspature del versante montano, l'immacolata cascata che ribolliva molto più in basso.

Il vento ululava e mordeva.

«Quella là sotto è la Zuppiera del Diavolo. E quella è la Collinetta crestata. Immagina di guidare lì, eh?».

Danny esitò per qualche secondo. «Da morire dal divertimento, scommetto».

Galvin rise di nuovo, un suono netto e sguaiato. «Questa è una vecchia strada per carri, costruita per collegare un paio di cittadine minerarie. Fu scavata nella montagna oltre cent'anni fa. Io ci ho guidato e, lascia che te lo dica, è un'esperienza da farti stringere le chiappe».

Restarono lì in silenzio per un lungo momento. Galvin sul bordo del dirupo e Danny ad alcuni metri di distanza, non abbastanza lontano per i suoi gusti.

«Non fare questo, Tom».

Galvin non replicò. Passò un altro lungo momento di silenzio. Forse fu solo un minuto, ma parvero quattro o cinque.

Poi Galvin disse: «So che sei andato dietro la montagna e hai visto che non stavo sciando. Mi hai visto con qualcuno».

«Sono stato colpito in testa. Non ricordo nulla».

Galvin inspirò ed espirò. «Sai dei parsi in India e cosa fanno quando muoiono?».

Danny scosse il capo.

«I parsi credono che terra, fuoco e acqua siano elementi sacri che non devono mai essere contaminati. Perciò proibiscono la sepoltura o la cremazione».

«Cosa fanno invece?»

«Portano i corpi dei loro cari in un posto che chiamano "torre del silenzio" e li mettono su una lastra di marmo affinché li mangino gli avvoltoi. Un paio d'ore dopo, gli avvoltoi sono grassi e felici e la carne non c'è più».

«Lasciano solo le ossa».

«Che vanno a nutrire il suolo, penso. Non mi ricordo. Comunque, un po' di tempo fa, gli avvoltoi in India cominciarono a estinguersi. Si scoprì che gli ospedali del Paese stavano somministrando degli analgesici ai pazienti. Analgesici che sono tossici per gli avvoltoi. Perciò uccidi il dolore negli umani e uccidi gli avvoltoi». Fece una pausa. «Ma noi abbiamo bisogno degli avvoltoi».

«Il cerchio della vita».

«Come questa strada, in un certo senso. Puoi essere il miglior pilota professionista del mondo, ma basta un errore e cadi giù. Oppure può esserci una frana. O un solo macigno che ti cade addosso. O ti si inumidiscono i freni. Fai tutto giusto, ma c'è sempre un fattore che non puoi controllare».

«A cosa vuoi arrivare, Tom?»

«Devo raccontarti tutto», disse Galvin. «Sono in guai seri».

50

«Che genere di guai?», chiese Danny. Avvertì che il suo corpo iniziava a rilassarsi.

«Hai mai pensato di scomparire? Intendo diventare completamente irreperibile».

Danny annuì, non sapendo cosa dire.

«Scomparire per sempre», proseguì Galvin. «Lasciarti tutto alle spalle. Liberarti da questo groviglio mortale. Cancellare le tue impronte digitali e andare in qualche posto tipo Belize, Madagascar o Nuova Zelanda e ricominciare».

«Certo», disse Danny lentamente. «A volte». Ma ebbe la sensazione che Galvin non stesse parlando in senso ipotetico. «Naturalmente, è probabile che oggi non sia più così facile da fare. Con tutto quanto online e il resto…».

«Ci sono libri su come farlo. Gente specializzata. Ci ho pensato parecchio. Sei fuori in barca, scivoli e cadi oltre la murata, e il tuo corpo non viene più trovato».

«Mentre tu sei vivo e te ne stai in Madagascar».

«Una cosa del genere».

«Una fantasia, certo. Ma non puoi farlo. Hai moglie e figli. Abbiamo persone che dipendono da noi».

Danny si voltò a guardare Galvin, ma questi sembrava scrutare nell'abisso. «Tom», disse Danny piano. Rimase in silenzio per qualche secondo. «Sembra quasi che tu abbia intenzione di ucciderti».

«Ricordi quando ti ho detto che sono semplicemente un fortunato figlio di puttana?».

Un sorriso, ma non di contentezza, gli increspò le labbra. Danny osservò e attese. Tom stava ancora fissando l'abisso spalancato sotto i loro piedi. «Cerca sul dizionario *nel posto giusto al momento giusto* e vedrai la mia foto, non è così? Be', la mia fortuna alla fine è terminata».

Danny annuì. «La tua fortuna... con cosa? Denaro? Affari?».

Tom scosse il capo. Il vento ululò. A Danny fece dolere guance e orecchie.

La sua mente stava andando a mille. Tom Galvin aveva intenzione di rifilargli qualche menzogna elaborata per spiegare quello che aveva visto? In effetti, non aveva visto nulla più di un incontro, due uomini in un capanno sul versante della montagna. Galvin, però, sembrava turbato per qualcosa, in estrema difficoltà.

«Circa vent'anni fa», disse, «mi recai a Cancún per indagare su un'opportunità di investimento nella Playa del Carmen. Un paio di uomini d'affari messicani avevano un progetto per un lussuoso complesso turistico all'avanguardia sulla costa maya vicino Tulum. Pensavo che il loro piano di investimento fosse ottimo e il luogo era perfetto. Il partner principale era questo tizio di nome Humberto Parra Fernández y Guerrero». Galvin pronunciò il nome rapidamente e in modo fluente nel suo spagnolo da madrelingua. Rimase in silenzio per un lungo momento. «Quel tipo pareva impaccato di soldi. Qualcuno mi disse che un tempo era stato il governatore dello Stato di Michoacán, prima di mettersi in affari. Suppongo che sia un modo per arricchirsi in Messico: farsi eleggere a una carica pubblica e poi stringere un bel po' di accordi».

Danny annuì.

«Così Fernández e i suoi soci bevvero vino e cenarono con me, e mi fecero divertire. Sapevano che lavoravo per una delle maggiori società di fondi comuni, perciò rappresentavo un centinaio di miliardi in termini di risorse. E parevano volere davvero che investissi parte di quel denaro».

«Okay».

«Tornai a casa. Dissi ai miei capi che avevamo messo le mani su qualcosa che poteva fruttarci un bel gruzzolo. Li convinsi a realizzare l'investimento. Un mese dopo tornai a Playa del Carmen e siglammo l'accordo». Fece una pausa. «Per i messicani la famiglia è importantissima, lo sai? Fernández mi invitò a cena con sua moglie e sua figlia. La sua bellissima figlia».

Danny sorrise. «Celina».

«Le chiesi di unirsi a me per cena il giorno dopo e tra noi ci fu da subito un'intesa perfetta. Perdemmo la testa l'uno per l'altra. Rimasi in Messico e cominciammo a frequentarci. Ci innamorammo davvero. La prima volta che la incontrai, parlavo un po' di spagnolo da liceo, ma, diamine, come imparai la lingua». Rise mestamente. «Una volta tornato a Boston, cominciai a inventare ragioni per tornare in Messico. Dovevo vederla. Non riuscivo a smettere di pensare a lei. Lina volava a Boston oppure ci incontravamo qui, ad Aspen, oppure andavamo a New York per un fine settimana. Quattro mesi dopo ci sposammo».

«Be', immagino che suo padre vide in me qualcosa che gli andava a genio. Ero diventato parte della famiglia, ma non era quello il motivo principale. Vide che avevo una buona testa per gli affari. Ero un giovane rampante e questo gli piaceva. Mi diede del denaro tutto mio da investire – mezzo milione di dollari americani –, non con la Putnam, e immagino che li sfruttai bene. Più che bene. Buon tempismo, buone scelte e quant'altro, e in cinque mesi li avevo più che raddoppiati. Così mi diede altro denaro». Scrollò le spalle e si voltò verso Danny. «Che posso dire? Quando sei forte, sei forte. Non li raddoppiai di nuovo in cinque mesi, ma battei facilmente il mercato. Diceva che nessuno in Messico andava nemmeno vicino a quello che stavo facendo. Presto divenne uno dei miei maggiori clienti privati».

«E poi un giorno gli dissi che stavo pensando di lasciare la Putnam e mettermi in proprio, avviare una mia società di gestione di investimenti, e lui disse che aveva una proposta per me. Aveva cento milioni di dollari da farmi investire».

«Cristo».

Galvin annuì lentamente, come ricordandosi il suo stesso stupore. «Disse che avrebbe visto quali risultati avrei ottenuto dopo un anno e che, se avessi continuato come prima, ci sarebbe stato di più. Molto di più».

«Straordinario. Perciò non era solo ricco, era *super*-ricco».

Galvin fece un bizzarro movimento con la testa, per metà annuendo e per metà inclinandola, e scrollò le spalle. «O così pensavo. Ma il denaro era accompagnato da una sola condizione. Lui doveva essere il mio *unico* cliente. Dovetti acconsentire a non investire altro denaro tranne il suo. Perciò avevo questa enorme decisione da prendere. Lasciare la Putnam e andarmene per conto mio con un solo cliente? Che guarda caso era mio suocero?». Si voltò lentamente e disse: «Camminiamo, okay?».

Danny seguì Galvin lungo il centro della strada. Era lievemente convessa e digradava verso il bordo esterno. La superficie era fatta di terra e ghiaia, incrostata di neve e ghiaccio, disseminata di detriti di macigni frantumati.

Galvin indicò qualcosa. «Se guardi laggiù, puoi vedere la vecchia città mineraria. È una città fantasma ora».

«Hai davvero guidato per questa strada?»

«Certo».

«Non con la Suburban, però... L'interasse è troppo lungo».

«No, avevo una vecchia Land Rover Defender 90».

«Amo quei trabiccoli».

«Mi manca».

«Ma questa non la definirei una strada».

«No, qui no. È a malapena una pista. La guardia forestale vuole chiuderla. Perdono troppi turisti». Diede un calcio a una roccia e la mandò oltre il bordo. Quella rotolò follemente giù per il pendio, accelerando, poi fu scagliata in aria e piombò giù nel torrente.

Danny non riuscì a sentire il rumore della caduta. Era troppo distante.

«Perciò naturalmente hai accettato l'accordo», lo imbeccò Danny.

«Ecco come stavano le cose. Allora erano cinque anni che lavoravo per la Putnam, e guadagnavo sui trecentomila, forse trecentocinquantamila. E pensai, perché diavolo dovrei farmi il culo a lavorare per quattro soldi quando posso ottenere cifre importanti?»

«Certo». Danny trasalì dentro di sé – trecentocinquantamila dollari non gli sembravano quattro soldi –, ma non disse nulla.

«Ero stanco di essere un sottoposto. Di lavorare per degli idioti in una gigantesca macchina burocratica. L'unico motivo per cui continuavo a star lì era che si trattava di un lavoro sicuro. E, voglio dire, se vuoi il posto sicuro, tanto vale andare a lavorare all'ufficio postale».

«Certo».

«Lì, finalmente, avevo la possibilità di dimostrare le mie doti. Mettermi in gioco ogni singolo giorno. Mi feci due conti. E capii che, gestendo un fondo per conto mio, avrei fatto due più venti: due percento di quota di gestione, venti percento del profitto, giusto? Supponendo di guadagnare il venti percento e di non sperperare soldi per uffici troppo eleganti e tutto quanto, mi sarei portato a casa cinque milioni. *In un anno*, Danny. Cinque milioni di dollari al mio primo anno».

«Niente male per il figlio di un idraulico di Southie».

«E considera questo: nella peggiore delle ipotesi, se avessi fatto casino e avessi *perso* soldi, mi sarei comunque messo in tasca un milione di dollari! Come potevo dire di no?»

«Non potevi».

«Non potevo. Sarebbe stata una fesseria».

«Ma tu mi sembri il tipo che fa sempre i propri controlli prima di un progetto».

Galvin lo guardò, sorpreso di trovare Danny un passo avanti, poi gli rivolse un sorriso scaltro. «Sei davvero un figlio di puttana sveglio, eh? Ma ascolta, questi sono i fatti: un tizio ti offre cento milioni di dollari con cui giocare, la possibilità di mettere su il tuo negozio, quanti controlli vuoi fare? Pensi davvero che la Putnam o la Fidelity chiedano a tutti i loro investitori come hanno fatto i soldi? È così?»

«Certo che no».

«A ogni modo, il primo anno superai la S&P di otto punti. Mio suocero era felice. I suoi soci erano felici».

«I suoi soci?»

«A quanto pare, il padre di mia moglie non era un comune imprenditore». Esitò un attimo. Guardò Danny. Attese qualche altro secondo.

Forse voleva essere teatrale. O forse sapeva che, una volta che lo avesse detto a Danny, nulla sarebbe stato più lo stesso.

Galvin esalò un respiro. «A quanto pareva, stavo lavorando per un cartello della droga messicano».

PARTE QUARTA

51

Quando la cosa venne finalmente allo scoperto, Danny rimase sorpreso da quanto sembrava realistica. Non sorprendente.

E che sollievo era sentirlo confermare.

«Wow», disse Danny piano.

Il suo tono era abbastanza stupefatto da essere convincente? Sperava di sì. Dopotutto non era così forzato. Era stupito che Galvin avesse appena rivelato qualcosa di tanto esplosivo, di tanto pericoloso. Che si fidasse di Danny a tal punto da dirglielo.

Ma la questione rimaneva ancora: *perché* stava parlando di quello?

«Il padre di Lina era quello che si può definire un *pez gordo* nel cartello di Sinaloa. Un pesce grosso. Un jefe. Immagino che fosse una specie di loro responsabile finanziario».

«Fino a quando ne sei stato all'oscuro?»

«Avevo intuito fin dall'inizio che ci fosse qualcosa sotto. Ma, come ho detto, non feci controlli approfonditi. Forse non volevo sapere». Galvin corrugò la fronte e si accigliò mentre parlava, come se farlo lo addolorasse.

«Mi stai dicendo che... ricicli denaro per il cartello?»

«No», rispose Galvin in tono deciso, quasi con disgusto. «Io non *riciclo denaro*».

Il suono distante di un motore che si avviava, forte e rombante. Era distante, ma sembrava provenire da dove avevano parcheggiato. Galvin si voltò. Non sembrava affatto la Suburban. Forse era solo un camioncino di passaggio.

Galvin rivolse a Danny un'occhiata rapida e perplessa, ma poi riprese a camminare nel mezzo del sentiero e Danny lo imitò.

«Non hanno bisogno di me per quello, comunque. Hanno grosse banche per il riciclaggio».

«In Messico?»

«Qui. In Inghilterra. Dappertutto. Puoi googlare la HSBC di Londra e la Wachovia negli Stati Uniti. Casi famosi».

«Allora cosa volevano da te?»

«Il proprio gestore di denaro. Il proprio investitore di capitali».

«Era il *cartello* a volerlo?».

Galvin annuì. «Il padre di Lina era un tipo sveglio. Vedeva tutto il contante che stavano realizzando: milioni di dollari all'anno, e per la maggior parte se ne stavano in magazzini o rinchiusi dentro delle valigette. E si domandava perché non potessero farci qualcosa con tutti quei soldi. Investire in proprietà immobiliari, in catene di ristoranti o nel mercato azionario. Farli fruttare, giusto? Era per quello che mi volevano».

«Perché mi stai raccontando questo?».

Galvin camminò ancora un poco, come se non avesse sentito.

«Tom», disse Danny.

Infine Galvin si fermò. Era lì, vicino a Danny. «Non posso tenere una conversazione privata a casa. Ci hanno messo delle cimici. Anche a Boston. Tengono sotto controllo le mie telefonate. Leggono le mie e-mail. Qua fuori non c'è campo per i cellulari, perciò niente congegni d'ascolto».

«Il cartello, intendi? Ti monitorano perché non si fidano di te?»

«Oh, no, non è nulla di personale. Non si fidano di nessuno. Vogliono assicurarsi che non cooperi con l'FBI o la DEA, che non li tradisca. Gestisco due miliardi di dollari di loro proprietà. Devono essere cauti».

«Penso che sia tu quello che si dovrebbe preoccupare davvero. Potresti andare in prigione».

L'espressione di Galvin era imperscrutabile.

«La tua macchina è… sicura? Per parlarci, intendo?»

«Non a Boston. Questa l'ho noleggiata, perciò non hanno avuto il tempo di predisporla. Ma l'autista ascolta».

«Il tuo autista...?»

«Lavora per loro, non per me. Non è solo una guardia del corpo: mi sorveglia anche. Manette dorate, Danny. Manette dorate».

«Ma... ancora non capisco perché mi stai dicendo tutto questo».

«Perché so che hai visto certe cose, e non voglio che tu ficchi il naso in giro e faccia domande. Per il mio bene, e anche per il tuo. Mi hai visto sulla montagna. Non so cos'altro hai visto, ma voglio proteggerti». Si fermò a guardare un falco, nero con un becco giallo e una coda a strisce bianche, che planava nel vento, inclinandosi, scendendo in picchiata in cerca della preda. «E c'è un altro motivo. Sarò sincero, sono spaventato da morire e non so con chi altro parlare».

Sorpreso, Danny lo guardò. La faccia di Galvin era tesa e stropicciata.

«Spaventato per cosa?», chiese.

«Capisci che non lo puoi dire a nessuno? Non posso sottolinearlo abbastanza. Per il tuo bene. E per quello di Abby».

Danny annuì. Sentir menzionare Abby gli fece torcere le viscere.

«I cartelli hanno fonti tra le agenzie governative degli Stati Uniti che non riusciresti a immaginare. In particolare la DEA: quel posto brulica di talpe. Un paio di settimane fa, il cartello ha ottenuto un rapporto interno della DEA su un nuovo informatore. Qualcuno che stava fornendo alla DEA informazioni estremamente dettagliate sul cartello di Sinaloa. Nomi di contatti negli Stati Uniti, numeri di cellulare, indirizzi e-mail. Il nome di una compagnia di logistica che io ho aiutato a creare e che usiamo come copertura, soprattutto per spostare in giro i contanti. Informazioni che potevano provenire solo da me, hanno stabilito».

Danny deglutì forte. Sentì un sapore amaro, metallico.

«Perciò hanno passato al setaccio il mio ufficio. La casa, le mie macchine, perfino l'aereo. Tutto quanto».

«E?»

«Sulle prime hanno pensato che l'informatore dovesse essere Esteban, il mio autista».

«Esteban? Ma perché?»

«Non ne sono del tutto sicuro. Ma hanno detto che doveva essere qualcuno che aveva accesso all'ufficio di casa mia. Non l'ufficio in centro. Ho quasi cento persone che lavorano per me, ma a quanto ne sanno, lavorano per una società familiare. Io sono l'unico a sapere la verità. Sono l'unico in contatto con i capi del cartello. Sono l'unico che ha i loro indirizzi e-mail e i numeri di cellulare personali. Perciò doveva trattarsi di qualcuno che aveva accesso al mio computer di casa o al mio BlackBerry».

«Ed è questo il motivo per cui hai dovuto licenziarlo?»

«Danny, la verità è che *io* non l'ho licenziato. Te l'ho detto, non lavorava per me. Lavorava per loro. Un giorno... non c'era più e basta. Sono quasi certo che l'abbiano ucciso».

Danny chiuse gli occhi. L'immagine di Esteban, mutilato in quella maniera tremenda, gli ritornò alla mente. «Wow», disse infine.

«Sai che tipo di pacchetto pensione offrono questi ragazzi? Un viaggio di sola andata con tanto di spese pagate nella trituratrice. Capito? Ma non è bastato a fermare la perdita. Le informazioni hanno continuato a uscire». Fece una lunga pausa. «Adesso pensano che sia io».

«Intendi che il tuo stesso suocero ti farebbe eliminare?».

Galvin scosse il capo. «Chissà. Avrebbe potuto, se fosse ancora in vita. Ma se n'è andato qualche tempo fa. Ha avuto un infarto dieci, dodici anni fa».

«Perciò non hai più un protettore».

Galvin annuì.

«Ma perché diavolo non collabori *tu* con la DEA?».

Galvin rimase in silenzio per un lungo momento. Pareva a disagio. Come se ci fosse qualcosa che non riusciva a convincersi a dire. Dopo qualche secondo si strinse nelle spalle. «È quella la loro teoria. Credono che abbia stretto un accordo. Che stia cooperando con la DEA per restar fuori di prigione. Che li abbia venduti per salvarmi il culo».

«Ma... ovviamente è ridicolo». Danny scosse il capo.

Gli occorse tutto l'autocontrollo di cui disponeva per mantenere la facciata. Dentro di sé era devastato dalla colpa. Danny era l'informatore della DEA la cui esistenza era stata rilevata in qualche modo, facendo scattare l'allarme al vertice del cartello di Sinaloa. E mentre Galvin si confessava, rivelando i suoi più profondi e oscuri segreti, Danny non diceva una parola.

E allo stesso tempo stava mettendo in pericolo Galvin e tutta la sua famiglia.

Tom Galvin, un amico. O era un'esagerazione? Forse non lo erano stati prima, ma erano diventati amici, una specie, almeno per quanto gli uomini della loro età erano capaci di farsi nuovi amici. Danny doveva sedersi. Da qualche parte, ovunque. Il cuore gli batteva all'impazzata.

Discusse con se stesso. Si disse che non aveva avuto altra scelta che cooperare con la DEA. Era stato messo all'angolo, ricattato. Non aveva rivolto nemmeno un pensiero a Galvin, in quel momento. Lo conosceva a malapena.

Ma ciò non lo faceva sentire meglio.

«Non è ridicolo?», disse Galvin. «Lo faccio da così tanto tempo. Quanto basta perché la DEA possa conoscere a fondo le mie attività. E mettermi in trappola. Costringermi a voltare gabbana. Sembra una follia, giusto?»

«No», ammise Danny. «Ma non è vero».

«Certo che no. Ma era il motivo dell'incontro qui ad Aspen. L'hanno preteso loro. Non mi contattano quasi mai di persona: troppo rischioso. Quello con cui mi hai visto sulla montagna quando mi hai seguito è il loro capo della sicurezza del Nord America».

«Può entrare nel Paese?»

«È naturalizzato americano».

«Be', non ti hanno ucciso. Hanno solo parlato. Questo deve pur voler dire qualcosa, giusto?»

«Significa o che non sono *sicuri* che la fonte sia io – troppe informazioni contraddittorie – oppure che gli servo vivo ancora per un po'. Scommetto più sulla seconda teoria. Vogliono che trasferisca risorse e fornisca registri finanziari. Finché non l'avrò fatto, sono troppo prezioso per loro. Poi la trituratrice».

«Cristo, Tom, io...». Danny si ritrovò a tormentarsi, a litigare con se stesso. Non riusciva a mantenere quella menzogna. Non poteva farlo al suo amico.

«Perciò, mentre ci incontravamo, Alejandro stava pattugliando il settore nord, ed è stato allora che... be', ovviamente non ti ha riconosciuto. Suppongo che te lo ricordi».

Danny annuì. Galvin pensava che avesse visto Alejandro in faccia. Non aveva senso fingere altrimenti.

«Mi dispiace», disse Galvin. «È stato un errore stupido. Non appena ho visto la tua faccia, ho detto loro che mi avevi seguito ingenuamente per il versante posteriore della montagna. Il che è vero».

Fece una pausa. Danny annuì.

«Praticamente ho garantito per te e loro hanno accettato la mia parola. Per il momento, almeno. Ma abbiamo dovuto interrompere l'incontro e chiamare aiuto».

«Suppongo di essermi trovato nel posto sbagliato al momento sbagliato», disse Danny.

«Sarebbe potuta finire molto diversamente. Per fortuna non è andata così».

Danny annuì a disagio. «Per fortuna».

«Danny... c'è una cosa che devo chiederti. Per me... è davvero importante».

Danny si voltò e vide che sul volto di Galvin era calata un'ombra... Era sofferenza? Sulle prime non capì, perché non l'aveva mai visto così prima, ma Galvin era sopraffatto dall'emozione. «Ma certo... Di che si tratta?»

«Ascolta... se dovesse capitare qualcosa... a me, a me e a Celina...». Tacque.

Danny annuì, incoraggiandolo ad andare avanti.

«Mi prometti... mi prometti che ti prenderai cura dei miei figli? In particolare di Jenna?»

«Be', voglio dire... ehm, certo...».

«Danny, ne ho bisogno. Ho bisogno di sapere. Non ho nessun altro a cui rivolgermi».

52

Mentre percorrevano la strada lungo il dirupo per tornare alla macchina, Danny si sentiva stordito, frastornato.

Guardò alla sua sinistra, verso il crepaccio. Qua e là la parete di roccia frastagliata era spolverata di chiazze di ghiaccio e neve fine. Quella vista gli diede le vertigini.

«Okay», disse Danny, poiché non sapeva cos'altro fare. Annuì. Galvin era in trappola proprio come lui.

«Amico?».

Danny si voltò. Galvin stava guardando giù.

«Danny, mi sto fidando di te come non mi sono mai fidato di nessun altro in vita mia. Solo poterne parlare è un sollievo. Sapere che posso fidarmi di te».

Le parole di Galvin lo trafissero. Danny era quasi sopraffatto dalla colpa. Tutto ciò che riuscì a dire fu: «Ma certo».

La Suburban era parcheggiata nello stesso punto di prima. Ma Alejandro non era dietro il volante. Galvin si fermò a circa tre metri di distanza e si guardò attorno con cautela.

«Che diavolo...?», borbottò.

La macchina era lì, ma non l'autista.

«Forse è andato a fare una pisciata?».

Galvin, che aveva un'espressione affranta, scosse il capo.

Danny fece un paio di passi. Il terreno davanti alla Suburban era macchiato di scuro, un grande ovale irregolare come una macchia d'olio. I cumuli di neve e i solchi incrostati di ghiaccio erano chiazzati di rosso. Sparsi qua e là c'erano pezzetti e strisce di carne di color rosso vino e fili aggrovigliati e untuosi di un giallo malsano.

Pareva il pavimento di un mattatoio industriale.

Danny sussurrò «No», si avvicinò e vide una carcassa per terra, troppo piccola per essere umana. Il corpo di un animale orribilmente massacrato. Un cane o una volpe, forse?

Galvin seguì Danny sul lato anteriore della Suburban con aria perplessa; Alejandro doveva averla spostata mentre li aspettava. «Che diavolo è questo?».

Cosa ancora più strana, la carcassa pareva essere stata legata lì davanti. Attorno al dorso dell'animale era stato avvolto il cavo di un verricello in acciaio inossidabile, a sua volta assicurato a un uncino in ferro zincato, collegato al gancio di rimorchio sotto il paraurti anteriore.

L'animale si mosse. Era ancora vivo.

Danny guardò Galvin, che improvvisamente si piegò in avanti e vomitò rumorosamente.

«Cristo», disse Danny avvicinandosi di un altro passo.

Una volta fuori dall'ombra, la carcassa cominciò ad assumere una forma più riconoscibile. In effetti, era troppo piccola per essere un corpo umano; era lunga forse la metà di un corpo, e in quel momento fu chiaro perché.

Uno sbuffo e un ansito, poi un verso acuto, l'uggiolio di un animale.

Danny seppe che non avrebbe dimenticato mai più quello che stava vedendo.

Qualcosa si dibatteva sul terreno intriso di sangue, qualcosa di attaccato all'animale, e vide delle dita, dita umane, che si contraevano e si agitavano.

«Oh, Dio del cielo», sussurrò Galvin. Allungò la mano verso la maniglia della portiera dal lato del guidatore, si piegò in due, poi si sforzò di afferrare la maniglia per raddrizzarsi.

Anche Danny vomitò e quel verso gli riempì le orecchie mentre restava a fissare intontito quelle dita che si muovevano come granchi.

Galvin aprì la portiera con uno strattone. Nel frattempo stava annaspando, vomitando e gemendo. «Mio Dio, mio Dio», disse più e più volte.

Galvin si portò sul lato anteriore della macchina con una pistola nera in mano. Tolse la sicura, azionò il carrello come un cacciatore esperto, poi premette il grilletto e sparò al suo autista in testa. Finalmente, grazie a Dio, quelle dita smisero di contrarsi.

53

Danny capì cos'era successo.

La sua comprensione giunse a ondate. Dettagli isolati si allinearono e si riallinearono in nuovi schemi come un caleidoscopio che girava.

A tre metri dalla griglia del radiatore della Suburban, le tracce di pneumatici di un veicolo molto più grosso solcavano il terreno in profondità. Era lì che l'altro mezzo doveva essersi fermato per poi partire, con le gambe di Alejandro legate al paraurti posteriore. Doveva essere stato imbavagliato, cosicché né Danny né Galvin lo avevano sentito urlare.

Sapeva dalle sue ricerche su internet che quello che era appena successo era un tipo di esecuzione che i cartelli della droga messicani in certi casi prediligevano.

Si domandò se i cartelli sapessero che stavano replicando una delle esecuzioni più macabre del periodo medievale, riservata a coloro che venivano ritenuti colpevoli di alto tradimento. Una volta aveva letto di un francese di nome François Ravaillac, che aveva assassinato re Enrico IV di Francia, motivo per cui era stato punito in una maniera particolarmente cruenta. Ciascun arto era stato legato a un cavallo diverso in Place de Grève. Poi i cavalli erano stati frustati perché corressero in quattro direzioni diverse, facendolo letteralmente a pezzi. L'avevano squartato.

I cartelli della droga messicani preferivano la rapida efficienza di due macchine o camioncini da far accelerare in direzioni opposte, però. Non avendo la chiave della Suburban, ovviamente avevano usato il loro veicolo.

Ma era stato sufficiente.

«Dobbiamo sbarazzarci del corpo», disse Galvin. «Non abbiamo scelta». Si guardò attorno frenetico, puntando l'arma. «Non possiamo coinvolgere la polizia». Anche Danny si guardò attorno. Chiunque avesse fatto quello scempio poteva essere ancora nei paraggi. Non vide nessuno.

Galvin gli fece cenno di avvicinarsi. Danny si mosse come un sonnambulo, come ipnotizzato. Lentamente, come se stesse guadando uno stagno.

La metà inferiore del corpo di Alejandro era stata gettata su un cumulo di neve a una certa distanza lungo la strada. Galvin fece cenno a Danny di raggiungerlo. Danny seguì l'ampia scia di sangue sul terreno che era sgorgato dalle gambe e dal torso smembrati dell'uomo.

Avvolto attorno a piedi e caviglie c'era un altro cavo d'acciaio, anch'esso attaccato a un uncino di ferro zincato. Ai piedi aveva stivali di pelle nera. Sulle gambe i pantaloni del completo. Sopra la cintura penzolavano viscere luccicanti.

«Oh, buon Dio», disse, e vomitò di nuovo.

«Hai dei guanti?».

Danny scosse il capo.

«Nemmeno io. Dobbiamo...». Galvin si sporse in avanti e afferrò l'uncino, che era ricoperto di sangue. Cercò di sollevare l'uomo maciullato, ma era troppo pesante. Invece, con uno sforzo coordinato, lo trascinò sul terreno come se fosse un quarto di manzo, verso la strada lungo il dirupo. Aveva la bocca serrata, il volto teso.

«Vuoi buttarlo giù?», chiese Danny.

Quando Galvin non rispose, Danny chiese: «Perché?»

«Per gli avvoltoi, dannazione a loro», disse Galvin.

Danny lo guardò. Stava stringendo i denti per lo sforzo. «Almeno rallenterà l'identificazione del corpo».

«Qualcuno vedrà tutto quel sangue e... e chiamerà la polizia».

«Per fortuna sta nevicando. Forse la neve coprirà le tracce. Ci procurerà un po' di tempo. Tu prendi l'altra...». Galvin indicò con il capo in direzione della Suburban, verso quello spettacolo orrendo che poco prima era stato testa, mani e torace del suo autista. Era passato rapidamente da uno stato quasi catatonico al pieno controllo della situazione.

In qualunque altra circostanza, Danny si sarebbe rifiutato. Nascondere un crimine voleva dire essere implicato. Ma ora assentì senza una parola. Andò sul lato anteriore della Suburban e si abbassò per staccare il gancio dal paraurti.

«Oh, buon Dio», disse Galvin, distogliendo lo sguardo dal torace. «Gli hanno inciso una Z».

«Una Z? Che cosa significa?».

Ma Galvin si limitò a scuotere il capo.

Le ombre proiettate sulla montagna erano diventate più lunghe e definite e un blu notte aveva ammantato fenditure e cavità. Le sporgenze e i promontori erano immersi in una luce ambrata. Il sole era basso nel cielo, un grosso globo arancione contro il blu sempre più scuro. Sopra di esso, strie, nastri e volute di nuvole, color bianco e color carbone, sembravano illuminate dall'interno. Dal lato opposto al sole, la stretta macchia rosa dell'enrosadira scintillava sulle cime.

La temperatura era scesa.

«Dobbiamo andarcene da qui. Andarcene da Aspen, intendo».

«Chi? Tutti quanti?»

«Tutti quanti, certo. Tornare a Boston».

«Credi che… le donne siano in pericolo?»

«Forse. È possibile».

«Come glielo spiegheremo? Tua moglie…? No, certo che lo sa».

«Diremo loro che a Boston è stata appena convocata una riunione urgente, che devo tornare indietro, e dato che devo andare in aereo, tutti verranno con me. Sarà un peccato interrompere il fine settimana, ma se ne faranno una ragione».

«Le ragazze non saranno contente».

«Chiama la tua fidanzata e dille di fare le valigie», disse Galvin. «Anche la tua roba. E quella di Abby. Di' che dobbiamo partire immediatamente».

54

Galvin notò delle macchioline di sangue sul paraurti e sulla griglia. Tirò fuori un fazzoletto e cercò di pulirle via, ma non ci riuscì. Il sangue si era congelato sul metallo.

«Merda», disse. «Dovremo lavare la macchina con la pompa o cose del genere. Non posso lasciare del sangue che la ricolleghi a me».

«Ho visto un autolavaggio a Carbondale», disse Danny. «Pensi che avremo il tempo di fermarci?».

Galvin fece una smorfia. «No, non proprio. Ma non abbiamo altra scelta».

Dopo che furono saliti sulla Suburban, Galvin si mise al volante e aprì il velcro della tasca sinistra della sua giacca a vento per tirare fuori il telefono.

«Curtis», disse. «Cambio di programma. Ho bisogno del jet rifornito e pronto a partire entro un'ora. Puoi riuscirci?». Una pausa. «E inoltra il piano di volo. Novanta minuti, allora. Va bene. Grazie». Chiuse la chiamata senza guardare il telefono.

Galvin stava guidando come un pazzo. Teneva il volante stretto con tanta forza da sbiancargli le nocche. Alcune volte, su quella stretta strada a tornanti, per poco non andò a sbattere contro il guardrail.

«Cristo, Tom… rallenta».

Galvin non rispose e borbottò tra sé. La macchina sterzò sul lato della strada e colpì un cumulo di neve, poi tornò sulla carreggiata. Danny trattenne il fiato e afferrò la maniglia della porta come sostegno.

«Porca puttana! Cerchiamo di arrivare tutti interi».

Galvin mugugnò: «Ottima scelta di parole». Sospirò dalla frustrazione. «Dobbiamo arrivare a casa, assicurarci che stiano bene. E assicurarci che si sbrighino».

Danny attese fin quando la guida di Galvin non fu meno frenetica, poi chiamò Lucy.

«Cosa ti è successo?», disse lei. «Dov'eri andato?»

«A fare un giro con Tom… Ascolta, Tom ha bisogno di tornare a Boston subito, il che significa che dobbiamo prendere il volo con lui».

«Eh? È successo qualcosa?»

«Deve partecipare a una riunione importante e imprevista. Un'emergenza».

«Noi non possiamo restare?»

«Deve prendere l'aereo».

«Okay, d'accordo. Be', è un peccato. Piccolo, sei sicuro di stare bene? Sembri… non so, diverso, in qualche modo. Dopo quel colpo in testa…».

«È solo la ricezione che fa le bizze. Io sto bene. Torneremo presto… una mezz'ora circa. Solo… sbrigati». E terminò la chiamata.

«Eccolo», disse Galvin, indicando un autolavaggio più avanti sulla destra. Con uno stridore di pneumatici, svoltò da quella parte. Era aperto e non c'erano altri clienti.

All'incirca un minuto dopo, la Suburban salì sul nastro trasportatore per passare attraverso i pannelli in vinile trasparenti dentro il macchinario, con Danny e Galvin all'interno.

Danny ruppe quel silenzio teso. «Cos'è successo laggiù, Tom? È il tuo secondo autista a essere preso di mira. A quanto ne so».

Galvin non disse nulla per alcuni secondi. Pareva distratto, ma forse era solo spaventato. «Te l'ho detto, non sono solo autisti», disse infine. «Sono delle baby-sitter. Sorveglianti messi lì dal cartello. Per controllarmi e per proteggermi. Cosa che li rende anche comodi bersagli».

La macchina si mosse attraverso le tende imbottite, lembi penzolanti di stoffa che percuotevano l'esterno della macchina, frusciando e agitandosi avanti e indietro. L'auto avanzava a quello che sembrava un ritmo terribilmente lento.

«Allora chi è stato? I tuoi capi? Quelli del cartello di Sinaloa?»

«No... Ricordi la Z incisa sul suo... addome? Dice che i responsabili sono Los Zetas».

«Los Zetas? Cosa...?»

«Sono un altro cartello», disse Galvin. «Esistono sette cartelli principali. I giocatori più importanti sono i Sinaloa – i miei – e Los Zetas. Alcuni dicono che Los Zetas siano i più sofisticati, i più pericolosi di tutti. E quello che hanno fatto con il corpo e le due macchine? È il marchio degli Zetas».

«Ma perché mai un cartello rivale prenderebbe di mira il tuo autista?».

Galvin scosse il capo, poi scrollò le spalle. «Non ne ho la più pallida idea», disse guardando Danny, con la paura negli occhi.

Danny pensò ad Alejandro fuori dalla caffetteria quella mattina. Lo aveva visto incontrarsi con il tipo della DEA, Slocum. Naturalmente, Danny non poteva dire nulla al riguardo a Galvin, ma non poté fare a meno di chiederselo: l'omicidio di Alejandro aveva qualcosa a che fare con il suo incontro di quella mattina?

Il BlackBerry di Galvin suonò *Sweet Home Alabama*.

«Dolcezza», rispose lui. «*Querida*». Si lanciò in una rapida conversazione in spagnolo. Danny riuscì a distinguere solo poche parole. *Inmediatamente*. E *protección*. E *peligro*, che sapeva voleva dire pericolo. Parole del genere. Le stava raccontando cos'era appena successo, forse. Le stava dicendo che dovevano andarsene.

Gli ugelli ad alta pressione assalirono i finestrini e i lati della Suburban. Era come guidare attraverso il peggior acquazzone mai visto.

Galvin riattaccò e per parecchio tempo non disse nulla, limitandosi a guardare i getti d'aria calda uscire dagli ugelli su ciascun lato per soffiar via le goccioline, con la forza di una dozzina di asciugacapelli.

«Il mio tempo è scaduto», disse infine. «Devo sparire».

«Sparire?».

«E solo tu e mia moglie potete saperlo».

55

Graciela Arriaga lavorava alla sede centrale della DEA ad Arlington, Virginia, da quasi diciotto anni.

Era un'impiegata dell'Unità di gestione degli archivi. Sapeva che i suoi colleghi la deridevano alle sue spalle, la consideravano priva di senso dell'umorismo, castigata, rigida, troppo ligia alle regole. Una noia mortale. La chiamavano Debbie Downer[17].

La verità era che non era nessuna di quelle cose. Era solo una donna che voleva fare il suo lavoro e farlo bene, farsi i fatti propri, guadagnarsi da vivere ed essere lasciata in pace.

Doveva sostentare in qualche modo una figlia e un nipotino con un salario da impiegata governativa più una misera pensione di reversibilità che la Divisione veterani le pagava per suo marito, Luis, un veterano del Vietnam morto più di un decennio addietro.

Sua figlia, Maria Elena, lavorava al servizio clienti a un Marshalls[18] nel centro commerciale di Snowden Square. Il suo salario netto bastava a malapena per l'asilo nido per il suo bambino di due anni, Jayden, il cibo e i vestiti.

Così Maria Elena e Jayden vivevano nella seconda camera da letto dell'appartamento di Graciela, al quarto piano di un orrendo edificio di mattoni color marroncino su Columbia Road, a Columbia Heights, Maryland. Il figlio di Graciela, Raúl, era in prigione a Hagerstown per aver rubato la macchina di un car sharing.

Graciela non era il tipo che avrebbe mai fatto qualcosa per met-

[17] Personaggio del programma televisivo *Saturday Night Live*, nota per deprimere tutti coloro che le stanno attorno. (*n.d.t.*)

[18] Catena statunitense di grandi magazzini di vestiario e prodotti per la casa. (*n.d.t.*)

tere a rischio il posto di lavoro. Tuttavia c'erano quei problemi monetari. E c'era Tía Yolanda a Mazatlán, la sua terra d'origine, con i suoi nove figli e ventiquattro nipoti. Avevano bisogno che Graciela mandasse loro tutto il denaro che riusciva a risparmiare.

Spesso la vita non lasciava scelte.

Indossando un lungo cappotto gonfio color carbone, con pantaloni grigi e semplici scarpe nere, salì fino al quarto piano, aprì le serrature sopra e sotto e poi il chiavistello centrale. Graciela aveva zigomi alti, portava modesti occhiali neri e un tempo era stata considerata piuttosto graziosa. Adesso si era appesantita.

Il suo gatto soriano, Señor Don Gato, miagolò forte quando lei entrò e le si strofinò contro la gamba. Non era da lui. Molto spesso non si curava nemmeno di alzarsi dal divano.

Graciela annusò l'aria. La lettiera del gatto andava cambiata. Appese il cappotto al gancio alla parete vicino ai pantaloncini da neve di Jayden. Notò con disapprovazione che i piatti erano ancora nel lavandino. Chiedeva sempre a Maria Elena di non lasciar lì i piatti della colazione senza lavarli.

Poi accese la fiamma sotto il bollitore per farsi un tè e scelse la sua tazza preferita dalla credenza: LA MAMMA MIGLIORE DEL MONDO.

«Prepari due tazze, se non le dispiace».

La voce – un morbido timbro baritonale – la colse di sorpresa. Si voltò e vide la sagoma nei recessi in ombra del soggiorno.

«Sa chi sono, vero?».

Lei annuì senza parlare. La tazza le scivolò di mano e cadde con un tonfo sul pavimento di linoleum del cucinino, rimbalzando senza rompersi.

«Spero che abbia qualcosa per me», disse l'uomo.

56

«Di qualunque cosa tu abbia bisogno», disse Danny, «io sono qui».

«Mi serve che tu garantisca per me».

Danny guardò Galvin incuriosito. «Garantire per te? Cosa intendi?»

«Be', senza fare troppi giri di parole, amico: ho bisogno che tu menta alle forze dell'ordine dopo la mia scomparsa. Che mi fornisca un alibi. Quando l'FBI ti interrogherà – e lo faranno, credimi – di' semplicemente che ti ho detto che stavo prendendo un volo per andare a incontrare dei contatti di lavoro in Messico».

«Dove sarai in realtà?»

«Probabilmente è meglio che tu non lo sappia. Belize, all'inizio. Poi da qualche altra parte. Cuba, Venezuela. Forse il Kazakistan, la Croazia o Dubai». Stava guidando in modo meno avventato ora, anche se sempre veloce. «C'è questo remoto villaggio di pescatori in Nuova Zelanda che io e Celina abbiamo scoperto durante la nostra luna di miele. È... è una cittadina dimenticata dal tempo. Sulla costa ovest dell'isola sud, nel mezzo del nulla. Un paesaggio uscito dal *Signore degli Anelli*. Forse una dozzina di antiche case in pietra, colline verdi e ondeggianti punteggiate di pecore. Ti siedi lì a mangiare il miglior *fish and chips* in una capanna in riva al mare. Guardi i delfini giocare e i pescherecci beccheggiare sulle acque più azzurre che tu abbia mai visto».

Danny annuì. «Prenderai il tuo aereo?»

«Proprio così. Ma, come ti ho detto, è a noleggio. Non è mio. Il che significa che devo inoltrare un piano di volo. Cosa che farò, ma sarà falso. Richiederò un particolare pilota e so che coopererà. Mi porterà ovunque gli chieda. Per una valigetta piena di contanti».

«Perciò vuoi che le forze dell'ordine americane pensino che dovevi incontrarti con i capi del cartello e sei stato rapito? Qualcosa del genere?».

Galvin annuì.

«Allora… qual è il tuo piano? Volar via un bel giorno e basta?»

«Più o meno».

«Hai un passaporto falso o qualcosa del genere?»

«No. Ne ho uno vero».

«Non capisco».

«Se conosci la gente giusta e hai il giusto tipo di denaro, puoi comprare un passaporto degli Stati Uniti autentico al cento percento sotto un nome diverso».

«Cristo, Tom. Sei sicuro che sia vero? Non è che è contraffatto, che è contrassegnato in modo da farti arrestare?»

«È assolutamente autentico. Ed è stato parecchio costoso».

Danny tacque per un momento. Nessuno dei due parlò. Poi Danny disse: «Intendi lasciare la tua famiglia?».

Lui annuì. «È per il loro bene».

«Glielo… glielo dirai?»

«Solo a Celina. Sapeva che un giorno sarebbe potuto accadere. Per quanto riguarda i ragazzi e Jenna… non potrei addossare loro questo fardello. Quando verrà il momento, li saluterò come se stessi semplicemente andando via una settimana per affari».

«E poi sparirai e basta».

«Proprio così».

Un altro lungo silenzio. «Non capisco».

«Cos'è che non capisci?»

«Come puoi farlo davvero. Per quanto ami i tuoi ragazzi… e Celina… come puoi giungere a decidere di punto in bianco che non li rivedrai mai più?».

Galvin espirò lentamente. Poi rispose esitando, con insicurezza: «Non posso… Voglio dire… Insomma, considera le alternative! Che il loro padre finisca in prigione per il resto dei suoi giorni? Che venga ucciso dal cartello? E mettendo anche *loro* in pericolo?»

«Allora perché questo è meglio, Tom? Lasciare che i tuoi figli pensino che un bel giorno sei fuggito? O che sei stato rapito e ucciso? Ma senza mai *sapere*?».

La voce di Galvin sembrava stanca, sconfitta perfino. «Col tempo capiranno che me ne sono dovuto andare, che non ho avuto scelta. Forse mi odieranno per questo. Ma sapranno che era l'unico modo per proteggerli. Comunque avranno del denaro in fondi fiduciari. Avranno tutto quello che serve».

"Tutto quello che serve", pensò Danny. Che frase. I ragazzi non avrebbero avuto tutto ciò che serviva loro. Avrebbero avuto denaro, come sempre. Ma il padre un bel giorno se ne sarebbe andato senza lo straccio di una spiegazione. Era difficile pensare a qualcosa di più terribile o doloroso che perdere una madre a causa del cancro, com'era successo a Abby. Ma perdere un genitore senza mai sapere come e perché? Non c'erano parole per descrivere quanto sarebbe stato tremendo.

«Be'», disse Danny piano, «proprio non riesco a immaginarlo».

«Ho avuto venti e passa anni per pensarci su. Anche se questo non rende la decisione più facile».

Danny guardò la pistola di Galvin appoggiata sul divisorio tra i due sedili. Era di un nero satinato e aveva un marchio stampigliato sul lato che diceva R. BERETTA. La prese. Era fredda e più pesante di quanto si era aspettato.

Le armi non gli piacevano particolarmente – lo rendevano nervoso – e non ne possedeva. Ma suo padre gli aveva insegnato a sparare con pistole e fucili al Nauset Rod & Gun Club a Cape Cod. Sapeva come usarne una, se necessario.

«Attento», disse Galvin. «È carica».

Danny annuì. «La sicura è inserita».

«Sai qualcosa di pistole?»

«Abbastanza. Ne hai un'altra?».

Galvin distolse lo sguardo dalla strada, scoccò un'occhiata indagatrice a Danny, poi tornò a voltarsi. «Ce n'è un'altra sotto il tuo sedile. Riusciresti a premere il grilletto se dovessi farlo? Voglio dire, sparare a qualcuno?».

Danny rimase in silenzio per cinque o sei secondi. «Sì», rispose. Deglutì forte. «Adesso potrei».

57

Danny abbassò la mano e tastò qualcosa di piatto e duro. Uno sportello di metallo. Lo aprì. All'interno del compartimento sentì il freddo e liscio rivestimento d'acciaio di un'altra pistola e una scatoletta di cartone. Fece scivolare fuori entrambe. Una Beretta identica. La scatola conteneva proiettili Cor-Bon rinforzati, ad alta velocità e a punta cava; era pesante.

Controllò il caricatore e vide che era pieno. La pistola era carica.

«Che succede se mettono sulle nostre tracce un mucchio di tizi del cartello armati di AK-47?», disse Danny. «Una pistola non sarà di grande aiuto».

«Se mandano qualcuno per me, non sarà quello che chiamano un *fusilado*. Più probabilmente sarà un *tiro de gracia*».

«Traduzione, per favore?»

«Un colpo singolo. Non una squadra di fuoco. Se e quando si arriverà a quello, intendo. Non manderanno un gruppo di scagnozzi con i mitragliatori per ammazzarmi. Non qui. E nemmeno a Boston».

«Perché no? Hanno gli uomini per farlo, giusto?»

«Hanno eserciti. Ma non ne hanno bisogno, non per un tizio solo. E sono limitati dall'ambiente. Da queste parti, un camion pieno di messicani spaventosi con tatuaggi e mitragliatrici Uzi non si confonde così facilmente con i paraggi. E c'è dell'altro. Perfino se volessero uccidermi, non lo faranno subito».

Galvin fece una pausa e Danny lo guardò. Scrollò le spalle. «Non ti seguo».

Galvin si picchiettò il lato della testa con l'indice. «Qui dentro ho troppe cose che a loro servono. Password per conti bancari e altro».

«Il che vuol dire che prima ti tortureranno».

Galvin annuì.

Danny provò un'ondata di disgusto. Cercò di impedire alla sua mente di riprodurre quegli stramaledetti video di decapitazioni e castrazioni che aveva visto su internet.

«Oh, Cristo», esclamò Danny.

«Ma non ho intenzione di dar loro quell'opportunità», disse Galvin.

Danny annuì.

«Per ora, mi servirà solo che tu sorvegli la casa. Dobbiamo portare le donne all'aeroporto e farle salire sull'aereo senza che succeda nulla. E assicuriamoci che Abby e Lucy non abbiano alcun sentore che c'è qualcosa che non va, okay?»

«Farò quello che posso, ma...».

«Sei un buon amico. Nulla di tutto questo ha a che vedere con te. Potresti andartene e basta, se volessi, ma non lo fai. Non so dirti quanto questo significhi per me».

"Se solo sapessi", pensò Danny, ma si limitò a scrollare le spalle.

Mentre si fermavano sul lungo vialetto di fronte alla casa, Galvin disse: «Vedi la finestra sopra il garage?».

Danny annuì.

«Fammi un favore e monta la guardia da quella stanza mentre gli altri fanno i bagagli. Probabilmente è il miglior punto di osservazione. Se vedi qualcuno con un'arma in mano, sparagli».

«D'accordo».

Quando entrarono, Galvin batté le mani come un insegnante di ginnastica e disse: «Andiamo, ragazze. Dobbiamo essere all'aeroporto tra mezz'ora. Meno, se possibile. Dobbiamo sbrigarci».

Le ragazze erano sul pianerottolo, dirette al piano di sopra. «Tutto questo fa schifo», disse Jenna.

«È vero», disse Abby. Indossavano ancora i loro completi da sci, le facce rosee dopo ore passate sulle piste.

«Non abbiamo nemmeno il tempo per una doccia?»

«No».

«E… come si chiama?… Alejandro verrà su a prendere la nostra roba o dobbiamo portarla giù noi?»

«Alejandro non lavora stasera», disse Galvin senza la minima esitazione. «Portate giù la vostra roba e io caricherò la macchina».

«Ancora non hai fatto i bagagli, vero?», chiese Celina a sua figlia. «Di sopra a farli. Ora».

«Ancora non hanno fatto i bagagli?», disse Danny. «Andiamo, Abby, *muoviti*!».

Le ragazze salirono rumorosamente le scale. Celina si diede da fare nella grande stanza principale, raccogliendo oggetti vari che le ragazze avevano lasciato in giro. L'iPad di Jenna, un caricabatterie, lucidalabbra. Non guardò suo marito. Celina non portava il rossetto, oppure era sbiadito, e il trucco agli occhi era sbavato. Aveva gli occhi iniettati di sangue. Aveva pianto.

Lucy non era lì. Probabilmente era di sopra a fare le valigie.

«Andiamo», disse Galvin, seguendo le ragazze su per le scale. Si fermò presso una delle prime porte del lungo corridoio che portava alla camera degli ospiti. Accese la luce. La stanza aveva il debole odore di solvente di una moquette appena installata. Era molto più piccola di quella dove Lucy e Danny avevano passato la notte. Gli unici mobili lì dentro erano un letto a una piazza e mezzo con un copriletto di ciniglia, un paio di comodini e un cassettone. Galvin indicò la finestra.

«Dovresti poter avere una buona angolazione da qui senza stare direttamente sulla traiettoria. Se devi sparare attraverso la finestra, fallo».

«Capito», disse Danny.

Galvin si voltò e uscì rapidamente senza chiudere la porta.

Fari di auto di passaggio spuntarono e poi si allontanarono sulla strada al termine del vialetto. Passavano al ritmo di una macchina o un camion al minuto. Danny spostò il peso da un piede all'altro, agitato.

«Danny?».

La voce di Lucy. Si voltò e la vide lì fuori, con i capelli biondi che scintillavano alla luce del corridoio.

Danny aveva la pistola in mano.

«Danny, cosa stai facendo?».

58

Danny portò la Beretta sull'aereo nella tasca della giacca a vento.

Andò proprio come Galvin aveva promesso. Non dovettero superare i controlli di sicurezza. Nessun metal detector, rilevatori manuali o pacche lungo il corpo. Salì semplicemente sull'aereo come aveva fatto a Boston. Galvin gli disse di tenere la pistola con sé.

La disposizione dei posti sull'aereo fu lievemente diversa, al ritorno.

Celina sedette accanto a suo marito. Parlarono quasi di continuo, a voce bassa, alternando inglese e spagnolo. Danny non riusciva a sentire cosa stavano dicendo, ma Celina pareva preoccupata e turbata, e sembrava che Galvin stesse cercando di tranquillizzarla.

Le due ragazze erano sedute l'una accanto all'altra sul divano in fondo, come all'andata. Jenna stava leggendo il libro che Abby aveva appena finito, *Colpa delle stelle*, di John Green. Abby stava leggendo un romanzo di Jodi Picoult.

Danny occupava il posto accanto a Lucy, ma lei pareva non volergli parlare. Non gli aveva detto una parola nella Suburban mentre andavano all'aeroporto, e non appena l'aereo era decollato aveva aperto la sua biografia di Cleopatra. Un paio di volte Danny aveva intercettato il suo sguardo o le aveva preso la mano, solo per non ottenere alcuna reazione. Uno sguardo distolto, una mano floscia.

Lucy ardeva di rabbia. Non l'aveva mai vista tanto nera. In effetti, non riusciva quasi a ricordarsi di averla mai vista arrabbiata. Nulla più di irritazioni momentanee. Ma quello era diverso. Era arrabbiata ed era spaventata.

Lo aveva visto impugnare una pistola e Danny non aveva avuto

l'opportunità di spiegarle senza che qualc
lo con un'arma in mano doveva averla spa

«Ehi», disse piano.

Lei inarcò un sopracciglio e voltò una pa

«Dobbiamo parlare. È importante».

Lucy chiuse il libro tenendo il segno con l
"Ti do un minuto, non di più". «Tanto imp
me? E forse tua figlia?».

La sua voce pareva acuta, tesa. Indignata.

Lo guardò con occhi socchiusi, un'espress
o "Non m'interessa" o "Non credo a una pa
dicendo".

«Eh?»

«Non posso parlarne qui. Ma lo farò non ap
Voglio solo dirti che mi dispiace».

Lei scrollò le spalle e tornò al suo libro.

L'orrore a cui Danny aveva assistito quel po
montano aveva cambiato tutto.

Per troppo tempo aveva tenuto la donna ch
della situazione reale.

Era il momento di dirle la verità.

PARTE QUINTA

59

Quella notte attese finché Abby non fu andata a letto.

Ai vecchi tempi, non molto lontani, voleva dire rimboccarle le coperte, leggerle qualcosa, parlare con lei e alla fine spegnere la luce. Spesso era lui a addormentarsi prima e poi a uscire intontito dalla sua camera da letto. Ora voleva dire che lei chiudeva la porta, si metteva le cuffie per ascoltare della musica e chattava con le amiche su Facebook.

Danny tenne la voce bassa, nel caso in cui Abby non si fosse messa le cuffie e avesse l'orecchio contro la parete.

«Baby, è successo qualcosa questo pomeriggio», esordì. «Ma è cominciato un po' di tempo fa».

Iniziò dal prestito di Galvin e dall'incontro con la DEA. Le disse di come avesse piazzato una cimice all'interno della medaglia del Boston College e di come in qualche modo fosse stata scoperta. Le disse del corpo mutilato di Esteban. Di come avesse scaricato di nascosto i dati del BlackBerry di Galvin al Plympton Club. E infine dell'evento terrificante successo poco prima. Era passata solo qualche ora da quando avevano scoperto il corpo martoriato della guardia del corpo? Sembravano giorni.

Perlopiù, Lucy si limitò ad ascoltare. Dopo i primi minuti, smise di interromperlo con le domande. Aprì la bocca alcune volte, una reazione comprensibile di sorpresa. Rantolò quando udì le descrizioni di ciò che era successo ai due autisti/guardie del corpo.

Quando Danny ebbe finito, Lucy rimase in silenzio per molto tempo.

Aveva gli occhi gonfi di lacrime e la mascella serrata.

«Perciò praticamente hai deciso di collaborare in segreto con la DEA contro un cartello della droga messicano», disse. «E di mettere in pericolo la tua vita. E quella di tua figlia. E la mia». Danny fu sorpreso dal suo tono, piatto, freddo e amaro.

«Non è questo che è successo, Lucy. Te l'ho detto».

Il suo cellulare emise il tintinnio di un SMS sicuro. Lo ignorò. Sapeva cos'era: volevano le foto delle persone con cui Galvin si era incontrato sulla montagna ad Aspen. Be', potevano aspettare.

Lucy si sedette sul letto molto dritta. «No, è esattamente questo che è successo. All'inizio non me l'hai confidato perché sapevi cosa avrei detto. Sapevi come avrei reagito».

Danny scosse il capo. «Andiamo». Ma sapeva che probabilmente Lucy aveva ragione.

«Perché tenermi all'oscuro avrebbe tenuto alla larga i cattivi. È così? È questo che pensavi? Sai, noi strizzacervelli lo chiamiamo "pensiero magico"».

«Lucy».

«Perché non volevi avere questa discussione?»

«Volevo tenerti al sicuro. Sia te che Abby».

Lucy scosse il capo lentamente.

Indossava una maglietta XXL che diceva KEEP CALM AND CARY GRANT. Era una presa in giro di un vecchio poster di guerra britannico che ora si vedeva parodiato ovunque: KEEP CALM AND CARRY ON. Una silhouette di Cary Grant in *Intrigo internazionale* che sfuggiva a un aereo agricolo. Danny si era dimenticato se gliel'avesse regalata lui. Lucy amava i vecchi film di Hitchcock. Insisteva che non esistevano più star del cinema come Cary Grant, Spencer Tracy o Gregory Peck.

«Ho pensato che meno tu o Abby foste state coinvolte, meglio sarebbe stato. Era più sicuro tenervi all'oscuro».

«Perciò un giorno Tom Galvin sarebbe stato arrestato e… cosa? I messicani ci avrebbero lasciati tutti in pace e avrebbero detto: "Accidenti, forse dovremo presentare una richiesta d'appello"? E: "Oh, quel tipo che ci ha fatto perdere miliardi di dollari, quello che ha fornito le informazioni alla DEA, lo lasceremo in pace, perché è così che funziona la giustizia"? Proprio così?»

«Non c'è bisogno di alzare la voce».

Lucy fece volteggiare i piedi fuori dalle coperte e scese dal letto. «Cosa diavolo *pensavi*? Che se ne sarebbero andati via alla chetichella? Perché fanno sempre così, giusto? Se ne vanno e lasciano perdere. Queste persone che decapitano i loro nemici, li fanno a pezzi, e... e tu pensavi di lavorare contro questi assassini a sangue freddo e che loro avrebbero lasciato in pace te e tua figlia?».

Danny fece un gesto con i palmi spingendo l'aria verso il basso, cercando di calmarla e di farle abbassare la voce. «Non crederai davvero che avrei fatto di proposito qualcosa che potesse nuocere a te o a Abby, vero?».

Lucy incrociò le braccia sul petto. «Perciò quando le hai detto che non poteva andare dai Galvin e io ti ho chiesto se c'era qualcosa in loro che non ti piaceva, e tu hai detto no...?»

«Sì. Era una bugia».

«E il motivo per cui non volevi che fosse accompagnata in giro dall'autista di Galvin... quando hai detto di essere semplicemente a disagio...».

«Anche quella era una bugia».

«Il vecchio amico che voleva dei consigli sulla pubblicazione, le lettere di Jay Gould a Wellesley...».

«Ti ho mentito più e più volte. L'ho fatto. Me ne vergogno profondamente. Ma tutto ciò che ho fatto è stato per proteggere te e Abby. Lucy, andiamo, parla a bassa voce. Abby può sentirci».

«E tutto questo perché non sai affrontare i conflitti». Le sue guance ardevano di un rosso intenso. «Be', è qualcosa che proprio non posso aggiustare. Questa è una tale delusione, davvero».

Danny non la riconosceva più. La maschera di rabbia era scomparsa, ma ciò che restava gli era terribilmente ignoto. Una donna che lo guardava come se fosse un estraneo. Occhi che lo fissavano, l'espressione stranamente neutra, impassibile.

«Tu non volevi avere questa discussione, perciò hai deciso che sapevi tu cosa fosse meglio».

«Io non...». Tentennò. Non sapeva cosa dire, poiché era consapevole che Lucy aveva ragione.

Lei tacque, e anche Danny. Non sembrava esserci altro da dire.

Danny si alzò dal letto. Vide lacrime negli occhi di Lucy. Lei parlò così piano che riuscì a malapena a sentirla. «Prenditi cura di quella ragazza, dille che la amo tanto e che le dirò addio un'altra volta. In questo momento non posso».

«Lucy», disse lui.

Ma Lucy si era chiusa la porta della camera da letto alle spalle.

Restò lì sveglio per quelle che sembrarono ore.

Pianse.

Alle quattro del mattino, quando il cielo era buio pesto e l'alba sembrava spaventosamente lontana, gli venne un'idea.

Selezionò ChatSecure sul suo iPhone e mandò un SMS agli agenti della DEA: *Urge incontro il prima possibile.*

«Fa davvero schifo dover andare a scuola oggi», disse Abby la mattina dopo. «Invece di essere ad Aspen».

«Lo so. La vita è dura».

Lei parve ammorbidirsi un po'. «Lo so. Jenna lo chiama un "problema capitale". Lucy è già uscita?»

«Doveva andar via presto».

Una pausa. «Stavate litigando ieri notte».

«Stavamo parlando. Ti abbiamo svegliato?».

Abby scosse il capo, poi fece spallucce.

L'iPhone di Danny, che teneva nella tasca dei pantaloni, vibrò ed emise il caratteristico tritono di un SMS sicuro.

«È il tuo?».

Lui annuì e lo fece scivolare di tasca. Inserì la password. Il messaggio diceva: *Occupato per un altro caso. Niente incontro fino a stasera o domani.*

«Un SMS di Lucy?»

«Una cosa di lavoro. Noiosa».

«Hai cambiato il suono di avviso degli SMS? Sembra diverso».

«Non lo so. Vuoi del caffè?».

Abby gli scoccò una rapida occhiata sorpresa. «Sì, grazie». Lo guardò e sorrise.

«Solo per stavolta», aggiunse Danny. Si alzò, prese una tazza con Winnie the Pooh dal pensile e la riempì per tre quarti di caffè. «Puoi aggiungere latte e zucchero a piacimento».

«Okay». Abby si versò del latte senza lattosio finché non prese il colore del gelato al caffè. Poi vi aggiunse tre cucchiaiate di zucchero e girò. «Sicuro che non stavate litigando?»

«Va tutto bene», disse Danny. Gliel'avrebbe detto quando la ferita fosse stata meno fresca. «Datti una mossa. Non vorrai far tardi».

«Andiamo», la chiamò Danny quindici minuti dopo.

Fece tintinnare le chiavi della macchina. Abby era ancora in bagno, impegnata con quello che le adolescenti fanno la mattina e che richiede così tanto tempo.

«Boogie, muovi le chiappe».

La porta del bagno si aprì. Il volto di Abby era diverso. Era contorto in quella che sulle prime pareva un'intensa curiosità, ma qualcosa nella sua espressione indusse Danny a guardare con più attenzione. Rabbia?

«Dov'è il suo spazzolino?», disse.

«Di cosa stai parlando?»

«Lucy. Lo spazzolino di Lucy. I suoi trucchi. Non ci sono più. Non c'è più nulla».

Danny non riuscì a pensare ad altro da dire tranne: «Davvero?».

«Avete rotto». Un'accusa.

Danny sospirò. «Possiamo lasciar perdere questo discorso ora? Farai tardi a scuola».

«Mi hai mentito!».

«Non sono affari tuoi».

«Non sono *affari miei*? Tutte le volte che mi hai detto di trattarla come un membro della famiglia? "Ti ama, Abby. Fa parte della nostra famiglia e dovresti trattarla come tale". E adesso mi stai *mentendo*?».

«Abby. Boogie. Parleremo più tardi. Non ora».

«No!». Abby gli tirò qualcosa, una cosa piccola e dura. Uno spazzolino. Lo mancò di poco.

«Ehi!», gridò Danny. «Abby, cosa diavolo stai facendo?»

«Certo, perché non mentirmi proprio come hai fatto con mamma?»

«Eh?»

«Dicesti che aveva un'infezione. *Un'infezione*». Ora stava piangendo, il volto rosso e distorto.

«Abby…».

«Mi hai fatto andare al campo estivo!».

«Tu *volevi* andare al campo estivo. *Mamma* voleva che tu andassi al campo estivo».

«Io facevo canoa e nuotavo mentre mamma stava *morendo*. Oh mio Dio». La sua voce era diventata acuta, piccola e tesa.

«Bambina», disse lui. Fece per abbracciarla e lei lo spinse via. Danny rimase immobile.

Lacrime rigavano le guance di Abby. Le colava il naso. A Danny si spezzò il cuore nel vederla così. «Come se non fossero *affari miei* che mamma aveva un cancro al seno. Come se non potessi sentire la verità».

Ora anche Danny stava piangendo. «Abby, tesoro, no. Non è stato affatto questo», disse. «Mamma voleva che tu fossi felice il più a lungo possibile».

Lei disse qualcosa, ma Danny non riuscì a distinguere le parole. Tutto ciò che udì fu «…*felice?*».

«Dolcezza», disse. «Ti ho mentito perché mamma mi ha chiesto di farlo».

L'aveva detto.

Aveva scaricato la responsabilità sulla moglie morta. Le aveva attribuito la colpa. Lei non era lì a difendersi.

Faceva qualche differenza che fosse la verità?

Allora, quando Danny tentò di abbracciarla, Abby non si oppose. Non rispose all'abbraccio, non davvero, ma lasciò che lui la cingesse per molto tempo. La camicia di Danny era calda e umida per le lacrime di sua figlia.

Dieci minuti dopo chiamò Jay Poskanzer, l'avvocato difensore penalista.

«Jay», disse, «ho bisogno di un piccolo aiuto».

«Per cosa?»

«Riguarda i tizi della DEA con cui ho avuto a che fare».

«A-ah».

«Voglio tirarmene fuori».

60

Il terrore che Danny aveva provato ad Aspen sul versante della montagna non aveva ancora allentato la sua stretta.

Qualunque fosse la ragione dietro quella mutilazione spaventosa, era possibile che fosse stata fatta per lui. Era un avvertimento, ecco cos'era. Uno sguardo sul suo stesso futuro.

Ma alla fine erano state le lacrime di Abby a decidere al posto suo: doveva tirarsene fuori. Gli agenti della DEA non avrebbero mollato finché lui non avesse fatto una fine altrettanto sanguinosa. Per loro non faceva differenza: Danny sarebbe stato una vittima di una guerra lunga e brutale.

Poteva prevedere cosa avrebbero detto: «Non si può tornare indietro ora. Il dentifricio è fuori dal tubetto. Tenga duro; mantenga la fiducia. Ci prenderemo cura di lei».

Avrebbero detto tutto quello che serviva, avrebbero inventato minacce per costringerlo a fare rapporto su Tom Galvin, per cercare di incriminarlo. Ma Danny non poteva e non voleva farlo più. Non poteva avere la responsabilità di mandarlo in galera. O più probabilmente di farlo ammazzare.

Un padre amorevole di tre figli che non gli aveva mai fatto alcun male, che aveva cercato di tirarlo fuori, che era intrappolato lui stesso proprio come Danny. Lucy aveva ragione. Aveva commesso un terribile sbaglio.

E ora doveva riparare.

Costringere la DEA a tirarsi indietro. A qualunque costo.

Così era seduto di fronte alla scrivania di Jay Poskanzer e metteva alla prova la soluzione che aveva infine escogitato.

Poskanzer giocherellava con una mazza da baseball in miniatura, un souvenir dei Red Sox. Si appoggiò contro lo schienale della sua costosa sedia da ufficio. «Cosa intendi quando dici che vuoi tirartene fuori?»

«Voglio smettere di collaborare con loro».

Poskanzer strinse gli occhi. I suoi occhiali dalla montatura leggera erano appannati, come sporchi di impronte digitali. I suoi riccioli crespi grigio-rossicci terminavano in una punta su entrambe le tempie come corna d'ariete. «Hai firmato un accordo. È un documento legalmente vincolante».

«Sì, be', voglio uscirne. Voglio che sia annullato. Voglio smettere di collaborare con la DEA. E questo è quanto».

Il sole brillava attraverso una delle pareti di vetro laminato dell'ufficio, riempiendo la stanza di luce e scintillando sul piano di vetro della scrivania. «Amico. Non è così semplice».

«Se fosse semplice, non avrei bisogno di assumere te».

«Tariffa a ore?»

«Te lo farò sapere tra un paio di minuti».

Poskanzer scrollò le spalle. «Su quali basi vuoi uscire dall'accordo?»

«Condotta non professionale».

Poskanzer ridacchiò in modo nervoso. «Ovvero?»

«Minacciare di fare una soffiata al cartello di Sinaloa sul fatto che sto cooperando con loro».

«Non lo farebbero... Tu non credi che lo farebbero realmente, vero?».

Danny annuì. «Certo. Non mi sorprenderebbe. Io li prendo in parola».

Naturalmente, tutto quello che dovevano fare era raccogliere una deposizione e metterlo sul banco dei testimoni, e il cartello lo avrebbe preso come bersaglio. Era una minaccia del tutto superflua. Ma l'avevano fatta.

«Hai delle prove? Un'e-mail, forse?».

Danny scosse il capo.

«Un messaggio in segreteria? Un appunto? Qualcosa?».

Scosse ancora il capo.

«Com'è che si chiamano?».

Danny glielo disse. Poskanzer annotò i nomi. «Perciò è la tua parola contro quella di due agenti federali».

«Non se li registriamo».

«Aspetta un attimo». Poskanzer alzò la mano come un vigile. «Non starai parlando di registrarli tu stesso, spero».

«Perché no?»

«È illegale, tanto per cominciare. In Massachusetts, entrambe le parti devono acconsentire».

«Sì, be', non penso che loro acconsentiranno».

«Proprio così. E non posso consigliarti di infrangere la legge. Va contro il codice degli avvocati del Massachusetts».

«Be', non ti ho chiesto nessun consiglio, giusto?», disse Danny con un sorriso. «Stiamo parlando di un'enorme indagine da parecchi miliardi di dollari sul cartello di Sinaloa. E io infrango la legge, effettuando una registrazione illegale. Sarà come uno schiaffetto sulla mano. Una dannata multa *per eccesso di velocità*».

Poskanzer scrollò le spalle. «Io… non acconsento a questo».

«Capito. Annotato. Ora, diciamo che ho delle prove. Cosa ci faccio?»

«Le porti all'ufficio di responsabilità professionale del dipartimento di Giustizia. Aspetta un attimo». Ruotò sulla sedia e digitò qualcosa sulla tastiera. «Okay, ecco il loro sito web. Okay… dice… ci siamo: *giurisdizione*… bla bla bla… *indaga su accuse di cattiva condotta da parte del personale preposto alla tutela della legge.* Sì, sono questi i tizi che ti occorrono».

«E indagherebbero davvero su un paio di agenti della DEA? Non insabbierebbero la faccenda?».

Poskanzer esalò un lungo sospiro apparentemente di frustrazione. «È così. È quello che fanno: indagare su cattiva condotta da parte degli agenti. Ma non apriranno il caso finché non penseranno di poterlo vincere. Il che ci riporta alle prove. Tu non ne hai nessuna».

«Non ancora», disse Danny alzandosi in piedi. «Ma le avrò».

Aveva ricevuto tre SMS sicuri dagli agenti della DEA per fissare un incontro. Volevano le foto, quelle che lui non era riuscito a ottenere ad Aspen. Aveva ignorato i loro messaggi.

Ma adesso era pronto a vederli.

61

Di fronte alla Hancock Tower, Danny prese un taxi fino a Government Center.

Ancora non aveva risposto agli SMS degli agenti della DEA. Voleva sorprenderli. Coglierli alla sprovvista. Provocarli perché lo minacciassero di nuovo, se necessario. Qualunque cosa.

Il sole del pomeriggio stava sciogliendo i cumuli di neve. Sembrava che colasse acqua dappertutto. Un camion passò su un'enorme pozzanghera grigia su Cambridge Street di fronte alla One Center Plaza, schizzando su ogni cosa entro tre metri, incluse scarpe e calze di Danny. Lui imprecò ad alta voce.

Davanti a quella facciata orrenda, tirò fuori il suo iPhone e selezionò una delle app per registrare. Fece una prova e riascoltò. Pareva funzionare bene.

Poi la avviò di nuovo e iniziò la registrazione: «Mi chiamo Daniel Goodman», disse. «Vivo al 305 di Marlborough Street a Boston, Massachusetts». Fornì data e ora. Tenendo il registratore acceso, fece scivolare il telefono in una delle tasche davanti. Poskanzer gli aveva detto che, ai fini della validità come prova, doveva fare una registrazione continua, senza interruzioni.

Prese l'ascensore fino al secondo piano. Il suo cellulare squillò. Vide BATTEN SCHECHTER sull'identità del chiamante. Era Jay Poskanzer.

Meditò se accettare la chiamata. Poi decise di no. Aveva già cominciato la registrazione dicendo il proprio nome, la data e l'ora. L'iPhone stava registrando. Poteva parlare con Poskanzer una volta terminato con la DEA.

Trovò la stanza 322 e riconobbe la macchia sulla moquette. Era decisamente quello il posto.

Ruotò la maniglia e aprì la porta, poi guardò sulla sinistra. Stranamente, la receptionist non era alla sua scrivania. Il mobile a L laminato in mogano era ancora lì, ma era l'unico pezzo di arredamento nell'ingresso. La fila di sedie era scomparsa. C'era una scatola di cartone sul pavimento. Il simbolo della DEA che aveva campeggiato sulla parete era sparito. E così tutti i poster dei ricercati.

"No".

«Ehilà?», chiamò.

Avanzò nella stanza e aprì la porta sul corridoio interno dove si era incontrato con gli uomini della DEA.

Anche quello era vuoto.

C'era un mucchio di polistirolo da imballaggio lungo il corridoio. Un altro cartone vuoto. L'involucro di una risma di carta per fotocopie.

Niente. Nessuno.

L'ufficio così silenziosamente indaffarato non c'era più. Era stato smontato, smantellato come un set alla fine delle riprese.

Rimase lì a guardarsi attorno inebetito. Il suo cellulare squillò. Ancora la Batten Schechter. Rispose.

Sapeva quello che Jay Poskanzer stava per dire prima che lo dicesse.

«Ehi, sai che c'è?», disse. Pareva arrabbiato. «Ho parlato con il mio amico all'ufficio del procuratore degli Stati Uniti. Non ci sono agenti speciali chiamati Slocum o Yeager sul libro paga della DEA. Hanno lavorato per la DEA fino a un paio di anni fa. Ma ora non più».

62

Danny avvertì un gelo calare su di lui, come tentacoli freddi che gli entravano dentro, congelandogli e tastandogli le viscere.

Se non erano della DEA, chi erano?

Forse erano veri agenti della DEA che usavano nomi di copertura. Quella di sicuro era una possibilità. Aveva scattato furtivamente una foto di uno di loro, Slocum, così la inviò per e-mail a Jay Poskanzer e gli chiese di inoltrarla alla DEA. La vera DEA.

Poskanzer chiamò venti minuti dopo. «Le cose stanno migliorando», disse. «Questi tizi lavoravano per la DEA in Messico, a Nuevo Laredo, e sono rimasti invischiati in un caso di corruzione. Entrambi sono stati licenziati diciassette mesi fa. Sono mele marce».

«Be', come agenti della DEA erano piuttosto convincenti».

«Probabilmente perché avevano fatto pratica. La domanda è: qual è il loro gioco? A cosa mirano? Per cosa lo fanno?».

Danny non rispose. Non lo sapeva.

Ma l'avrebbe scoperto.

Il suo cellulare trillò: un SMS sicuro. «Aspetta un attimo», disse. Scostò il telefono dall'orecchio e lesse il messaggio.

Da AnonText007@gmail.com: *6 pm, parcheggio Home Depot, South Bay*.

South Bay era un centro commerciale tra il South End di Boston e Dorchester, appena fuori dalla Southeast Expressway.

"Slocum" e "Yeager" erano pronti a incontrarlo.

63

Le ginocchia gli facevano un male del diavolo.

Quando suonò il campanello, Wallace Touhy si alzò dal divano e si diresse alla porta a passi pesanti. Gli occorse un minuto circa. Gemette. Aveva progettato di posticipare l'operazione al ginocchio fino alla pensione, ma ora non era più così certo di potercela fare per altri quattro mesi. La morbida bretella al ginocchio non serviva a un bel niente e le iniezioni di steroidi erano inutili. Ingollava Motrin come fossero pop-corn. Il suo dottore gli aveva detto che se avesse perso quindici o venti chili non gli avrebbe fatto così male, ma Wallace sapeva che non era così. Erano stati quei quattro anni di strapazzi, a giocare a football per gli Indians della Billerica Memorial High School mezzo secolo prima. Era stata quella la causa. Tutto il resto non era che la ciliegina sulla torta.

«Agente Touhy?».

L'uomo alla porta era alto e snello, e sembrava ispanico.

Touhy aprì la controporta. «Sì, sì», borbottò. «Entri. Hernandez, giusto?»

«Grazie per avermi ricevuto».

«Non so se varrà il suo tempo, ma okay». Agitò una mano in direzione del soggiorno. «Le preparerei del caffè, ma mi creda, le faccio un favore a lasciar perdere. Più tardi il suo stomaco mi ringrazierà».

«Oh, è tutto a posto», disse l'uomo. «Immagino che gradirà questo molto più del caffè».

Porse a Touhy una scatola elegante con dentro un'ottima bottiglia di whisky.

«Pappy Van Winkle, eh?». Touhy rimase a bocca aperta.

«Spero che le mie informazioni fossero accurate. Mi hanno detto che adora il bourbon».

«È così».

«Si tratta di un bourbon gran riserva che…».

«So dannatamente bene cos'è un Pappy Van Winkle. Solo che non l'ho mai bevuto prima. Non riesco a trovarlo da queste parti. Davvero generoso da parte sua. Questa è la mia prima bottiglia».

«Avevano finito quello invecchiato vent'anni, ma quello da quindici dovrebbe essere piuttosto delicato».

«Molto obbligato, agente Hernandez».

«David, per favore».

«D'accordo, David. Siediti pure lì. Io vado a prendere un paio di bicchieri».

Touhy ruppe il sigillo della bottiglia di bourbon e versò un paio di dita in due bicchieri da whisky. Si diresse barcollando dal suo ospite e gliene porse uno. «Liscio, okay?»

«È l'unico modo».

L'agente Touhy sembrava più vecchio di una decina d'anni dei suoi cinquantasette. I suoi capelli bianchi avevano una sfumatura giallognola. Aveva una faccia grossa e con il doppio mento. Le guance erano lustre e scarlatte, segno di un grave attacco di acne rosacea, anche se anni di bevute potevano aver rotto anche un gruppo di capillari.

Un grosso televisore a schermo piatto trasmetteva una specie di reality show su due uomini che lottavano per sopravvivere nella giungla amazzonica.

«Allora», disse Touhy affondando nella sua poltrona preferita con un sospiro profondo. Allungò la mano verso il telecomando e mise la TV in modalità silenziosa. «Qualche ragione per cui questa faccenda non poteva aspettare fino a domani?»

«Mi scuso per il disturbo, agente Touhy. Devo tornare a San Francisco domattina».

«Giusto, giusto, l'avevi detto». Touhy prese un sorso di bourbon. «Niente male. Niente male davvero».

«Sono lieto che le piaccia. Mi dispiace non averla avvertita per tempo».

«Sì, be', hai davvero sconvolto la mia vita sociale». Touhy rise fragorosamente e tossì. «Sigaretta?». Porse a Hernandez un pacchetto di Camel Light.

«Non per me, grazie».

«Non credo che potrò tornare al Wild Turkey dopo questo». Touhy tirò fuori una sigaretta e se la mise all'angolo della bocca, poi prese uno Zippo dal lato del tavolo. Accese la sigaretta e aspirò una profonda boccata crepitante di fumo. «Trudy non mi lasciava mai fumare dentro casa. Ora mi prendo i miei piccoli piaceri ove posso».

«Mi dispiace per sua moglie».

«È stata una benedizione, credimi. Gli ultimi due anni non sono stati affatto divertenti. Non augurerei la SLA al mio peggior nemico». Soffiò un pennacchio bianco. «Perciò lavori fuori da San Francisco».

Il suo ospite annuì.

«Ti piace Città del Messico?».

Hernandez sorrise. «Ha fatto i compiti, vedo. Città del Messico non è stata un picnic».

«È lì che c'è l'azione. Almeno parli la lingua. Il mio spagnolo fa schifo».

Il suo ospite scrollò le spalle e prese un sorsetto di whisky.

«Non so quanto potrò dirti», riprese Touhy. «Tengo i fascicoli sulle mie fonti in ufficio».

«Lei è troppo modesto. È il responsabile della divisione sicurezza. È lei a tenere aggiornati i fascicoli sulle fonti confidenziali».

«Non c'è molto da aggiornare. A quale fonte sei interessato?».

Hernandez tirò fuori un piccolo taccuino a spirale dalla tasca della giacca e lo consultò come se non riuscisse a ricordare. «SCC-13-0011».

«È proprio uno dei nostri, sì. Numero undici, hai detto?»

«Proprio così».

«Che tipo di informazioni stai cercando?»

«Precedenti penali, per esempio. Qualunque cosa possa screditarlo. Vogliamo mandare una squadra laggiù per effettuare un *debriefing* della fonte, ma a essere sincero, il mio agente speciale in capo pensa che sia uno spreco di risorse».

Touhy prese un grosso sorso di bourbon. «Non so cosa dirti che possa fare la differenza».

«Be', non ho intenzione di chiedere come si chiama, naturalmente, ma forse potrebbe fornirmi una descrizione dell'uomo. Alcuni dettagli. Che tipo di lavoro fa, dove vive, la sua posizione nella comunità eccetera».

Touhy si riempì di nuovo i polmoni di fumo e strinse gli occhi. Poi espirò lentamente, una stretta stalattite di fumo che gli sfuggiva dalle labbra increspate. «Come sta Renny Haberman di questi tempi? Combina sempre i suoi scherzi?»

«È forte. Sì, è sempre il burlone dell'ufficio».

«Puoi salutarmelo? Abbiamo fatto il corso di addestramento assieme».

«Lo farò di sicuro».

«A-ah. Renny Haberman è il mio chirurgo ortopedico. Non è nella DEA».

Un lungo, lunghissimo silenzio.

«Agente Touhy», disse con aria triste il dottor Mendoza. «Vorrei davvero che non avesse cercato di essere furbo».

64

Il vecchio si era rivelato un osso duro: si era scagliato verso la mensola accanto alla porta principale, dove teneva la sua Glock 23 calibro 40, la pistola di ordinanza della DEA.

Ma l'età non era stata gentile con lui. Le sue ginocchia erano fragili come vetro e il bourbon aveva rallentato i suoi riflessi.

Il dottor Mendoza lo bloccò molto prima che potesse avvicinarsi alla Glock.

Adesso l'uomo si stava dibattendo sulla moquette vicino al televisore. Delle fascette da elettricista gli legavano polsi e caviglie e aveva la bocca tappata con del nastro adesivo. Un brutto livido violaceo era apparso sull'arcata sovraorbitale dove il dottor Mendoza l'aveva colpito con il piccolo manganello di cuoio.

Nella colluttazione, il parrucchino del dottor Mendoza si era staccato, ma non gli serviva più per impersonare un agente della DEA di nome Hernandez della divisione operativa di San Francisco.

Era sempre preferibile carpire le informazioni tramite la manipolazione. Non gli erano mai piaciuti i metodi più rudi e considerava il ricorrere a essi un'ammissione di fallimento.

Ma quando era necessario, era bravo a utilizzarli.

Trascinò con grande difficoltà il corpo dell'agente della DEA nella camera da letto più vicina. Era una stanza per gli ospiti che pareva usata poco o per niente. L'unico mobilio nella stanzetta era un letto a una piazza e mezzo con un copriletto azzurro in miscela di poliestere, due piccoli comodini scompagnati e un comò. Il pavimento era ricoperto di una moquette turchese. Un sottile strato di polvere ricopriva i mobili. L'agente Touhy era vedovo e viveva da solo;

probabilmente non aveva nessuno che gli pulisse la casa. Forse era lui a dare una rapida passata di aspirapolvere ogni due settimane.

L'agente Touhy sgroppava e si dibatteva, cosa che rese ancora più difficile metterlo sul letto. Non impossibile, però: il dottor Mendoza era forte. Opponendo resistenza, l'agente Touhy rendeva necessario al dottor Mendoza trattarlo in modo rude. Dovette tirare l'uomo per le braccia e torcergliele da una parte all'altra. Ciò causava dolore.

Ma il dolore non era nulla paragonato a quello che avrebbe sperimentato, se non avesse collaborato.

Una volta messo Touhy sul letto, lo rigirò con uno strattone. Prono, Touhy sgroppò qualche altra volta e poi si arrese. Cercò di gridare attraverso il bavaglio di nastro adesivo, ma il suono non era altro che un rumore soffocato e senza senso. Non voleva cooperare, il che era un peccato.

Touhy lottò ancora un poco e cercò di rigirarsi, ma Mendoza lo tenne fermo con un ginocchio. Non era difficile tenere a bada l'uomo incaprettato con fascette da elettricista a caviglie e polsi.

«Agente Touhy, può rendere tutto questo molto più facile per se stesso semplicemente dicendomi il vero nome della fonte confidenziale numero SCC-13-0011. È tutto ciò che chiedo. Una volta che mi avrà dato il nome, non ci sarà scopo di causarle altro dolore. La lascerò qui, illeso, finché non avrò terminato il mio lavoro. Credo che concorderà che questa è la soluzione migliore. Solo un nome. È tutto quello che chiedo».

Il dottor Mendoza attese qualche segnale di assenso. Un cenno del capo, qualcosa. Ma Touhy si limitò a respirare affannosamente dalle narici, la faccia posata sul copriletto. Il dottor Mendoza decise di dare all'uomo una possibilità di acconsentire e rendere le cose più semplici. Gli tenne la nuca con una mano e staccò con attenzione un'estremità del nastro adesivo.

L'agente Touhy sputò una bestemmia.

Il dottor Mendoza sorrise. Non era altro che il capriccio impotente di un neonato. «Lei conosce l'identità di tutte le fonti confidenziali attive della divisione di Boston. La numero undici è stata consultata appena ieri dall'ufficio di San Francisco. Il nome è piuttosto fresco nella sua mente».

«Tu non sei Hernandez, viscido figlio di...».

Il dottor Mendoza, con guanti di lattice su ogni mano, rimise il lembo di nastro adesivo sulla bocca dell'agente Touhy. Non gli piacevano le bestemmie e in ogni caso le ingiurie personali non servivano a nulla.

Dalla tasca della giacca prese una piccola custodia rettangolare di nylon. Aprì la cerniera e la distese sul comodino. Prese una garza di cotone sterile e vi intrise alcune gocce di Betadine. La forza dell'abitudine. Perfino quando faceva il suo lavoro per il cartello, manteneva sempre un ambiente chirurgicamente sterile. Dipinse un ovale arancione sulla nuca di Touhy.

L'agente della DEA si dibatté ancora più forte, torcendo il corpo da un lato all'altro. Sapeva che stava per succedere qualcosa di brutto: conosceva molte delle tecniche usate dai *sicarios* del cartello di Sinaloa. Squartamento, per esempio, o decapitazione.

Ma il dottor Mendoza non usava motoseghe. I suoi metodi erano più sofisticati e molto più efficaci. E assai meno sanguinosi.

L'agente Touhy continuò a dibattersi con violenza. Non avrebbe reso le cose semplici. Purtroppo per lui, pensava Mendoza. Ma l'aveva voluto. Mendoza era preparato per ogni eventualità. Selezionò una fiala di Amidate da dose singola, venti milligrammi di etomidate. Puntò con attenzione l'ago ipodermico alla carotide sul lato sinistro del collo di Touhy. Dietro il nastro adesivo, Touhy ruggì, ma l'etomidate fece effetto rapidamente. In meno di un minuto, l'agente giaceva sul letto, calmo e arrendevole.

Ora il dottor Mendoza poteva fare il suo lavoro con l'abituale meticolosità. Slegò l'agente e gli tolse la camicia azzurra, sbottonandola con attenzione e lasciando scoperto il torace.

Altre due iniezioni, la prima un lavoro delicato. Usò un ago Whiteacre, lungo nove centimetri, e lo inserì all'altezza della quarta vertebra cervicale di Touhy, per circa tre centimetri dentro la nuca. Ci fu un piccolo eppure distinto *pop* quando la punta dell'ago penetrò la dura madre.

Poi iniettò il fluido, un neurobloccante locale chiamato ropivacaina.

Si alzò in piedi, rimise le siringhe nella custodia da viaggio con cerniera, poi ne prese una con normale ago ipodermico che poteva essere infilato praticamente ovunque. Scelse la stessa carotide dove aveva iniettato l'etomidate. Il danno era già fatto. Quella siringa conteneva naloxone, un agonista inverso degli oppiacei. Il naloxone a volte era usato per contrastare un'overdose di eroina o di morfina. Iniettarlo nel flusso sanguigno di qualcuno che fosse in preda a uno sballo da eroina l'avrebbe riportato a forza con i piedi per terra, facendolo urlare di dolore. In una persona normale, accentuava la sensazione di dolore.

Nel caso dell'agente Touhy, l'avrebbe fatto sprofondare in un incubo da cui non si sarebbe potuto risvegliare.

Il dottor Mendoza rotolò l'agente sulla schiena. Il petto era pallido e soffice. Dei ciuffi di peli grigi gli contornavano i capezzoli. Le palpebre dell'uomo sfarfallarono, poi si aprirono quando la droga cominciò a fare effetto. Il dottor Mendoza tirò via il nastro adesivo affinché l'uomo potesse parlare.

«Cosa diavolo stai… Non riesco… Non…».

«Non riesce a muoversi», disse il dottor Mendoza in tono gentile. «È paralizzato».

«Oh Cristo. Oh Cristo».

«Il dolore che sta per sperimentare sarà diverso da qualunque cosa abbia mai provato prima. Normalmente, se le dovesse cadere un mattone sul piede, per esempio, o se si schiacciasse accidentalmente il pollice con un martello, proverebbe un dolore intenso, ma poi si placherebbe. Il suo corpo secerne endorfine che smorzano il dolore e lo rendono sopportabile. Ma la droga che adesso è presente nel suo organismo blocca quelle endorfine. Proverà dolore con un'intensità tale che gli esseri umani non sono fatti per sperimentare».

Prese un bisturi usa-e-getta numero 11 dalla custodia da viaggio di nylon, lo tolse dalla guaina e, senza esitazione, lo fece guizzare con precisione sull'areola e sul capezzolo dell'uomo della DEA, dividendolo nettamente a metà. Sangue rosso vivido sgorgò dalla ferita.

L'agente Touhy lanciò un urlo, gli occhi sgranati e la bocca contorta.

Il dottor Mendoza gli rimise il nastro adesivo sulla bocca. Quello si staccò, permettendo a Touhy di emettere un totale, assordante grido di dolore. L'adesivo era venuto meno, così il dottor Mendoza staccò un altro pezzo del nastro argenteo e lo mise sulla bocca dell'agente.

Gli urli non si arrestarono, ma almeno erano ovattati.

Il dottor Mendoza si portò l'indice alla bocca per dirgli di far silenzio. «Vede, il dolore non diminuisce, vero? Purtroppo continuerà così finché il naloxone sarà nei suoi vasi sanguigni».

Il nastro adesivo si spiegazzò e si deformò, ma rimase attaccato.

«Se non faccio nulla, il dolore comincerà a diminuire entro cinque minuti. Saranno cinque minuti molto lunghi, ma finirà. Ma se inietto un'altra dose di naloxone, lei proverà un dolore atroce. Entro poco tempo, o il suo cuore cederà, oppure lei semplicemente impazzirà».

La faccia dell'agente Touhy era di un rosso violaceo, e l'uomo aveva gli occhi strabuzzati. Sbuffò e prese un lungo respiro.

«Agente Touhy, può far smettere il dolore. Tutto ciò che voglio è un nome. In questo momento non sembra un prezzo spaventosamente alto da pagare, vero?».

L'agente Touhy resistette per meno di un altro minuto.

65

Danny non aveva scelta. Doveva incontrarli.

Se non si fosse presentato, sarebbero diventati sospettosi. Doveva mantenere il più possibile le apparenze.

Ma se fosse stata una trappola?

Se conoscevano la verità?

Se avevano clonato il suo iPhone e potevano monitorare ogni telefonata che faceva o riceveva, dovevano aver ascoltato la conversazione con il suo avvocato.

Se l'avevano fatto, quell'incontro sarebbe stato un'esecuzione.

O forse era solo paranoico. Dovevano prendere fisicamente possesso dell'iPhone per poterlo clonare, giusto? Allora forse pensavano che non fosse cambiato nulla. Che Danny credesse ancora che lavoravano per la DEA.

Ma tutto ciò era poi così diverso dal giocare alla roulette russa, far girare il tamburo di un revolver e premere il grilletto?

C'era un proiettile nel tamburo o no?

Guardò l'orologio. Di lì a mezz'ora doveva andare a prendere Abby a scuola e portarla a casa. Ma se "Slocum" e "Yeager" sapevano che lui sapeva, allora Abby non era al sicuro. Ovunque, in effetti, ma in particolare non nel suo appartamento.

Doveva parlare con Tom Galvin su un telefono affidabile.

Comprò un TracFone Samsung da dieci dollari e ne spese altri venti per una carta che offriva sessanta minuti di chiamate.

Era davvero un telefono di merda. Dovevi inserire la batteria e far scivolare il pannellino di plastica metallizzata, poi inserire il cavo per caricarlo. Le istruzioni erano per metà in inglese e per metà in spagnolo. Andò sul sito della TracFone tramite il suo portatile e attivò il telefono. Inserì un nome falso... Jay Gould, perché no? Poi un finto indirizzo e-mail e il numero di serie del telefono dall'opuscolo all'interno della scatola. Grattò via la patina argentea sul retro della carta telefonica per scoprire il codice dei minuti di chiamate e inserì anche quello. Alla fine riuscì a far funzionare il telefono, anche se il sito web continuava a rimproverarlo a caratteri rossi che il numero telefonico non era verificato. Non sembrava fare alcuna differenza: il telefono funzionava comunque. Si domandò come un eroinomane o un cocainomane strafatto potesse configurare un telefono usa-e-getta superando il complicato processo di registrazione. Forse nemmeno loro se ne preoccupavano. Forse non era necessario.

Ma pazienza: adesso aveva un cellulare usa-e-getta che non era clonato o tracciabile.

Non poteva chiamare il BlackBerry di Galvin – quello era fuori discussione – e non era certo della linea del suo ufficio. Forse quella era sicura, forse no. Aveva il numero di cellulare di Celina. La DEA probabilmente no.

Quando lei rispose, parve circospetta, non riconoscendo il numero del chiamante. Poi, quando riconobbe la voce di Danny, il suo tono si riscaldò un poco.

«Mi stavo domandando se Abby potesse andare a casa con Jenna oggi. Io sarò fuori per il pomeriggio».

«Sono certa che per Jenna andrà benissimo».

«Passerà il vostro autista a prendere Jenna?».

Celina tacque per diversi secondi. «Tom ha cambiato autista».

«Okay». Cosa voleva dire, esattamente? Un altro autista/guardia del corpo morto? L'unico lavoro che offriva meno sicurezza era la gestione dei Red Sox.

«Ha rimpiazzato Diego con qualcuno che ha assunto lui stesso».

Bene. Aveva seguito il consiglio di Danny.

«Un'altra cosa. Il mio numero è apparso sul tuo telefono? Il numero del cellulare da cui sto chiamando?»

«Io… fammi vedere… Sì, ma non lo riconosco: non è il tuo solito numero».

«Tom è lì?»

«È andato in ufficio».

«Okay. Fammi un favore. Chiama Tom e dagli questo numero. Ma non chiamarlo sul BlackBerry o al telefono dell'ufficio. Da' questo numero a qualcun altro perché lo dia a lui».

«Cosa…?», fece per dire, ma poi capì che era cambiato tutto e che stavano succedendo delle cose terribili, così disse: «D'accordo».

Danny mandò un SMS dall'iPhone a Abby per dirle che i Galvin sarebbero passati a prenderla e che doveva andare a casa loro dopo la scuola. Non fornì una spiegazione. Presto giunse l'SMS di risposta di Abby: *Okay!*

Nessuna obiezione.

Pochi minuti dopo, il Samsung usa-e-getta trillò.

«Danny?». Era Galvin. Un numero che Danny non riconosceva. «Tutto a posto?»

«Usa questo numero d'ora in poi».

«Capito. Lo stesso vale per questo».

«Ho chiesto a Abby di andare a casa con Jenna oggi».

«D'accordo, Lina me l'ha detto. È successo qualcosa?»

«Parliamo dopo. Casa tua è sicura?».

Galvin emise un sospiro rumoroso. «Come convenuto. Ho ingaggiato della sicurezza privata».

«Appena fuori dalla casa?»

«Anche sul perimetro. L'intera proprietà. Cos'è successo?»

«Più tardi», disse Danny, e chiuse la chiamata.

66

Arrivò al South Bay Center con venti minuti d'anticipo. Il parcheggio gigantesco brulicava di auto che entravano e uscivano, giravano in tondo e si contendevano gli spazi. Era l'ora di punta e si trattava di un centro commerciale con catene di negozi grandi e indaffarati: Bed Bath & Beyond, T.J. Maxx, OfficeMax, Old Navy, Marshalls, Target, Best Buy, Stop & Shop. Home Depot. Il vecchio caro Home Depot. Un Applebee's e un Olive Garden. Era molto simile all'idea che Danny aveva dell'inferno. Quello e fare shopping da Whole Foods nel tardo pomeriggio di domenica.

Trovò un posto a poche corsie da Home Depot, più vicino a Old Navy, quindici file indietro. Rimase seduto in macchina ad attendere ulteriori istruzioni: una chiamata o un SMS. Avevano soltanto detto al parcheggio dell'Home Depot. Ma era un parcheggio enorme e Danny non aveva idea se sarebbero venuti a piedi o su qualche mezzo.

Sotto il sedile davanti aveva nascosto la Beretta che Galvin gli aveva dato.

Nella tasca aveva il suo iPhone.

Prese alcuni respiri profondi. Cercò di calmare i nervi. Aveva chiesto quell'incontro prima di scoprire la verità su di loro. O, se non proprio la verità, aveva scoperto la menzogna su di loro: che non lavoravano per la DEA.

Ma chi erano e cosa cercavano?

La teoria migliore era che fossero ex agenti della DEA che stavano portando avanti una truffa elaborata. Erano stati licenziati in Messico con l'accusa di corruzione. Forse stavano cercando di approfittarne. Si erano imbattuti nel nome di un uomo che gestiva il denaro per un cartello mentre lavoravano per la DEA, ma invece di provare ad accalappiare Tom Galvin, forse avevano deciso di fregare lui.

O forse stavano lavorando per un altro cartello.

Qualunque fosse il loro piano, c'era un solo modo per fermarli: far intervenire l'FBI.

Jay Poskanzer conosceva persone a un livello abbastanza alto per farlo accadere. Ma gli serviva qualcosa di tangibile. «Procurami qualcosa su di loro che possiamo dare all'FBI», gli aveva detto Poskanzer. «Un posto. Un luogo dove questi due impostori possano trovarsi davanti l'FBI, che li interroghi e li arresti. Una volta che abbiamo qualcosa, lo daremo all'FBI e quelli faranno il loro lavoro».

Danny sapeva che ciò che stava per fare era rischioso. Forse estremamente rischioso. Cercò di rilassarsi, di calmarsi.

Quello che stava per fare richiedeva pensiero e azione a un livello completamente nuovo.

Controllò il telefono per vedere se avesse ricevuto SMS, nel caso in cui non avesse sentito il tono di avviso di un messaggio sicuro. Nulla. Spense la suoneria e fece scivolare il telefono di nuovo in tasca.

Attese.

Poi arrivò l'insolito tintinnio elettronico di ChatSecure. *Retro del parcheggio, fila 5, furgone bianco*, diceva il messaggio.

Sul fondo del parcheggio, alla fine di una corsia che correva perpendicolare a Home Depot, notò un furgone bianco con la scritta INTERSTATE FOOD & BEVERAGE. Dietro il volante c'era Slocum, il tipo segaligno con la faccia da ratto e i capelli neri impomatati. Lanciò una breve occhiata a Danny, si accigliò e poi distolse lo sguardo. Danny udì una portiera aprirsi e Yeager, quello calvo e tarchiato, girò attorno al cofano del furgone.

Fece cenno a Danny di seguirlo, poi andò sul retro e aprì le portiere. Danny balzò dentro. Delle scaffalature erano allineate lungo le pareti dell'interno. Ripiani modulari in acciaio verniciati a polvere in grigio. A parte alcune scatole di attrezzi e una prolunga, molti degli scaffali erano vuoti. C'era odore di olio di macchina e sigarette vecchie.

«Bene», disse Yeager, «rimanga immobile per un momento».

Prese un oggetto nero oblungo da uno scaffale, delle dimensioni di un vecchio modello di cellulare, lo accese, tirò fuori un'antenna telescopica e iniziò ad agitare l'oggetto su e giù ai lati di Danny. Emetteva uno squittio metallico come un metal detector, il suo tono acuto che passava da basso ad alto, da piano a forte.

Non se l'era aspettato. Qualcosa li faceva sospettare di lui. Come se in qualche modo *sapessero* quali erano le sue intenzioni. Ma non era possibile, giusto?

«Cos'è questa novità?», disse Danny.

Yeager ignorò la domanda, picchiettando l'esterno della tasca anteriore sinistra dei pantaloni di Danny.

«Quello è un cellulare?».

Danny si sentì stringere le viscere. Scrollò le spalle con simulata noncuranza. «Complimenti: ha indovinato».

Yeager protese la mano piatta. Come per dire: "Lo consegni".

Ma l'iPhone era stato messo in modalità registrazione, con un pulsante REGISTRA grande e rosso sulla schermata principale. Non appena Yeager l'avesse visto, Danny sarebbe stato fregato.

Non aveva altra scelta che consegnarlo a Yeager. Danny tirò fuori il telefono e, con un sospiro, lo mise a faccia in giù sul palmo grassoccio di Yeager. Quando Yeager lo rigirò, il cuore di Danny sobbalzò.

Lo schermo era diventato scuro.

Senza pensarci due volte, Yeager lo posò su uno scaffale accanto a una custodia di un trapano DeWalt in plastica nera e riprese a far scorrere il rilevatore di cimici sulle reni di Danny, sul cavallo dei pantaloni, giù sulle scarpe e poi di nuovo su fino all'orologio da polso. Non c'era nient'altro.

«Non dimentica qualcosa?».

Danny sbatté le palpebre.

«Le foto di Aspen. Dove diavolo sono?».

Danny scosse il capo. «Non ho nulla per voi».

Yeager per un attimo parve sorpreso, ma la sua espressione si tramutò rapidamente in un divertimento torvo. «È un vero peccato», disse, cominciando a massaggiarsi il pugno della mano destra.

«Ecco perché volevo parlarvi. Hanno preso la fotocamera».

«Hanno? Hanno chi?»

«Come faccio a saperlo? Chi lavora con Galvin. Il suo tipo della sicurezza».

«Non ha fatto una copia?»

«Non mi ha sentito? Mi hanno preso la fotocamera. Non c'era nulla da copiare. Non ho avuto nessuna possibilità. Mi hanno beccato mentre cercavo di scattare le foto sulla montagna ad Aspen».

«Che vuol dire che l'hanno "beccata"?»

«Qualcuno mi ha dato un colpo in testa. Letteralmente...». Danny mimò un manganello che gli sbatteva contro la testa «...*bam*».

«E non poteva dircelo via e-mail?»

«Mi hanno beccato, ha capito? Questo significa che ho Galvin alle costole. Ho *loro* alle costole».

Yeager smise di sfregarsi le nocche. «Come si è giustificato?»

«Quando sono rinvenuto? Come se stessi semplicemente sciando».

«E la fotocamera?»

«Nessuno ha detto niente al riguardo. Era sparita e basta. Ho presunto che l'avessero presa loro».

Yeager scosse il capo. «Senza domande sul perché avesse con sé una fotocamera mentre stava sciando?».

Danny scosse il capo. «Proprio così. Niente domande, nulla».

«Ed è sicuro che non ci fossero immagini sulla fotocamera?»

«Come le ho detto».

«Allora forse stava semplicemente immortalando la natura, scattando foto artistiche della neve e degli altri. Bene, dovremo solo escogitare un altro modo perché lei ci procuri quello di cui abbiamo bisogno...».

«In effetti», disse Danny interrompendolo, «no».

Yeager rise. «No?». Lanciò un'occhiata a Slocum, al posto di guida sul davanti. «Riesci a credere a questo tipo? "*No*"?».

«Si è rivelato un lavoro pericoloso e le regole stanno cambiando. Ora mi servirà un risarcimento per il rischio».

Yeager aveva aperto la bocca per parlare, forse per redarguirlo, ma si fermò a metà parola. «Lei è un tipo divertente».

Danny appoggiò la schiena contro la parete del furgone. «Nessuno scherzo. Ho fatto tutto quello che mi avete chiesto di fare, e la cosa più furba per me è svignarmela. Ma sono disposto a provare ancora. Sempre che venga compensato per i miei sforzi».

«La DEA non paga gli informatori».

Danny sorrise. «Andiamo, Glenn, credete che non faccia le mie ricerche? Mi sottovalutate. La DEA paga, e a volte paga profumatamente. Ho letto di un trafficante di droga guatemalteco a cui il governo degli Stati Uniti ha pagato nove milioni di verdoni come fonte. Ma stamattina siete fortunati. Sono disposto a offrirvi un accordo. Un prezzo speciale, scontatissimo».

«Può sognarselo».

«Il fatto è che ho qualcosa che voi volete piuttosto disperatamente. E sono disposto ad andarvelo a prendere. Alle mie condizioni».

«Le sue... condizioni?». Yeager lo stava guardando in modo diverso. Era un rinnovato rispetto?

«Un pagamento autorizzato. Per iscritto. Un milione di dollari in contanti».

Yeager scoppiò a ridere, uno strano suono vuoto che gli riecheggiò in profondità nel petto.

«Sono disposto ad accettare il pagamento in quattro rate», disse Danny. «I primi duecentocinquantamila dollari devono essere corrisposti non più tardi delle dieci di domattina». Fece una pausa per lasciare che l'idea attecchisse. Yeager non rispose. Un silenzio stupefatto, forse. «Ora, perché non discutiamo di quello che volete da me?».

Yeager scosse il capo lentamente e gli rivolse un sorriso tirato. «Non penso che lei capisca», disse. «Non è nella posizione per negoziare. Si trova là fuori tutto solo appeso all'estremità di un ramo, e lo sta segando via. Non è furbo, Danny. Non è affatto furbo».

«Lei crede?»

«Lo so».

«Bene», disse Danny. «Lei e il suo socio avete una decisione da prendere. Sapete come contattarmi». Si voltò, aprì le portiere posteriori del furgone con uno strattone e balzò giù.

Lasciando lì il suo iPhone.

Non per caso.

67

Danny sedeva in un caffè alla moda su Newbury Street chiamato Graffiti. Le pareti erano ricoperte di quadri in vendita, dipinti da studenti della scuola del Museo delle Belle arti. Il soffitto era di alluminio pressato, il pavimento a minuscole piastrelle esagonali bianche e il caffè era di "qualità singola". E costoso. Un cappuccino costava sei dollari. I baristi avevano un aspetto curato, con la barba ben modellata e con indosso camicie bianche.

Nessuno pareva sul punto di alzarsi dal suo tavolo, così Danny ordinò un cappuccino da sei dollari e si mise su una panchina, posando il portatile su uno dei tronchetti in gommalacca che venivano forniti a chi era senza tavolo per posare tazze e piatti.

Si collegò al Wi-Fi del caffè. Non era richiesta nessuna password. Doveva presumere che i falsi agenti della DEA avessero trovato un modo per inserirsi sulla sua linea internet di casa.

Andò su iCloud.com, lo spazio di archiviazione cloud di Apple, e inserì il suo Apple ID. Lì trovò un'icona verde a forma di schermo radar per un'applicazione chiamata "Trova il mio iPhone". Gli mostrò il suo iPhone. Venne visualizzata una grossa mappa di Google di Boston, centrata su Back Bay, dove si trovava lui. Poi la mappa traslò verso i sobborghi occidentali e una minuscola capocchia di spillo verde comparve su una strada arancione denominata I-90, l'autostrada a pedaggio del Massachusetts.

La capocchia verde si stava muovendo lentamente a ovest lungo l'autostrada.

Danny stava tracciando il proprio iPhone e, assieme a esso, i finti agenti della DEA, Yeager e Slocum. L'idea gli era venuta mentre era lì nel furgone. Il suo iPhone gli era più utile come congegno di tracciamento che come registratore.

Forse Yeager si sarebbe accorto che Danny aveva lasciato lì il suo iPhone. In effetti, era probabile. Ma avrebbe presunto che Danny l'avesse dimenticato nella foga del momento.

Lui e Slocum l'avrebbero gettato via? Improbabile. Avrebbero voluto estrarre tutte le informazioni che potevano: registri chiamate, SMS, numeri di telefono. Senza trovare molto di utile: Danny aveva cancellato un bel po' di roba.

O forse non si sarebbero nemmeno accorti che l'aveva lasciato lì. Danny aveva tolto la suoneria e la vibrazione.

Adesso la capocchia verde lucente aveva lasciato la I-90 ed era diretta a nord sulla Route 128.

Un paio di sorsi di cappuccino amaro più tardi, la capocchia di spillo aveva svoltato sulla Third Avenue nella cittadina di Waltham, diretta a sud.

Danny non aveva la minima idea di dove stessero andando e perché.

Pochi minuti dopo, la capocchia verde lucente aveva smesso di muoversi.

Cliccò il pulsante + sulla mappa per zoomare. Adesso era in modalità Street View. Il puntino verde era in un parcheggio dietro un edificio contrassegnato come AMBASSADOR SUITES.

Googlò "Ambassador Suites" e "Waltham" e trovò il sito web di un albergo che forniva alloggio prolungato per gli uomini d'affari. *Suite di tipo residenziale. Minimo una settimana di soggiorno. Cucinino completamente efficiente, servizio di pulizie di base.*

La casa temporanea per due ex agenti della DEA.

Era il momento di far loro una visita improvvisata.

68

Mezz'ora più tardi, Danny si fermò nel parcheggio di una struttura anonima a tre piani in mattoni rossi, simile a un motel.

L'Ambassador Suites Extended Stay Hotel di Waltham.

Nessun furgone bianco in vista.

Parcheggiò e spense il motore. Di fronte all'albergo c'era una cancellata sopra una T di cemento che conduceva all'ingresso principale. Un atrio imponente. Era un posto penoso, dall'aria disinfettata. Pulsava di solitudine, disperazione e transitorietà. Ipotizzò che molti degli ospiti fossero funzionari di medio livello di società come Oracle, Raytheon o Biogen Idec che si erano appena "trasferiti" nella zona di Boston ed erano in cerca di un alloggio. Oppure dei "team" in trasferta da Google, Microsoft o Genzyme venuti lì per qualche progetto a breve termine per un paio di settimane solitarie. Oppure degli ingegneri edili esperti al lavoro lì per un mese o due, lontano da casa.

E un paio di ex agenti della DEA impegnati in una specie di truffa? Erano lì anche loro?

Una Mini Cooper nera sbucò dal lato dell'hotel e uscì in strada. E Danny si accorse che c'erano altri parcheggi dietro l'albergo. Riavviò la macchina e si spostò sul retro. Due file di macchine parcheggiate, interrotte nel mezzo dall'ingresso posteriore dell'hotel e una corsia perpendicolare alle auto che conduceva a una strada. Proprio dall'altra parte della strada di fronte all'hotel c'era una grossa rimessa in cemento e acciaio, lunga quasi un isolato.

Nella fila posteriore di auto sulla sinistra, annidato tra le berline economiche a noleggio, c'era un furgone bianco con la scritta INTERSTATE FOOD & BEVERAGES sul lato.

Erano alloggiati lì, in quell'albergo, e probabilmente si trovavano nella loro stanza. Non era una zona dove si arrivasse a piedi. Non c'erano marciapiedi e le distanze erano troppo grandi. Se fossero usciti, avrebbero preso la macchina.

Erano lì.

Parcheggiò, si mise a tracolla la borsa del portatile e si diresse sotto l'entrata principale porticata. L'atrio era piccolo, fiocamente illuminato e odorava di caffè bruciato e fast food. Il banco della reception era piccolo, con un ripiano ricoperto di marmo. Delle luci fluorescenti sfarfallavano. Non pareva esserci nessuno dietro il bancone.

C'era un campanello, di quelli che si premevano per suonare. A nessuno, nemmeno ai cani di Pavlov, piaceva essere chiamato con un campanello. Chiamò: «Salve?».

Un giovane uomo robusto, a metà della ventina, uscì fuori. Il distintivo con il nome diceva MATT.

«Posso avere una stanza solo per questa notte, Matt?», chiese Danny. Forse la politica di una settimana minimo era flessibile. Spostò la borsa sulla spalla. Su un lato c'era un rigonfiamento per la pistola di Galvin, ma la forma non era evidente. Tuttavia, non poteva fare a meno di sentirsi a disagio.

«Certo», disse l'impiegato. Semplicissimo. Parecchie stanze vuote e la politica andava a farsi benedire.

«Hai qualcosa sul retro dell'hotel?». "Dov'è parcheggiato il furgone bianco", pensò.

L'impiegato si chinò su una tastiera un po' troppo piccola e digitò qualcosa.

Danny si sentì serrare il petto. Era sul punto di fare qualcosa di dannatamente pericoloso. Ma era meglio non soffermarsi sulle probabilità.

Era un momento alla Will Coyote, in cui se guardavi giù cadevi: le leggi della fisica dei cartoni animati.

Perciò non doveva guardare giù.

«Fanno centoquarantanove».

Danny gli porse una carta di credito e trattenne il fiato. Dopo un momento, vide che l'addebito era passato senza problemi. Aveva pagato. Aveva spazio sulla linea di credito. Espirò.

L'impiegato prese un foglio dalla stampante e lo fece scivolare sul bancone. Danny lo firmò.

«Vuole una mano con i bagagli, signore?»

«Li porterò su più tardi».

La sua stanza era al secondo piano. Era possibilissimo che si imbattesse in Slocum, Yeager o tutti e due, e non aveva preparato nessuna spiegazione.

Se lo avessero visto, sarebbe stato praticamente fottuto.

La stanza era piccola e pratica. Un letto a una piazza e mezzo, una scrivania e una sedia. Una zona cucina con lavastoviglie, frigorifero, macchina da caffè, due fornelli elettrici. Tutto quello di cui dei dirigenti in trasferta potevano aver bisogno per tutte le loro esigenze per un paio di settimane.

La finestra guardava sul retro dell'hotel e sulla doppia fila di macchine.

Il furgone bianco era ancora lì.

Slocum e Yeager erano nell'albergo. Ma dove? In quale stanza? C'erano dei modi per scoprirlo. Usare dei pretesti. Fingere di essere qualcosa che non eri oppure che fosse accaduto qualcosa.

Ma forse non doveva arrivare a tanto.

Aprì la cerniera della borsa del portatile e tirò fuori il suo PowerBook. Lo collegò all'alimentazione e si collegò al Wi-Fi gratuito dell'albergo.

Tirò fuori il TracFone Samsung prepagato. Poi prese la Beretta e una scatola di munizioni e le mise sulla scrivania accanto al portatile.

La Beretta odorava di olio per pistola. A giudicare da quell'odore pareva che non avesse mai sparato, o almeno non di recente. Sembrava nuova e immacolata. Azionò il rilascio del caricatore e lo tirò fuori. Era ancora carico con quindici proiettili. Prese la pistola e la tenne in una stretta a due mani come suo padre gli aveva insegnato, poi prese la mira sulla lampada a parete di destra. Quindi si voltò e mirò fuori dalla finestra verso una Prius blu. Un sistema di mira tradizionale: un mirino posteriore a mezzaluna con un puntino rosso e un'aletta frontale con un puntino rosso.

Sentiva la pistola solida nelle mani, pesante eppure bilanciata. Era un'arma seria – esistevano delle armi *non serie*? – e la sua mira era sempre stata decente. Niente di impressionante – non era certo un cecchino – ma non male per un tizio che sparava con una pistola non più spesso di una volta ogni paio d'anni. Al massimo. E che lo faceva al poligono del club di tiro di Nauset con suo padre. In circostanze ideali, controllate, artificiali.

Nel mondo reale, era poco più di un dilettante.

Affrontare qualcuno che usava le armi regolarmente? Nemmeno per sogno. Danny sarebbe stato ammazzato. E contro un fucile d'assalto semiautomatico? Neanche per idea.

Allora a cosa gli serviva la Beretta? Sarebbe riuscito a usarla, se vi fosse stato costretto?

Scacciò quel pensiero dalla mente. Era semplicemente meglio averla che non averla.

Adesso poteva chiamare Jay Poskanzer e fargli dare quell'indirizzo all'FBI. L'ubicazione esatta di due ex impiegati della DEA che fingevano di essere ancora sul libro paga, impersonando degli agenti delle forze dell'ordine.

Ma finché fosse stato lì, poteva ottenere molto di più.

A cominciare, si rese conto, dal numero di targa del furgone bianco. Guardò fuori dalla finestra.

Giusto in tempo per vedere Slocum e Yeager che vi salivano.

69

L'ascensore era troppo lento ad arrivare, perciò corse giù per le scale fino all'atrio, mentre i suoi passi riecheggiavano fragorosamente. Rallentò a un'andatura misurata quando entrò nell'atrio.

Notò Matt, il robusto impiegato della reception, dietro il bancone. Danny andò alla porta a vetri sul retro dell'edificio e, stando di lato, guardò fuori.

Il furgone bianco non c'era più.

Fece il giro fino al bancone. Sentì odore di patatine fritte. «Quei tipi che sono appena usciti col furgone?».

«Mi scusi?». Matt stava ancora masticando. Inclinò la testa cortesemente.

«Accidenti, ho fatto un casino», disse Danny. «Ho colpito il loro furgone mentre stavo parcheggiando prima e volevo lasciargli un biglietto. Sai di chi sto parlando? Il furgone bianco?».

Matt inghiottì. «Ehm, non so nulla di un furgone bianco, signore. Non faccio davvero caso a che macchine guidano gli ospiti». Un pezzo di lattuga si era annidato tra i peli della sua barbetta.

«I due tizi che sono appena usciti… quello magro con i capelli neri e quello tarchiato calvo? Sono appena andati via».

Matt annuì. Sapeva di chi stava parlando Danny. «Vorrebbe che lasciassi loro un biglietto?».

Danny scosse il capo, sembrando terrorizzato all'idea. «Non posso correre quel rischio. Voglio dire, se notano il danno e sporgono una denuncia contro… Be', sono semplicemente fottuto, perché sto guidando questa macchina della compagnia senza aver fatto tutte le scartoffie e potrei perdere il lavoro. Sarai qui stasera?»

«Stasera? No, il mio turno termina alle cinque. Ma ci sarà Leslie».

Probabilmente faceva un turno di otto ore, dalle nove alle cinque. Certo che non sarebbe stato lì quella sera. Danny ci stava contando. «D'accordo, fammi segnare il loro numero di stanza». Non "In che stanza sono?". «Mi procurerò un modulo dell'assicurazione e un assegno e glieli farò scivolare sotto la porta quando tornerò qui stasera».

Matt esitò. Inspirò. Dalla sua espressione pareva sul punto di scusarsi. Di dire qualcosa di ufficioso e burocratico. "Spiacente, signore, non ci è permesso di dare i numeri delle stanze degli ospiti. Politica dell'albergo".

Ma poi notò la banconota da venti che Danny stava facendo scivolare lungo il bancone.

«Questo... non è necessario, signore», disse con un sorriso imbarazzato.

«So che non è molto. Il mio lavoro vale parecchio di più. Ma...».

Non appena Matt ebbe preso la banconota, l'accordo fu siglato. Non erano stati i venti dollari, naturalmente. Era stata la disperazione di Danny. Sarebbe stato scortese rifiutarsi di aiutarlo.

Matt digitò qualcosa e disse rapidamente, a bassa voce: «Sono nelle stanze 303 e 304. Non posso davvero darle i loro nomi, però».

«Oh, non è necessario. Tutto quello che mi serve è il numero di stanza. Grazie mille. Non hai idea di che aiuto enorme sia per me».

70

Danny vagò per il corridoio del terzo piano in cerca di un'addetta alle pulizie. Finalmente ne trovò una nella stanza 307, dove la porta era tenuta aperta con un carrello.

«Mi scusi», disse. «Come un idiota mi sono chiuso fuori dalla mia stanza. Tre zero tre… può farmi entrare, per favore?».

La donna si girò e sgranò gli occhi. «Oh! Signore? Che succede?».

Lui le mostrò un secchiello in materiale acrilico. «Sono uscito per prendere del ghiaccio». Scosse la testa e si accigliò. Ma non con aria di scuse, non proprio. Più irritato verso l'albergo. Verso l'inattesa rapidità con cui la porta si era chiusa alle sue spalle. Colpa dell'hotel. Non sua.

«Che stanza ha detto?»

«Tre zero tre». Scosse il capo, come un ospite contrariato.

Lei si avvicinò e tirò fuori un portablocco appeso a un portaoggetti del suo carrello. «Ehm, come si chiama?»

«Yeager».

La donna scorse la lista degli ospiti dell'albergo. Scosse il capo. «Mi scusi?».

Probabilmente si erano registrati con dei nomi falsi. «Sono nella tre zero tre. Può fare in fretta? Ho un'importante teleconferenza tra un paio di minuti».

«Sì», disse lei annuendo bruscamente. «Stanza 303». Lo disse come per confermarlo a se stessa.

Danny seguì la donna nel corridoio. Odorava di ammorbidente per lenzuola, di quelli che si versano generosamente tra il bucato nell'asciugatrice. Oppure di deodorante per ambienti. Quell'odore si mischiava a quello del suo sudore, tipico di una gran lavoratrice. Non era un odore sgradevole, ma era l'effluvio in cui la donna trascorreva tutta la sua giornata.

Lo condusse in modo spiccio lungo il corridoio. Zoppicava un poco.

Quando arrivò alla stanza 303, tirò fuori un passpartout e lo inserì nel lettore di carte magnetiche che azionava la serratura. Probabilmente apriva tutte le stanze del piano.

«Grazie mille», disse Danny mentre lei apriva la porta con una spinta. Le diede una banconota da venti dollari.

«Oh, *gracias, gracias, señor*. Ehm… vuole che le prenda del ghiaccio?».

La stanza era una replica quasi identica di quella di Danny e sembrava che fosse stata appena pulita.

Una valigia di metallo Rimowa era posata su un ripiano per bagagli. Cercò di aprirla, ma era chiusa a chiave. Un completo e un doppiopetto erano appesi nell'ampio guardaroba accanto al bagno. Nel cucinino non c'era nulla fuori posto. L'unica indicazione che qualcuno vivesse lì, a parte la valigia chiusa, era la scrivania.

Un portatile Toshiba nero era aperto lì sopra, accanto a un fascio ordinato di fogli. Danny tirò fuori la pistola di Galvin che portava contro le reni e la posò accanto al computer.

Uno screensaver psichedelico mulinava e ondeggiava, un arcobaleno di festoni in un cielo notturno stellato.

Premette un tasto e lo screensaver scomparve, sostituito da una richiesta di password. La fissò per qualche secondo, poi premette INVIO nel caso in cui non richiedesse davvero una password.

PASSWORD ERRATA.

Digitò la parola *password* e premette INVIO.

PASSWORD ERRATA. Be', valeva la pena provare. Digitò *12345678* e premette INVIO.

PASSWORD ERRATA.

Digitò *abc123*.

Esitò. Forse il computer si sarebbe bloccato dopo un certo numero di tentativi sbagliati. Digitò *999999*, poi ci pensò un attimo e aggiunse altri due 9, per un totale di otto.

PASSWORD ERRATA.

"Un attimo", si disse. "Non ti serve accedere al loro computer. Lascia che lo facciano gli esperti all'FBI".

Il portatile doveva contenere ogni tipo di informazione compromettente su quei finti agenti della DEA. Sarebbe stata una leva notevole. Gli avrebbe permesso di fare un patto eccellente con il dipartimento di Giustizia.

"Prendi quel dannato aggeggio e basta".

Chiuse il portatile. Raccolse il fascio ordinato di fogli. Sopra c'era la stampa di un e-ticket. Una carta d'imbarco, in effetti.

VOLI 401/2470 Volo 2470
operato da AEROLITORAL DBA AEROMEXICO CONNECT

Partenza:
12:45 AM
New York, NY (JFK)

Arrivo:
8:20 AM
Nuevo Laredo, Messico (NLD)
Cambio a: Città del Messico

Il biglietto era a nome di Arthur Duncan e il volo partiva tre giorni dopo. Forse Arthur Duncan era il vero nome di uno di loro, oppure era uno pseudonimo. La destinazione era un posto in Messico chiamato Nuevo Laredo. Jay Poskanzer aveva detto che Slocum e Yeager avevano lavorato lì per la DEA quando erano stati licenziati. Ma perché Arthur Duncan vi si stesse recando adesso era un mistero.

Piegò il foglio in quattro e lo fece scivolare in una tasca.

In quel momento la porta della stanza si aprì.

Danny prese la pistola e ruotò verso la porta.

Era Philip Slocum.

71

Slocum entrò lentamente nella camera. Sgranò gli occhi quando vide cosa stava succedendo. Poi sorrise. La porta si chiuse dietro di lui.

«Fermo lì», disse Danny. «Non un altro passo».

Con la destra, indirizzò la Beretta verso il petto di Slocum. Nel centro di massa. Aveva letto che mirare al centro di massa aumentava le probabilità di colpire l'avversario, in particolare se non avevi completa fiducia nella tua mira. Tolse la sicura. La pistola era solida e piuttosto pesante, mezzo chilo o quasi il doppio.

Slocum non era a più di quattro metri e mezzo. Sarebbe stato difficile mancarlo.

Se si fosse convinto a premere il grilletto.

Sollevò la mano per sistemare la presa. «Mani in alto».

Pareva che Slocum stesse calcolando qualcosa. Esitò e sembrò irrequieto. Pareva che si stesse domandando se poteva scappare.

Poi però scrollò le spalle e sollevò le mani all'altezza del petto, di malavoglia, i palmi in fuori e un sorriso tollerante in faccia. Come se Danny fosse un bambino irritante che insisteva per giocare a battimani. Come se tutta quella situazione lo divertisse e la stesse sopportando solo per fare il bravo.

«Più in alto».

Slocum espirò. Sollevò ancora di più le mani. Il suo sorriso si era trasformato in qualcosa di simile a un ghigno. Non sembrava nervoso quanto doveva esserlo un tizio con una pistola puntata addosso.

«Muoviti di lato. Da quella parte». Danny mosse la pistola per indicare la poltrona presso la finestra. La sedia da lettura. Accanto c'era una lampada da terra con un paralume cilindrico grosso e bianco. «Siediti lì».

Nella stanza accanto qualcuno accese la TV, smorzata ma comunque udibile attraverso le pareti sottili. Anche l'altro impostore, Yeager, era tornato a casa.

«Forse non sei al corrente che uccidere un agente federale è un reato punibile con la pena di morte», disse Slocum con aria di sfida.

«Ah sì? E qual è la pena per uccidere un *ex* agente federale corrotto? Siediti».

«Quattro metri di distanza e probabilmente pensi che le tue probabilità di colpirmi siano piuttosto buone», disse. «Be', senti un po' questo. È più probabile che con quel proiettile calibro 40 tu buchi la parete di cartongesso e che un civile innocente resti ucciso o menomato. Un ospite dell'albergo che non puoi nemmeno vedere. Un impiegato, forse. Ecco perché agli agenti di polizia viene insegnato di non sparare mai in circostanze come queste, a meno che non siano del tutto certi del potere d'arresto. *Tu* lo sei, Danny?». Scosse il capo. «Non hai pensato a tutte le possibilità, vero?».

La scarica di adrenalina gli stava rendendo difficile radunare i pensieri. Cosa avrebbe dovuto fare? Non aveva intenzione di spararargli e non aveva nessun nome o numero di telefono di qualcuno all'FBI. Chiamare la polizia? Nel tempo che ci avrebbero messo ad arrivare, Danny sarebbe stato bello che morto.

All'improvviso, Slocum gli balzò addosso, le mani protese come artigli. Danny fece un passo di lato, poi vibrò la Beretta con forza. Tenendola ben stretta, la sbatté contro la tempia di Slocum. Quello grugnì e gemette di dolore, poi cadde lungo disteso all'indietro sul pavimento. Gli usciva sangue dall'occhio. «Hai fatto una cazzata enorme, patetico bastardo», ringhiò.

Dietro di lui, Danny riuscì a sentire il debole scatto metallico della porta per la stanza adiacente che veniva aperta.

Danny si voltò e vide Yeager varcare la soglia. «Oh, Daniel, questo non va affatto bene», disse entrando. Con una pistola spianata.

Alla sinistra di Danny, Slocum si stava rialzando in piedi a fatica. Dei rivoli di sangue gli colavano lungo il lato della faccia. Pareva che la pistola gli avesse lacerato la pelle appena sotto l'occhio. Danny si voltò e puntò la pistola su Slocum, poi la spostò sulla destra, mirando a Yeager.

«Metti giù la pistola, Daniel», disse Yeager in tono paziente. «Non essere sciocco».

«Indietro», Danny ammonì Slocum agitando la pistola verso di lui.

«Daniel, vedo che hai ferito Phil», disse Yeager. «Pare proprio che tu gli abbia rotto il culo meglio che nei tuoi sogni più assurdi. Te ne rendo onore». Si portò una mano alla fronte, facendo un saluto. «Certo, potresti provare a sparare al mio amico, il che sarebbe sconsiderato. Rimarresti sorpreso dalla rapidità con cui posso eliminarti. Anche se non vorrei, poiché mi sei molto più utile da vivo che da morto. Perciò, per favore, abbassiamo entrambi le armi e potremo conversare in modo civile. Abbiamo alcune cose di cui discutere».

Slocum si passò una mano sulla faccia insanguinata. Scoccò a Danny un'occhiata carica di veleno. Come lo volesse assalire, se Yeager non fosse stato lì.

Yeager era assolutamente calmo, come se stesse discutendo di punteggi del football.

«Daniel, se avessimo voluto ucciderti, saresti già morto, te lo *assicuro*».

Aveva ragione: avevano ancora bisogno di lui. Non era nel loro interesse ucciderlo. Non aveva senso.

Abbassò la pistola.

«Grazie», disse Yeager. «Stai facendo la cosa giusta».

«Vi sono addosso», disse Danny. «Siete degli impostori. Non lavorate più per la DEA».

«Beccati», disse Yeager. «Hai ragione. Non siamo con la DEA. Saresti fortunato, se lo fossimo».

«Tutte le vostre minacce sul mandarmi in prigione… erano tutte menzogne».

«Anche questo è vero. Non ti manderemo in prigione. No, Daniel, se non cooperi, *desidererai* essere andato in prigione. Sarà molto, molto peggio. Sono stato chiaro?».

Danny lo fissò. Aveva cominciato a sentire freddo.

«Vuoi dirmi che ancora non hai capito per chi lavoriamo? Mi deludi. Eccoti un indizio». Tirò fuori qualcosa dalla tasca della giacca e lo gettò a Danny. Lui l'afferrò con la mano libera: una collana di perline nere e verdi con il pendente di una donna in una lunga veste che impugnava una falce. «Ti risulta familiare?», disse Yeager.

«Quella... quella...». L'ultima volta che Danny aveva visto quella collana, era stata attorno al collo dell'autista di Galvin, ad Aspen. Aveva creduto che fosse la Madonna, ma non lo era. Con quella falce, assomigliava più alla Grande Mietitrice.

Alcune delle perline erano incrostate di qualcosa di scuro che probabilmente era sangue. Danny la lasciò cadere dal disgusto.

«Proprio così. Considerala un nostro regalo. Non ti dispiace se è di seconda mano, vero? È la *Santa Muerte*. La Santa Morte. Una santa non canonizzata. A sud del confine, alcuni la indossano come protezione. Si dice che porti fortuna».

«Direi che questa ha dei precedenti contrastanti», si inserì Slocum.

Yeager ridacchiò. «Ad Alejandro non è andata così bene, questo è vero», disse. «Ma, ehi... non si può mai sapere. Forse Daniel sarà fortunato».

E allora Danny seppe che o erano stati loro a uccidere l'autista di Galvin ad Aspen, oppure lavoravano assieme a quelli che l'avevano fatto. La stanza parve inclinarsi.

Allora per chi lavoravano? Un cartello? Era mai possibile?

L'e-ticket che aveva trovato: uno di loro era diretto in Messico, nella città di Nuevo Laredo, dove erano stati licenziati dalla DEA. Lì c'era la base di un cartello?

«Phil», disse Yeager, «potresti far partire i filmati di casa?».

Slocum si diresse alla scrivania e digitò qualcosa sul portatile. Poi lo girò perché Danny potesse vedere bene lo schermo. Premette un altro paio di tasti e si aprì una finestra. A Danny occorse un minuto per riconoscere cosa stava vedendo.

Il suo volto divenne esangue e si sentì girare la testa.

Lucy indossava una maglietta azzurro pastello e dei pantaloncini da ginnastica blu scuro, e stava facendo qualcosa in una stanza che assomigliava alla sua cucina.

Stava preparando il caffè. L'immagine era sgranata. Sembrava una specie di video di sorveglianza.

«Vuoi sapere perché puzza sempre di fumo?», disse Yeager. «Non è a causa dei senzatetto che frequenta, mi dispiace dirlo. Lo so, lei ti ha detto di aver smesso di fumare. Ma temo che la tua ragazza sia quella che definiresti una fumatrice occasionale: prende le sigarette in prestito dagli amici, non se le compra mai. Phil, passa al prossimo canale, per favore».

Un'altra finestra video si aprì sullo schermo. Con terrore, Danny riconobbe il soggiorno della casa in cui era cresciuto. Suo padre era seduto sulla sua poltrona reclinabile preferita, la Barcalounger. Sua madre occupava il suo solito posto sul divano a quadri. Entrambi stavano guardando la TV.

«Ma che carino», disse Yeager. «Mamma e papà vanno assieme da Stop & Shop a Orleans due volte a settimana. Tuo padre insiste per comprare il pane del giorno prima e tua madre lo detesta, ma fa buon viso a cattivo gioco. In un lungo matrimonio, suppongo che si debbano fare ogni genere di compromessi, vero?». Si schiarì la gola. «Sì, c'è anche la tua figlioletta, ma non tocchiamo i ragazzini, a meno che non sia davvero necessario. E spero che non lo sia. Anch'io ho una figlia».

«Brutto figlio di puttana», disse Danny, crepitando dalla furia. «Maledetto figlio di puttana».

«Ecco come stanno le cose, Daniel. Hai chiesto duecentocinquantamila dollari in contanti per domattina alle dieci, e questo non succederà. Ma apprezzo la tua franchezza, e anch'io sarò franco con te. Thomas Galvin tiene tutti i suoi numeri di conto e password in un sito crittato in ambiente cloud. A cui si accede tramite un'unica password. Quella password genera una chiave casuale, un vettore di inizializzazione casuale e così via. Perciò tu, amico mio, ci procurerai quella password entro domattina alle dieci. La tua stessa scadenza. Se *non riuscirai* a darci quella password, diventerai un orfano. E quello sarà soltanto l'inizio dei tuoi guai». Si illuminò. «D'altro canto, se ci darai quella password, tutti i tuoi problemi spariranno. E saremo di nuovo amici».

Danny si limitò a fissarlo.

«Sono stato chiaro?», disse Yeager.

Danny annuì. I battiti del suo cuore erano aumentati e la stanza era diventata più luminosa. «Sì», disse, «chiarissimo».

«Bene. Un'altra cosa», disse Yeager.

Danny si voltò.

«Ti prego di stare attento con quella pistola. Potresti far del male a qualcuno».

72

Gli pneumatici stridettero mentre varcava i cancelli in ferro battuto della Lyman Academy, sfrecciando oltre il parcheggio degli insegnanti – pieno di Hyundai, Nissan e Ford Fiesta – e scartando attorno alla corsia semicircolare dove i genitori passavano a prendere le figlie. Mancavano due ore al termine della scuola e la sua era l'unica auto parcheggiata di fronte all'ingresso principale. Trasudava ansia. Tutto era troppo luminoso e pareva muoversi al rallentatore. L'adrenalina gli pulsava nel sangue.

La loro rassicurazione che ai ragazzini non veniva fatto alcun male era insignificante. Quello che loro o i loro complici avevano fatto all'autista di Galvin ad Aspen denotava una violenza senza limiti. Se rapire la sua unica figlia era il modo per costringerlo a obbedire, non avrebbero esitato a farlo.

Doveva tirarla fuori da lì, tenerla lontano da tutti i luoghi conosciuti, che includevano la Lyman e il suo appartamento. Anche Wellfleet, per andare a stare dai nonni, era fuori discussione adesso, dato che il cartello li teneva sotto sorveglianza.

C'era un unico posto sicuro in quel momento, ed era la casa dei Galvin a Weston. Era un bersaglio, sì, ma uno ben difeso. La proprietà era recintata e Galvin gli aveva assicurato di aver ingaggiato della sicurezza privata. Non uomini forniti dal cartello di Sinaloa, ma vere guardie giurate. Tra i posti dove poteva essere al sicuro, quello lo era di certo.

Balzò fuori dalla Honda e superò correndo le porte principali della scuola.

Leon Chisholm, la guardia giurata della scuola, alzò lo sguardo dalla sua sedia – era lì a leggere il «Globe» – e disse: «Ehi, Dan...», ma Danny continuò a correre per il corridoio e su per le scale: non aveva tempo di parlare. La signora Gifford, la segretaria e receptionist della scuola, gli rivolse un sorriso perplesso che si trasformò rapidamente in apprensione. «Signor Goodman, va tutto bene?».

«Dov'è Abby?»

«Ancora non è uscita...».

«In che classe è?».

La donna sollevò gli occhiali da lettura dalla catenella attorno al collo ed esaminò il monitor del computer. «È nella classe di algebra avanzata del signor Klootjes. Le occorre che le porti un messaggio? C'è qualcosa che non va?».

«Dov'è la classe?»

«Mather 29, ma...».

«Da che parte?».

«Posso mandarle un messaggio, ma i genitori non possono...».

«Grazie», disse lui, poi si precipitò nel corridoio in cerca dell'aula Mather 29.

Con la vista periferica, notò la signora Gifford alzarsi dalla sua scrivania e la sentì urlargli dietro: «Signor Goodman?».

Le sue scarpe sbattevano contro il pavimento in marmo mosaicato e risuonavano nel corridoio. Quella dannata scuola era un labirinto di corridoi, angolini, armadietti, brevi rampe di scale e vicoli ciechi.

Gli occorsero cinque minuti buoni per trovare l'ala Mather. La stanza 29 era un'aula dall'aspetto moderno, almeno per gli standard della Lyman: pareti con lavagne bianche, invece che nere o verdi, poster di M.C. Escher, diagrammi incomprensibili. Danny guardò dentro l'aula attraverso la finestrella nella porta. Quindici studentesse dall'aria annoiata occupavano delle sedie con tavoletta color bordeaux e fissavano intontite il signor Klootjes, un uomo obeso con barba e capelli rossi, che portava lerci occhiali a montatura leggera e insegnava con un tono soporifero, scribacchiando un intrico di numeri con un pennarello verde su una lavagna bianca. Danny lo aveva avvicinato una volta, a uno dei periodici incontri genitori-insegnanti, e aveva capito all'istante perché Abby lo detestava.

Abby era nell'ultima fila e pareva che si stesse sforzando di stare sveglia. Non vide Jenna; forse non era nella stessa classe di matematica.

Danny aprì la porta dell'aula con uno strattone. Il signor Klootjes si voltò lentamente e strinse gli occhi. «Ehm, salve...?».

«Abby, andiamo», disse Danny, chiamandola con un gesto urgente.

Abby alzò lo sguardo verso la porta, allarmata. «Papà?»

«Su, andiamo, ora!». Quindici ragazze lo stavano guardando, alcune delle quali ridacchiando. Udì una di loro dire: «Il padre di Abby».

«Mi scusi, signore», disse il signor Klootjes.

«Abby, andiamo, è importante», disse Danny.

Mortificata, lei sgattaiolò fuori in corridoio. «Che succede?», disse.

«Andiamo. Parleremo tra un minuto».

«Devo prendere la mia roba dall'armadietto».

«Non c'è tempo».

«È vicino, proprio qui a Burke...».

«Possiamo prendere la roba nel tuo armadietto un'altra volta».

«Cosa? Che succede? Cos'è *successo*?»

«Parleremo in macchina».

«Pe-perché stai facendo questo? È successo qualcosa di brutto?»

«Parleremo in macchina», ripeté Danny.

Abby sbatté la portiera. «Oh, mio *Dio*, è così *imbarazzante*! Cosa diavolo c'è di così *importante* da passare a prendermi ora? Cos'ho *fatto*?»

«Tu non hai fatto nulla». Non poteva dirle la verità, non poteva dirle cosa stava succedendo, quale fosse di preciso la minaccia. «Ti porto a casa di Jenna ora».

«A casa di Jenna? Come mai stiamo andando lì ora?»

«*Ascoltami*... ascoltami e basta, per favore», sbottò mentre guidava la macchina fuori dai cancelli della scuola e su St Agnes Road. «Resterai dai Galvin per un paio di giorni».

«Dai Galvin...?»

«A casa loro. Solo per un paio di giorni».

«Perché?»

«Non ti stai lamentando, vero? Pensavo che saresti stata eccitata».

«Non posso... voglio dire, tutta la mia roba è a casa!».

«Te la porterò io più tardi».

«Non sai cosa prendere! Non sai dove tengo tutta la mia roba».

«Non è un grosso appartamento. Troverò quello che ti serve».

Danny non poteva darle nessuna spiegazione che per lei avesse senso. "Temo che possa accaderti qualcosa. Temo che qualcuno possa prenderti in ostaggio. Sarai al sicuro, molto meno vulnerabile, in una casa in periferia, circondata da un grande terreno recintato e guardie armate piuttosto che in un appartamento al secondo piano in città, soltanto con un paio di deboli serrature fra te e loro".

Non c'era motivo di terrorizzarla.

«Perché tanta fretta? Vuoi *dirmelo*?»

«No», rispose lui. «Non ora. Più tardi».

73

Le normali misure di sicurezza alla casa dei Galvin erano sembrate sufficientemente elaborate, con la recinzione in ferro battuto alta due metri e mezzo e un cancello elettrico che si apriva soltanto dopo essersi identificati.

Ma Galvin, su suggerimento di Danny, aveva assunto una compagnia di sicurezza privata che forniva ex soldati ed ex poliziotti addestrati a corporazioni e individui facoltosi. E adesso la proprietà aveva l'aspetto di una base militare. Le due guardie in uniforme che fermarono Danny al cancello non sembravano i soliti sbirri a noleggio. Parevano in forma e professionali, avevano con sé dei walkie-talkie ed erano armati. Un terzo sembrava pattugliare il perimetro a piedi.

Uno di loro si accostò alla macchina di Danny. Danny abbassò il finestrino alla richiesta severa della guardia e gli porse la sua patente.

«Sono un amico. Daniel Goodman».

«Sì, signore, la stavamo aspettando», disse consultando un portablocco. Il tizio fissò la patente di Danny, gliela riconsegnò e annuì al suo collega. Il cancello si aprì lentamente.

«E questo cos'è?», domandò Abby. «Perché quei tizi?».

Danny non rispose. Non poteva dirle la verità, ma non poteva neanche mentirle spudoratamente. Guidò lungo la strada alberata che serpeggiava attraverso il bosco fino alla villa.

«Hai intenzione di *dirmi* cosa sta succedendo?».

Danny accostò e si fermò nel parco, con il motore ancora acceso. «Boogie, ascolta. Uno dei clienti del signor Galvin ha minacciato lui e la sua famiglia».

Lei strizzò gli occhi e si accigliò. «Allora... cos'ha a che fare questo con me?»
«Il fatto è che probabilmente stanno prendendo di mira anche gli amici più stretti. Comunque, questo è ciò che la compagnia di sicurezza di Tom gli ha detto, perciò non vogliamo correre rischi».
Abby rimase a bocca aperta. «Ma... e Jenna?»
«La stanno andando a prendere separatamente».
«Porca vacca!», esclamò lei. «Non ci credo. Intendi che non possiamo uscire di casa?»
«Solo per un paio di giorni. Finché la faccenda non si sgonfia».
Procedettero fino alla villa.

Fu Celina ad aprire la porta, bella come sempre, in jeans e un top di seta beige, ma il suo sorriso radioso era scomparso. Non era truccata e pareva un po' smunta. Rivolse loro un sorriso di circostanza; non era tanto ostile quanto distante, circospetta. La sua vita era stata scossa dal massacro ad Aspen e dalle relative conseguenze lì in casa sua. Tutto era cambiato, e stava per cambiare in modo ancora più drastico, e lei era spaventata per la sua famiglia.
«Abby, ti piacerebbe andare in camera di Jenna? Lei sta per arrivare». I due cagnetti-topo zampettavano accanto a loro, li attorniavano ansimando e raspando, con le unghie che ticchettavano come minuscole scarpe da tip tap.
«Torito! Loco! Basta!», disse lei.
Mise entrambe le mani sulle spalle di Abby. «Abby, querida, tu e Jenna vi divertirete un sacco questo fine settimana. Forse potete dare una mano a preparare la cena stasera?».
Abby sbatté le palpebre e annuì. «Okay, certo», disse senza entusiasmo, rivolgendole un sorriso che scomparve rapido com'era arrivato.
«Non c'è nulla di cui aver paura», disse Celina.
Ma Abby non pareva convinta.

Pochi minuti dopo, Tom Galvin e Jenna entrarono dalla porta principale, seguiti da un corpulento uomo di colore con una felpa blu scuro, la pistola tenuta in una fondina sul lato sinistro della cintura. All'orecchio c'era il cavo arrotolato di un auricolare. Rimase sulla soglia.

Galvin pareva star male. Le spalle sembravano incurvate. Era pallido, con gocce di sudore sulla fronte. «Siamo tutti a posto, Dennis», disse Galvin alla guardia, che annuì e se ne andò, chiudendosi la porta alle spalle.

«*¡Mamá!*», annaspò Jenna con occhi sgranati. «Qualcuno vuole dirmi cosa sta succedendo? Siamo prigionieri qui dentro? Qualcuno vuole *spiegare*?».

«Celina», disse Galvin in tono inespressivo. «Scambia due parole con le ragazze. Danny, anche tu e io dobbiamo scambiare due parole».

«E la Serata dell'università?», disse Jenna.

«Eh?», chiese suo padre.

«Stasera», disse Abby. «La Serata dell'università. Tutte devono esserci».

«Spiacente», disse Galvin. «Cambio di programma. La Serata dell'università è stata cancellata. Voi ragazze potete stare qui e fare una festa».

«Non possiamo *scegliere*», disse Jenna a suo padre. «Voglio dire, non è *facoltativa.* Dobbiamo andare».

Danny scosse il capo. Celina disse: «Non è un buon momento».

«Papà, ci saranno tutte», disse Abby. «Ci saranno esaminatori da Yale, Princeton e Brown, e i consiglieri scolastici diranno a tutte cosa dobbiamo fare, e risponderanno alle domande. Non è una scelta. Dobbiamo esserci. Tutte e due».

«Non stasera», disse Danny. «Spiacente».

«Voi pensate che io *voglia* andare alla Serata dell'università?», disse Jenna ai suoi genitori. «Abby vuole andare davvero, okay? Voglio dire, non è che io potrò mai andare all'università. A meno che non gli compriate una palestra».

Galvin parve ferito. «Non dire così, tesoro. L'università giusta sarà fortunata ad averti».

«Fortunata ad avere *te*, intendi. Comunque, non potete costringerci a stare qui. Non siamo prigioniere».

«In realtà, ho brutte notizie per voi. Io *posso* costringervi a stare qui. Se non sbaglio, sono tuo padre».

«E vorrei che non lo fossi!», urlò Jenna. «Sei un maledetto nazista, lo sai?». La spigolosità della furia che aveva accumulato era attenuata solo dalle sue lacrime.

Galvin rimase in silenzio per diversi secondi, poi scosse il capo, come se avesse perso tutta la voglia di lottare. «Non parlare a quel modo», disse piano.

«Ti odio!», disse Jenna. «Mi stai rovinando la vita».

«Tuo padre ti ama, *chica*!», replicò Celina. «Non dire così!».

«No!», urlò Jenna, poi si precipitò di sopra. Un attimo dopo, Abby la seguì.

Galvin borbottò qualcosa a Celina in spagnolo. Poi disse: «Ora, io e Danny dobbiamo parlare in privato».

I due si diressero verso l'ufficio di Galvin.

«Devo mostrarti qualcosa», disse Galvin.

«Dovrà aspettare», disse Danny.

Galvin lo guardò.

«Credo che tu non sia stato sincero con me», disse Danny.

«Ah sì?»

«Sì». Sulla porta dello studio di Galvin, Danny incrociò le braccia.

Galvin gli lanciò un'occhiata brusca. «Riguardo… a cosa?».

Fu allora che Danny seppe con certezza di avere ragione. «Riguardo al fatto che stai collaborando con la DEA».

74

Finché non aveva appreso la verità su Slocum e Yeager – che erano degli impostori – Danny aveva creduto di essere lui lo spione, la fonte confidenziale di informazioni compromettenti su Galvin che avevano tanto allarmato il cartello di Sinaloa.

Ma la sua supposizione era sbagliata. Dal momento che erano degli impostori, qualcun altro doveva essere lo spione.

E quel qualcuno era Galvin in persona.

Era altamente improbabile che Galvin avesse potuto gestire il denaro del cartello di Sinaloa così a lungo senza che la DEA lo scoprisse e lo mettesse alle strette.

Galvin l'aveva praticamente detto.

Lo faccio da così tanto tempo. Quanto basta perché la DEA *possa conoscere a fondo le mie attività. E mettermi in trappola. Costringermi a voltare gabbana. Sembra una follia, giusto?*

Galvin guardò Danny per un tempo lunghissimo. Sbatté le palpebre alcune volte. «Sei un astuto figlio di puttana, lo sai?», disse infine. «Metterò tutte le carte in tavola. La semplice, terribile verità è che i federali sono arrivati a me una dozzina di anni fa. Me lo sarei dovuto aspettare: quell'accordo era troppo bello per durare. Un agente della DEA si presentò al mio ufficio e cominciò a farmi domande. Immagino che avessero una squadra di contabili che aveva analizzato i flussi di denaro dal cartello messicano alla HSBC. E l'agente aveva una teoria che puntava direttamente a me».

«E tu negasti».

«*Certo* che negai», disse con una scrollata di spalle. «Finché capii che qualcuno degli alti papaveri nella catena di comando del cartello doveva aver voltato gabbana. Mi avevano in pugno. Avevo la scelta tra cooperare oppure oppormi. Ma questo tizio della DEA – si chiamava Wallace Touhy – era troppo furbo. Oppure le sue fonti erano troppo buone. Mi aveva in pugno».

«Non… cercasti di opporti?».

Galvin scosse il capo. «A che scopo? Non puoi dimostrare un fatto negativo. Non potevo provare a loro che non stavo collaborando con la DEA: avrebbero *presunto* che stavo cooperando. O che prima o poi avrei ceduto e li avrei traditi. Allora non avrebbero avuto altra scelta tranne uccidermi. Mi avrebbero eliminato come l'ennesimo *gringo* codardo che li aveva venduti».

«Diventasti una fonte confidenziale per la DEA».

«Mi offrirono una scelta. Venti o trent'anni dietro le sbarre… oppure aiutarli. Dare loro delle dritte. Consegnare un membro del cartello ogni tanto, sempre che potessi farlo senza destare sospetti. Era quello il trucco: non sai mai chi all'interno della DEA potrebbe essere in segreto una talpa per i cartelli. Perciò Touhy acconsentì a gestirmi fuori dai registri. Un'operazione segretissima. L'unico modo per assicurarsi che il cartello non lo scoprisse. Rinchiuse il mio fascicolo in un armadietto da qualche parte… voglio dire, c'è sempre documentazione. Dev'esserci. Mi assegnò un numero, e con questo chiudemmo con le scartoffie. Devo aver consegnato cinque o sei membri di alto rango di Sinaloa nel corso degli anni».

«E come pensi che abbiano fatto quelli del cartello a scoprirlo?».

Galvin si strinse nelle spalle. «Mai visto quel poster della seconda guerra mondiale di un tizio che affoga e dice: "Qualcuno ha parlato!"?».

Danny annuì.

«Immagino di essere stato fortunato a tirare avanti per così tanto tempo».

«Il tizio della DEA non può aiutarti adesso?».

Galvin ridacchiò. «La DEA? Cosa potrebbero fare? Mettere tutta la mia famiglia nel programma protezione testimoni? Voglio dire, a parte farmi fare una plastica facciale e nascondermi in North Dakota, non c'è niente che il governo può fare una volta che il cartello vuole eliminarti».

«Sono giorni che cerco di mettermi in contatto con Touhy. Mi hanno dato un numero; ogni volta che l'ho chiamato, mi ha sempre risposto, ventiquattr'ore al giorno, sette giorni su sette. Sempre. Ma non stavolta. L'ho chiamato. Nessuna risposta».

Danny sentì crescere dentro di sé un'ondata di panico. «E?»

«E ho appena scoperto perché. Ho una fonte nella polizia di stato. Touhy è morto. Un omicidio, brutale. Torturato. E se non agisco ora, il prossimo sarò io».

«Lo dici come se ne fossi certo».

«Lo sono. E so chi manderanno».

75

«Ho bisogno di mostrarti un'immagine», disse Galvin, indicando il suo portatile aperto con un cenno del capo.

La foto che riempì lo schermo era quella di un uomo con un soprabito scuro. Danny si sporse più vicino. Era lievemente sfocata, come un fermo-immagine da un video di sorveglianza. L'uomo era completamente calvo, aveva degli occhiali senza montatura ed era seduto in un veicolo, con la testa voltata verso la telecamera. Sembrava che stesse guardando *direttamente* la telecamera, in effetti.

«Chi è quello?», chiese Danny.

Galvin distolse lo sguardo dallo schermo, gli occhi arrossati e iniettati di sangue. La sua faccia riluceva di sudore. Sembrava uno che avesse appena vomitato. Si passò una mano sulla faccia.

«*El ángel de la muerte.* "L'angelo della morte", lo chiamano. È il tizio che mandano».

«Mandano chi? Mandano a fare cosa?»

«Il cartello. Sinaloa. Il suo nome è dottor Mendoza. È tutto ciò che so: dottor Mendoza, niente nome». Fece una pausa e prese un respiro profondo. «È specializzato in… interrogatori coercitivi».

«Intendi tipo "tecniche avanzate di interrogatorio"? Tortura?».

Galvin scrollò le spalle. «Chiamala come ti pare. Io sono il prossimo sulla sua lista».

«Ma comc sai che sta arrivando?»

«Quest'immagine è stata presa circa un'ora e mezza fa, da una telecamera di sicurezza sulla mia recinzione. Quel tale era seduto dentro una macchina dall'altra parte della strada, lì in attesa a osservare. Come se se la stesse prendendo comoda».

«Perciò pensi che quel tizio – Touhy? – sia stato torturato e abbia rivelato il tuo nome, è così?».

Galvin annuì. «E forse siamo al sicuro finché restiamo nella proprietà. Ma non posso rimanere qui all'infinito. Devo scomparire. A un certo punto, presto, dovrò andarmene».

«E poi cosa? Lui…».

«Sai quei video su internet di quei tizi con delle motoseghe che tagliano teste di persone e cose del genere? Quelli che tu vedi nei tuoi incubi?».

Danny espirò con forza e annuì. Non riusciva a parlare.

«Bene, questo è il tipo che *quei tizi* vedono nei loro incubi».

«Oh, Cristo», disse Danny, e per un lungo momento rimase in silenzio. Poi riprese: «Cosa vuole da te?»

«Numeri di conto, codici di accesso, tutto quanto».

«C'era lui dietro quello che è successo ad Aspen?»

«No, non credo. Quella era la firma degli Zetas. Ed è proprio questo che ancora non riesco a capire».

«Cos'è che non riesci a capire?»

«Il sangue nell'acqua attira gli squali. Questo lo capisco. I miei – tra cui Mendoza – sono Sinaloa. Ma non so come siano rimasti coinvolti Los Zetas. O perché mi stiano alle costole».

Si voltò e guardò Danny incuriosito. C'era qualcosa di quasi accusatorio nella sua espressione. Come se sapesse che Danny nascondeva qualcosa.

E Danny non poteva tenere Galvin all'oscuro sugli ex agenti della DEA. Non più. Non mettere Galvin a parte di quel segreto era diventato insopportabile.

«Adesso sono io a doverti dire qualcosa», cominciò Danny.

76

L'aria nello studio di Galvin era densa di fumo di sigaro. Era sospeso in aria come nuvolette, simile alle scie di un jet. Un sigaro era acceso in un grosso posacenere di vetro sulla scrivania davanti a lui. Quello che restava di un altro era tra la cenere, annerito.

Galvin aveva ascoltato la storia di Danny in silenzio, reagendo a malapena.

«Sapevo che eri stato intrappolato in qualcosa», disse quando Danny ebbe finito. «L'ho saputo fin da quella partita di squash».

Danny trasalì. «Non so nemmeno cosa posso dirti. Come scusarmi».

«Pensi che abbia intenzione di giudicarti? Dopo quello che ho fatto io? Andiamo, amico».

Danny rimase in silenzio per un momento. «Pensi… pensi che lavorino per Los Zetas?».

Scrollò le spalle. «Può darsi. Direi che è probabile. Pare che siano ex agenti della DEA e sappiamo che almeno uno di loro era ad Aspen. Te l'ho detto: quell'oscenità ad Aspen… quella aveva tutta l'aria di essere opera del cartello degli Zetas».

«E quel biglietto per Nuevo Laredo… non è lì la base degli Zetas?»

«Esatto. Ti dico un'altra cosa. È proprio così che operano. Sono come… come dei paguri».

«Ovvero?»

«Sai come hanno cominciato Los Zetas? Erano tutti membri di forze speciali del Messico, assoldati dal cartello del Golfo con compiti di attacco e difesa. Ma dopo un po' pensarono: perché essere solo la forza bruta, quando possiamo fare tanto denaro quanto i nostri capi? Così si staccarono e diedero vita al proprio cartello. Esattamente come i paguri trovano dei gusci vuoti e ci si trasferiscono».

«Perciò in questo caso stanno tentando di prendere il posto… di cosa, dell'intero cartello di Sinaloa?»

«Vogliono quello che ho costruito per il cartello. L'intera struttura finanziaria. Numeri di conti, password: le chiavi del regno. Vogliono andare dritto al punto cruciale. Colonizzano. Subentrano. No, non sono paguri… sono come un cancro».

«Vogliono la tua password principale entro le dieci di domattina oppure…». Scosse il capo: non voleva nemmeno pensarci. «Voglio dire, esiste davvero una cosa del genere? Hai una password principale?».

«Come farebbero a saperlo?», disse Galvin con un mezzo sorriso incuriosito.

«Ce l'hai o no?».

Galvin annuì. «Ascolta, non sono un esperto di computer, ma sono abbastanza intelligente da assumere persone capaci, e loro mi hanno dotato del sistema di gestione password più sofisticato esistente. Tutte le informazioni più sensibili – l'intera lista di numeri di conto, password, nomi e telefoni di contatti – è crittata e conservata su un database su cloud e bla bla bla. Se vuoi sbloccare quella directory, ti serve inserire una passphrase, non una password. In effetti si tratta di un verso di una canzone dei Lynyrd Skynyrd».

«Scommetto di sapere quale». *Sweet Home Alabama* era un'ipotesi piuttosto sensata.

«Scommetto che lo sai».

«Ma non mi servirà a nulla. Non ho intenzione di dare loro la passphrase e loro non hanno intenzione di dire grazie, stringermi la mano e lasciarmi in pace».

Galvin fece una smorfia. «Mi dispiace averti tirato dentro a tutto questo».

Danny lo fissò a lungo. Di cosa doveva essere spiacente Galvin? Non era stato lui a trascinarlo in quella storia. Era stato Danny, da solo. «Non c'è nulla che posso dar loro e che sia in grado di garantire la mia sicurezza o quella della mia famiglia», disse piano. Una tetra disperazione si stava impadronendo di lui. «Il meglio che posso fare è guadagnare un po' di tempo».

«Vorrei avere la risposta», disse Galvin, «ma non ce l'ho».

«E tu? Se scomparirai con miliardi di dollari del loro denaro, ti daranno la caccia per sempre».

«Certo. Motivo per cui prenderò solo il profitto».

«Il profitto?»

«Il cartello possiede proprietà immobiliari, centri commerciali, catene di fast-food e una vasta gamma di compagnie. Tutte sono di proprietà di una holding. Più parecchio contante».

«E tu prenderai il contante?»

«A-ah. Ho sempre saputo che questo accordo aveva una data di scadenza. Sapevo che sarebbe arrivato per me il momento di scomparire. Sono anni che metto da parte noci per l'inverno, come uno scoiattolo».

«E questo cosa significa? Che hai fregato il cartello?»

«Niente affatto. È tutto denaro che ho guadagnato. Circa duecento milioni di dollari in una serie di conti off-shore. Vedila come una parcella di gestione».

«Allora cosa farai? Andrai a navigare ai Caraibi e scomparirai con il nome di quel passaporto degli Stati Uniti genuino al cento percento che hai comprato?».

Galvin annuì.

«E quei duecento milioni di dollari circa... sono sotto lo stesso nome?»

«No. Tutti i conti off-shore sono sotto un nome diverso. Devi tenere il nome del passaporto e il nome del conto completamente separati. Ho fatto le mie ricerche».

«E cosa accadrà quando gli agenti del governo inizieranno a occuparsi delle questioni irrisolte? Sono bravi a farlo, giusto? Parecchi di quegli stati caraibici stanno cominciando a cooperare con gli Stati Uniti».

«Alcuni più di altri, ma non è questo il punto. Il mio denaro si trova in quello che i contabili chiamano un fondo ambulante. Significa che se degli agenti del governo aprono un'inchiesta su uno dei miei conti, quello si dissolve automaticamente. I soldi sono trasferiti immediatamente a un altro conto in un paese diverso. Credimi, non mi troveranno».

«Non ci sono garanzie. Perfino se fai qualcosa di elaborato come simulare la tua morte, non saranno convinti. Non ci crederanno».

«Hai ragione. Ma non c'è nulla che possa farci».

«Forse no. Ma forse sì».

«Non devi preoccupartene tu. Devi badare alla tua famiglia».

«Be', tu stai proteggendo mia figlia. Questo per me significa molto».

Galvin si morse il labbro inferiore. «Tu e Lucy... avete rotto, giusto?». Dal suo tono, sembrava che fosse già da un po' che voleva chiederglielo.

Danny annuì.

«L'hai fatto per proteggerla».

Danny sbatté le palpebre alcune volte. Aveva gli occhi umidi. «Se n'è andata».

«Ma tu non l'hai fermata».

Danny annuì di nuovo.

«Hai fatto la cosa giusta».

«Non è stata una mia decisione».

«Ma l'hai lasciata andare. L'hai lasciata andar via perché la ami. Lo capisco».

Danny trasalì e annuì. «E tu?»

«Io cosa?»

«Te ne andrai via. Cosa farai? Salirai sulla tua barca e ti renderai irrintracciabile?»

«Più o meno».

«E la tua famiglia?»

«Il fatto che me ne vada sarà la loro miglior protezione. Credi che non mi spezzi il cuore?»

«Certo che sì, Ma non è sufficiente. È solo una mezza via di fuga».

«Ho i miei documenti e il mio fondo ambulante. Cos'altro serve?»

«Sono un biografo. Fidati di me. Ti serve un racconto. Una storia».

Galvin lo squadrò e scosse il capo, senza capire.

«La risposta è stata davanti al mio naso tutto questo tempo», disse Danny.

77

Galvin guardò Danny e scrollò le spalle. «Cosa?»
«Cosa avrebbe fatto Jay Gould?»
«Eh?»
«Jay Gould. Il tizio su cui sto scrivendo un libro: industriale, truffatore, quant'altro».
«Allora?»
«Allora facciamo finta di essere l'uno contro l'altro. È l'unico modo per sopravvivere a tutto questo».
«Come?»
«Un doppio gioco».
«Spiega».
«Sto cominciando a sviluppare un vero apprezzamento per Jay Gould. Era un tipetto piccolo. Fragile, spesso in scarsa salute. Aveva parecchi nemici, proprio come chiunque a Wall Street. Ma era anni luce avanti rispetto a ogni altro. E il modo in cui lo fece, il modo in cui divenne ricco, fu giocare a un gioco molto più complesso, molto più sofisticato di qualunque altro».
«Ovvero?»
«Si impadronì della Western Union. Ai suoi tempi, il telegrafo era come la nostra internet. E il pezzo da novanta nel campo della telegrafia era la Western Union. Perciò, naturalmente, Jay Gould voleva possederla. Ma il loro consiglio direttivo non lo lasciava nemmeno entrare».
«Okay». Galvin aveva cominciato ad ascoltare con attenzione.
«Perciò li truffò. Li indusse a pensare che si stava mettendo in affari contro di loro. Iniziò a comprare quote dei concorrenti, At-

lantic e Pacific. E sapeva che la Western Union monitorava i telegrammi mandati dai concorrenti. Perciò inviò dei telegrammi che davano *l'impressione* che stesse progettando di costruire una compagnia rivale. Come previsto, la Western Union lesse quei telegrammi, e ovviamente non volevano concorrenti. Così comprarono la sua compagnia. Ma tutto quanto non era che una truffa elaborata, poiché lui aveva aumentato il valore delle azioni. Li costrinse a pagare prezzi enormemente gonfiati per la quota. Come una pillola di veleno. Così la Western Union acquistò in blocco. E poi Gould fece la sua mossa, colpendo rapido come un serpente a sonagli e, in un lampo, si ritrovò a possedere la Western Union».

«Dov'è il collegamento?»

«Può essere un po' complicato», spiegò Danny. «Ma penso che dovrebbe funzionare piuttosto bene. Hai parecchie compagnie nel tuo portafoglio... intendo il portafoglio del cartello, giusto?».

Galvin annuì.

«E tra esse ci sono, diciamo, delle compagnie edili?»

«Certo».

«Qualcuna da queste parti?»

«Possediamo la Medford Regional Construction & Engineering. Nulla in città».

«Potrebbe andare».

Galvin pareva perplesso.

«Lasciami spiegare», disse Danny.

Per i trenta minuti successivi espose la sua idea. Galvin ascoltò, prese appunti e ogni tanto obiettò. Fece alcune telefonate.

Col tempo misero in piedi qualcosa che pareva fattibile.

Non sicuro e non facile.

Ma possibile.

78

Nell'allontanarsi dalla villa di Galvin, Danny salutò con la mano le guardie fuori dal cancello. Uno rispose al saluto, l'altro fissò l'auto di Danny, come esaminando l'interno. Forse lo faceva per assicurarsi che non ci fosse nessun altro dentro la macchina a parte il guidatore.

A circa un chilometro lungo la strada, notò con la visione periferica un grosso veicolo nero uscire da una svolta appena dietro di lui. Era una Suburban nera. L'unica altra macchina sulla strada. Lanciò un'occhiata nello specchietto retrovisore. Nessuno che conoscesse. Un tipo muscoloso dietro il volante e un altro al posto del passeggero.

Quando entrò sull'autostrada a pedaggio e la Suburban nera era ancora dietro di lui, era piuttosto certo di essere seguito. La Suburban restava a una macchina o due di distanza, mantenendo una velocità adeguata, senza mai superare l'auto di Danny. Quando uscì a Copley Square, la Suburban fece lo stesso.

Gli uomini nella Suburban avevano le facce inespressive con i capelli a spazzola e quell'aspetto scialbo che Danny aveva sempre associato agli agenti federali, ai servizi segreti, all'FBI o simili.

D'altra parte, potevano anche essere dei privati, che lavoravano con o per Slocum e Yeager. In tal caso, non era chiaro cosa avessero intenzione di scoprire pedinandolo. La casa di Galvin e il suo appartamento a Back Bay erano gli unici due posti dove si sarebbe recato sicuramente. Qual era lo scopo? Forse solo tenerlo sotto pressione, per fargli sapere che, ovunque fosse andato, loro osservavano i suoi movimenti.

Così permise che lo seguissero. Voleva mantenere le apparenze di una routine normale e prevedibile.

Perché in meno di un'ora si sarebbe lasciato alle spalle quella routine e si sarebbe recato in un posto dove era vitale che nessuno lo seguisse.

Trovò un parcheggio su Marlborough Street, proprio di fronte al suo appartamento. La Suburban nera lo aveva seguito, non curandosi di prendere alcuna precauzione. Proseguì oltre il suo parcheggio, fino a mezzo isolato di distanza, poi si fermò in doppia fila, con le quattro frecce. L'avrebbero aspettato.

Che aspettassero.

Una volta all'interno del palazzo, tirò fuori le chiavi del suo appartamento. Poteva sentire Rex uggiolare piano e raspare alla porta: non vedeva l'ora di essere portato fuori. La coda sbatteva contro il pavimento di legno.

La serratura di sotto non era chiusa.

Aveva chiuso entrambe l'ultima volta che era stato lì. Ne era assolutamente certo.

Rex uggiolò piano. «Ora ti porto fuori, ragazzo mio», disse.

Loro – probabilmente sempre Slocum e Yeager, gli impostori ex DEA – volevano che sapesse che erano stati lì.

Rex uggiolò ancora e si sforzò di mettersi su due zampe. «Poverino, sei stato così paziente». Danny gli attaccò il guinzaglio al collare – un collare di gros grain rosso della Lyman Academy che Abby lo aveva convinto a comprare nella raccolta fondi per una scuola a cui i fondi non servivano – mentre Rex gli leccava la mano per la gratitudine.

Da quanto potevano vedere i suoi sorveglianti, Danny era andato in città per dar da mangiare al cane.

Faceva tutto parte della sua normale routine.

Rex arrancò per circa un isolato fino a Commonwealth Avenue Mall per fare i suoi bisogni sull'erba. Quando Rex girò in cerchio per scegliere un punto preciso, Danny tirò fuori una piccola rubrica su cui aveva scritto alcuni numeri importanti. Tirò fuori il cellulare usa-e-getta e digitò il numero di Leon Chisholm, la guardia giurata della Lyman Academy.

Leon stava aspettando la sua telefonata.

«È fortunato», disse con la sua voce bassa e roca. «Ho ancora degli ex colleghi tra gli amici».

«Eccellente. Polizia di Boston o...?»

«Sì, dipartimento di polizia di Boston».

«Quanto preavviso ci vorrà?»

«Prima è, meglio è. Ma mezz'ora, quarantacinque minuti dovrebbero bastare».

«Ti chiamerò presto. Sei il migliore».

«E non se lo dimentichi», disse Leon.

Cinque minuti dopo risalì sulla sua Honda. La Suburban nera adesso era parcheggiata in doppia fila ancora più vicino, a circa sei metri di distanza.

Ad aspettarlo.

Si inserì sulla strada proprio dietro di lui, come se fosse parte di un convoglio. O una macchina di scorta. Si aspettavano che tornasse a casa di Galvin per l'itinerario che aveva sempre seguito, prendendo l'autostrada a pedaggio fino all'uscita 15. Perciò era esattamente quello che Danny avrebbe fatto. Alla fine di Newbury Street, attraversò Massachusetts Avenue ed entrò nella strada a pedaggio, seguito da presso e in maniera evidente dalla Suburban.

Erano le tre e mezzo, mezz'ora prima dell'inizio dell'ora di punta, ma il traffico era già intenso e terribilmente lento. La vecchia Accord aveva una ripresa piuttosto veloce, perciò riuscì a superare alcune macchine e a distanziare la Suburban di quattro auto e una corsia. Non stava cercando di seminare i suoi inseguitori, non lì. Solo cercando di mostrare irritazione. Far credere loro che era seccato, forse un po' spaventato, una reazione naturale.

Gli occorsero quasi quaranta minuti in un traffico congestionato per raggiungere l'uscita di Weston, a venticinque chilometri di distanza, un tragitto che di solito richiedeva la metà di quel tempo. Mentre si avvicinava all'uscita 15, mise la freccia a destra e lanciò un'occhiata nello specchietto retrovisore. La Suburban lo stava ancora seguendo, mantenendo una distanza costante, sempre con qualche auto di mezzo.

Invece di prendere l'uscita per Weston e la casa di Galvin come avrebbe fatto di solito, svoltò a destra per prendere la Route 128 diretta a nord.

Non stava andando a Weston.

Doveva arrivare a Medford, una cittadina non distante da Boston. Ma senza che i suoi inseguitori lo sapessero. Quello era cruciale. Se avessero visto cosa stava facendo, tutto il suo piano sarebbe crollato come un castello di carte.

Solo arrivando a Medford ed effettuando la deviazione senza essere visto, Danny aveva qualche possibilità di rimanere vivo.

Mentre accelerava verso nord, guardò di nuovo nello specchietto retrovisore e vide il marchio della Chevrolet simile a un papillon dorato e la sua minacciosa griglia anteriore come i denti snudati di un animale selvaggio. Colse un'occhiata del passeggero con i capelli a spazzola.

Erano ancora lì.

Doveva seminarli oppure cancellare l'incontro a Medford. Più avanti c'era l'uscita per la Route 2. Mise la freccia e la prese, seguito dalla Suburban. Adesso era diretto a est verso Boston, e anche verso Medford. L'autostrada lì era ampia, quattro corsie per carreggiata, con un guardrail d'acciaio al centro. Su un lato c'era un dirupo scosceso, la roccia in cui la strada era stata scavata. Dall'altra parte c'era un alto muro di cemento. Anche se adesso era l'ora di punta, lì il traffico si muoveva a una buona velocità, all'incirca sui cento chilometri all'ora.

La Suburban era a due auto di distanza. Quando Danny rallentava, rallentavano anche loro. Si spostò sulla corsia di destra e quelli passarono alla corsia centrale, sempre indietro ma sempre in vista.

Non c'era nulla di furtivo in quelle manovre. I tizi nella Suburban volevano che sapesse che lo stavano seguendo. Stavano facendo l'equivalente automobilistico di soffiargli sul collo. Ovunque Danny fosse diretto, avrebbe saputo di averli alle costole.

Più avanti c'era un cartello per l'uscita 60. Diceva LAKE STREET, EAST ARLINGTON, BELMONT. Mise la freccia a destra e la Suburban fece lo stesso. Prese l'uscita e la Suburban lo seguì. La strada faceva una curva decisa, centottanta gradi completi, passando davanti a una recinzione e ad alcuni alberi fino ad arrivare a un semaforo.

All'intersezione, la strada si biforcava. Sulla destra riportava sulla Route 2. La corsia di sinistra conduceva a una vecchia zona residenziale densamente popolata di Arlington. Gli era capitato di venire da quelle parti in precedenza e la conosceva piuttosto bene. Il semaforo mostrava una freccia a destra rossa. Un paio di macchine davanti a lui erano lì in attesa di girare, un furgone della U-Haul e un maggiolino Volkswagen. Rallentò fino a passo d'uomo mentre si avvicinava, con la Suburban proprio dietro, aggrappata a lui come una cozza.

Aveva una decisione da prendere: sinistra o destra.

Mise la freccia a destra e la Suburban fece lo stesso. All'improvviso spinse un piede sul freno tenendo allo stesso tempo l'altro sull'acceleratore. La sua macchina si arrestò con uno scossone, il motore che girava a mille. Mentre la Suburban si fermava bruscamente dietro di lui, Danny strattonò il volante a sinistra e schiacciò a tavoletta l'acceleratore della Honda, schizzando attraverso l'incrocio anche se era rosso, sterzando attorno al furgone della U-Haul e mancandolo di poco.

Il furgone suonò il clacson, frenò e slittò di lato. Il maggiolino Volkswagen, che procedeva a pochissima distanza dietro di esso, andò a sbattere contro il paraurti posteriore, mandando entrambi i mezzi in testacoda al centro dell'incrocio. Danny vide tutto ciò nello specchietto retrovisore e sfrecciò lungo la strada alberata.

Svoltò a destra così rapidamente che avvertì gli pneumatici sul lato sinistro quasi staccarsi dalla strada, evitando di poco una collisione con una Subaru station wagon che usciva da un vialetto. Altri due isolati e girò a sinistra, poi di nuovo a destra.

Giunse il rumore di sirene di due volanti della polizia dirette nell'altro senso: verso l'incidente, supponeva. L'incidente che lui aveva causato. Lanciò un'occhiata a sinistra, vide il tamponamento… e nessuna Suburban. L'aveva seminata. Era massiccia, sgraziata e pesantissima, e una svolta brusca avrebbe potuto cappottarla.

Nel frattempo, Danny approfittò dei pochi secondi cruciali di vantaggio per svoltare a sinistra, una volta certo di non essere visto dalla Suburban. Era entrato in una breve strada con due case su ciascun lato che terminava in una T. Lì girò a destra. Le case erano piccole, edifici di mattoni immacolati, con tutti i prati tagliati di recente. Arrivò alla fine della strada successiva, prese la prima a sinistra e si rese conto immediatamente di essere finito in un vicolo cieco. Quello non era un bene. Non voleva rimanere bloccato. Entrò nel primo vialetto che incontrò. C'era un triciclo rosa, con dei nastri argentei che pendevano dal manubrio. Un gioco da giardino dai colori vivaci su un fazzoletto di terra. Qualcuno scostò la tenda dalla finestra sul davanti.

Fece marcia indietro per tornare sulla strada e si diresse sulla successiva.

Si ritrovò su un'arteria principale, con molto più traffico. Un gioielliere, un'agenzia viaggi, un RadioShack, un ristorante cinese. Altri due isolati e sarebbe arrivato alla Route 60, che l'avrebbe portato dritto a Medford. Diede un'occhiata allo specchietto retrovisore...

Ed ebbe un tuffo al cuore. Una Suburban nera stava appena svoltando lì dietro. Stringendo i denti, Danny accelerò e svoltò in un vicolo accanto al ristorante cinese. Sul suo lato sinistro c'era un cassone dell'immondizia, pieno zeppo di sacchi neri. Svoltò di colpo e si fermò appena dopo il cassone, con la Honda proprio contro il muro di mattoni laterale.

Lo avevano visto svoltare? Sarebbero riusciti a distinguere la macchina dalla strada? Aveva svoltato in un vicolo cieco, senza nessuna via d'uscita. Tutto quello che poteva fare adesso era aspettare. Aspettare e sperare. Era piuttosto certo di non poter essere visto dalla strada. Guardò nello specchietto retrovisore, osservò e attese.

Stava ancora trattenendo il fiato un minuto dopo, quando la Suburban giunse in vista. Si muoveva lentamente, con il sole che scintillava sul cofano nero lucente. Muovendosi tanto lenta che Danny poté distinguere il guidatore con i capelli a spazzola, che adesso portava degli occhiali a specchio.

Non si poteva sbagliare. Erano loro.

Espirò lentamente e inspirò di nuovo. Attese.

La Suburban proseguì. Superò il vicolo.

Attese qualche altro minuto, giusto per sicurezza. Una porta d'acciaio rovinata sul vicolo si aprì all'improvviso e ne uscì un cinese di mezz'età dall'aria stanca, facendo sobbalzare Danny. Si girò con i pugni sollevati, poi vide che l'uomo buttava un sacco dell'immondizia nel cassone, e scoppiò in una risata incontrollata per il sollievo. Il tizio lanciò un'occhiata nella sua direzione, scosse il capo e tornò dentro, sbattendo la porta alle sue spalle.

Cinque minuti dopo, Danny tornò sulla strada.

Mezz'ora più tardi arrivò a Medford.

Si fermò in un grande parcheggio polveroso circondato da una recinzione di metallo sormontata da filo spinato. Dei cartelli sulla recinzione dicevano VIETATO L'ACCESSO e NON ENTRARE. Un cartello al cancello d'ingresso diceva: MEDFORD REGIONAL CONSTRUCTION & ENGINEERING - SOLO DIPENDENTI - OGNI ACCESSO NON AUTORIZZATO SARÀ PERSEGUITO A NORMA DI LEGGE.

Il cancello era aperto.

79

La Medford Regional era una tra le diverse compagnie del Massachusetts di proprietà del cartello di Sinaloa, di cui Tom Galvin era l'amministratore delegato. Danny non era certo se il cartello le avesse acquisite per qualche altra ragione oltre al fatto che Galvin le considerava un buon investimento. I funzionari della compagnia, secondo Galvin, non avevano idea di chi fosse il vero proprietario.

Ma sapevano il nome del loro capo sulla carta e furono felici di accoglierlo.

Attraversò il cancello e si fermò davanti a una roulotte che fungeva da ufficio.

Danny scese dalla macchina e salì i pochi gradini per accedere alla roulotte. Sulla porta principale c'era un adesivo dei marines degli Stati Uniti e un altro a forma di nastro dei Boston Strong. Aprì la porta e disse: «Sto cercando Paul».

L'uomo alla scrivania si alzò. Era un tizio basso e muscoloso, con le braccia piene di tatuaggi e occhiali dalla montatura spessa.

«Sono io Paul», disse il tipo guardandolo torvo.

«Io sono Dan».

Tutt'a un tratto il tizio divenne amichevole e gli porse la mano.

«Gli ordini che ho ricevuto… questo non può essere giusto».

Danny si era aspettato una reazione simile. «È giusto», disse.

«Ha un certificato di uso finale?».

Danny tirò fuori il documento che era stato spedito via e-mail a Galvin e glielo porse. Paul lo esaminò brevemente, poi alzò lo sguardo. Scrollò le spalle. «Fintantoché ho il culo parato, a me sta bene. Dove va tutta questa roba?».

Danny indicò la sua Honda.

«È meglio se si accosta all'ultima roulotte. Ma prima ha un mucchio di documenti da firmare».

80

Anche se erano passate diverse ore da quando il dottor Mendoza aveva appreso l'identità della fonte confidenziale della DEA, era ancora stupito da quella rivelazione.

Thomas Galvin, uno dei dipendenti statunitensi del cartello, aveva voltato gabbana.

Il dottor Mendoza non si sarebbe mai aspettato che *el dedo*, lo spione, fosse qualcuno a un livello tanto alto. Galvin era diventato immensamente ricco attraverso i suoi rapporti con Sinaloa. Non avrebbe posto fine a quella relazione d'affari a meno che non fosse stato compromesso in qualche modo. La DEA doveva aver ottenuto su di lui informazioni sensibili. Non c'era nessun'altra spiegazione plausibile.

Ma la spiegazione era molto meno importante della soluzione.

Il cartello voleva che tacesse. Per quello, naturalmente, non avevano bisogno del dottor Mendoza. Una semplice squadra di sicari sarebbe bastata. Il cartello poteva inviare un'unità che comprendesse della gente del luogo per eliminare Galvin con la forza bruta, neutralizzando le sue scarsissime guardie private. Dopotutto c'erano soltanto quattro guardie giurate a sorvegliare la proprietà di Galvin: tre pattugliavano a piedi e una quarta in un mezzo che girava attorno al perimetro.

Facile.

Ma al cartello occorreva anche la cooperazione completa di Galvin. Avevano bisogno dell'accesso ai conti che quell'uomo gestiva per loro e di un trasferimento totale dei documenti di proprietà. Uccidere quell'uomo non avrebbe fatto altro che creare immensi problemi burocratici per il cartello. Galvin doveva essere interrogato prima di essere ucciso.

Seduto nella Nissan Maxima che aveva noleggiato, il dottor Mendoza osservò i cancelli principali della proprietà di Galvin e meditò per un momento.

Galvin aveva barricato se stesso e la sua famiglia all'interno della villa. Ma quella era solo una mossa disperata. Il dottor Mendoza aveva redatto un rapido profilo psicologico della famiglia basato su informazioni come spese di carte di credito, estratti conto bancari e alcuni fascicoli del cartello. La moglie di Galvin si dedicava allo shopping con assiduità e aveva una vita sociale regolare, per quanto limitata. Era probabile che presto lei insistesse per lasciare la villa. Ma era la figlia di uno dei fondatori del cartello, perciò era intoccabile. Galvin aveva una figlia in età scolare che non aveva la patente. Lei non avrebbe lasciato la proprietà da sola.

Ma era fiducioso che Galvin in persona sarebbe uscito, e presto.

E allora si sarebbe messo al lavoro.

Galvin si sarebbe spezzato, proprio come tutti quelli su cui il dottor Mendoza aveva lavorato, senza eccezioni. Avrebbe fornito le password, i codici e tutto il resto. Non c'era il minimo dubbio.

Quello che preoccupava il dottor Mendoza non era Thomas Galvin. Erano gli altri che stavano cercando di arrivare a lui.

Gli ex agenti della DEA.

Poche rapide telefonate avevano stabilito che erano stati ingaggiati dal cartello degli Zetas. Era già da un po' che Los Zetas cercavano di penetrare la sicurezza di Sinaloa, ma senza successo. Poi avevano trovato un punto debole: Thomas Galvin.

Se avessero catturato Galvin, con un'unica, rapida mossa si sarebbero anche impadroniti di miliardi di dollari in capitali investiti. Li avrebbero sottratti a Sinaloa. Sarebbe stata una perdita catastrofica e andava fermata.

Una Chevrolet Suburban nera aveva girato attorno al perimetro della residenza di Galvin per quasi un'ora. Speravano di prendere Thomas Galvin, proprio come il dottor Mendoza.

Ma andavano fermati. Il dottor Mendoza doveva arrivare a Galvin prima che lo facessero loro. Era cruciale.

All'improvviso giunse il suono inconfondibile di una sirena della polizia. Una volante giunse rombando su per la strada mezzo minuto dopo, con tutte le luci che lampeggiavano.

Era possibile…?

Sì. La macchina della polizia si fermò proprio di fronte ai cancelli di Galvin. Il dottor Mendoza riuscì a vedere con il suo binocolo una delle guardie giurate controllare i distintivi della polizia e poi far loro cenno di procedere.

La macchina della polizia stava entrando nella proprietà di Galvin per qualche motivo. Galvin stava forse per essere arrestato dalle forze dell'ordine locali? Le sirene non sarebbero state attivate per una visita di routine.

Stava accadendo qualcosa di molto strano.

La volante rimase nella proprietà di Galvin per quasi cinque minuti, poi il dottor Mendoza udì di nuovo le sirene e la macchina varcò i cancelli sfrecciando.

Sul sedile posteriore c'era un passeggero visibilmente ammanettato.

Era Thomas Galvin. Era stato appena arrestato.

81

Sessantacinque minuti dopo, la Honda stava percorrendo a tutta velocità Atlantic Avenue, oltre il North End, per il lungomare di Boston.

Danny svoltò per una stretta viuzza su cui campeggiava un cartello di DIVIETO D'ACCESSO, rallentò per superare i dossi artificiali e si fermò presso un cancello con la scritta APPRODO PER YACHT DI BOSTON.

Il cancello non era chiuso a chiave. Il porticciolo era aperto ventiquattr'ore al giorno, ma c'era poco movimento in quel periodo dell'anno. Molti degli scivoli per barche erano vuoti. C'erano un paio di auto nel parcheggio di fronte; probabilmente appartenevano al personale del porticciolo. Un tizio con una polo azzurra a maniche corte e con in mano un portablocco uscì fuori e fece il giro sul lato della sede del circolo, con aria preoccupata.

A poche centinaia di metri di distanza, da Atlantic Avenue proveniva il baccano del traffico dell'ora di punta, ma lì sul fronte del porto tutto era stranamente tranquillo. Un paio di gabbiani si librarono e planarono sulla brezza, poi uno di essi scese in picchiata sulla superficie dell'acqua quando notò qualcosa.

L'adorata barca di Tom Galvin, *El Antojo*, era ormeggiata sul lato destro della sede del circolo, dove l'acqua era più profonda. Scintillava nel sole del tardo pomeriggio. Era davvero una bellissima imbarcazione. Danny poteva capire perché Galvin la amasse così tanto. Al momento era la barca più grande di tutto il porticciolo, ma non per molto. Una volta cominciata la stagione estiva, ci sarebbero stati yacht molto più vistosi.

Danny aveva scaricato la planimetria della Ferretti Navetta 26 Crescendo, la barca di Galvin, e sapeva che era lunga ventisei metri e larga quasi otto. Sapeva che aveva una coppia di motori MAN V8-900 e un serbatoio che conteneva più di undicimila litri.

Sapeva che poteva arrivare fino alle Piccole Antille senza fermarsi a fare rifornimento.

Danny guardò l'orologio. Aveva pochissimo tempo prima che Galvin arrivasse. Mezz'ora al massimo.

Con la tessera magnetica di Galvin, aprì il cancello che conduceva alla passerella per la barca.

Molti dei cavi erano stati predisposti per lui da Paul, il capomastro alla Medford Regional, lì alla loro sede. Paul era un elettricista esperto. Non sembrava particolarmente complicato. Ora tutto quello che Danny doveva fare era mettere le cose nei punti giusti.

Tutto il resto esulava dal loro controllo. Sarebbe successo oppure no.

Gli occorsero non più di venti minuti. Il sole era grosso e arancione sull'orizzonte mentre tramontava. Il cielo era del colore viola di un livido. Le luci stradali stavano cominciando ad accendersi.

Udì una sirena della polizia avvicinarsi. Piegò la testa. La sirena diventava sempre più forte, più vicina. Scese dalla barca risalendo la passerella, poi superò il cancello chiuso a chiave e girò attorno allo yacht club.

La macchina della polizia si era fermata nel parcheggio, a sirena e luci spente. Leon Chisholm uscì dall'auto lentamente, appoggiandosi su una gamba. Guardò prima la sede del club, poi l'acqua, quindi aprì la portiera posteriore.

Tom Galvin uscì in jeans, scarpe da ginnastica e una felpa grigia. Aveva gli occhi annebbiati e iniettati di sangue. Pareva che avesse pianto.

82

«Sì, sergente, è esatto», disse il dottor Mendoza. «Il nome è Thomas Galvin. Attendo in linea».

Aveva preso nota del numero della volante mentre si allontanava dalla casa di Galvin. Solo più tardi si era reso conto che era un'auto della polizia di Boston, non di Weston. Sul portatile che teneva sul sedile anteriore della macchina a nolo, con una connessione wireless aveva cercato su Google il numero del distretto della volante e rimase sorpreso nello scoprire che il Distretto C-11 era Dorchester, parte della città di Boston.

Perché mai una macchina della polizia di Dorchester era venuta ad arrestare qualcuno che viveva nel sobborgo di Weston, Massachusetts? Non sembrava logico.

Il sergente del Distretto C-11 tornò in linea. «Qui non c'è nessuna documentazione su un certo Thomas Galvin. Come ha detto di chiamarsi?»

«John Ryan», disse. «Lavoro per la Nutter McClennen».

Probabilmente il sergente non sapeva nemmeno che quello era il vero nome di uno studio legale di Boston. Di sicuro non chiese al dottor Mendoza di dimostrare che era davvero un avvocato difensore che rappresentava Thomas Galvin.

«Ascolti, signor… ehm… Ryan. Io non trovo nessun Thomas Galvin che sia stato portato qui in tutto il giorno, a nessuna ora. Non per essere interrogato, non per essere arrestato, nulla».

«Ah», disse lui. «Molto strano. Le mie scuse». Se Galvin fosse stato preso in custodia per qualche motivo da una macchina della polizia di Dorchester, sarebbe stato registrato al distretto di

Dorchester. Come potevano non avere alcuna documentazione su di lui?

A meno che…

«Oh, un'altra cosa, sergente. Il signor Galvin mi ha dato il numero della volante. Era la numero 536. È un'auto del Distretto C-11, giusto?».

Il sergente sospirò udibilmente. «Attenda un attimo».

Tornò in linea dopo due minuti. «Anche quello è sbagliato. L'auto è fuori in riparazione. Non è in servizio da quasi una settimana».

83

Tom Galvin posò due borsoni da ginnastica per terra.

«Grazie, Leon», disse Danny.

«Ne valeva la pena, anche solo per scoprire che la mia vecchia uniforme mi sta ancora», disse Leon. «Ora, se voi signori siete a posto, devo riportare questa al garage prima che qualcuno segnali che è scomparsa. Poi devo tornare a scuola. Stasera lavoro: c'è la Serata dell'università, sapete».

«Spiacente ma non ci saremo», disse Galvin.

Danny si chiese se Galvin avesse mai avuto occasione di parlare con Leon prima di quel giorno. Forse no. Ma sapeva che non era per snobismo. Erano semplicemente due cerchi che non si erano mai sovrapposti.

«La sua famiglia starà bene?», domandò Leon a Galvin. «O quei russi stanno dando la caccia solo a lei?»

«Solo a me», disse Galvin. Tirò fuori il suo portafoglio.

Leon scosse il capo. «Non ce n'è bisogno. Ogni amico di Danny è un mio amico».

Galvin tirò fuori un rotolo di banconote e lo premette nel palmo di Leon. Lui parve in imbarazzo ma prese il denaro. «Mi faccia sapere se c'è altro che posso fare». Strinse la mano di Galvin, poi quella di Danny.

Quando Leon Chisholm se ne fu andato, Galvin porse a Danny uno dei due borsoni. Danny aprì la cerniera e controllò rapidamente il contenuto. «Scarpe?», chiese.

«Scarpe da barca. Sperry Top-Sider».

«Certo, perché no. Biancheria?»

«Controlla».

«Mi serve anche un orologio da polso», disse Danny.

«L'unico che ho è quello che porto. Ho lasciato gli altri orologi... indietro. A casa».

«Mi servirà».

«Cristo», disse Galvin. Slacciò il cinturino di pelle marrone del suo Patek Philippe e lo diede a Danny. «Non costa poco. E io come dovrei controllare che ora è?». Pareva che si stesse lamentando quasi in modo meccanico. Ma non con il cuore. Pareva distratto, esitante. Come se fosse stato svuotato.

«Usa il tuo BlackBerry», disse Danny. «Mi dispiace. Adesso dobbiamo controllare la copertura dei cellulari».

«Qui ho cinque tacche piene».

«In acqua», disse Danny. «Devo sapere quanto puoi andare lontano e avere ancora due tacche. Devi poter fare e ricevere chiamate sul tuo BlackBerry mentre sei al largo».

Galvin annuì. «La porterò fuori nel porto. Non ho altro da fare tranne aspettare».

Danny guardò di nuovo il suo orologio. «Non manca molto», disse. «Devi salire sulla barca. Non dovresti stare da queste parti. Dov'è tutta la tua roba?».

Galvin indicò con la testa. Soltanto il borsone rimanente.

«Tutto qua?», disse Danny. «Tutto ciò che possiedi al mondo?»

«È un esercizio interessante fare i bagagli per il resto della tua vita. Di quanto hai davvero bisogno? Cosa devi assolutamente avere con te? E dopo pochissimo tempo ti rendi conto che non puoi mettere via tutto, perciò non metti via quasi nulla. Non puoi fare i bagagli per anni, perciò li fai solo per pochi giorni».

«Probabilmente è meglio non portare molto della vecchia vita con te. Meno cose ti collegano a chi eri, meglio è».

«Non ho mai pensato che sarebbe stato facile lasciare la mia famiglia», disse Galvin lentamente. «Solo non mi aspettavo che fosse un colpo così duro».

«Probabilmente sarà ancora più duro in seguito».

Galvin annuì. Aveva gli occhi bordati di rosso e lucidi.

«Ancora più duro perché loro non lo sanno», disse Danny.

«Solo Celina. Lei lo sa. Jenna ha chiesto perché stavo facendo tutte quelle storie per un viaggio d'affari».

Sweet Home Alabama risuonò in tono metallico e Galvin tirò fuori il suo BlackBerry.

«Lina, querida», disse piano. Poi, più forte. «Cosa?». Sgranò gli occhi. «Stai scherzando. Aspetta». A Danny disse: «Hai idea di dove siano andate le ragazze?».

«*Cosa?*»

«Celina è andata di sopra a chiamarle per la cena e sono scomparse. Tutte e due».

«Devono… devono essere da qualche parte in casa. È tanto grande da perdercisi».

Galvin scosse il capo. «No. Manca anche la Range Rover di Celina».

«Cristo. Suppongo che Celina abbia chiamato Jenna al cellulare».

Galvin annuì bruscamente. «Nessuna risposta».

«Prova ancora. Io proverò quello di Abby».

Entrambi premettero il pulsante per la chiamata rapida sui loro cellulari.

«Le ho detto di non spegnere il telefono quando va da qualche parte», disse Danny, più a se stesso che a Galvin.

«Nessuna risposta», disse Galvin. «Finché non saprò dove sono, non salirò sulla barca. Non fin quando non sarò sicuro che la mia ragazza sta bene».

La segreteria telefonica di Abby si attivò dopo un unico squillo.

«Idem», disse Danny.

«Jenna, sono papà», disse Galvin nel suo telefono. «Tua madre e io siamo preoccupati per te. Te l'ho detto, dobbiamo restare tutti dentro casa finché tutto questo… non si sarà sgonfiato. Adesso… chiamami non appena ricevi questo messaggio. Per favore».

Danny non si curò di lasciare un messaggio. Chiuse la chiamata. L'ultima volta che Abby era scomparsa ed era andata in silenzio radio, si era andata a fare un piercing al naso. Quanto sembrava innocua adesso quella situazione.

«Andrò a cercarle», disse.

84

Il dottor Mendoza si guardò attorno per la stanza sontuosa, ammirandone le pareti rivestite di uno scuro legno di quercia. Tutt'attorno erano appesi grandi ritratti a olio con cornici dorate che rappresentavano le presidi della scuola, fino alla fondatrice, miss Alice Lyman, all'inizio del XIX secolo.

Nel suo completo di serge su misura e cravatta rossa, sapeva di apparire distinto e facoltoso. Assomigliava a uno dei padri della Lyman Academy. In effetti, diversi genitori e membri dell'amministrazione gli avevano annuito e sorriso, incerti su chi fosse ma senza dubitare della sua appartenenza a quel posto.

Si guardò piacevolmente attorno come se stesse cercando sua moglie o sua figlia.

Il problema era che non aveva idea dell'aspetto del suo obiettivo.

Naturalmente sapeva che aspetto aveva il padre. Ma il padre non era lì.

Era stato un colpo di fortuna aver visto le ragazze uscire in macchina dalla proprietà di Galvin. Un dono, in effetti. Erano lì da qualche parte; dovevano esserci. Ma dove?

Notò che le studentesse e i loro genitori stavano socializzando separatamente, adulti con adulti e ragazze con ragazze. Percepiva parecchia energia nervosa nella stanza. Lo poteva notare in modo particolare nelle espressioni tese sui volti dei genitori, il loro buonumore frenetico.

Fermò una delle ragazze. Nel suo tono più sollecito disse: «Dove posso trovare Abby Goodman?».

La ragazza indicò un piccolo capannello di studentesse.

«Ah, sì, eccola lì!», disse il dottor Mendoza. «Grazie mille».

85

Non c'era nessun itinerario diretto dallo yacht club alla Lyman Academy, perciò Danny dovette guidare la Honda per un dedalo di vie cittadine, da Commercial Wharf a Tremont Street, avanzando a passo d'uomo in maniera esasperante, un'arteria di acciaio sclerotica per il traffico dell'ora di punta.

Imprecò ad alta voce: «*Muovetevi, dannazione!*». Ogni tanto provava a chiamare il telefono di Abby o di Jenna. Tutte le telefonate andavano alla segreteria telefonica. Dopo i primi, smise di lasciare messaggi.

Quando era ancora ad alcuni chilometri dalla scuola, Jenna rispose. Danny fu così sorpreso che per poco non urtò un taxi.

«Ehm, salve, signor Goodman», disse Jenna in tono inespressivo.

«Jenna! Abby è con te?».

Ci fu un lungo silenzio. Poi: «Voglio dire…», e poi un'altra lunga pausa.

«Ascolta, tuo padre e io sappiamo che vi siete allontanate da casa. Dove diavolo *siete*? Siete a scuola?».

Jenna non rispose. Danny capiva cos'era successo: Abby non voleva perdere la Serata dell'università e Jenna voleva portarcela.

«Jenna, per favore, passami Abby, subito!».

Jenna sospirò forte. «L'ho fatta scendere tipo dieci minuti fa. Non riuscivo a trovare posto per parcheggiare. Sto ancora girando in tondo».

I terreni della Lyman erano vasti, ma per qualche motivo era sempre difficile trovare parcheggio nelle serate più affollate. Diversi piccoli parcheggi erano annidati tra gli alberi, disposti in modo piacevole e non appariscente. Ma non c'erano mai abbastanza spazi.

«È andata al raduno per la Serata dell'università?».
Silenzio.
«Jenna, è importante. Dovete tornare a casa. Non è sicuro. Ora, di' a Abby di chiamarmi immediatamente».
«Voglio dire, probabilmente ha provato sul suo telefono, giusto?»
«Sto venendo a scuola. Tu dove sei ora?»
«Sto solo girando in tondo, tipo…».
«Chiama Abby per me. Puoi farlo? Per favore!».
Poi Danny riattaccò.

86

«Scusami… Abby?», disse il dottor Mendoza. «Abby Goodman, giusto?»

«Sì?». La ragazza lo osservò guardinga.

«Oh, grazie al cielo. Tuo padre ha bisogno di te subito».

«Ehm… aspetti, lei chi è?».

«Tuo padre sta bene, ma è rimasto coinvolto in un terribile incidente». La prese per il gomito e la guidò gentilmente verso il corridoio. «Vieni da questa parte, per favore. Presto».

«Cosa?», strillò la ragazza. «Oh, mio Dio!».

«È al Mass General e ha chiesto di te. Io sono il dottor Mendoza. Sono uno dei genitori della Lyman e ho appena ricevuto un SMS da un mio collega all'ospedale».

«Oh, mio Dio. Oh, mio Dio. Cosa gli è successo?».

«Per favore… presto!», disse il dottor Mendoza. Si avviò verso l'uscita a passi lunghi e rapidi. Adesso la figlia di Daniel Goodman si affrettava al suo fianco. «C'è stato un incidente tra diverse macchine sulla I-90 poco lontano da Weston».

Il dottor Mendoza fu attento a usare le parole giuste, le giuste abbreviazioni. La *I-90*, non l'*autostrada*. E *Mass General*, non *Massachusetts General Hospital*.

La ragazza urlò: «Ma sta… Oh, mio Dio, lei ha detto che sta bene… Sta bene, giusto? Non è ferito? Oppure *lo è*?».

Il corridoio era buio e deserto. Una volta che la porta della Sala delle Fondatrici si fu chiusa alle loro spalle, rimasero soli, senza nessun altro a vederli. I loro passi riecheggiarono.

«È ferito?», chiese di nuovo la ragazza, più forte. «Oh, mio Dio… La prego, me lo dica!».

«Tuo padre ha bisogno di te», si limitò a rispondere il dottor Mendoza.

87

Danny arrestò l'auto accanto al marciapiedi proprio di fronte alla scuola, dove campeggiava un cartello con scritto NON FERMARSI – NON SOSTARE. Che chiamino il carro attrezzi, pensò.

Sbatté la portiera e corse verso l'entrata principale della scuola.

Leon Chisholm era seduto appena all'interno dell'atrio. «Danny boy, pensavo che non venisse...».

Danny scrollò le spalle. Non c'era tempo per spiegare. «Hai visto mia figlia, Leon?»

«No, temo di no, ma tutte le ragazze e i genitori sono nella Sala delle Fondatrici. Se è qui, sarà là dentro».

«Grazie», disse Danny, precipitandosi via.

«Se la vedo, le dirò...», gli gridò dietro Leon.

Ma Danny era già fuori portata d'udito.

La Sala delle Fondatrici era la sontuosa sede dove si tenevano i grandi incontri scolastici. La Serata del ritorno a scuola, quando i genitori si incontravano con gli insegnanti delle loro figlie, iniziava quando tutti si erano radunati lì. Nella Serata dell'università, le studentesse del terzo anno e i loro genitori si riunivano tutti quanti ad ascoltare alcuni rappresentanti delle varie università responsabili delle ammissioni, di solito da uno degli istituti della Ivy League o di quelli più piccoli ed esclusivi; quei rappresentanti esponevano ciò che le loro università stavano cercando.

Quando raggiunse le doppie porte che conducevano nella sala, Danny si fermò. Attraverso i vetri tondi nelle doppie porte, poteva vedere che tutti erano seduti ad ascoltare una giovane donna lentigginosa e con i capelli rossi, impegnata in un discorso piuttosto lungo.

«...potremmo riempire la classe delle matricole di studenti con tutti voti massimi e il massimo punteggio possibile nei test», stava dicendo la donna. «Ne potremmo avere a bizzeffe, in effetti. Ma noi stiamo cercando quel certo *quid*, quel qualcosa in più che fa risaltare la domanda di ammissione».

Dal punto dove si trovava, Danny riusciva a vedere solo le teste delle persone da dietro. Non riusciva a distinguere Abby o Jenna. Perciò procedette lungo il corridoio fino alle doppie porte successive e da lì poté vedere delle facce. A quella angolazione riusciva a distinguere più o meno metà del pubblico. Setacciò la folla, fila per fila, cercando Abby o Jenna, senza vedere nessuna delle due.

Poi, mentre correva lungo il corridoio fino all'altro lato della sala, da dove avrebbe potuto vedere il resto del pubblico, il suo iPhone lo avvertì dell'arrivo di un SMS.

Si fermò, guardò il display del telefono e rimase sorpreso nel vedere un messaggio di Jenna.

L'ha trovata?

Le rispose. *No. È con te?*

Sono qui nella sala. Non la vedo. Pensavo fosse con lei.

Per favore, esci e vieni da me, le rispose.

Una pausa. Poi giunse un altro SMS di Jenna: *Okay.*

Riprese a correre lungo il corridoio verso il lato opposto della stanza. Udì un boato di applausi e poi una cacofonia sempre più forte. La presentazione era terminata. Quando arrivò alle porte d'ingresso, le persone si stavano alzando dalle sedie, parlando ad alta voce tra loro. La rappresentante delle ammissioni di Yale si trovava sul davanti, attorniata da un gran pigia pigia, come un'ape regina circondata da api operaie. Un capannello di genitori si trovava vicino alla porta, ostruendo la visuale di Danny.

Aprì la porta con una spinta ed entrò, ora cercando solo Jenna. Dovette farsi strada a spintoni attraverso una folla radunata attorno al buffet già logoro e saccheggiato di uva rossa e cubetti di formaggio Jarlsberg.

Il chiacchiericcio attorno a lui parve dividersi in frammenti sconnessi di conversazione, come coriandoli lanciati in aria. Una donna stava dicendo: «Ma se accede con le prime ammissioni, lei *deve* andare, e poi cosa succede se viene ammessa alla Williams con le ammissioni normali? Voglio dire, è un incubo, giusto?».

Un uomo stava dicendo: «Non fanno più nemmeno colloqui nel campus, solo con ex alunni, e tutti sanno che quelli sono uno scherzo».

Vide una ragazza bassa, con i capelli scuri e grassottella che assomigliava un po' a Jenna, con una felpa della squadra di lacrosse della Lyman. Ma non era Jenna. «Scusa, hai visto Jenna Galvin?», le chiese Danny.

La ragazza fece un cenno con la testa. «L'ho vista laggiù».

Danny fu spintonato da una donna che stava dicendo: «Certo, ma non è nemmeno nella classifica dei primi dieci dello "US News"».

Un uomo stava borbottando con un altro: «Sai che la scuola per orfani di guerra che si dice che la loro figlia abbia fondato in Ruanda in realtà è stata sovvenzionata da suo padre, giusto?».

All'improvviso, Danny notò Jenna e tirò un sospiro di sollievo. Si fece strada sgomitando fino a lei. Quando si avvicinò, Jenna lo vide e disse: «Non so dov'è. Mio padre è qui?»

«No. Nessuno ha visto Abby stasera?»

«Be', sì, parecchie persone l'hanno vista entrare. Poi Jordan ed Emily l'hanno vista uscire con questo tizio».

«Quale tizio?».

Jenna scrollò le spalle. «Non lo so, tipo il padre di qualcuno?»

«Sono usciti dall'*edificio*?».

Lei fece spallucce. «Immagino. Pensavo che forse si era messa nei guai o cose del genere».

«Non si è fatta sentire? SMS, chiamate, nulla?»

«No...».

«Sicuramente non è qui».

«Sicuramente no. L'ho messaggiata e…».

«Be', voi due dovete andarvene da qui. Tornare a casa. E se la senti…».

«Lo so. Glielo faccio sapere».

Si era allontanata con un uomo che sembrava il padre di qualcuno.

Provò un senso di panico crescente. Abby era uscita dall'edificio con qualcuno, un uomo che Jenna non conosceva.

Ma non sarebbe andata da nessuna parte con un estraneo. Non l'avrebbe mai fatto. Anche lì, nell'ambiente sicuro della Lyman Academy, sapeva di non doversi fidare degli estranei. Era una cosa che ormai veniva inculcata nei ragazzi.

Spintonò una coppia, cercando di passare in mezzo.

«Be', sua sorella maggiore è finita sulla lista Z di Harvard. Hanno decisamente giocato la carta Eliot».

«Eliot come *quell'*Eliot? Come il presidente Eliot di Harvard, quegli Eliot?».

«Ehi, Danny», udì qualcuno dire. Si sentì picchiettare sulla spalla. Un altro padre della Lyman che vedeva agli eventi della scuola e che gli piaceva. «Amico, sembri nervoso quanto me. Voglio dire, è la città della tensione o cosa?».

Danny si voltò a guardarlo, distante un milione di miglia. «Già», rispose in tono distaccato. Gli rivolse un sorriso non convincente. Sgattaiolò via, tirò fuori il suo iPhone e premette ancora una volta il pulsante di chiamata rapida per Abby.

Squillò una volta, due e… era diverso: non andava direttamente alla segreteria.

Squillò una terza volta, poi qualcuno disse. «Salve, Daniel».

Una voce d'uomo.

«Chi parla?», disse lui, con il cuore che cominciava improvvisamente a palpitargli.

«Sono spiacente. Abby non può venire al telefono ora».

«*Chi è* che parla?»

«Sono la sua zattera di salvataggio», disse l'uomo. «E lei è un uomo che sta affogando».

88

«Chi diavolo è che parla?».

Danny si accorse che il rumore di sottofondo dall'altro capo della linea era identico a quello nella sala e provò un fremito.

L'uomo al telefono era lì, da qualche parte in quella stanza.

«Lei ha qualcosa che voglio, e io ho qualcosa che lei vuole», disse la voce.

«Come diavolo hai fatto a prendere il telefono di mia figlia, bastardo?», sbottò. Era tutto quello che riusciva a pensare di dire.

I suoi occhi scandagliarono disperatamente la stanza, avanti e indietro, in cerca di qualcuno che stesse parlando al telefono. Qualcuno che non fosse un genitore della Lyman, che non appartenesse a quel posto.

«Nessuno di noi due ha tempo da perdere, signor Goodman. Sua figlia è stata affidata a un mio collaboratore che ha ordini di prendersi cura di lei».

«Un collaboratore... *Chi parla?*».

Un capannello di genitori si divise temporaneamente e Danny vide un uomo calvo con la pelle color caffè e occhiali senza montatura che teneva il cellulare LG rosso di Abby contro il lato della faccia.

I loro occhi si incrociarono.

Era l'uomo che Tom Galvin gli aveva mostrato nel fermo-immagine delle telecamere. L'uomo seduto in una macchina fuori da casa sua. L'uomo mandato dal cartello per...

«Se lei coopererà», stava dicendo l'uomo, «non le accadrà nulla. Non c'è bisogno di preoccuparsi. Sarà veloce e indolore. Ma se si rifiuta di cooperare oppure lo fa in modo lento, mi basterà semplicemente chiamare il mio amico. E poi quello che accadrà a sua figlia… be', temo che non sarà più la stessa».

Le parole di Galvin gli tornarono in mente come una piena.

«Sai quei video su internet di quei tizi con delle motoseghe che tagliano teste di persone e cose del genere? Quelli che tu vedi nei tuoi incubi? Bene, questo è il tipo che quei tizi vedono nei loro incubi».

E: «Il suo nome è dottor Mendoza. È tutto ciò che so: dottor Mendoza, niente nome. È specializzato in… interrogatori coercitivi».

«Usciamo di qui, signor Goodman», disse la voce.

89

Con il cuore che gli palpitava e quasi in preda alle vertigini per l'adrenalina, Danny si ritrovò sul retro dell'edificio principale della scuola.

Ad attendere il dottor Mendoza.

La pelle gli formicolava. Un dispositivo luminoso per il parcheggio ronzava forte. In lontananza una macchina si avviò.

Tutto aveva assunto una chiarezza sinistra, come una percezione accresciuta della realtà.

Poi udì lo strascico di una scarpa sulla ghiaia e l'uomo chiamato dottor Mendoza comparve alla vista.

«Bene, dunque…», iniziò a dire il dottor Mendoza, ma Danny gli balzò addosso.

«Bastardo!», ruggì. «Maledetto bastardo!».

Afferrò il dottor Mendoza per il colletto della camicia, prendendogli il nodo della cravatta, e il dottor Mendoza emise un suono teso e strozzato mentre Danny schiantava il suo intero corpo contro il petto dell'uomo. Ma quello si rimise dritto con forza sorprendente.

Gli occhiali senza montatura del dottor Mendoza finirono sghembi.

L'uomo guardò Danny con arroganza divertita mentre se li raddrizzava. «Sono spiacente che abbia fatto questo», disse, poi sbatté le palpebre diverse volte. «Ha appena commesso un terribile errore».

«Dove diavolo è mia figlia?».

«La prego di indietreggiare», disse in tono paziente il dottor Mendoza. Increspò le labbra.

Con il sangue che gli ruggiva nelle orecchie, Danny arretrò a passo incerto. Continuava ad aprire e chiudere i pugni contro i fianchi.

«Signor Goodman, lei è molto agitato. Le concederò questo sfogo, poiché è evidente che non è in grado di controllare le sue emozioni. Ma siamo franchi. Se solo mi mette un'altra volta un dito addosso, l'unico risultato sarà far del male a sua figlia. Conoscerà un dolore tale e così grande che ucciderla sarà un atto di misericordia, che sarà lei stessa a implorare».

«Cosa *diavolo vuoi*?»

«Voglio sapere dov'è andato Thomas Galvin».

«E cosa ti fa pensare che io abbia la minima idea…?»

«Oh, cielo. Questo è un vero peccato. Sta mettendo a rischio sua figlia con i suoi giochetti. Quello che propongo è uno scambio semplicissimo. Sua figlia per Thomas Galvin».

«Non so dove si trova».

Il dottor Mendoza scrollò le spalle. «Questo gioco non giova a nessuno di noi, e non aiuta sua figlia. Abigail, giusto? Abby?».

A Danny occorse tutto il controllo cui riusciva a fare appello per non balzare di nuovo addosso a quell'uomo. Serrò i pugni e si morse il labbro. Tremava davvero dalla rabbia.

«Come faccio a sapere che sta bene?»

«Ha la mia parola».

«La tua… *parola*?»

«Temo che sia il meglio che può ottenere. Ma vedrà che sono un uomo di parola».

Danny deglutì. Udì una risata distante, una voce di ragazza. «D'accordo, ascolta. Se lasci andare mia figlia – e mi assicuri al cento percento che sarà sana e salva – io farò… farò del mio meglio per trovare Galvin».

Il dottor Mendoza sorrise. «Cercherà di trovare Galvin? È questo il suo concetto di buona fede? Lei mi delude. Buona notte». Raddrizzandosi la cravatta, il dottor Mendoza fece per allontanarsi.

«Aspetta…».

Il dottor Mendoza si fermò e si girò per metà.

«Un momento», disse Danny. Deglutì di nuovo. Aveva la faccia tesa, in fiamme. Angosciato, disse: «È sulla sua barca».

«Grazie», disse il dottor Mendoza. «E dove si trova quella barca?»

«Dov'è Abby? Dammi mia figlia e ti dirò dove si trova la sua barca».

Il dottor Mendoza sospirò e scosse il capo.

«È una partita che vuole davvero giocare? Una partita la cui posta in palio è la vita di sua figlia? No, è così che funzionerà: lei mi porterà da Galvin. Poi le dirò dove può trovarla».

Danny si guardò attorno frenetico, cercando di ritrovare qualche parvenza di controllo. Deglutì e chiuse gli occhi.

«D'accordo», disse infine.

90

Danny era seduto al volante della Honda. Accanto a lui c'era l'uomo in giacca e cravatta, alto e smilzo, eppure dotato di una notevole forza fisica.

«Lo chiami», disse il dottor Mendoza.

«È sulla sua barca. Non so nemmeno se riesce a ricevere una telefonata».

«Per il suo bene e per quello di sua figlia, speriamo che ci riesca».

Galvin era sulla sua barca, in attesa che Danny gli desse il segnale di via libera.

Ma quella telefonata avrebbe cambiato tutto.

Ancora una volta, Danny provò un senso di tremenda chiarezza. Ne andava della vita di sua figlia. Si ricordò la mattina in cui lui e Sarah avevano assicurato la loro piccola a un seggiolino per auto e l'avevano portata a casa dall'ospedale. Fuori ululava una bufera e le avevano coperto la faccia con una copertina a righe rosa e azzurre per proteggerla dalla neve durante la corsa dall'ospedale alla macchina. Danny aveva guidato come se la bimba fosse fatta di vetro, come se la vita della piccola fosse nelle sue mani… e lo era.

Come lo era adesso.

Per lui era la cosa più preziosa al mondo.

Provava un senso di nausea. Era spaventato, solo, e la vita della sua bambina dipendeva da lui. Abby o Thomas Galvin… come se fosse una scelta.

Digitò il numero del BlackBerry di Galvin. Squillò una, due, tre volte e Danny pensò: "E se non risponde? Cosa farà il mostro sul sedile accanto a me?".

Al terzo squillo, Galvin rispose. «Danny?»
«Tom… non partire, non ancora. Ho… qualcosa da darti».
«Danny? Cosa? Hai detto… da darmi…?»
«Non andare da nessuna parte», disse, poi chiuse la chiamata.
«Dov'è Galvin?»
«A Boston Harbor», disse Danny piano.
«Più rapidamente ci porta lì», disse il dottor Mendoza, «prima il nostro affare sarà concluso».
«Cos'hai intenzione di fargli?».
Un lungo silenzio. «Questo sarà determinato dal suo comportamento».
Danny guidava come un automa. Non si scambiarono nemmeno una parola durante il tragitto. Si sentiva il torace schiacciato. Trovava difficile respirare. Era decisamente consapevole della presenza del dottor Mendoza accanto a lui. Gli faceva avvampare guance e orecchie come se si trovasse vicino a un fuoco ardente.
Il traffico si era diradato e arrivarono lì in dodici minuti.
Arrestò la Honda nel parcheggio del Boston Yacht Haven. Scese, le gambe come il piombo e un formicolio alla nuca.
Mentre aggiravano la sede del club e arrivavano al molo, il dottor Mendoza gli si avvicinò. «C'è bisogno che le dica che se dovesse accadermi qualcosa, se non dovessi chiamare il mio socio entro un'ora, le accadrà qualcosa di male?». Lanciò un'occhiata all'orologio che portava al polso, un grosso quadrante bianco con numeri dorati e un cinturino di pelle marrone. «Capirà che non è mia abitudine fare minacce a vuoto».
Danny annuì. Si sentiva girare la testa, pesante e lenta. Si muoveva come se stesse arrancando tra la fanghiglia.
«E dov'è il suo yacht?», domandò Mendoza.
El Antojo non era ormeggiato al molo. Il suo attracco era vuoto.
Danny glielo indicò. Lo yacht di Galvin aveva lasciato la riva. Era a qualche centinaio di metri di distanza, con le luci di posizione che illuminavano la barca di una bagliore arancione, come se la luce provenisse dall'interno.

«Se n'è andato?», disse Mendoza. «Questo è un vero peccato per lei».

«È là fuori. Gli ho detto di non andare da nessuna parte».

Danny poteva sentire il sapore di sale nell'aria. Udì strusciare una scarpa contro il terreno lì vicino, ma quando si voltò non vide nulla.

«Farà meglio a convincerlo a tornare indietro ora».

Danny guardò Mendoza, poi l'acqua. Non disse nulla.

«Parliamoci chiaro», disse Mendoza. «Se non torna a riva, sua figlia è morta. Molto semplice. Se non riesce a convincerlo, sua figlia è morta. Dipende solo da lei».

«Cristo!», disse Danny. Si sentiva i nervi tesi come corde di violino. Tirò fuori il cellulare e stava per premere RICHIAMA.

Ma poi si fermò. Scosse il capo.

«Chiami», disse Mendoza.

«No».

Gli occhi di Mendoza lampeggiarono. Per la prima volta, Danny notò rabbia sul volto dell'uomo. La rabbia era buona. La rabbia rivelava vulnerabilità.

«Dài l'ordine di liberare Abby», disse Danny, «e io farò tornare qui Galvin. Ma farai meglio a darlo ora, oppure perderai Tom Galvin per sempre. Una volta che Galvin sarà fuori dalla copertura dei cellulari, per te sarà troppo tardi».

«Non è lei a dettare le regole di questo gioco».

«Lasciala andare e io farò la telefonata. Vuoi un ostaggio? Hai me. Ma lasciala andare ora. Voglio sentire la sua voce. Poi ti darò tutto quello che vuoi».

Mendoza scoccò a Danny un'occhiata da basilisco, poi tirò fuori un piccolo cellulare dalla tasca della giacca e parlò rapidamente in spagnolo. Danny non capì nulla di ciò che diceva.

Mendoza porse il telefono a Danny.

«Papà?», gracidò Abby nel telefono.

«Abby!», disse Danny con le lacrime agli occhi. «Piccola. Dove sei?»

«Mi hanno legato! Credo che ci sia una fornace... È la stanza della caldaia... il seminterrato della scuola».

«Ti hanno fatto del male?»

«È appena uscito, papà, se n'è andato. Ha tagliato quelle cose, le... quelle cose di plastica tipo manette».

«Puoi muoverti?»

«Sì. Voglio solo uscire di qui. Io...».

«Chiama Lucy. Ora. Chiedile di passarti a prendere a scuola. Puoi farlo?»

«Sì. Io...». Cominciò a piangere. «Papà, mi dispiace. Ti voglio bene. Mi dispiace...».

«Boogie. Tesoro. Chiama Lucy e basta. Puoi farlo per me?».

Riattaccò.

Mendoza annuì e Danny fece lo stesso.

«Come ho detto, sono un uomo di parola», disse Mendoza. «E adesso è il suo turno».

Danny compose il numero del BlackBerry di Galvin. Squillò una volta, poi Galvin rispose.

«Danny, che diavolo c'è?»

«Per favore, Tom, ascoltami. Devi tornare a riva. Rientra. È importante».

«Che sta succedendo?»

«È... è importante. Io sono qui a riva. Torna indietro». Chiuse la comunicazione.

Notò che Mendoza aveva sussultato all'improvviso. Danny si girò per guardare e avvertì una stretta ferrea sul braccio sinistro, poi qualcosa di freddo e duro premuto contro la tempia, e seppe che si trattava di una pistola. Rimase immobile.

Udì un altro suono strascicato e vide che qualcuno stava puntando una pistola anche alla testa del dottor Mendoza. Erano affiancati da due uomini che puzzavano di sigaretta e odori corporei, e le cui braccia muscolose erano tatuate fino ai polsi.

Di fronte a loro c'era Glenn Yeager. Al suo fianco teneva una grossa pistola di acciaio inossidabile. Non si curava nemmeno di puntarla su Danny e Mendoza. Non ne aveva bisogno. Se ne stavano occupando i suoi scagnozzi.

«Bene, Daniel», disse Yeager. «Pare che tu ci abbia portato una leggenda di Sinaloa. Dottor Mendoza, è bello fare finalmente la sua conoscenza».

Mendoza tenne lo sguardo fisso in avanti.

Danny tornò a guardare Yeager, stupefatto.

«Oh, sì», disse Yeager con un sorriso. «E grazie per la dritta. Come sempre, siamo tre passi avanti a te. Ti sei dimenticato del BlackBerry di Galvin, vero? Ti sei dimenticato che ascoltavamo tutto quello che dicevate. Bene, spero che ti piacciano le tue nuove baby-sitter. Phil e io abbiamo alcuni affari da trattare con il tuo amico Tom Galvin. E… Daniel?».

Daniel guardò Yeager. Yeager sorrise. «Sapevo che avresti fatto la cosa giusta».

Danny vide dove Yeager era diretto: giù per la rampa fino al livello inferiore del pontile dove erano ormeggiate alcune imbarcazioni più piccole. Laggiù, Philip Slocum e diversi altri tizi armati di pistole stavano salendo su quello che sembrava un grosso gommone nero gonfiabile con un motore fuoribordo. Slocum aveva un grosso fucile d'assalto a tracolla.

Poi il motore del gommone si avviò sputacchiando e rombando. Danny si voltò d'istinto a quel rumore forte e avvertì il braccio di Mendoza contrarsi.

All'improvviso, Mendoza si contorse verso destra, slanciando la mano sinistra libera. Qualcosa intercettò la luce, qualcosa di scintillante, letale e affilato. Quasi nello stesso istante, l'uomo alla destra di Mendoza si voltò verso di lui con aria interrogativa. Attorno alla sua gola c'era una sottile linea rossa. Mentre l'uomo si muoveva, quella linea si spalancò e un getto di sangue sprizzò fuori; le ginocchia dell'uomo si piegarono e crollò sul marciapiedi.

Allora Mendoza ruotò dall'altra parte mentre Danny faceva un salto per togliersi di mezzo. L'uomo che un momento prima aveva tenuto una pistola alla tempia di Danny barcollò via per evitare la lama nascosta nella manica sinistra di Mendoza.

La lama sibilò nell'aria, mancando il bersaglio. Danny si tuffò a terra, rifugiandosi dietro un alto vaso da fiori in cemento.

Quello che accadde dopo non durò più di dieci secondi, ma parvero volerci minuti, come se in qualche modo il tempo si fosse dilatato.

Il dottor Mendoza scartò dietro un'ampia colonna di legno, con una grossa pistola in mano. Si muoveva con la grazia di un ballerino. L'altro uomo sparò. Dalla canna della pistola guizzò una lingua di fiamma arancione e il colpo scheggiò il legno a pochi centimetri dalla testa di Mendoza.

Un altro lampo e un proiettile sibilò e colpì il marciapiedi di mattoni vicino a Danny. Avvertì frammenti aguzzi mordergli il lato della faccia. Si mosse carponi verso la colonna dietro cui Mendoza era accucciato e, con un balzo energico, lo spinse forte.

Mendoza perse l'equilibrio, barcollò fuori dal riparo della colonna e un proiettile gli esplose nell'addome. Mendoza annaspò. All'improvviso giunse un altro lampo dalla pistola e un proiettile sibilò e lo centrò al petto. Tenendo la pistola spianata in una stretta perfettamente salda, lui sparò un altro colpo. Si sentì un urlo e l'arma dello scagnozzo che aveva sparato finì rumorosamente a terra.

Per un attimo ci fu solo il suono del motore fuoribordo.

La camicia bianca di Mendoza sbocciò di rosso. Era stato ferito in modo grave. Abbassò una mano per tastarsi l'addome e la pistola scivolò dalla sua stretta per sferragliare sul marciapiedi.

Un attimo dopo, parve zoppicare sulla sinistra e poi crollò lentamente, inciampando sopra la catenella che fungeva da barriera, per finire a testa in giù nell'acqua nera tra alti schizzi.

Mendoza si dibatté follemente per cercare di restare a galla.

Poi nulla. Solo il borbottio del motore.

Un urlo distante dall'acqua.

Danny si appiattì contro i mattoni. Attese un altro sparo, ma non ne giunsero più. Attese ancora un poco. Poi si voltò verso il molo e vide che la zattera gonfiabile procedeva spedita verso *El Antojo*.

A fatica, Danny si rimise in ginocchio, poi in piedi. Gli rimbombavano le orecchie. Paralizzato, osservò l'imbarcazione accostarsi allo yacht di Tom Galvin. Il motore scoppiettò e si spense.

Gli ex agenti della DEA e i loro complici del cartello iniziarono ad abbordare lo yacht, con l'intenzione di uccidere Tom Galvin.

Danny si ritrovò a pregare. Adesso tutto esulava dal suo controllo. Aveva fatto del suo meglio. Aveva fatto tutto ciò che poteva.

Tirò fuori il suo cellulare usa-e-getta e scelse l'unico numero che vi aveva memorizzato. Lo ascoltò squillare precisamente tre volte e poi fermarsi.

Attese. Tre, quattro, sei secondi…

E poi la notte si accese con un'immensa vampata di fuoco, come se in qualche modo il sole si fosse improvvisamente arrampicato di nuovo sopra l'orizzonte, sbiancando il cielo; un secondo o due dopo giunse l'esplosione, un enorme boato assordante, all'apparenza fuori sincrono come un film doppiato male, ed *El Antojo* divenne una grossa palla di fuoco. Il cielo ardeva di arancione e rosso con pennacchi di fumo nero, un immenso inferno ruggente.

Mentre crollava a terra, continuò a guardare lo yacht in fiamme e provò un'emozione che sulle prime non riconobbe poiché era parecchio tempo che non la sperimentava.

Non era disperazione e non era esultanza.

Era, molto semplicemente, sollievo.

DOPO

Divenne consapevole di una luce splendente, di un pulsare nelle orbite e di un *bip* insistente... una cacofonia di *bip* dappertutto. Voci che mormoravano; qualcuno che gemeva dal dolore. Delle sagome fluttuavano oltre la cortina delle sue palpebre chiuse. Se le sentiva incollate. Quando le aprì provò dolore. Vide un soffitto, l'asta di una tenda, e si rese conto del trambusto, del chiacchiericcio di molte voci.

Era in un letto d'ospedale.

Deglutì e la gola gli fece un male cane. Gemette ad alta voce.

«Baby?». Una voce di donna. «Danny?».

La voce di Lucy. Danny sorrise. «Lucy?».

«Danny è sveglio», disse lei. A lui? Non ne era sicuro. Perché era lì? Danny non voleva chiederlo.

«*Danny*», disse, «ha mal di testa». Parlare gli richiedeva uno sforzo. Si sentiva intossicato, lento e annebbiato, lontano mille miglia. «E anche il peggior mal di gola del mondo». Cercò di sorridere. «Alla fine ce l'hai fatta a mandarmi in un ospedale. Sai che odio gli ospedali».

«Ho pensato che fosse meglio lasciare la chirurgia postraumatica agli esperti. Se avessi potuto togliere il proiettile io stessa, l'avrei fatto».

Danny strizzò gli occhi, pensando di aver udito male. «Non mi hanno sparato».

«Sì, invece. Starai bene, ma ti rimarrà una brutta cicatrice sulla spalla».

Danny si sforzò di mettersi a sedere e provò una scarica di dolore. Iniziò a suonare un allarme, un tipo di *bip* diverso, acuto e rapido.

«Dov'è Abby?».

Un'infermiera scostò la tenda con uno strattone. «Cos'ha fatto ora?».

«Dov'è Abby?», ripeté lui.

«Abby è dai Galvin», disse Lucy.

L'infermiera tirò via il lenzuolo e gli strattonò via qualcosa dal petto, strappandogli dolorosamente dei peli. Aggiustò quella cosa – un nastro adesivo, vide Danny – e gliela premette di nuovo sul petto. «La prego di non provare a rimettersi seduto, signor Goodman».

«Posso avere un bicchiere d'acqua? Ho davvero sete».

«Non prima che la sua pressione si sia stabilizzata e che abbiamo visto l'urina. Ora si stenda e, per favore, la smetta di muoversi».

Danny scrollò le spalle e avvertì il dolore schizzargli lungo il lato destro.

«Abby sta bene», disse Lucy. «È scossa, naturalmente. Ha subìto un trauma, ma pare che lo stia superando bene».

«Voglio vederla».

«È stata qui per un po' mentre eri addormentato. Adesso dovrai parlare con l'FBI».

«L'FBI? Aspetta…».

«Ce ne sono due, ma l'infermiera permetterà che entrino solo uno alla volta. Dicono di volere soltanto delle informazioni. Sono nella sala d'attesa. Potrei dir loro di tornare».

«Ma perché…».

«L'esplosione, dolcezza, ricordi? Ti hanno sparato, tutto quello che è successo al molo?».

Danny chiuse gli occhi e sentì tutto quanto tornargli in mente. La sparatoria, il fragore del motore fuoribordo, l'enorme esplosione assordante.

Uno o due minuti dopo, udì una sedia trascinata sul pavimento lì vicino. «Signor Goodman, sono l'agente Steve Nocito dell'FBI e mi stavo chiedendo se potessi farle solo qualche domanda».

Danny, steso nel letto, voltò la testa da un lato. Si ricordò il complesso imbroglio perpetrato ai suoi danni dagli impostori Slocum e Yeager. «Posso vedere il tesserino?»

«Ma certo». L'agente gli porse un porta-credenziali pieghevole di pelle nera. Danny diede un'occhiata al distintivo e al documento di identità. Sembrava pesante, solido. Glielo riconsegnò.

«Signor Goodman, lei era sulla scena… dell'esplosione, la scorsa notte».

«M-mmm».

«Perché si trovava lì?».

Perché si trovava lì? Ah, sì. Quanto poteva dire? Mentre pensava – il suo cervello funzionava troppo lentamente – rimase in silenzio.

«Conosceva la vittima, Thomas Galvin?», lo imbeccò l'uomo dell'FBI.

Le parole lo colpirono nelle viscere. *La vittima.* «Lo conoscevo».

«Era un suo amico?».

Danny ci pensò su a lungo. «Sì. Lo era».

«Stava progettando di lasciare il Paese?».

Ci pensò ancora di più. Cosa avrebbe dovuto sapere e cosa no?

«Sì, credo di sì», disse Danny.

«Sa dove intendesse andare?».

Danny scosse il capo.

«Forse ad Anguilla? Lui e la sua famiglia erano soliti andarci in vacanza regolarmente».

«Può darsi. Sì, penso di sì».

«Aveva dei nemici?».

Danny udì una serie di bip accelerare quando il suo cuore cominciò a battere più rapido. «Ma certo».

L'agente Nocito attese che dicesse altro, ma Danny era rimasto in silenzio. Dopo un momento, proseguì: «La nostra indagine preliminare ha rilevato altre tre vittime dell'esplosione. Due di loro sono ex dipendenti della Drug Enforcement Administration. Li conosceva, per caso?».

Qual era la risposta giusta? Azzardò: «No».

«Sa se erano soci del signor Galvin?»

«Non che io sappia».

«Capisco. Ora, sua… sua figlia è stata presa in ostaggio per breve tempo, la scorsa notte».

«È esatto».

«Ha qualche idea del perché?»

«Quell'uomo voleva sapere dov'era Galvin».

«Quell'uomo sarebbe…». L'agente tirò fuori un fascio di foto e le sfogliò. Ne prese una e la mostrò a Danny. «Questo individuo?».

Danny annuì. La testa calva, gli occhiali senza montatura, la pelle color caffè. Guardare la faccia del dottor Mendoza gli faceva rivoltare lo stomaco.

«Lei gli ha detto dov'era Galvin».

«Non avevo scelta. Mia figlia…».

«Capisco. Era stata rapita. L'uomo che l'aveva rapita, questo signor… uhm, Mendoza… ha detto in che modo era collegato con Galvin?».

Danny esitò. «Credo che fosse alle dipendenze del cartello di Sinaloa».

«Non ha alcuna prova di questo, giusto?»

«No».

«Allora non è qualcosa su cui lei voglia fare congetture. Si tratta di una questione delicata per parecchie persone».

Danny, con la testa voltata di lato, non riusciva del tutto a distinguere l'espressione sul volto dell'agente dell'FBI. «È quello che pensava Tom Galvin».

«Lui ne aveva qualche prova?».

Danny guardò l'uomo dell'FBI e per un istante i loro occhi si incrociarono. La testa di Nocito si mosse in maniera impercettibile, un gesto di… avvertimento? Poi si sporse in avanti e sussurrò all'orecchio di Danny: «Stia molto, molto attento a come risponde a questa domanda, mi capisce?».

Danny si accorse che stava trattenendo il fiato. Nocito si rimise dritto sulla sedia, di nuovo con un'espressione neutra in volto. Ripeté la sua domanda originaria.

«Ha qualche prova di questo? Qualunque cosa a parte semplici congetture su...».

E Danny all'improvviso capì. Fu come il pezzo di un puzzle che andava al suo posto. Qualcosa che aveva saputo fin dal principio, d'istinto, senza nemmeno accorgersi che sapeva.

Galvin era stato una fonte confidenziale per la DEA. Erano stati commessi degli errori, delle cose erano state insabbiate. C'erano persone potenti che non volevano essere messe in imbarazzo.

«Signor Goodman, ha bisogno che le ripeta...».

«No, no... non c'è nessuna prova. Non sono sicuro del perché l'ho detto. La mia testa...».

«Sì, capisco. È disorientato, non pensa con chiarezza. È meglio che si tenga le sue teorie per sé. Per parecchie ragioni, non ultime le persone vicine a Galvin. La sua famiglia».

«La mia memoria non funziona così bene».

Danny osservò lo sguardo severo di Nocito scomparire, come fosse un attore a cui aveva appena dato l'imbeccata. L'agente sorrise con aria benevola e si alzò. «Dovrebbe essere tutto, allora», disse. «Grazie per avermi concesso qualche minuto del suo tempo, signor Goodman. Guarisca, okay?».

Danny si era assopito. Quando si svegliò, l'uomo dell'FBI se n'era andato e al suo posto era seduta Lucy. La vide e sorrise.

Lei disse: «Non gli hai detto la verità».

Danny restò in silenzio. Si sentiva il bracciale del misuratore di pressione stretto attorno al braccio, lo udiva ansimare e fischiare.

«Su... cosa?»

«Smettila, Danny. Il tizio dell'FBI. Non gli hai detto la verità. Voglio sapere perché. Vuoi dirmelo?».

Le raccontò di Jay Gould e dei telegrammi. Di come Gould sapesse che i suoi telegrammi venivano letti dalla Western Union e di come avesse usato quel fatto a suo vantaggio. Delle sue menzogne che voleva considerassero verità. E lo avevano fatto.

Allo stesso modo, Slocum e Yeager, i due ex dipendenti della DEA che avevano progettato di estorcere a Tom Galvin miliardi di dollari, avevano clonato il suo telefono. Supponendo che Galvin non ne fosse al corrente, era naturale che credessero che tutto ciò che lui e Danny dicevano sulla linea monitorata doveva essere vero. Motivo per cui credevano che Galvin fosse sulla sua barca per prepararsi a espatriare.

E una volta appreso che il dottor Mendoza sperava di arrivare a Galvin per primo, non avevano avuto altra scelta che ucciderlo.

E in tal modo Danny e Galvin avevano incastrato i nemici di Galvin affinché si neutralizzassero a vicenda. Cosa che era puntualmente accaduta.

La Medford Regional Construction & Engineer Company in seguito riferì al Bureau of Alcohol, Tobacco, Firearms and Explosives[19] che otto blocchi da una libbra di esplosivo al plastico C-4 erano stati rubati dal loro magazzino, assieme a una quantità di miccia da un decigrammo per centimetro e un dispositivo di brillamento elettrico. La Medford Regional aveva magazzini pieni di quella roba per demolire edifici.

Gli investigatori del Bureau of Alcohol, Tobacco, Firearms and Explosives e la squadra artificieri della polizia di Boston in seguito avevano determinato che il C-4 era stato piazzato in tre punti dello yacht: vicino alla cabina di prua, a poppa della sala macchine e sul ponte di comando sopraelevato. Molti esperti concordavano che Thomas Galvin dovesse essersi trovato sul ponte di comando, a pilotare il suo yacht. Dato che il ponte di comando era andato completamente distrutto, non restava nulla del corpo. Solo qualche vestito, le scarpe e il suo orologio Patek Philippe.

Lucy seguì la spiegazione di Danny e, quando ebbe terminato, restarono entrambi in silenzio per molto tempo.

Troppi personaggi all'interno del governo degli Stati Uniti avevano un interesse legittimo a tenere le cose sotto silenzio. Era-

[19] Ente per alcol, tabacco, armi da fuoco ed esplosivi. (*n.d.t.*)

no stati commessi errori. Danny aveva raccontato tutto quanto a Lucy e adesso lei capiva il tipo di pressione cui era stato sottoposto.

«Quando ho sentito che ti avevano sparato, sono impazzita dalla preoccupazione», disse lei. «Mi dispiace che sia servita una cosa del genere per farmelo capire».

«Capire cosa?»

«Quanto ancora tengo a te. Quanto era terribile quello che stavi affrontando. Alcune delle scelte che hai fatto sono state... non so...».

«Sbagliate?».

Lucy si strinse nelle spalle. «Non sta a me dirlo. A volte la vita diventa complicata e le risposte non sono così semplici».

Rimasero entrambi in silenzio ancora per un momento. Infine Lucy chiese: «Questo significa che sei al sicuro? Che siamo al sicuro?».

Danny annuì. «Penso di sì».

Una settimana dopo, ci fu un servizio funebre per Tom Galvin alla parrocchia di Santa Brigida a South Boston, dove era stato battezzato e cresimato. Fu encomiato come un investitore brillante e un uomo generoso che non aveva mai dimenticato le sue radici.

Si presentarono parecchi vecchi amici di Galvin da Southie. Un gruppo più ristretto degli anni più recenti sedeva a disagio da un lato della navata. Celina Galvin indossava un lungo abito nero con velo e sembrava frastornata, piccola e sperduta. Sua figlia, Jenna, pianse sommessamente per tutta la funzione. Abby sedette accanto a lei e cercò senza molto successo di confortarla. I due figli parvero impacciati e tristi nei loro completi scuri.

Danny notò un paio di uomini in abiti eleganti, seduti vicino al fondo della navata, che sembravano particolarmente fuori posto. Non apparivano in lutto. Stavano esaminando i partecipanti. Riconobbe uno di loro come l'agente dell'FBI che gli aveva fatto visita all'ospedale.

Danny e Lucy si sposarono in agosto. La cerimonia fu presieduta da un giudice di pace ai giardini pubblici di Boston. Gli unici partecipanti furono Abby Goodman e il figlio di Lucy, Kyle. Dopodiché se ne andarono tutti a un Legal Sea Foods[20] per un pranzo tardivo.

A Danny occorsero sei settimane buone prima di potersi sedere davanti a un computer e digitare senza sforzarsi, ma quando ci riuscì, sperimentò un grande impeto di produttività. Terminò il libro in tre mesi e la sua agente, Mindy Levitan, lo vendette a un altro editore. Per più soldi di quanto avesse pagato perfino il suo ultimo editore.

Diciotto mesi dopo l'esplosione a Boston Harbor, *Genio. La vita controversa di Jay Gould* fu pubblicato e ottenne recensioni universalmente entusiastiche. La prima apparve sul «New York Times» un martedì, la giornata dei libri in sconto, e fu così entusiasta da spronare una permanenza di sei settimane sulla lista dei best seller del giornale.

La festa per il libro si tenne a una galleria d'arte a South End, di proprietà di un'amica di Lucy. Poco dopo che Danny ebbe salutato l'ultimo ospite, abbracciò Abby.

«Ehi, Boogie. Lucy e io abbiamo deciso di passare il Natale a Turks e Caicos. Una specie di festeggiamento per il libro e così via. Che ne dici di venire con noi? Magari anche con Jenna, se è libera».

Abby guardò Danny incredula. «Sul serio? Non sembra una specie di… non lo so, spreco di denaro?»

«Credevo che avessi sempre voluto andare ai Caraibi».

Sia lei che Jenna avevano deciso di accantonare l'università per un po', trascorrendo un anno come volontarie presso un orfanotrofio in Guatemala.

«Andiamo, papà», disse lei, e nei suoi occhi scintillò un sorriso giocoso. «Sveglia».

[20] Catena di ristoranti a base di pesce. (*n.d.t.*)

Mentre lasciavano la galleria, Danny ricevette l'avviso di un SMS sul suo telefono.

Diceva SNAPCHAT DA LYNYRD.

«Chi è, papà?»

«Non ne sono sicuro, Boogie». Si allontanò e digitò il suo codice segreto.

Sullo schermo davanti a lui c'era la foto di un'antica casa di pietra in un campo color smeraldo accanto a un gregge di pecore. Bellissimo, fuori dal tempo, come una cartolina… tranne che Danny sapeva che non si trattava di una cartolina. Sull'angolo superiore destro dello schermo, c'era un conto alla rovescia da 10.

Danny non era mai stato in Nuova Zelanda, ma assomigliava molto al modo in cui Tom Galvin l'aveva descritta. La scena era stupenda, tranquilla e remota, e lo riempì di un profondo senso di calma.

Esaminò l'immagine, fissandola con attenzione, domandandosi se contenesse qualche messaggio nascosto. Pareva un luogo dove trascorrere una vita pacifica lontano da tutto e tutti.

«Cos'è, papà? Fammi vedere». Si sporse vicino a lui; un attimo dopo, l'immagine scomparve.

«Che accidenti? Cosa…».

«Oh, papà», disse Abby. «Sei così poco informato! È Snapchat. Scatti una foto, la mandi ai tuoi amici, poi scompare dopo un paio di secondi».

Danny annuì. «E… scompare e basta? Per sempre?»

«Per sempre, papà». Abby rise. «Comunque era una bella foto. Chi te l'ha mandata?»

«Nessuno», disse Danny. «Solo un vecchio amico».

Ringraziamenti

Parecchie persone mi sono state particolarmente utili per le ricerche e la scrittura di questo romanzo. Per i dettagli su come funziona la Drug Enforcement Administration, i miei ringraziamenti vanno a Mark Braun (ex capo delle operazioni della DEA); John Arvanitis (agente speciale responsabile dell'ufficio di Boston della DEA) e l'ex agente della DEA Paul Doyle. L'ex agente DEA Heidi Raffanello è stata di enorme aiuto. Sul riciclaggio di denaro, ringrazio Matt Fleming, Don Semesky e, in particolare, Jack Blum. Tra i miei consiglieri legali posso annoverare Jonathan Shapiro della Stern Shapiro Weissberg & Garin, Isaac Peres della Altman & Altman, George Price della Casner & Edwards, e in particolar modo Jay Shapiro della White and Williams.

Ancora una volta, Jeff Fischbach ha aiutato ampiamente con dettagli sulla scienza forense informatica, così come Kevin Murray con le tecniche di sorveglianza e Jay Groob sui metodi investigativi. Per i dettagli sul Messico e la cultura messicana, ringrazio Fred Feibel, Janet Lapp e in particolare Patricia Leigh-Wood. Per le informazioni di carattere medico: il dottor Tom Workman; il dottor Franklyn Cladis; il dottor Carl Kramer; il dottor Fred E. Shapiro, presidente dell'Istituto per la sicurezza nella chirurgia ambulatoriale; il dottor Mark Morocco; il dottor Doug Lyle e mio fratello, il dottor Jonathan Finder. Per un po' di colore su Aspen, sono in debito con Lisa Holthouse. Bruce Irving mi ha aiutato a progettare la casa di Weston di Tom Galvin; Justin Sullivan mi ha consigliato per l'aereo di Galvin e Alyssa Haak, Steve Doyle e Kevin Lussier del Boston Yacht Haven mi hanno aiutato con la sua barca. J. Mark Loizeaux ha gentilmente condiviso parte della sua sconfinata competenza sulle demolizioni controllate e gli esplosivi; Tony Scotti e Jon Schaefer hanno suggerito alcune astute tecniche di elusione e Frank

Ahearn mi ha dato consigli sulla sparizione di Galvin. George Kurtz di Crowdstrike ha aiutato con protocolli di sicurezza e password. Sharon Bradey mi ha consigliato sulla partita a squash di Danny e Galvin. Margaret Boles Fitzgerald ed Eileen C. Reilly mi hanno parlato del Centro di assistenza di Boston per i senzatetto, un'organizzazione notevole. Sono grato a Seth Klarman per aver condiviso alcune idee luminose. Grazie come sempre al gestore del mio sito web, Karen Louie-Joyce, e alla mia editor/ricercatrice e mediatrice sociale, Clair Lamb. La mia assistente, Claire Baldwin, è inestimabile e insostituibile. I miei agenti, Simon Lipskar e Dan Conaway, alla Writers House, sono stati i miei campioni in un momento importante, e sono in debito con Ben Sevier per il suo entusiasmo e la sua lungimiranza.

La Lyman Academy è del tutto immaginaria e non ha alcuna somiglianza con vere scuole private nella zona di Boston. Davvero. Infine, sono grato per il sostegno continuo e amorevole di mia moglie, Michele Souda, e l'incommensurabile straordinarietà di nostra figlia, Emma J.S. Finder.

Boston, 2013

Joseph Finder

Indice

Paperbacks
sezione Gli Insuperabili
Pubblicazione settimanale, 29 marzo 2018
Direttore responsabile: Raffaello Avanzini
Registrazione del Tribunale di Roma n. 16024 del 27 agosto 1975
Stampato per conto della Newton Compton editori s.r.l., Roma
presso Puntoweb s.r.l., Ariccia (Roma)